莎士比亚传奇剧

［英］威廉·莎士比亚◎著　朱生豪◎译

吉林出版集团股份有限公司

图书在版编目（CIP）数据

莎士比亚传奇剧/（英）威廉·莎士比亚著；朱生豪译.—长春：吉林出版集团股份有限公司，2017.11（2022.7重印）

书名原文：Shakespeare legend

ISBN 978-7-5581-3062-5

Ⅰ.①莎… Ⅱ.①威…②朱… Ⅲ.①剧本—作品综合集—英国—中世纪 Ⅳ.① I561.33

中国版本图书馆 CIP 数据核字（2017）第 259758 号

莎士比亚传奇剧

著　　者	［英］威廉·莎士比亚
译　　者	朱生豪
策划编辑	杜贞霞
责任编辑	陈瑞瑞
封面设计	老　刀
开　　本	650mm×960mm　1/16
字　　数	276 千
印　　张	23
版　　次	2018 年 4 月第 1 版
印　　次	2022 年 7 月第 2 次印刷
出版发行	吉林出版集团股份有限公司
电　　话	总编办：010-63109269
	发行部：010-63109269
印　　刷	三河市京兰印务有限公司

ISBN 978-7-5581-3062-5　　　　定价：58.00 元

版权所有　侵权必究

目 录

冬天的故事 …………………………………… 1
暴风雨 ………………………………………… 93
泰尔亲王配力克里斯 ………………………… 167
辛白林 ………………………………………… 251

冬天的故事

Dong Tian De Gu Shi

剧中人物

里昂提斯　西西里国王
迈密勒斯　西西里小王子
卡密罗 ⎫
安提哥纳斯 ⎬ 西西里大臣
克里奥米尼斯 ⎥
狄　温 ⎭
波力克希尼斯　波希米亚国王
弗罗利泽　波希米亚王子
阿契达摩斯　波希米亚大臣
水　手
狱　吏
牧　人　潘狄塔的假父
小　丑　牧人之子
牧人之仆
奥托里古斯　流氓

赫米温妮　里昂提斯的王后
潘狄塔　里昂提斯及赫米温妮之女
宝丽娜　安提哥纳斯之妻
爱米利娅
宫女随侍王后
其他宫女
毛大姐 ⎫
　　　　⎬ 牧羊女
陶姑儿 ⎭

莎士比亚传奇剧

西西里众臣、贵妇、侍从、卫士、扮萨特者、牧人、牧羊女、仆人等

致辞者扮时间

地　点

西西里；波希米亚

第一幕

第一场　西西里。里昂提斯宫中的前厅

卡密罗及阿契达摩斯上。

阿契达摩斯　卡密罗,要是您有机会到波希米亚来,也像我这回陪驾来到贵处一样,我已经说过,您一定可以瞧出我们的波希米亚跟你们的西西里有很大的不同。

卡密罗　我想在将要到来的夏天,西西里王会打算回访波希米亚。

阿契达摩斯　虽然我们简陋的款待不免贻笑,可是我们会用热情来表示我们的诚意;因为说老实话——

卡密罗　请您——

阿契达摩斯　真的,我并不是随口说说。我们不能像这样盛大——用这种珍奇的——我简直说不出来。可是我们会给你们喝醉人的好酒,好让你们感觉不到我们的简陋。虽然得不到你们的夸奖,至少也不会让你们见怪。

卡密罗　您太言重了。

阿契达摩斯　相信我,我说的都是从心里说出来的老实话。

卡密罗　西西里对于波希米亚的情谊，是怎么也不能完全表示出来的。两位陛下从小便在一起受教育；他们彼此间的感情本来非常深切，难怪现在这么要好。自从他们长大之后，地位和政治上的必要使他们不能再在一起，但是他们仍旧交换着礼物、书信和友谊的使节，代替着当面的晤对。虽然分离，却似乎朝夕共处；虽然远隔重洋，却似乎携手相亲；虽然一在天南，一在地北，却似乎可以互相拥抱。但愿上天继续着他们的友谊！

阿契达摩斯　我想世间没有什么阴谋或意外的事故可以改变他们的心，你们那位小王子迈密勒斯真是一位福星，他是我眼中所见到的最有希望的少年。

卡密罗　我很同意你对于他的期望。他是个了不得的孩子，受到全国人民的爱慕。在他没有诞生以前，即使是那些已经扶杖而行的老人，也希望着能够活到看见他长大成人的一天。

阿契达摩斯　否则他们便会甘心死去吗？

卡密罗　是的，除此之外，便没有什么使他们必须活下去的理由。

阿契达摩斯　要是王上没有儿子，他们会希望扶着拐杖活下去看到他有个孩子的。（同下）

第二场　同前。宫中大厅

里昂提斯、波力克希尼斯、赫米温妮、迈密勒斯、卡密罗及侍从等上。

波力克希尼斯　自从我抛开政务、辞别我的御座之后，牧人日历中如水的明月已经盈亏了九度。再长一倍的时间也会载满我的感谢，我的王兄；可是现在我必须负着永远不能报答的恩情而告别了。像一个置身在富丽之处的微贱之徒，我再在以前已经说过的千万次道谢之上再加上一句"谢谢"！

里昂提斯　且慢道谢，等您去的时候再说吧。

波力克希尼斯　王兄，那就是明天了。我在担心着当我不在的时候，也许国中会发生什么事情——但愿平安无事，不要让我的疑惧果成事实！而且，我在这里住的时间已经长得叫您生厌了。

里昂提斯　王兄，您别瞧我不中用，以为我一下子就会不耐烦起来的。

波力克希尼斯　不能再耽搁下去了。

里昂提斯　再住一个星期吧。

波力克希尼斯　真的，明天就要回去了。

里昂提斯　那这样吧，我们折中一下，您再住半个星期，这回您可不能反对了。

波力克希尼斯　请您不要这样勉强我。世上没有人，绝对没有人能像您那样说动我；要是您的请求对于您确实是必要，那么即使我有必须拒绝的理由，我也会遵命住下。可是我的事情逼着我回去，您要是拦住我，虽说出于好意，却像是给我一种惩罚。同时我留在这儿，又要累您麻烦。免得两面不讨好，王兄，我还是回去了吧。

里昂提斯　你怎么不说一句话？我的王后，难道你结舌了吗？

赫米温妮　我在想，陛下，等您逼得他发誓绝不耽搁的时候再开口。陛下的言辞太冷淡了些。您应当对他说您相信波希米亚一切都平安，这可以用过去的日子来证明的。这样对他说了之后，他就没有任何借口了。

里昂提斯　说得好，赫米温妮。

赫米温妮　要是说他渴想见他的儿子，那倒是一个有力的理由；他要是这样说，便可以放他去；他要是这样发誓，就可以不必再挽留，我们会用纺线杆子把他打走的。（向波力克希尼斯）可是这不是您的理由，因此我敢再向陛下告借一个星期；等您在波希米亚接待我的王爷的时候，我可以允许他比约定告辞的日子迟一个月回来——可是说老实话，里昂提斯。我对你的爱，一点都不下于任何太太对丈夫的感情哩——您答应住下来吗？

波力克希尼斯 不，王后。

赫米温妮 你真的不愿意住下来吗？

波力克希尼斯 我真的不能耽搁了。

赫米温妮 真的！您用这种话来轻易地拒绝我；可是即使您对着上天发誓，我仍旧要说："陛下，您不准回去。"真的，您不能去；女人嘴里说一句"真的"，也跟王爷们嘴里说的"真的"一样有力呢。您仍旧要走吗？一定要我把您像囚犯一样拘禁起来，而不像贵宾一样款留着吗？您宁愿用赎金代替道谢而脱身回去吗？您怎么说？我的囚犯呢，还是我的贵宾？凭着您那句可怕的"真的"，您必须在两者之间选取其一。

波力克希尼斯 那么，王后，我还是做您的宾客吧；做您的囚犯是说我有什么冒犯的地方，那我是万万不敢的。

赫米温妮 那么我也不是您的狱卒，而是您的殷勤的主妇了。来，我要问问您，我的王爷跟您两人小时候喜欢玩些什么游戏；那时你们一定是很有趣的哥儿们吧？

波力克希尼斯 王后，我们那时是两个不知道有将来的孩子，以为明天就跟今天一样，永远是个孩子。

赫米温妮 我的王爷不是比您更喜欢开玩笑吗？

波力克希尼斯 我们就像是在阳光中欢跃的一对孪生的羔羊，彼此交换着咩咩的叫唤。我们都是天真地相待，不懂得做恶事，也不曾梦想到世间会有恶人。要是我们继续过那种生活，要是我们的脆弱的心灵从不曾被成年人的欲望所冲击，那么我们可以大胆向上天说，人类所继承下来的罪恶，我们是无份的。

赫米温妮　照这样说来，我知道你们后来都曾经犯过罪了。

波力克希尼斯　啊！我的圣洁的娘娘！此后我们便受到了诱惑，因为在那些乳臭未干的日子，我的妻子还是一个女孩子，您的美妙的姿容也还不曾映进了我的少年游侣的眼中。

赫米温妮　嗳哟！照你这么说，也许您要说您的娘娘跟我都是魔鬼哩。不过您继续说下去也不妨，我们可以担承陷害你们的罪名，只要你们继续跟我们犯罪，而不去跟别人犯罪。

里昂提斯　他答应了没有呢？

赫米温妮　他愿意住下来了，陛下。

里昂提斯　我请他，他却不肯。赫米温妮，我的亲爱的，你从未像今天一样表现得这么好。

赫米温妮　从来都没有吗？

里昂提斯　除了还有一次之外，可以说是空前的。

赫米温妮　什么！我的舌头曾经立过两次奇功吗？以前的那次是在什么时候？请你告诉我，把我夸奖得心花怒放，高兴得像一头养肥了的家畜似的。一件功劳要是默默无闻，可以消沉了以后再做一千件的兴致；褒奖便是我们的酬报。一回的鞭策还不曾使马儿走过一亩地，温柔的一吻早已使它驰过百里。言归正传：我刚才的功劳是劝他住下；以前的那件呢？要是我不曾听错，那么它还有一个大姐姐呢，我希望她有一个高雅的名字！可是那一回我说出好话来是在什么时候？告诉我吧！我急着要知道呢。

里昂提斯　那就是当三个月难熬的时间终于黯然消逝，我使你伸出你的白白的手来，答应委身于我的那时候，你说"我永远是你的了"。

赫米温妮　那真是一句好话。你们瞧，我已经说过两回好话

了。一次我永久得到了一位君王，一次我暂时留住了一位朋友。（伸手给波力克希尼斯）

里昂提斯　（旁白）太热了！太热了！朋友交得太亲密了，难免发生情欲上的纠纷。我的心在跳着，可不是因为欢喜，不是欢喜。这种招待客人的样子也许是很纯洁的，不过因为诚恳，因为慷慨，因为一片真心而忘怀了形迹，并没有什么可以非议的地方，我承认这是没有什么关系的。可是手捏着手，指头碰着指头，像他们现在这个样子，脸上装着不自然的笑容，好像对着镜子似的。又叹起气来，好像一头鹿临死前的喘息；嘿！那种招待我可不欢喜；就是我的额角也不愿意长什么东西出来呢。——迈密勒斯，你是我的孩子吗？

迈密勒斯　是的，好爸爸。

里昂提斯　哈哈，真是我的好小子。怎么！把你的鼻子弄脏了吗？人家说他长得很像我的样子。来，司令官，我们一定要齐齐整整；不是齐齐整整，是干干净净，司令官。可是别人会说公牛、母牛和小牛也会齐齐整整。——还在弄他的手心！——喂喂，你这顽皮的小牛犊！你是我的小牛犊吗？

迈密勒斯　是的，要是您愿意，爸爸。

里昂提斯　你要是有一头蓬松的头发，再出了一对像我这样的角儿，那就完全像我了。可是人家说我们简直像两个蛋一样相像：女人们这样说，她们是什么都说得出来的；可是即使她们像染坏了的黑布一样坏，像风像水一样轻浮不定，像人们在赌钱时用的骰子一样不可捉摸，然而说这孩子像我却总是一句真话。来，哥儿们，用你那蔚蓝的眼睛望着我。可爱的坏东西！我最亲爱的亲骨肉！你的娘会不会？——也许有这种事吗？——爱情！你深入一切事物的中心；你会把不存在的事实变成可能，而和梦境互相沟通——怎么会有这种事呢？——你能和伪妄合作，和空虚联络，难道便不会和实体发生关系吗？这种事情已经无忌惮地发生了，我已经感觉出来了，这真使我痛心疾首。

波力克希尼斯　西西里在说些什么？

赫米温妮　他好像有些烦躁。

波力克希尼斯　喂，王兄！你怎么啦？觉得怎样？

赫米温妮　您似乎头脑昏乱，想到了什么心事啦，陛下？

里昂提斯　不，真的没有什么。有时人类的至真的情感会使人作出痴态来，让心硬的人看着取笑！瞧我这孩子脸上的线条，我觉得好像恢复到二十三年之前，看见我自己没有穿裤子，仅仅罩着一件绿天鹅绒的外衣，我的短剑套在鞘子里，因恐怕它伤了它的主人，就如同一般装饰品一样，证明它是危险的。我觉得那时的我多么像这个小东西，这位小爷爷。——我的好朋友，你愿意让人家欺骗你吗？

迈密勒斯　不，爸爸，我要打他。

里昂提斯　你要打他吗？哈哈！——王兄，您也像我们这样喜欢您的小王子吗？

波力克希尼斯　在家里，王兄，他是我唯一的消遣，唯一的安慰，唯一的关心；一会儿是我的结义之交，一会儿又是我的敌人；一会儿又是我的大臣、我的兵士和我的官员。他使七月的白昼像十二月天一样短促，用种种孩子气的方法来解除我心中的郁闷。

里昂提斯　这位小爷爷对我也是这样。王兄，我们两人先出去走走，你们多耽搁一会儿。赫米温妮，把你对我的爱，好好地在招待我这位王兄的身上表示出来吧。西西里所有的一切贵重的东西，都不要嫌破费去备来。除了你自己和我这位小坏蛋之外，他便是我最贴心的人了。

赫米温妮　假如您需要我们，我们就在园里，我们就在那边等着您好吗？

里昂提斯　随你们便吧，只要你们还是在蓝天之下，总可以找得到的。（旁白）我现在在垂钓，虽然你们没有看见我放下钓线去。去吧，去吧！瞧她那么把嘴向他送过去！简直像个妻子对她正式的丈夫那样毫无顾忌！（波力克希尼斯、赫米温妮及侍从等下）已经去了！一顶绿头巾已经稳稳地戴上了！去玩去吧，孩子，玩去吧。你妈在玩着，我也在玩着，但我扮的却是这么一个丢脸的角色，结果肯定会被人喝倒彩嘘下坟墓去的，轻蔑和讥笑便是我的葬钟。去玩去吧，孩子，玩去吧。要是我不曾弄错，那么乌龟这东西确是从来便有的。即使在现在，当我说这话的时候，一定就有许多人抱着他的妻子，却不知道她在他不在的时候早已给别人揩过油。他自己池子里的鱼，已经给他堆满笑脸的邻居捞了去。我知道自己，聊堪自慰吧。假如有了不贞的妻子的男人全都怨起命来，世界上十分之一的人都要上吊死了。补救的办法是一点也没有的。正像有一个荒淫的星球，照临到人世，到处惹是招非。你想，东南西北，无论哪里都抵挡不过肚子底下的作怪，魔鬼简直可以带了箱笼行李堂而皇之地进出呢。我们中间有千万个人都害着这毛病，但自己却不觉得。喂，孩子！

迈密勒斯　他们说我像您呢。

里昂提斯　嗯，这倒是我的一点点儿安慰。喂！卡密罗在不在？

卡密罗　有，陛下。

里昂提斯　去玩吧，迈密勒斯，你是个好人儿。（迈密勒斯下）卡密罗，这位王爷还要住下去呢。

卡密罗　您好容易才把他留下来的，方才您几次努力都没有成功。

里昂提斯　你也注意到了吗？

卡密罗 您几次请求他，他都不肯再留，反而把他自己的事情看得更为重要。

里昂提斯 你也看出来了吗？（旁白）他们已经在那边交头接耳地说西西里是怎么怎么了。事情已经发展到这地步，我应该老早就看出来的。——卡密罗，他怎么会留下来？

卡密罗 因为听从了贤德的王后的恳求。

里昂提斯 单说听从了王后的恳求就够了；贤德两个字却不大得当。从表面上看是这样，但其中却另有原故。除了你之外，还有什么人看不出来吗？你是一个聪明人，比普通人更善于察言观色，怎么反倒看不出来？低贱的人众也许完全不懂这种把戏吧？你说呢？

卡密罗 什么把戏，陛下！我以为大家都知道波希米亚王要在这儿多住几天。

里昂提斯 嘿！

卡密罗 在这儿多住几天。

里昂提斯 嗯，可是有什么道理呢？

卡密罗 因为不忍辜负陛下跟我们大贤大德的娘娘的美意。

里昂提斯 不忍辜负你娘娘的美意！这就够了。卡密罗，我不曾瞒过你一切我心底里的事情，向来我的私事都要跟你商量过；你常常像个教士一样洗净我胸中的污点，听过了你的话，我便像个悔罪的信徒一样得到不少的教益。我以为你是个忠心的臣子，可是我看错人了。

卡密罗 我希望不至于此吧，陛下！

里昂提斯 我还要这样说，你不是一个诚实的人。否则，你便是个懦夫，不敢堂堂正正地尽你的本分，或者你是个为主人所倚重而辜恩怠职的仆人，或是一个傻瓜，看见一场赌局已经结束，大宗的赌注已被人赢走，还以为只是一场玩笑。

卡密罗 陛下明鉴，微臣也许是疏忽、愚蠢而胆小。这些毛病是每个人免不了的，在世事的纷纭之中，常常不免要显露出来。在陛下的事情上我要是故意疏忽，那是因为我的愚蠢；要是我有心假作痴呆，那是因为我的疏忽，不曾顾虑到结果；要是有时我不敢去做一件我所疑虑的事，可是后来毕竟证明了我的疑虑不对，那是连聪明人也常犯的胆怯。这些弱点，陛下，是正直人所无法避免的。可是我要请陛下明白告诉我我的错处，好让我有解释的机会。

里昂提斯 难道你没有看见吗，卡密罗？——可是那不用说了，你一定已经看见，否则你的眼睛比乌龟壳还昏沉了——难道你没有听见吗？——像这种彰明昭著的事情，不会没有谣言兴起的——难道你也没有想到我的妻子是不贞的吗？一个人除非没有脑子，总会思想的。要是你不能厚着脸皮说你不生眼睛、不长耳朵、没有头脑，你就该承认我的妻子是一匹给人骑着玩的木马；就像没有出嫁便去跟人睡觉的那种小户人家的女子一样淫贱。你老实说吧。

卡密罗 要是我听见别人这样诽谤我的娘娘，我一定要马上教训他，给他一些颜色看。真的，您从来没有说过像这样不成体统的话，把那种话重说一遍，那罪恶就跟您所说的这种事一样大，如果那是真的话。

里昂提斯 难道那样悄声说话不算这么一回事吗？脸贴着脸，鼻子碰着鼻子，嘴唇咂着嘴唇，笑声里夹着一两声叹息，这些百无一失的失贞的表征，都不算一回事吗？脚踩着脚，躲在角落里，巴不得钟走得快些，一点钟一点钟变成一分钟一分钟，中午赶快变成深夜；巴不得众人的眼睛都出了毛病，看不见他们的恶事；这难道不算什么吗？嘿，那么这世界和它所有的一切都不算什么；笼罩宇宙的天空也不算什么；波希米亚也不算什么；我的妻子也不算什么；这些算不得什么事的什么事根本就没有存在，要是这不算是什么一回事。

卡密罗　陛下，赶快去掉这种病态的思想吧，它是十分危险的。

里昂提斯　即使它是危险的，真总是真的。

卡密罗　不，不，不是真的，陛下。

里昂提斯　是真的，你说谎！你说谎！我说你说谎，卡密罗！我讨厌你。你是个大大的蠢货，没有脑子的奴才；否则便是个周旋于两可之间的骑墙人，能够看明善恶，却不敢得罪哪一方。我的妻子的肝脏要是像她的生活那样腐烂，她不能再活到下一个钟头。

卡密罗　谁把她腐烂了？

里昂提斯　嘿，就是那个把她当作肖像一样挂在头颈上的波希米亚啦。要是我身边有生眼睛的忠心的臣子，不但只顾他们个人的利害，也顾到我的名誉，他们一定会出来阻止以后有更坏的事情发生。你是他的行觞的侍臣，我把你从卑微的地位提拔起来，使你身居显要；你知道我的烦恼，就像天看见地、地看见天一样明白。你可以给我的仇人调好一杯酒，让他得到一个永久的安眠，那就使我高兴万分了。

卡密罗　陛下，我可以干这事，而且不用急性的药物，只用一种慢性的，使他不觉得中了毒。可是我不能相信娘娘会这样败德，她是那样高贵的人。我已经尽忠于您——

里昂提斯　你要是还不相信，你就该死了！你以为我是这样傻，发疯似的会这么自寻烦恼，使我的被褥蒙上不洁，让荆棘榛刺和黄蜂之尾来捣乱我的睡眠，让人家怀疑我的儿子的血统，虽然我相信他是我的而疼爱着他。难道我会无中生有，而没有充分的理由吗？谁能这样丢自己的脸呢？

卡密罗 我必须相信您的话,陛下。我相信您,愿意去谋害波希米亚。但是,除掉他之后,请陛下看在小殿下的面上,仍旧跟娘娘和好如初,免得和我们有来往的列国朝廷里兴起谣言来。

里昂提斯 你说得正合我心,我决不让她的名誉沾染上污点。

卡密罗 陛下,那么您就去吧!对于波希米亚和娘娘,您仍然要装出一副和气殷勤的容貌。我是他的行觞的侍臣,要是他喝了我的酒毫无异状,您就不用把我当作您的仆人。

里昂提斯 好,没有别的事了。你做了此事,我的一半的心便属于你的;倘不做此事,我要把你的心剖成两半。

卡密罗 我一定去做,陛下。

里昂提斯 我就听你的话,装出一副和气的样子。(下)

卡密罗 唉,不幸的娘娘!可是我在什么一种处境中呢?我必须去毒死善良的波力克希尼斯,理由只是因为服从我的主人,他自己发了疯,硬要叫他手下的人也跟着他干发疯的事。我做了这件事,便有升官发财的希望。即使我能够在几千件谋害君主的前例中找得出后来会有好结果的人,我也不愿去做。既然碑版卷籍上从来不曾记载过这样一个例子,所以为了不干这种罪恶的事,我也顾不得尽忠了。我必须离开朝廷;做与不做,都是一样的为难。但愿我有好运气!——波希米亚来了。

波力克希尼斯重上。

波力克希尼斯 这可奇了!我觉得这儿好像有点不大欢迎我了。不说一句话吗?——早安,卡密罗!

卡密罗 给陛下请安!

波力克希尼斯 朝中有什么消息?

卡密罗 没有什么特别的消息,陛下。

波力克希尼斯 你们大王的脸上很难看,似乎失去了什么州省或是一块宝贵的土地一样。刚才我见了他，照常礼向他招呼，他却把眼睛转向别处，轻蔑地撇着嘴唇，便急急地从我身边走去了，使我莫名其妙，不知道什么事情使他这样改变了态度。

卡密罗　我不敢知道，陛下。

波力克希尼斯　怎么！不敢知道！还是不知道？你知道了，可是不敢说出来吗？讲明白点吧，多半是这样的；因为就你自己而论，你所知道的，你一定知道，没有什么不敢知道的道理。好卡密罗，你变了脸色了，你的脸色正像是我的一面镜子，反映出我也变了脸色了，因为我知道我在这种变动当中一定也有份。

卡密罗　有一种病使我们中间有些人很不舒服，可是我说不出是什么病来，而那种病是从仍然健全着的您的身上传染过去的。

波力克希尼斯　怎么！从我身上传染过去的？不要以为我的眼睛能够伤人。我曾经看觑过千万个人，他们因为得到我的注意而荣耀起来，可是却不曾因此而伤了命。卡密罗，你是个正人君子，而且学问渊博，洞明世事，那是跟我们的高贵家世一样值得尊重的。要是你知道什么事是应该让我知道的，请不要故意瞒着我。

卡密罗　我不敢回答您。

波力克希尼斯　从我身上传染过去的病，而我却健康着！我非得明白这句话的意思不可，你听见了吗，卡密罗？凭着人类的光荣的义务，我请求你告诉我，你以为会有什么祸事将要临到我身上，离我有多远多近。要是可以避过的话，应当采取什么方法；要是避不了的话，应当怎样去承受。

卡密罗　陛下，我相信您是个高贵的人，您既然以义理责我，我不得不告诉您。请您听好我的建议吧，我只能很急促地告诉您，您也必须赶快依我的话去做，否则您我两人都难幸免，到时候就都完了!

波力克希尼斯 说吧,好卡密罗。

卡密罗 我是奉命来谋害您的。

波力克希尼斯 奉谁的命,卡密罗?

卡密罗 奉王上的命。

波力克希尼斯 为什么?

卡密罗 他以为——不,他十分确信地发誓说您已经跟他的娘娘发生暧昧,确凿得就好像是他亲眼看见或是他自己诱导出那件恶事一样。

波力克希尼斯 啊,真有那样的事,那么让我的血化成溃烂的毒脓,我的名字跟那出卖救主的叛徒相提并论吧!让我的纯洁的名声发出恶臭来,嗅觉最不灵敏的人也会掩鼻而避之,比之耳朵所曾听到书上所曾记载过的最厉害的恶疾更为人所深恶痛绝吧!

卡密罗 您即使指着天上每一颗星星发誓说他误会,那也无异于叫海水不要服从月亮,因为想用立誓或劝告来解除他那种痴愚的妄想是绝不可能的,这种想头已经深植在他的心里,到死也不会有什么改变的了。

波力克希尼斯 这是怎么发生的呢?

卡密罗 我不知道;可是我相信避免已经起来的祸患,比起追问它怎么发生要安全些。如果您信得过我,我可以把我的一身给您作担保,今夜您就离开吧!我可以去通知您的侍从,叫他们三三两两地从边门溜出城去。至于我自己呢,愿意从此为您效劳,因为这次的泄漏机密,我已经无法在这里立足了。不要踌躇!我用我父母的名誉为誓,我说的是真话;要是您一定要先证明,那我就没办法了,您的命运也将跟王上亲口定罪的人一样,难逃一死。

波力克希尼斯　我相信你的话,我已经从他的脸上看出他的心思来。把你的手给我,做我的引路人,您将永远得到我的眷宠。我的船只已经备好,我的人民在两天之前就已经盼我回去。这场嫉妒是因一位珍贵的人儿而起的,她是个绝世的佳人,他又是个当代的雄主,因此这嫉妒一定很厉害,而且他以为使他蒙耻的是他的结义的兄弟,一定更使他急于复仇。恐怖包围着我,但愿我能够平安离去,但愿贤德的王后快乐!她也是这幕剧中的一个角色,可是他不曾对她有恶意的猜疑吧?来,卡密罗,要是你这回帮我脱离此地,我将把你当作父母看待。让我们逃吧。

卡密罗　京城的各道边门的钥匙都归我掌管,请陛下赶紧准备吧。来,陛下,走吧!(同下)

第二幕

第一场　西西里。宫中一室

赫米温妮、迈密勒斯及宫女等上。

赫米温妮　把这孩子带去。他老是缠着我，真讨厌死人了。

宫女甲　来，我的好殿下，我跟您玩好吗？

迈密勒斯　不，我不要你。

宫女甲　为什么呢，我的好殿下？

迈密勒斯　你吻我吻得那么重，讲起话来仍旧把我当作一个小孩子似的。（向宫女乙）我还是喜欢你一些。

宫女乙　为什么呢，殿下？

迈密勒斯　不是因为你的眉毛生得黑一些，虽然人家说有些人还是眉毛黑一些好看，只要不十分浓，用笔描成弯弯的样子。

宫女乙　谁告诉您这些的？

迈密勒斯　我从女人的脸上看出来的。（向宫女甲）现在我要问你，你的眉毛是什么颜色？

宫女甲　青的，殿下。

迈密勒斯　哎，你在说笑话了，我看见过一位姑娘的鼻子发青，但青眉毛我倒是没有见过。

宫女乙　好好听着，您妈妈的肚子高起来了，我们不久便又要服侍一位漂亮的小王子，那时您想跟我们玩也要看我们高兴不高兴了。

宫女甲　她近来胖得厉害，愿她幸运！

赫米温妮　你们在讲些什么聪明话呢？来，哥儿，现在我又要你了。请你陪我坐下来，讲一个故事给我听。

迈密勒斯　是快乐的故事呢，还是悲哀的故事？

赫米温妮　随你的意思讲个快乐点儿的吧。

迈密勒斯　冬天最好讲悲哀的故事，我有一个关于鬼怪和妖精的。

赫米温妮　讲给我们听吧，好哥儿。来，坐下来，讲吧，尽你的本事用你那些鬼怪吓我，这是你的拿手好戏哩。

迈密勒斯　从前有一个人——

赫米温妮　不，坐下来讲。好，讲下去。

迈密勒斯　住在墓园的旁边——我要悄悄地讲，不让那些蟋蟀听见。

赫米温妮　那么好，靠近我的耳朵讲吧。

里昂提斯、安提哥纳斯、众臣及余人等上。

里昂提斯　在哪里看见他的？他的随从也在吗？卡密罗也和他在一起吗？

臣　甲　我在一簇松树后面碰见他们，我从来不曾见过人们这样匆促地赶路，我一直望到他们上了船。

里昂提斯　我多么运气，判断得一点不错！唉，倒是糊涂些好！这种运气可是多么倒霉！酒杯里也许浸着一个蜘蛛，一个人喝了酒，却不曾中毒，因为他没有知道这回事。可是假如他看见了这个可怕的东西，知道他喝过了这杯里的酒，他便要呕吐狼藉了。我便是喝过了酒而看见那蜘蛛的人。卡密罗是他的同党,给他居间拉拢,他们在阴谋算计着我的生命,篡夺我的王位,一切的猜疑都已证实。我所差遣的那个奸人,原来已给他预先买通了,被他知道了我的意思,使我空落得人家的笑骂。嘿,真有手段!那些边门怎么这样不费事地开了?

臣甲　这是他的权力所及的,就跟陛下的命令一样有力。

里昂提斯　我很知道。(向赫米温妮)把这孩子给我。幸亏你没有喂他吃奶,虽然他有些像我,可是他的身体里你的血分太多了。

赫米温妮　什么事?开玩笑吗?

里昂提斯　把这孩子带开,不准他走近她的身边,把他带走!(侍从等拥迈密勒斯下)让她跟自己肚子里的那个孽种玩吧,你的肚子是被波力克希尼斯弄大的。

赫米温妮　可是我要说他不曾,而且不管你怎么想,你也要相信我的话,我发誓。

里昂提斯　列位贤卿,你们瞧她,仔细瞧着她,你们嘴里刚要说,"她是一个美貌的女人",你们心里的正义感就会接上去说,"可惜她不贞洁"。你们可以单单赞美她的外貌,我相信那确是值得赞美的,然后就耸了耸肩,鼻子里一声哼,嘴里一声嘿,这些小小的烙印都是诽谤所常用的——我说错了,我应当说都是慈悲所常用,因为诽谤是会把贞洁都烙伤了的。你们刚说了她是美貌的,还来不及说她是贞洁的,这种耸肩、这种哼、这种嘿,就已经跟着来了。可是让我告诉你们,虽然承认这点使我比任何人都觉得痛心——她是个淫妇。

赫米温妮　要是说这话的是个恶人,是世界上最恶的恶人,那么说出这些话之后就会使他恶上加恶了。您,陛下,只是弄错了。

里昂提斯　你错了,我的娘娘,才会把波力克希尼斯当成了

冬天的故事

里昂提斯　唉，你这东西！像你这样身份的人，我真不愿这样称呼你，也许人家会学着我的样子，粗野地不再顾到社会上阶级的区别，将要任意地把同样的言语向着不论什么人使用，把王子和乞丐等量齐观。我已经说她是个淫妇，我也说过她跟谁通奸，而且她是个叛逆。卡密罗是她的同党，她跟她那个万恶的主犯所干的无耻勾当他都知道。他知道她是个不贞的女人，像粗俗的人们用最难听的名称称呼着的那种货色一样不要脸。而且她也预闻他们这次的逃走。

赫米温妮　不，我以生命起誓，我什么都不知情。等到您明白过来，想一想您这样羞辱我，那时您将要多么难过！我的好王爷，那时您就是承认您错了，也不能再洗刷掉我的委屈了。

里昂提斯　不，要是我把这种判断的根据搞错了，那么除非地球小得不够给一个学童在上面抽陀螺。把她带去收了监！谁要是给她说句话，即使他和这件事不相干，也要算他有罪。

赫米温妮　我现在正是灾星当头，必须忍耐着等到天日清明的时候。各位大人，我不像我们一般女人那样善于哭泣，也许正因为我流不出无聊的泪水，你们会减少对我的怜悯。可是我心里蕴藏着正义的哀愁，那愤火的燃灼的力量是远胜于泛滥的泪水。我请求各位衡情酌理来审判我吧，好让陛下实现他的意旨！

里昂提斯　（向卫士）没有人听我的命令吗？

赫米温妮　谁愿意跟我去？请陛下准许我带走我的侍女，因为您明白我现在的情形，这是必要的。别哭，傻丫头们，用不着哭。等你们知道你们的娘娘罪有应得的时候，再用眼泪送我吧。我现在去受鞫的结果，一定会证明我的清白。再会，陛下！我一向希望着永远不要看见您伤心，可是现在我相信我将要看见您伤心了。姑娘们，来吧，你们已经得到了许可。

里昂提斯　去，照我的话办，去！（卫士押王后及宫女等下）

臣　甲　请陛下叫娘娘回来吧。

安提哥纳斯　陛下，您应该仔细考虑您做的事，免得您的聪明和正直反而变成了暴虐。这样一来，将会有三位贵人都要遭到不幸，您自己、娘娘和小殿下。

臣　甲　陛下，如果您肯接受，我愿意用我的生命担保王后是清白的，当着上天和您的面——我的意思是说，在您所谴责她的这件事情上，她是无罪的。

安提哥纳斯　假如她果然有罪，我便要把我的妻子像狗马一样看守起来，一步都不放松，不放心让她一个人独自待着。因为假如娘娘是不贞的，那么世间女人身上一寸一厘的肉都是不贞的了。

里昂提斯　闭上你们的嘴！

臣　甲　陛下——

安提哥纳斯　我们说这些话都是为了您，不是为我们自己。您上了人家的当了，那个造谣生事的人不会得到好死的。要是我知道这个坏东西是谁，他休想好好地活在世上！我有三个女孩子，大的十一岁，第二个九岁，小的才四五岁；要是王后果然靠不住，这种事果然是真的话，我愿意叫她们受过。我一定要在她们未满十四岁之前叫她们全变成石女，免得产下淫邪的后代来；她们都是嗣我家声的人，我宁愿阉了自己，也不愿让她们生下败坏门风的子孙。

里昂提斯　闭嘴！别再说了！你们都是死人鼻子，冷冰冰地闻不出味来。这件事情我可是亲眼看见、亲身感觉到的，正像你们看见我这样用手指碰着你们而感觉到一样。

安提哥纳斯　如果真是这样的话，那么我们无须去掘什么坟墓来埋葬贞洁了，因为世上根本不曾有什么贞洁存在，可以来装饰一下这整个粪污的地面。

里昂提斯　什么！我的话不足信吗？

臣　甲　陛下，在这件事情上我宁愿您的话比我的话更不足信，不论您怎样责怪我，我宁愿王后是贞洁的，不愿您的猜疑得到证实。

里昂提斯　哼，我何必跟你们商量？我只要照我自己的意思行事便好了。我自有权力，无须征询你们的意见，只是因为好意才告诉你们。假如你们的知觉那样麻木，或者故意假作痴呆，不敢或是不愿相信这种真实的事实，那么你们应该知道我本来不需要征求你们的意见，这件事情怎样处置，利害得失，都是我自己的事。

安提哥纳斯　陛下，我也希望您当初只在冷静的思考中进行判断，而不用声张出来。

里昂提斯　那怎么能够呢？倘不是你老悖了，定然你是个天生的蠢材。他们那种狎昵的情形是不难想见的。除了不曾亲眼看见之外，一切都可以证明此事是真实的；再加上卡密罗的逃走，使我不得不采取这种手段。可是这等重大的事情，最忌鲁莽从事，为了进一步确定这件事，我已经派人赶到得尔福圣地的阿波罗神庙里去，我所差去的是克里奥米尼斯和狄温两人，你们知道他们都是十分可靠的。他们带来的神谕会告知我们一切，会鼓励我或阻止我这样行事。我这个办法好不好？

臣　甲　很好，陛下。

里昂提斯　我虽然十分确信不必再知道什么，可是那神谕会使那些不肯接受真理的愚蠢的轻信者无法反对。我认为应当把她监禁起来，以防那两个逃去的人定下的阴谋由她来执行。跟我来吧，我们要当众宣布此事，因为这事已经闹开了。

安提哥纳斯　（旁白）照我看来，等到真相大白之时，这件事不过一场笑话而已。（众下）

第二场　同前。狱中外室

宝丽娜及侍从等上。

宝丽娜　通报一声狱吏，告诉他我是谁。（一侍从下）好娘娘，你应该配住欧洲最好的王官的；狱中的生活你怎么过呢？

侍从偕狱吏重上。

宝丽娜　长官，你知道我是谁，是不是？

狱　吏　我知道您是一位我所钦仰的尊贵的夫人。

宝丽娜　那么请你带我去见一见王后。

狱　吏　我不能，夫人，有命令禁止接见。

宝丽娜　这可难了！一个正直的好人，连好意的访问者都不能相见！请问见见她的侍女可不可以呢？随便哪一个？爱米利娅？

狱　吏　夫人，请您遣开您这些从人，我就可以带爱米利娅出来。

宝丽娜　请你就去叫她来吧。你们都走开。（侍从等下）

狱　吏　而且，夫人，我必须在场听你们的谈话。

宝丽娜　好，就这样吧，谢谢你。（狱吏下）明明是清白的，却要弄一团漆黑，还这么不可理喻！

狱吏偕爱米利娅重上。

宝丽娜　好姑娘，我们那位贤德的娘娘好吗？

爱米利娅　她总算尽了一个那样高贵而无助的人儿所能尽的力量支撑过来了。她所遭受的惊恐和悲哀，是无论哪位娇弱的贵夫人都受不了的。在这种惊忧交迫之下，她已经不足月而早产了。

宝丽娜　一个男孩吗？

爱米利娅　一个女孩子，很好看的小孩，很健壮，大概可以活下去。她给娘娘不少的安慰，她说："我的可怜的小囚徒，我是跟你一样无辜的！"

宝丽娜　那是一定的。王上那种危险的胡作胡为真是该死！必须要叫他明白才是，他一定要明白他犯的错误。这种工作还是一个女人来担任好一些，我去对他说吧。要是我果然能够说得婉转动听，那么让我的舌头说得起泡，再不用来宣泄我的愤火了。爱米利娅，请你给我向娘娘多多致意；要是她愿意把她的孩子托付给我，我愿把她拿去给王上看，替她竭力说情。我们不知道他见了这孩子会多么心软起来。无言的纯洁的天真，往往比说话更能打动人心。

爱米利娅　好夫人，照您那样正直和仁心，您这种见义勇为的行动是不会得不到美满的结果的。除了您之外，再没有第二个人可以担任这件重大的差使了。请您到隔壁坐一会儿，我就去把您的尊意禀知娘娘。她今天正也想到这个计策，可是唯恐遭到拒绝，不敢向一个可以信托的人出口。

宝丽娜　对她说，爱米利娅，我愿意竭力运用我的口才。要是我有一片生花的妙舌，如同我有一颗毅勇的赤心一样，那么我一定会成功的。

爱米利娅　上帝保佑您！我就对娘娘说去。请您过来。

狱　吏　夫人，要是娘娘愿意把孩子交给您，我让您把她抱了出去，上头没有命令，可不大方便。

宝丽娜　你不用担心，长官。这孩子是娘胎里的囚人，一出了娘胎，按照法律和天理，便是一个自由的解放了的人；王上的愤怒和她无关，娘娘要是果真有罪，那错处也牵连不到小孩的身上。

狱　吏　我相信您的话。

宝丽娜 不用担心,要是有什么危险,我可以为你负责。(同下)

第三场 同前。宫中一室

里昂提斯、安提哥纳斯、众臣及其他侍从等上。

里昂提斯 黑夜白天都得不到安宁。这种情形要是还要忍受下去,不过是懦弱而已,全然的懦弱。而扰乱我安宁的原因,一部分原因就是那淫妇造成的。因为我的手臂伸不到那个淫君的身上,我对他无计可施;但她却在我手掌之中。要是她死了,用火把她烧了,那么我也许可以恢复我一部分的安静。来人!

侍从甲 (趋前)陛下?

里昂提斯 孩子怎样?

侍从甲 他昨夜睡得很好,希望他的病很快就会退去。

里昂提斯 瞧他那高贵的天性!知道了他母亲的败德,便立刻心绪消沉,受到了无限的感触,把那种羞辱牢牢地加在自己身上。颓唐了他的精神,消失了他的胃口,扰乱了他的睡眠,很快地憔悴下来了。让我一个人在这儿。去瞧瞧他看。(侍从甲下)嘿,嘿!别想到他了。一味的想着复仇只能对我自己不利。那人太有势力,帮手又多,我暂时把他放过;先把她处罚了再说。卡密罗和波力克希尼斯会嘲笑我,瞧着我的伤心而得意。要是我的力量能够达到他们,他们可不能再笑了;可是她却在我的权力之中,看她能不能笑我。

宝丽娜抱小儿上。

臣　甲 你不能进去。

宝丽娜 不,列位大人,帮帮我忙吧。唉,难道你们担心他的无道的暴怒,更甚于王后的性命吗?她是一个贤德的纯洁的人儿，比起他的嫉妒来她要无辜得多了。

安提哥纳斯　够了。

侍从乙　夫人，他昨夜不曾安睡，吩咐谁都不能见他。

宝丽娜　您别这么凶呀，我正是来使他安睡的。都是你们这种人，像影子一样在他旁边轻手轻脚地走来走去，偶然听见他的一声叹息就大惊小怪地发起急来。都是你们这种人累得他无法安睡。我一片诚心带来几句忠言给他，它们都是医治他失眠的灵药。

里昂提斯　喂，谁在吵闹？

宝丽娜　不是吵闹，陛下，我是来跟您商量请谁行洗礼。

里昂提斯　怎么！把那个无礼的妇人撵走！安提哥纳斯，我不是命令过你不准她走近我身边吗？我知道她要来的。

安提哥纳斯　我对她说过了，陛下；我告诉她不准前来看您，免得招惹您，同时也连累到我。

里昂提斯　什么！你管不了她吗？

宝丽娜　我要是做错了事，他可以管得了我；可是这一次除非他也学您的样子，因为我做了正事反而把我关起来。不然，相信我吧，他是管不了我的。

安提哥纳斯　您瞧！您听见她说的话。她是要自己做起主来，我只好由她。可是她是不会犯错误的。

宝丽娜　陛下，我的确来了。请您听我说，我自认我是您的忠心的仆人，您的医生和您的最恭顺的臣子。可是您要是做了错事，我却不敢像那些貌似恭顺的那些人一样随声附和。我说，我是从您的好王后那儿来的。

里昂提斯　好王后！

宝丽娜　好王后，陛下，好王后。我说是好王后，假如我是男人，那么即使我毫无武艺，也愿意跟人决斗，以证明她是个好王后。

里昂提斯　把她赶出去!

宝丽娜　谁要是向我动一动手,那就叫他留心着自己的眼珠吧。我要走的时候自己会走的,可是必须先把我的事情办好。您的好王后,她真是一位好王后,已经给您添下一位公主了。这便是,希望您给她祝福。(将小儿放下)

里昂提斯　出去!大胆的妖妇!把她撵出去!不要脸的老鸨!

宝丽娜　我不是。我不懂你加给我这种称呼的意思。你自己才是昏了头了。我是个正直的女人,正像你是个疯子一样。只要这个世界还存在,我的正直就和你的疯狂同等程度。

里昂提斯　你们这些奸贼!你们不肯把她推出去吗?把那野种给她抱出去。(向安提哥纳斯)你这不中用的汉子!你是个怕老婆的,那个母夜叉把你吓倒了吗?把那野种捡起来!对你说,把她捡起来,还给你那头老母羊去。

宝丽娜　要是你服从了他的暴力的命令,把这孩子拿起来,你的手便永远是不洁的了!

里昂提斯　他怕他的妻子!

宝丽娜　我希望你也怕你的妻子,那么你一定会把你的孩子认为是亲生的了。

里昂提斯　都是一群奸党!

安提哥纳斯　天日在上,我不是奸党。

宝丽娜　我也不是,谁都不是。这里只有一个人是,那就是他自己。因为他用比刀剑还厉害的谰言来中伤他自己的、他的王后的、他的有前途的儿子的和他的婴孩的神圣的荣名;可恨的是没有人能够强迫他除去他那种龌龊不堪的猜疑。

里昂提斯　这个长舌的泼妇,刚打过她丈夫,现在却来向我寻事了!这小畜生不是我的,她是波力克希尼斯的孩子。把她拿出去跟那母狗一起烧死了吧！

宝丽娜　她是你的。正像古语所说："她这么像你，才真倒霉！"瞧，列位大人，虽然是副缩小的版子，那父亲的全副相貌，都抄了下来了。那眼睛、鼻子、嘴唇、皱眉头的神气，那额角，以至于颊上的可爱的酒涡儿，那笑容、手哪、指甲哪、手指哪，都是一副模型里造出来的。慈悲的天神哪！你把她造得这么像她的生身父亲，但愿你使她的性情不要像她的父亲，不要让她也有一颗嫉妒的心，否则也许她也要像他一样疑心她的孩子不是她丈夫的儿子呢。

里昂提斯　好一个蠢俗的妖婆！你这不中用的汉子，你不能叫她闭嘴，你也是该死。

安提哥纳斯　要是把在这种工作上无能为力的丈夫们都吊死了，那么您恐怕连一个臣子也没有了。

里昂提斯　我再吩咐一次，把她撵出去！

宝丽娜　最无道的忍心害理的昏君也不能做出比你更恶的事来。

里昂提斯　我要把你烧死。

宝丽娜　我不怕。生起火来的人才是个异教徒，而不是被烧死的人。我不愿把你叫做暴君，可是你对于你的王后这种残酷的凌辱，只凭着自己的一点毫无根据的想象就随便加以诬蔑，不能不说是暴君的行为。它会叫你丢脸，给全世界所耻笑的。

里昂提斯　你们要是还有一点忠心的话，快给我把她带出去吧！假如我是个暴君，她还活得了吗？她要是真知道我是个暴君，绝不敢这样叫我的。把她带出去！

宝丽娜　请你们不用推我，我自己会走的。陛下，好好照顾您的孩子吧，她是您的。愿上帝给她一个更好的守护神！你们用手揪住我做什么？你们眼看他做着傻事却不敢有什么举动，全都

是些没有用处的饭桶！好，好，再见！我们走了。（下）

里昂提斯　你这奸贼，都是你撺掇你的妻子做出这种把戏来的。我的孩子！把她拿出去！我就吩咐你，你这软心肠的人，去把她立刻烧死了！我不要别人，只要你去。快把她抱起来，在这点钟之内就来回报，而且一定要拿出证据来，否则你的命和你的财产都要保不住。要是你违抗我的命令，胆敢触怒我的话，那么你说吧，我要用我自己的手亲自摔出这个野种的脑浆来。去，把她丢到火里，因为你的妻子是受了你的怂恿才来的。

安提哥纳斯　不是的，陛下，这儿的各位大人都可以给我辩白，要是他们愿意。

臣　甲　我们可以给他证明，陛下，他的妻子来此和他并不相干。

里昂提斯　你们都是说谎的骗子。

臣　甲　请陛下相信我们。我们一直都是忠心耿耿地侍候着您的，请您不要以为我们会对您不忠。我们跪下来向您请求，看在我们过去和将来的忠诚的分上，收回了这个旨意，它是这样残酷而可怕，将会有不幸的结果发生，我们都在这儿下跪了。

里昂提斯　我是一片羽毛，什么风都可以把我吹动。难道我要活着看见这个野种跪在我膝前，叫我做父亲吗？与其将来恨她，还是现在就烧死了的好。可是好吧，就饶了她的命吧，她总不会活下去的。（向安提哥纳斯）你过来。你曾经那么好心地跟你那位老母鸡出力保全这野种的生命——她是个野种，正像你的胡须是灰色的一样毫无疑问——现在你打算怎样搭救这小东西呢？

安提哥纳斯　陛下，只要是我的力量所能胜任的合乎正义的事，我便愿意去做。我愿意用我仅余的一滴血救助无罪的人，只要不是不可能的事。

里昂提斯　我要叫你做的事并不是不可能的。凭着这柄宝剑，你发誓你愿意执行我的命令。

安提哥纳斯　我愿意，陛下。

里昂提斯　那么你小心执行着吧，要是有一点点儿违反我的话，不但你不能活命，就是你那出言无礼的妻子也难逃一死，现在我姑且宽恕了她。你既然是我的臣仆，我命令你把这野女孩子抱出去，到我们国境之外远远的荒野里丢下，让她风吹日晒，自求生路，不要怜悯她，死也好活也好。她既然来得突然，我们也就叫她去得突然，你赶快把她送到一块陌生的地方去，悉听命运把她怎样支配。倘不依话办去，你的灵魂就要因破誓而受罪，你的身体也要因违命而被罚。把她抱起来！

安提哥纳斯　我已经发过誓，只好去做，虽然我宁愿立刻受死刑的处分。来，可怜的孩子，但愿法力高强的精灵驱使鸢隼乌鸦来乳哺着你！据说豺狼和熊都曾经脱去了它们的野性，做过这一类慈悲的好事。陛下，您虽然做了这等事，仍旧愿您幸福吧！可怜的东西，命定要给丢弃的，愿上天祝福你，帮助你抵御这种残酷的命运！（抱儿下）

里昂提斯　不，我可不能把别人的孩子养大起来。

一仆人上。

仆　　人　启禀陛下，奉旨前去叩求神谕的使者已经在一小时前到了。克里奥米尼斯和狄温已经去过得尔福，赶程回国，现在都已登陆了。

臣　　甲　陛下，他们这一趟走得出乎意外的快。

里昂提斯　他们去了二十三天，的确很快。可见得伟大的阿波罗要这事的真相早早明白。各位贤卿，请你们预备一下，召集一次廷议，好让我正式对我这个不贞的女人提出控诉。她既然已经公开被控，就该给她一个公正的公开的审判。她活着一天，我总不能安心。去吧，想着执行我的命令。（众下）

第三幕

第一场　西西里海口

克里奥米尼斯及狄温上。

克里奥米尼斯　气候宜人，空气爽朗极了，岛上的土壤那样膏腴，庙堂的庄严远超过一切的赞美。

狄　　温　给我印象最深的是那种神圣的法服，还有穿着法服的庄严的教士那种虔敬的神情。啊，那种祭礼！在献祭的时候，那礼节是多么隆重、严肃而神圣！

克里奥米尼斯　可是最奇怪的是那神谕的宣示和那种震耳欲聋的声音，正像天神的霹雳一样，把我吓呆了。

狄　　温　我们这次的旅程是那么难得，那么可喜，又那么快捷。要是它的结果能够证明王后的无罪——但愿如此！　那么总算不虚此行了。

克里奥米尼斯　伟大的阿波罗把一切事情都转到最好的方面！这些无故诬蔑赫米温妮的诏令真让我十分难过。

狄　　温　这回残酷的审判会分别出一个明白来的。等阿波罗的神圣的祭司所密封着的神谕宣示出来之后，一定会有出人意料

的事向众人宣布。去，换马！希望诸事大吉！（同下）

第二场　西西里。法庭

里昂提斯、众臣及庭吏等上。

里昂提斯　这次开庭是十分不幸并使我痛心的。我们所要审判的一方是王家之女，我的素来受到深思殊宠的御妻。我们这次要尽力避免暴虐，因为我们已经按照法律的程序公开进行审判，有罪无罪，总可以见个分晓。带犯人上来。

庭　吏　有旨请王后出庭。肃静！

卫士押赫米温妮上，宝丽娜及宫女等随上。

里昂提斯　宣读起诉书。

庭　吏　（读）"西西里贤王里昂提斯之后赫米温妮其敬听！尔与波希米亚王波力克希尼斯通奸，复与卡密罗同谋弑主；迨该项阴谋事泄，复背忠君之义，暗助奸慝，贪夜逃生：揆诸国法，良不可恕。我等今控尔以大逆不道之罪。"

赫米温妮　我所要说的话，不用说正跟控诉我的话相反，而能够给我证明的，又只有我自己，因此即便辩白无罪，也没有多大用处。我的真诚已经被当作虚伪，那么即使说真话也不能使你们相信。可是假如天上的神明临视着人们的行事，我相信无罪的纯洁一定可以使伪妄的诬蔑惭愧，暴虐将会对含忍战栗。陛下，我过去的生活是怎样贞洁而忠诚，您是十分明白的，虽然您不愿意去想它；我现在的不幸是史无前例的。我以一个后妃的身份，叨陪着至尊的宝座，一个伟大的国王的女儿，又是一个富有前途的王子的母亲，现在却成为阶下之囚，絮絮地讲着生命和名誉，来请求你们垂听。当我估量到生命中所有的忧愁的时候，我就觉得生命是不值得留恋的；可是名誉是我所要传给我的后人的，它是我唯一关心的事物。陛下，我请你自问良心，当波力克希尼斯没有来此之前，你曾经怎样眷宠着我，那种眷宠是不是得当；他来了之后，我曾经跟他有过什么礼法所不许的约会，以至于失去了你的欢心，而到了今天这等地步。无论在我的行动上或是意志上，要是有一点儿越礼的地方，那么听见我说话的各位，尽可以不必对我加以宽恕，我的最亲近的人也可以在我的坟墓上羞骂我。

里昂提斯 我向来就听说，人做了无耻的事之后，总免不了还要用加倍的无耻来抵赖。

赫米温妮 陛下，您的话说得不错，可是那不能应用在我的身上。

里昂提斯 那是因为你不肯承认。

赫米温妮 我所没有份儿的事，别人用诬蔑的手段加之于我的，我当然不能承认。你说我跟波力克希尼斯有不端的情事，我承认我是照着他应得的礼遇，用合于我的身份的那种情谊来敬爱他；那种敬爱正是你所命令于我的。要是我不对他表示殷勤，我以为那不但是违反了你的旨意，同时对于你那位在孩提时便那样要好的朋友也未免有失敬意。至于阴谋犯上的事，即使人家预先布置好了叫我尝试一下，我也不会知道那是什么味道。我唯一知道的，卡密罗是一个正直的好人，为什么他要离开你的宫廷，那是即使天神也像我一样全然不知道的。

里昂提斯 你知道他的出走，也知道你在他们去后要干些什么事。

赫米温妮 陛下，您说的话我不懂，而我现在却要为你那荒诞的念头献出我的生命。

里昂提斯 我的念头完全是你的所作所为造成的！你跟波力克希尼斯生了一个野种，那也是我的梦吗？你和你的那一伙都是些无耻的东西，完全靠不住，愈是抵赖愈显得情真罪确。你那个小东西没有父亲来认领，我已经把她丢掉了，她本没有什么罪，罪恶是在你的身上，现在你该受到我们的制裁，最慈悲的判决也就是死刑。

赫米温妮　陛下，请不用吓我吧，你所用来使我害怕的鬼物，正是求求之不得的。对于我，生命并不是什么可贵的东西。我的生命中的幸福的极致，你的眷宠，已经无可挽回了。因为我觉得它离我而去，但是不知道它是怎样去的。我的第二个心爱的人，又是我第一次结下的果子，已经被隔离了，无法和我见面了，似乎我是一个身染恶疾的人一样。我的第三个安慰出世便逢厄运，无辜的乳汁还含在她那无辜的嘴里，便被人从我的胸前夺了去，然后活活的把她害死。我自己呢，被公开宣布是一个娼妇，无论哪种身份的妇女都享受得到的产褥上的特权，也因为暴力的憎恨而拒绝了我。这还不够，现在我身上没有一点力气，还要把我驱到这里来，受风日的侵凌。请问陛下，我活着有什么幸福可言，为什么我要怕死呢？请你就动手吧。可是听着：不要误会我，我不要生命，它在我的眼中不值一根稻草，但我要把我的名誉洗刷干净。假如你根据了无稽的猜测把我定罪，一切证据都可以不问，只凭着你的妒心做主，那么我告诉你这不是法律，这是暴虐。列位大人，我把自己信托给阿波罗的神谕，愿他做我的法官！

臣　甲　你这请求是全然合理的。凭着阿波罗的名义，去把他的神谕取来。（若干庭吏下）

赫米温妮　俄罗斯的皇帝是我的父亲，唉！要是他活着，在这儿看见他的女儿受到这样审判，要是他看见我这样极度的不幸，但不是用复仇的眼光，而是用怜悯的心情！

庭吏偕克里奥米尼斯及狄温重上。

莎士比亚传奇剧

庭　　吏　克里奥米尼斯和狄温，你们愿意按着这柄公道之剑宣誓说你们确曾到了得尔福，从阿波罗大神的祭司手中带来了这通密封的神谕；你们也不曾敢去拆开神圣的钤记，私自读过其中的秘密吗？

克里奥米尼斯、狄温　这一切我们都可以宣誓。

里昂提斯　开封宣读。

庭　　吏　（读）"赫米温妮洁白无辜；波力克希尼斯德行无缺；卡密罗忠诚不二；里昂提斯者多疑之暴君；无罪之婴孩乃其亲生；倘已失者不能重得，王将绝嗣。"

众　　臣　赞美阿波罗大神！

赫米温妮　感谢神明！

里昂提斯　你没有念错吗？

庭　　吏　没有念错，陛下，正是照着上面写着的念的。

里昂提斯　这神谕全然不足凭信。审判继续进行。这是假造的。

一仆人上。

仆　人　吾王陛下，陛下！

里昂提斯　什么事？

仆　人　啊，陛下！我真不愿意向您报告，小殿下因为担心着娘娘的命运，已经去了！

里昂提斯　怎么！去了！

仆　人　死了。

里昂提斯　阿波罗发怒了，诸天的群神都在谴责我的暴虐。（赫米温妮晕去）怎么啦？

宝丽娜　娘娘受不了这消息，瞧她已经死过去了。

里昂提斯　把她扶出去。她不过因为心中受了太多的刺激，就会醒过来的。我太轻信我自己的猜疑了。请你们好生在意把她救活过来。（宝丽娜及宫女等扶赫米温妮下）阿波罗，恕我大大地亵渎了你的神谕！我愿意跟波力克希尼斯复和，向我的王后求恕，召回善良的卡密罗，他是一个忠诚而慈善的好人。我因为嫉妒而失了常态，一心想着流血和复仇，才选中了卡密罗，命他去毒死我的朋友波力克希尼斯。虽然我用死罪来威吓他，用重赏来鼓励他，可是卡密罗的好心肠终于耽误了我的急如烈火的命令，否则这件事早已做出来了。他是那么仁慈而心地高尚，便向我的贵宾告知了我的毒计，牺牲了他在这里的不小的家私，甘冒着一切的危险，把名誉当作唯一的财产。他因为我的锈腐而发出了多少的光明！他的仁慈显得我的行为格外的卑鄙。

宝丽娜重上。

宝丽娜　不好了！唉，快把我的衣带解开，否则我的心要连着它一起爆碎了！

臣　甲　这是怎么一回事，好夫人？

宝丽娜　昏君，你有什么酷刑给我预备着？碾人的车轮？脱肢的拷架？火烧？剥皮？炮烙还是油煎？我的每一句话都是触犯着你的，你有什么旧式的、新式的刑具可以叫我尝试？你的暴虐无道，再加上你的嫉妒，比孩子们还幼稚的想象，九岁的女孩也不会转这种孩子气的无聊的念头！唉！要是你想一想你已经做了些什么事，你一定要发疯了，全然发疯了，因为你以前的一切愚蠢，不过是小试其端而已。你谋害波力克希尼斯，那不算什么，那不过表明你是个心性反复、忘情背义的傻子。你叫卡密罗弑害一个君王，使他永远蒙着一个污名，那也不算什么，还有比这些更重大的罪恶哩。你把你的女儿抛给牛羊践踏，不是死就是活着做一个卑微的人。即使是魔鬼，在干这种事之前，他的发火的眼睛里也会迸出眼泪来的。我也不把小王子的死直接归罪于你，他虽然那么年轻，他的心地却是那样的高贵，看见他那粗暴痴愚的父亲那样侮辱他贤德的母亲，他的心便碎了。不，这也不是我所要责怪你的，可是最后的一件事——各位大人哪！等我说了出来，大家恸哭起来吧！——王后，王后，最温柔的、最可爱的人儿已经死了，可是还没有报应降到害死她的人的身上！

臣　甲　有这等事！

宝丽娜　我说她已经死了，我可以发誓。要是我的话和我的誓都不能使你们相信，那么你们自己去看吧。要是你们能够叫她的嘴唇泛出血色来，叫她的眼睛露出光芒来，叫她的身上发出温热，叫她的喉头透出呼吸，那么我愿意把你们当作天神样叩头膜拜。可是你这暴君啊！这些事情你也不用后悔了，因为它们沉重得不是你一切的悲哀所能更改的，绝望是你唯一的结局。叫一千个膝盖在荒山上整整跪了一万个年头，裸着身体，断绝饮食，永远熬受冬天的暴风雪的吹打，也不能感动天上的神明把你宽恕。

里昂提斯　说下去吧，说下去吧。你怎么说都不会太过分的，我该受一切人的最恶毒的责骂。

臣　甲　别说下去了，无论如何，您这样出言无忌总是不对的。

宝丽娜　我很抱歉，我一明白我所犯的过失，便会后悔。唉！我凭着我的女人家的脾气，太过于放言无忌了。他的高贵的心已经深受刺伤。已经过去而无能为力的事，悲伤也是没有用的。不要因为我的话而难过，请您还是处我以应得之罪吧，因为我不该把您应该忘记的事向您提醒。我的好王爷，陛下，原谅一个傻女人吧！因为我对于娘娘的敬爱。——瞧，又要说傻话了！我不再提起她，也不再提起您的孩子们了。我也不愿向您提起我的拙夫，他也已经失了踪；请您安心忍耐，我不再多话了。

里昂提斯　你说的话都很对，我能够听取这一切真话，你可以不必怜悯我。请你同我去看一看我的王后和儿子的尸体；两人应当合葬在一个坟里，墓碑上要刻着他们死去的原因，永远留着我的洗刷不去的耻辱。我要每天一次访谒他们埋骨的教堂，用眼泪挥洒在那边，这样消度我的时间。我要发誓每天如此，直到死去。带我去向他们挥泪吧。（同下）

第三场　波希米亚。沿岸荒乡

安提哥纳斯抱小儿及一水手上。

安提哥纳斯　那么你真的相信我们的船靠岸的地方就是波希米亚的边境了吗？

水　手　是的，老爷，我在担心着我们上岸上得不凑巧，天色很昏暗，怕就要刮大风了。照我看来，天似乎在发怒，对我们所做的这件事有点不满。

安提哥纳斯　愿上天的旨意完成！你上船去，照顾好你的船，我等会儿就来。

水　手　请您赶紧点儿，别走得太远了；天气多半要变，而且这儿是有名出野兽的地方。

安提哥纳斯　你去吧，我马上就来。

水　手　我巴不得早早脱身。（下）

安提哥纳斯　来，可怜的孩子。我听人家说死人的灵魂会出现，可是却不敢相信。要是真有那回事，那么昨晚一定是你的母亲出现在我面前了，梦境从来没有那样清楚的。我看见有个人向我走来，她的头有时侧在这一边，有时侧在那一边。我从来不曾见过一个满面愁容的人有这样庄严的妙相。她穿着一身洁白的袍服，像个神圣似的走到了我的船舱中，向我鞠躬三次，非常吃力地想说几句话，她的眼睛像一对喷泉。她痛哭一阵之后，便向我说了这几句话："善良的安提哥纳斯，命运和你的良心作对，使你成为抛弃我的可怜的孩子的人。按照你所发的誓,你要把她丢在一个很远的地方,波希米亚正是那个地方,到那边去,让她自个儿哭泣吧。因为那孩子已经被认为永远遗失了,我请你给她取名为潘狄塔。你奉了我丈夫的命令做了这件残酷的事,你将永远再见不到你的妻子宝丽娜了。"这样说了之后,便尖叫几声,消失不见了。我吓得不得了,立刻定了定心,觉得这是实在的事,不是在做梦。梦是不足凭信的,可是这一次我必须小心翼翼地依从着嘱咐。我相信赫米温妮已经被处死了,这确实是波力克希尼斯的孩子,因此阿波罗要我把她放在这里,无论死活,总是回到了她的亲生父亲的国土上。小宝贝,愿你平安!(将小儿放下)躺着吧,这儿放着你的一张字条;这些东西,(放下一个包裹)要是你运气好的话,小宝贝,可以供给你安身立命。风雨起来了。可怜的东西!为了你母亲的错处,被弃在荒郊,不知道要落得怎样一场结果!我不能哭泣,可是我的心头的热血在流。为了立过誓,不得不干这种事,我真是倒霉!别了!天色越变越坏,你多半要听到一阕太粗暴的催眠歌。我从不曾见过白昼的天色会这么阴暗。哪里来的吓人的喧声!但愿我平安上了船!一头野兽给人赶到这儿来了,我这回准活不成了!(被大熊追下)

牧人上。

牧　人　我希望十六岁和二十三岁之间并没有别的年龄,否则这整段时间里就让青春在睡梦中度了过去吧。因为在这中间所发生的事,不过是叫姑娘们养起孩子来,对长辈任意侮辱,偷东西,打架。你听!除了十六岁和二十三岁之间的那种火辣辣的年轻人,谁还会在这种天气出来打猎?他们已经吓走了我的两头顶好的羊,我担心在它们的东家没有找到它们之前,狼已经先把它们找到了。它们多半是在海边啃着常春藤。好运气保佑着我吧!咦,这儿是什么?(抱起小儿)嗳呀,一个孩子,一个怪体面的孩子！不知道是个男的还是个女的？好一个孩子，真是一个可爱的孩子。一定是什么私情事儿。虽然我读过的书不多，可是我也还读过那些大户人家的侍女怎样跟人结识私情的笑话儿：有梯子，有箱笼，有后门，他们在暖暖的被窝里好快活，这可怜的孩子却被丢在这儿受冻。我要行个好事把他抱起来，可是我还是等我的儿子来了再说吧。他已经在叫我了。喂！喂！

小丑上。

小　　丑　喂！

牧　　人　咦，你就在这儿吗？要是你想见一件到你身死骨头烂的时候还要向人讲起的东西，那么你过来吧。啾，孩子，你为什么难过？

小　　丑　我在海上和岸上见到了两件惨事！可是我不能说海上，因为现在究竟哪里是天，哪里是海，根本就分别不出来了。

牧　　人　什么，孩子，什么事？

小　　丑　我希望你也看见那风浪怎样生气，怎样发怒，怎样冲上了海岸！可是那是些不相干的闲话。唉！那些苦人儿的凄惨的呼声！有时候望得见他们，有时候望不见他们；一会儿船上的大桅顶着月亮，顷刻间就在泡沫里卷沉下去了，正像你把一块软木塞丢在一个大桶里一样。然后又有岸上发生的那回事情。瞧那头熊怎样撕下了他的肩胛骨，他怎样向我喊救命，说他的名字叫安提哥纳斯，是一个贵人。还是让我先把那只船的事情讲完吧！瞧那海水怎样把它一口吞下，可是我先说那些苦人儿怎样喊着喊着，海水又怎样取笑他们；那位可怜的老爷怎样喊着喊着，那头熊又怎样取笑他。他们喊叫的声音，比海涛和风声还要响。

牧　　人　嗳呀！这是什么时候发生的，孩子？

小　　丑　现在，现在。我看见这种情形之后还不曾眨一眨眼呢。水底下的人还没有完全冷掉；那头熊还不曾吃掉那位老爷的一半，它现在还在吃呢。

  牧　人　要是给我看见了的话，我一定会搭救那个人的。

  小　丑　我倒希望你在船边，搭救那船；你的好心一定站立不稳。

  牧　人　太惨了！太惨了！你瞧这儿，孩子。给你自己祝福吧！你看见有人死去，我却看见刚生下来的东西。这看着才够味儿呢！你瞧，褓衣里裹着一位大户人家的孩子！瞧这儿，拿起来，拿起来，孩子，解开来。让我们看。人家对我说神仙会保佑我发财，这一定是神仙丢下来的孩儿。解开来，里面有些什么，孩子？

  小　丑　你已经是一个发财的老头子了，要是老天爷不计较你年轻时的罪恶，你可以享福了！金子！全都是金子！

  牧　人　这是仙人的金子，孩子，没有问题的，拿着藏好了。拣近路回家去，回家去！我们很运气，孩子，倘使要保持这运气，我们必须严守秘密。我的羊就让它去吧。来，好孩子，拣近路回家去。

  小　丑　你拿着你发现的东西拣近路回去吧。我先去瞧瞧那熊有没有离开那位老爷，它究竟吃得怎样了。这种畜生只在肚子饿的时候才会发坏脾气。假如他还有一点骨肉剩下，我便把他埋了。

  牧　人　那是件好事。要是你能够从他留下来的什么东西看出来他是个什么样人，就来叫我，让我看看。

  小　丑　好的，你可以帮我把他下土。

  牧　人　今天是运气的日子，孩子，我们要做些好事才是。

（同下）

第四幕

引子

致辞者扮时间上。

时　间　我令少数人欢欣,我给一切人磨难,
　　　　善善恶恶把喜乐和惊忧一一宣展;
　　　　让我如今用时间的名义驾起双翮,
　　　　把一段悠长的岁月跳过请莫指斥:
　　　　十六个春秋早已默无声息地过度,
　　　　这其间白发红颜人事有几多变故;
　　　　我既有能力推翻一切世间的习俗,
　　　　又何必俯就古往今来规则的束缚?
　　　　这一段不小的空白就此搁在一旁,
　　　　各人的遭遇早已在前文交代端详;
　　　　如今我再要提说全然新鲜的情由,
　　　　让陈旧的故事闪烁着灿烂的光流:
　　　　就像你们突然从睡梦中惊醒过来,
　　　　容我向你们把一个新的场面铺开。

里昂提斯悔恨他痴愚的无根嫉妒，
此后便关起门来独自在闲居思过；
善良的观众，再想象我在波希米亚，
记住国王他有一个儿子在他膝下，
弗罗利泽是这位青年王子的表名；
现在再说潘狄塔，出落得丰秀超群：
她后来的遭际我不必在这儿预报，
时间的消息到时候自会一一揭晓；
现在她认一个牧羊人做她的父亲，
她此后的运命不久时间便会显明。
诸君倘嫌这本戏无聊请不要心焦，
希望你们以后再不受同样的无聊！（下）

第一场 波希米亚。波力克希尼斯宫中一室

波力克希尼斯及卡密罗上。

波力克希尼斯　好卡密罗，不要再向我苛求了，无论什么事，拒绝你都使我很难过。可是如果我答应了你的这个要求，那我简直活不下去了。

卡密罗　我离开我的故国已经十五年了，虽然我已经过惯了异乡的生活，可是我希望能归骨故丘。而且，我的故主国王陛下也已经忏罪，并且派人召我回去。我可能会帮助他稍微减轻他心头的痛苦，我可能有点自夸了，但这也是我要回去的另一个原因。

波力克希尼斯　我知道你是爱我的，卡密罗，所以不要在现在离开我而把你过去的辛劳都一笔勾销了。你自身的好处使我缺少不了你。与其中途你抛弃了我，倒不如我从来不曾认识你的

好。你已经给我筹划了好些除了你之外别人再也不能胜任的工作；要是你不能留在这里亲自去做，我就不得不把你亲手创下的事业搁置起来。这些事情要是我还不曾仔细考虑过给你足够的奖励——无论如何总不会嫌过多——那么我今后一定会仔细研究如何对你表示感激。这样我会得益更多，我们的友谊也会愈益增加。至于那个倒霉的国家西西里，请你不要再提起它了。你一说起那个名字，便会使我想起了你所说的那位忏罪而已经捐弃了宿怨的王兄而心中难过。他那个珍贵无比的王后和孩子们的惨死，就是现在想起来也会令人再次恸哭。告诉我，你什么时候看见过我的孩子弗罗利泽王子？国王们有了不肖的儿子，或是有了好儿子随后又失去，都是一样的不幸。

卡密罗 陛下，我已经有三天没有看见王子了。他在做些什么消遣我不知道，可是我知道他近来不大在宫廷里，也不像从前那样热心于他的那种合于王子身份的技艺。

波力克希尼斯 我也是这样想的，卡密罗，我很有点放不下心。我的耳目发现了你的踪迹，他们回来报告我，说他老是在一个极平常的牧人的家里。据说那牧人本来很穷，后来谁也不知道他怎么一下子发起横财来了。

卡密罗 陛下，我也听说有这样一个人，据说他有一个绝世的女儿，她的名声传播得那么广，谁也想不到她的来源只是这样一间草屋。

波力克希尼斯 我也得到这样的报告，可是我怕这便是引诱我儿子到那边去的原因。你陪我去看一下。我们化了装，向那牧人探问探问，他的简单的头脑是不难让他说出我的儿子之所以到那儿去的缘故来的。请你就陪着我去做这件事，把西西里的念头搁下了吧。

卡密罗 敬遵陛下的旨意。

波力克希尼斯 我的最好的卡密罗!我们该去打扮一下。(下)

第二场 同前。牧人村舍附近的大路

奥托里古斯上。

奥托里古斯 (唱)

  当水仙花初放它的娇黄,
  嗨!山谷那面有一位多娇;
  那是一年里最好的时光,
  严冬的热血在涨着狂潮。

  漂白的布单在墙头晒晾,
  嗨!鸟儿们唱得多么动听!
  引起我难熬的贼心痒痒,
  有了一壶酒喝胜坐龙廷。

  听那百灵鸟的清歌婉丽,
  嗨!还有画眉喜鹊的叫噪,
  一齐唱出了夏天的欢喜,
  当我在稻草上左搂右抱。

我曾经侍候过弗罗利泽王子,穿过顶好的丝绒;可是现在已经遭了革逐。

  我要为这悲伤吗,好人儿?
  惨白的月亮照耀着夜幕;
  当我从这儿偷摸到那儿,
  我并没有走错我的道路。

冬天的故事

要是补锅子的能够过活，
背起了那张猪皮的革囊，
我自然就会交代个明白，
顶着枷锁供认这一勾当。

被单是我的专门生意，有时候也像鹞子搭窠一样，少不了要捡些零星布屑。我的父亲把我取名为奥托里古斯；他也像我一样水星照命，也是一个专门趁人家不留心时拿些零碎东西的小偷。呼幺喝六，眠花宿柳，到头来换得这一身五花大氅，做小偷是我唯一的生计。大路上呢，怕被官捉去拷打吊死不是玩的；后日茫茫，也只有以一睡了之。——一桩好买卖上门来了！

小丑上。

小　丑　让我看：每十一头羊可以出二十八磅羊毛；每二十八磅羊毛可卖一镑几先令；剪过的羊有一千五百只，一共有多少羊毛呢？

奥托里古斯　（旁白）要是网儿摆得稳，这只鸡一定会给我捉住。

小　丑　没有筹码，我可算不出来。让我看，我要给我们庆祝剪羊毛的欢宴买些什么东西呢？三磅糖，五磅小葡萄干，米——我这位妹子要米做什么呢，可是爸爸已经叫她主持这次欢宴，这是她的主意。她把事情办得很好，她已经给剪羊毛的、唱歌的和别的人们扎好了二十四扎花束；他们都是很好的人，但大部分是唱中音和低音的，可是其中有一个是清教徒，和着角笛他便唱圣诗。我要不要买些番红花粉来把梨饼着上颜色？荳蔻壳？枣子？——不要，那不曾开在我的账上。荳蔻仁七枚，生姜一两块，这是那我可以向人白要的；乌梅四磅，再有同样多的葡萄干。

49

奥托里古斯 我好苦命呀！（在地上匍匐）

小　丑 嗳呀！——

奥托里古斯 唉，救救我！救救我！替我脱下这身破衣服！然后让我死吧！

小　丑 唉，苦人儿！你应当再多穿一些破衣服，怎么反而连这也要脱去了呢？

奥托里古斯 唉，先生！这身衣服让我感到很恶心，比我身上受过的鞭打还叫我难过，我重重地挨了足有几百万下呢。

小　丑 唉，苦人儿！挨了几百万下可不是闹着玩的呢。

奥托里古斯 先生，我碰见了强盗，被他们打成这样的；我的钱、我的衣服，都被他们抢去了，却把这种可厌的东西给我披在身上。

小　丑 什么，是一个骑马的，还是步行的？

奥托里古斯 是个步行的，好先生，步行的。

小　丑 对了，照他留给你的这身衣服看来，他一定是个脚夫之类；假如这件是骑马人穿的衣服，那么它一定有不少的经历了。把你的手伸给我，让我搀着你。来，把你的手给我。（扶奥托里古斯起）

奥托里古斯 啊！好先生，轻一点儿。唷！

小　丑 唉，苦人儿！

奥托里古斯 啊！好先生；轻点儿，好先生！先生，我怕我的肩胛骨都断了呢。

小　丑 怎么！你站不住吗？

奥托里古斯 轻轻的，好先生。（窃取小丑钱袋）好先生，轻轻的。您做了一件好事啦。

小　丑 你缺钱用吗？我可以给你几个钱。

奥托里古斯 不，好先生，不，谢谢您，先生。离这儿不到一里路我有一个亲戚,我就到他那儿去。我可以向他借钱或是别的我所需要的东西。别给我钱,我请求您,那会使我不高兴。

小　丑　抢了你的是怎样一个人呀?

奥托里古斯　据我所知,先生,他是一个到处跟人打弹子戏的家伙。我知道他从前曾经侍候过王子,后来我确实知道他是被鞭打赶出宫廷的。好先生,虽然我不晓得为了他的哪一点好处。

小　丑　你应当说坏处,好人是不会被鞭打赶出宫廷的。他们奖励着人们的好处,好让它留在那边,可是好不容易才能留得住呢。

奥托里古斯　我应当说坏处,先生。我很熟悉这家伙。他后来曾经做过牵猢狲的,后来又当过官差,后来去做一个演浪子回头的木偶戏,在离开我的田地一里路之内的地方跟一个补锅子的老婆结了亲。各种下流的行业做了一桩换一桩,终于做了一个流氓。有人叫他做奥托里古斯。

小　丑　他妈的!他是个贼。在教堂落成礼的时候,在市集里,在耍熊的场上,常常有他的踪迹。

奥托里古斯　不错,先生,那正是他,先生,那就是给我披上这身衣服的流氓。

小　丑　波希米亚没有比他再鼠胆的流氓,你只要摆出一些架式来,向他脸上啐过去,他就逃掉了。

奥托里古斯　不瞒您说,先生,我不会和人打架。在那方面我是全然没用的,我相信他也知道。

小　丑　你现在怎样?

奥托里古斯　好先生,好得多啦,我可以站起来走了。我应该向您告别,慢慢地走到我的亲戚那儿去。

小　丑　要不要我带着你去?

奥托里古斯　不,和气面孔的先生;不,好先生。

小　　丑　　那么再会吧！我必须去买些香料来预备庆贺剪羊毛的喜宴。

奥托里古斯　　愿您好运气，好先生！（小丑下）你的钱袋可不够你买香料呢。等你们举行剪羊毛的喜宴，我也要来参加一下。假如我不能在这场戏上再耍一出把戏，叫那些剪羊毛的人自己变成了羊，那么把我在花名簿上除名，算作一个规矩人吧。

　　上前走，上前走，脚踏着人行道，
　　　　高高兴兴地扶着关木：
　　心里高兴走一天也不会累倒，
　　　　愁人走一里也像下地狱。（下）

第三场　同前。牧人村舍前的草地

弗罗利泽及潘狄塔上。

弗罗利泽　　你这种异常的装束使你的每个地方都有了生命，不像是一个牧女，而像是出现在四月之初的花神了。你们的这场剪羊毛的喜宴正像群神集会，而你就是其中的仙后了。

潘狄塔　　殿下，要是我责备您不该打扮得这么古怪，那就是失礼了——唉！恕我，我已经说了出来。您把您尊贵的自身，全国瞻瞩的表记，用田舍郎的装束晦没起来；而我这低贱的女子，却装扮作女神的样子。幸而我们这宴会上的每一道菜都不缺少一些疯狂的胡闹，宾客们早已视为惯例，不以为意，否则我见您这样打扮，仿佛看见了我镜中的自己，就难免脸红了。

弗罗利泽　　我感谢我的那好鹰上次飞过了你父亲的地面上！

潘狄塔　　上帝保佑，您这感谢不是全没有理由的吧！在我看来，我们阶级的不同只能引起畏惧；您的尊贵是不惯于畏惧的。就是在现在，我一想起您的父亲也许也像您一样偶然走过这里，就会吓得发抖。天啊！他要是看见他的高贵的大作装订得这么恶劣，将会觉得怎样呢？他会说些什么话？我穿着这种借来的华饰，又怎样抵御得住他的庄严的神气呢？

弗罗利泽　除了行乐之外，再不要担心什么。天神也曾经为了爱情，降低了他们作为天神的身份，而化作禽兽的样子。朱庇特变成公牛作牛鸣；青色的海神涅普图恩变成牡羊学羊叫；穿着火袍的金色的阿波罗，也曾像我现在这样乔装做一个穷寒的田舍郎。他们这样化形，所追求的对象并不比你更美，而他们的目的也并不比我更纯洁，因为我是发自真情却没有越过礼仪的！

潘狄塔　唉！但是，殿下，您一定会遭到王上的反对，那时您的意志就不能不屈服了；结果不是您改变了您的主意，就是我不得不放弃与您比翼双飞的生活。

弗罗利泽　最亲爱的潘狄塔，请你不要想着这种事情来扫宴乐的兴致。要是我不能成为你的，我的美人，那么我就不是我的父亲的。因为假如我不是你的，那么我也不能是我自己的，什么都是无所归属的了。即使运命反对我，我的心也是坚决的。高兴些，好人儿，用你眼前所见的事物把这种思想驱去了吧。你的客人们来了，抬起你的脸来，就像我们两人约定举行婚礼的那一天一样。

潘狄塔　运命的女神啊，请你慈悲一些！

弗罗利泽　瞧，你的客人们来了，活活泼泼地去招待他们，让我们大家开怀欢畅吧。

　　牧人偕波力克希尼斯及卡密罗各乔装上；小丑、毛大姐、陶姑儿及余人等随上。

牧　人　嗳哟，女儿！我那老婆在世的时候，在这样一天她又要料理伙食，又要招呼酒席，又要烹调菜蔬；一面当主妇，一面做用人。每一个来客都要她欢迎，都要她亲自侍候。又要唱歌，又要跳舞；一会儿在桌子的上首，一会儿在中央；一会儿在这人的肩头斟酒，一会儿又在那人的肩旁，辛苦得满脸火红，自己坐下来歇息喝酒也必须举杯向每个人奉敬。而你却躲在一旁，好像你是被招待的贵客，而不是这场宴会的女主人。请你过来欢迎这两位不相识的朋友，因为这样我们才可以相熟起来，大家做好朋友。来，别害羞，拿出你的女主人的样子来吧。说呀，欢迎我们来参加你的剪羊毛的庆宴，你的好羊群将会繁盛起来。

潘狄塔 （向波力克希尼斯）先生，欢迎！是家父的意思要我担任今天女主人的职务。（向卡密罗）欢迎，先生！把那些花给我，陶姑儿。可尊敬的先生们，这两束迷迭香和芸香是给你们的，它们的颜色和香气在冬天不会消散。愿上天赐福给你们两位，永不会被人忘记！欢迎你们的到来。

波力克希尼斯 美丽的牧女，你把冬天的花来配合我们的年龄，倒是很适当的。

潘狄塔 先生，绚烂的季节已经过去，在这夏日的余晖尚未消逝、令人战栗的冬天还没有到来之际，当令的最美的花卉，只有康乃馨和有人称为自然界的私生儿的斑石竹。我们这村野的园中不曾种植它们，我也不想去采一两枝来。

波力克希尼斯 好姑娘，为什么你瞧不起它们呢？

潘狄塔 因为我听人家说，在它们的斑斓的鲜艳中，人工曾经巧夺了天工。

波力克希尼斯 即使是这样的话，那种改进天工的工具，正也是天工所造成的。因此，你所说的加于天工之上的人工，也就是天工的产物。你瞧，好姑娘，我们常把一枝善种的嫩枝接在野树上，其结果也许是天然本质粗劣，却拥有美艳的花朵。这是一种改良天然的艺术，或者可以说是改变天然，但这种艺术的本身正是出于天然。

潘狄塔　您说得对。

波力克希尼斯　那么在你的园里多种些石竹花,不要叫它们做私生子吧。

潘狄塔　我不愿用我的小锹在地上种下一枝,正如要是我描眉画眼,我不愿这位少年称赞它很好,只因为这种假象才要娶我为妻。这是给你们的花儿,浓烈的薄荷、香草;陪着太阳就寝、流着泪跟他一起起身的万寿菊;这些是仲夏的花卉,我想它们应当给与中年人。给您吧,欢迎您来。

卡密罗　假如我也是你的一头羊,我可以无须吃草,只用凝视来使我活命。

潘狄塔　唉,别说了吧!您会消瘦到一阵正月的风便可以把您吹来吹去的。(向弗罗利泽)现在,我的最美的朋友,我希望我有几枝春天的花朵,可以适合你的年纪——还有你,还有你,在你们处女的嫩枝上花儿尚含苞未放。普洛塞庇那啊!现在我所需要的,正是你在惊惶中从狄斯的车上堕下的花朵!在燕子尚未归来之前,就已经大胆开放,丰姿招展地迎着三月之和风的水仙花;比朱诺的眼睑,或是西塞利娅①的气息更为甜美的暗色的紫罗兰;像一般薄命的女郎一样,还不曾看见光明的福玻斯在中天大放荣辉,便以未嫁之身奄然长逝的樱草花;勇武的、皇冠一样的莲香花;以及各种的百合花,包括着泽兰。唉!我没有这些花朵来给你们扎成花圈;再把它们撒遍你,我的好友的全身!

弗罗利泽　什么!像一个尸体那样吗?

潘狄塔　不,像是给爱情所偃卧游戏的水滩,不是像一个尸体;或者是抱在我怀中的活体,而不是去埋葬的。来,把你们的花儿拿了。我简直像他们在圣灵降临节扮演的牧歌戏里一样放肆

---

① 西塞利娅,希腊神话中爱与美的女神阿佛洛狄忒的称号。

了，一定是我这身衣服改变了我的性情。

弗罗利泽 无论你做什么事，总比已经做过的更为美妙。当你说话的时候，亲爱的，我希望你永远说下去。当你唱歌的时候，我希望你做买卖的时候也这样唱着，布施的时候也这样唱着，祈祷的时候也这样唱着，管理家政的时候也这样唱着。当你跳舞的时候，我希望你是海中的一朵浪花，永远那么波动着，再不做别的事。你的每一个动作，在无论哪一点上都是那么特殊的美妙；每看到一件眼前的事，都会令人以为不会有更胜于此的了。在每项事情上你都是个女王。

潘狄塔 啊，道里克尔斯！你把我恭维得太过分了。倘不是因为你的年轻和你的真诚，表示出你确是一个纯洁的牧人的话，我的道里克尔斯，我是很有理由疑心你别有用意的。

弗罗利泽 我没有可以引起你疑心的用意，你也没有疑心我的理由。可是，来吧，请你允许我陪你跳舞。把你的手给我，我的潘狄塔，就像一对斑鸠一样，永不分开。

潘狄塔 我誓愿如此。

波力克希尼斯 这是牧场上最美的小家碧玉。她的每一个动作、每一种姿态，都有一种比她自身更为高贵的品质，这地方似乎屈辱了她。

卡密罗 他对她说了句什么话儿，羞得她脸红起来了。真的，她可说是田舍的女王。

小　丑 来，奏起音乐来。

陶姑儿 毛大姐一定是你的情人吧！好，别忘记嘴里含个大蒜，接起吻来味道好一些。

毛大姐 岂有此理！

小　丑 别说了，别说了，大家要讲究礼貌。来，奏起来。

（奏乐；牧人群舞）

波力克希尼斯　请问，好牧人，跟你女儿跳舞的那个漂亮的田舍郎是谁？

牧　　人　他们把他叫做道里克尔斯，他自己夸说他有很好的牧场。我相信他的话，他瞧上去是个老实人。他说他爱我的女儿，我也这样想。因为就是月亮凝视着流水，也比不上他那么痴心地呆望着我女儿的眼波。老实说吧，从他们的接吻上要分别出谁更爱谁来，是不可能的。

波力克希尼斯　她跳舞跳得很好。

牧　　人　她样样都精，虽然我不该这样自夸。要是年轻的道里克尔斯选中了她，她会给他梦想不到的好处的。

一仆人上。

仆　　人　（向小丑）啊，大官人！要是你听见了门口的那个货郎，你就再不会跟着手鼓和笛子跳舞了。不，风笛也不能诱动你了。他唱了几支曲调比你数银钱还快，似乎他曾经吃过许多歌谣似的。大家的耳朵都在他的歌儿上生根了。

小　　丑　他来得正好，我们应当叫他进来。山歌我是再爱听不过的了，只要它是用快活的调子唱着悲伤的事，或是用十分伤心的调子唱着很快活的事儿。

仆　　人　他有给各色男女的歌儿，没有哪个女服店主会像他那样恰如其分地为每个顾客配上合适的手套。他有最可爱的情歌给姑娘们，难得的是一点不粗俗，那和歌和尾声是这样优雅，"跳她一顿，揍她一顿"；唯恐有什么喜欢讲粗话的坏蛋要趁此开个恶作剧的玩笑，他便叫那姑娘回答说："喔唷，饶饶我，好人儿！"把他推了开去，这么撇下了他，"喔唷，饶饶我，好人儿！"

波力克希尼斯　这是一个有趣的家伙。

小　　丑　真的，你说的是一个很调皮的家伙。他有没有什么新鲜的货色？

仆　　人　他有虹霓上各种颜色的丝带，带纽之多，可以叫波希米亚所有的律师们大批地来也点不清楚。羽毛带、毛绒带、细麻布、细竹布，他把它们一样一样唱着，好像它们都是男神女神的名字呢。他把女人衬衣的袖口和胸前的花样都唱得那么动听，你会以为每一件衬衣都是一个女天使呢。

小　　丑　去领他进来；叫他一路唱着来。

潘狄塔　告诉他可不许唱出粗俗的句子来。（仆人下）

小　　丑　看不出这些货郎还真有点儿本事呢，妹妹。

潘狄塔　是的，好哥哥，我再瞧也不会瞧出什么来的。

奥托里古斯唱歌上。

奥托里古斯　（唱）

> 白布白，像雪花，
> 黑纱黑，像乌鸦；
> 一双手套玫瑰香，
> 假脸罩住俊脸庞。
> 琥珀项链琉璃镯，
> 绣闼生香芳郁郁；
> 金线帽儿绣肚罩，
> 买回送与姐儿俏。
> 烙衣铁棒别针尖，
> 闺房百宝尽完全；
> 来买来买快来买，
> 哥儿不买姐儿怪。

小　　丑　要不是因为我爱上了毛大姐，你再不用想从我手里骗钱去，可是现在我既然爱她都爱得着了魔，不得不买些丝带手套了。

毛大姐　你曾经答应过买来送给我今天穿戴，但现在还不算太迟。

陶姑儿　他答应你的一定还不止这些哩。

毛大姐　他答应你的，都已经给了你了；也许他给你的比他所答应你的还要多哩，看你好意思说出来。

小　丑　难道姑娘家就不讲个礼数吗？穿裤子可以当着大家的面吗？你们不可以在挤牛奶的时候、睡觉的时候或是在灶下悄声地谈论你们的秘密，一定要当着众位客人的面唠叨不停吗？怪不得他们都在那儿交头接耳了。闭上你们的嘴，别再多说一句话了。

毛大姐　我已经说完了。来，你答应买一条围巾和一双香手套给我的。

小　丑　我不曾告诉你我怎样在路上给人掏了钱去吗？

奥托里古斯　真的，先生，外面拐子很多呢，一个人总得小心些才是。

小　丑　朋友，你不用担心，在这儿你不会失落什么的。

奥托里古斯　但愿如此，先生，因为我有许多值钱的东西呢。

小　丑　你有些什么？山歌吗？

毛大姐　请你买几支，我很喜欢刻印出来的山歌，因为那样的山歌才是真的。

奥托里古斯　这儿是一支调子很悲伤的山歌，里面讲着一个放债人的老婆一胎生下二十只钱袋来，她尽想着吃蛇头和煮烂的虾蟆。

毛大姐　你想这是真的吗？

奥托里古斯　再真不过了，才一个月以前的事呢。

陶姑儿　天保佑我别嫁给一个放债的人！

奥托里古斯　收生婆的名字都在这上头，叫什么造谣言太太的，另外还有五六个在场的奶奶们。我为什么要到处胡说呢？

毛大姐　谢谢你，买了它吧。

小　丑　好，把它放在一旁。让我们看还有什么别的歌。别的东西等会儿再买吧！

奥托里古斯　这儿是另外一支歌，讲到有一条鱼在四月十八日星期三这一天在海岸上出现，离水面二十四万呎以上；它便唱着这一支歌，并打动姑娘们的硬心肠。据说那条鱼本来是一个女人，因为不肯跟爱她的人交欢，故而变成一条冷血的鱼。这歌儿十分动人，而且是千真万确的。

陶姑儿　你想那也是真的吗？

奥托里古斯　五个法官调查过这件事，证人多得数不清呢。

小　丑　也把它放下来，再来一支看看。

奥托里古斯　这是一支轻松的小调，可是怪可爱的。

毛大姐　让我们买几支轻松的歌儿。

奥托里古斯　这才是非常轻松的歌儿呢，它可以用"两个姑娘争风"这个调子唱。西方一带的姑娘谁都会唱这歌，销路好得很呢，我告诉你们。

毛大姐　我们俩也会唱。要是你也加入唱，你便可以听我们唱得怎样，它是三部合唱。

陶姑儿　我们在一个月之前就学会这个调子了。

奥托里古斯　我可以参加，你们要知道这是我的吃饭本领呢。请唱吧。（三人轮唱）

奥托里古斯

　　　　你去吧，因为我必须走，
　　　　到哪里用不着你追究。

陶姑儿

　　　　哪里去？

冬天的故事

毛大姐

　　啊！哪里去？

陶姑儿

　　哪里去？

毛大姐

　　赌过的咒难道便忘掉，
　　什么秘密该让我知晓？

陶姑儿

　　让我也到那里去。

毛大姐

　　你到农场还是到磨坊？

陶姑儿

　　这两处全不是好地方。

奥托里古斯

　　　　都不是。

陶姑儿

　　咦，都不是？

奥托里古斯

　　　　都不是。

陶姑儿

　　你曾经发誓说你爱我。

毛大姐

　　你屡次发誓说你爱我。
　　究竟你到哪里去？

小　丑　让我们把这个歌儿拣个清静的地方唱完它；我的爸爸跟那两位老爷在讲正经话，咱们别搅扰了他们。来，带着你的东西跟我来吧。两位大姐，你们两人都不会落空。货郎，让我们

61

先挑一挑。跟我来,姑娘们。(小丑、陶姑儿、毛大姐同下)

奥托里古斯　你要大大地破费了。(唱)

要不要买些儿时新花边?
要不要镶条儿缝上披肩?
我的小娇娇,我的好亲亲!
要不要买些儿丝线缎绸?
要不要首饰儿插个满头?
质地又出色,式样又时新。
要什么东西请告诉货郎,
钱财是个爱多事的魔王:
人要爱打扮,只须有金银。(下)

仆人重上。

仆　人　主人,有三个推小车的、三个放羊的、三个看牛的和三个牧猪的,都身上披了毛皮,自己说是什么骚提厄尔①的;他们跳的那种舞,姑娘们说全然是一阵乱窜乱跳,因为里面没有女人一起跳,可是他们自己却以为也许那些只懂得常规的人们会以为他们这种跳法太粗野了,其实倒是满有趣的。

牧　人　去!我们不要看他们,粗蠢的把戏已嫌太多了。先生!我知道这种情况一定会叫你们心烦。

波力克希尼斯　你在叫那些使我们高兴的人心烦呢。请你让我们瞧瞧这三个人一组的四班牧人吧。

仆　人　据他们自己说,先生,其中的三个人曾经在王上面前跳过舞,就是其中最次的三个,也会跳十二尺半呢。

牧　人　别多嘴了。这两位好先生既然高兴,就叫他们进来吧,可是快些。

---

①　骚提厄尔应是萨特,仆人把音传错了。希腊神话中人身马尾。遨游山林的怪物。

仆　人　他们就在门口等着呢，主人。（下）

仆人领十二乡人扮萨特重上。跳舞后同下。

波力克希尼斯　（向牧人）老丈，慢慢再让你知道吧。（向卡密罗）这是不是太那个了呢？现在应该去拆散他们了。他是个老实人，把一切都讲出来了。（向弗罗利泽）你好，漂亮的牧人！你的心里充满了些什么东西，连宴会也忘记了？真的，当我年轻的时候，我也像你一样恋爱着，常常送给我的她许多小东西。我会把货郎的绸绢倾筐倒箧地送给她；可是你却轻轻地让他去了，不和他做一点交易。要是你的姑娘误会了，以为这是你不爱她或是器量小的缘故，而如果你真不愿失去她，可就难于自圆了。

弗罗利泽　老先生，我知道她不像别人那样看重这种不值钱的东西。她要我给她的礼物，是深深地锁藏在我的心中的，我已经给了她了，可是还不曾正式递交。（向潘狄塔）这位年尊的先生似乎也曾经恋爱过，当着他的面前，听我诉说我的心灵吧！我握着你的手，这像鸽毛一样柔软而洁白、像非洲那些黑人的牙齿、像被北风簸扬过两次的雪花一样白的手。

波力克希尼斯　还有些什么下文呢？这个年轻的乡下孩子多么可爱，似乎还在洗那本来已经很美的手呢！恕我打扰，你说下去吧，让我听一听你要说些什么话。

弗罗利泽　好，就请您作个见证。

波力克希尼斯　我这位伙伴也可以听吗？

弗罗利泽　他也可以，再有别人也可以，一切的人，天地和万物，都可以来为我作见证：即使我戴上了最尊严最高贵的皇冠，即使我是世上引人注目的最美貌的少年，即使我有超人的力量和知识，但如果我得不到她的爱情，我便不会重视它们；它们都是她的臣仆，她可以支配它们，或者贬斥它们，使它们沦于永劫。

波力克希尼斯　说得很好听。

卡密罗　这可以表示真切的爱悦。

牧　　人　可是，我的女儿，你不会对他也说些什么吗？

潘狄塔　我不能说得像他那么好，我也没有比他更好一点的意思。用我自己的思想作为例子，我可以看出他的真诚来。

牧　　人　握手吧，交易成功了。不相识的朋友们，你们可以作证：我把我的女儿给了他，她的嫁奁我要使它和他的财产相当。

弗罗利泽　啊！那该是你女儿自身的德性了。要是有一个人死了，我所有的将为你们梦想所不及，那时再叫你吃惊吧。现在来，当着这两位证人的面给我们订婚。

牧　　人　伸出你的手来，女儿，你也伸出手来。

波力克希尼斯　且慢，汉子。你有父亲吗？

弗罗利泽　有的，为什么提起他呢？

波力克希尼斯　他知道这件事吗？

弗罗利泽　他不知道，也不会知道。

波力克希尼斯　我想一个父亲应该是他儿子婚宴上最不能缺少的尊客。我再请问你一声，你的父亲已经老悖得做不了主了吗？他是不是一个老糊涂？他会说话吗？他耳朵听得见吗？能不能认识人，谈论自己的事情？他是不是躺在床上爬不起来，只会做些孩子气的事？

弗罗利泽　不，好先生，像他现在这个年纪的人，很少有人像他这样壮健呢。

波力克希尼斯　凭着我的白胡须起誓，如果真是这样的话，你真是太不孝了。儿子自己选中一个妻子，这是说得过去的；可是做父亲的一心想望着子孙的好，在这种事情上也参加一点意见，总也是应该的吧。

弗罗利泽　我承认您的话很对。可是，我的尊严的先生，为了别的一些不能告诉您的理由，我不曾让我的父亲知道这回事。

波力克希尼斯 那你就应该去告诉他才是。

弗罗利泽 他不能知道。

波力克希尼斯 他一定要知道。

弗罗利泽 不，他一定不能知道。

牧 人 去告诉他吧，我的孩子。他要是知道了你选了怎样一位妻子，绝不会不中意的。

弗罗利泽 不，不，他一定不能知道。来，给我们证婚吧。

波力克希尼斯 给你们离婚吧，少爷。（除去假装）我不敢叫你做儿子呢。你这没出息的东西，我还能跟你认父子吗？堂堂的储君，却爱上了牧羊的杖子！你这老贼，我恨不得把你吊死，可是即使吊死了你，像你这样年纪，也不过促短了你几天的寿命。还有你，美貌的妖巫，你一定早已知道跟你交往的那人是个天潢贵胄的傻瓜——

牧 人 嗳哟！

波力克希尼斯 我要用荆棘抓破你的美貌，叫你的脸比你的身份还寒伧。讲到你，痴心的孩子，我再不准你看见这丫头的脸了，要是你敢叹一口气，我就把你废为庶人，摈出王族，以后永绝关系。听好我的话；跟我回宫去。（向牧人）蠢东西，你虽然使我大大生气，可是暂时恕过你这遭。（向潘狄塔）妖精，你只配嫁个放牛的奴才！要不是为了顾及我王家的体面，像他这样恬不知耻自贬身份的人和你倒也相配！要是你以后再打开你的柴门接他进来，或者再敢去拥抱他的身体，我一定要想出一种最残酷的刑具来责打你这弱不禁风的娇躯。（下）

潘狄塔 虽然一切都完了，我却并不恐惧。不止一次我想要对他明白说：同样的太阳照着他的宫殿，也不曾避过了我们的草屋，阳光是一视同仁的。殿下，请您去吧，我对您说过会有什么结果的。请您留心着您自己的地位，我现在已经梦醒，不会再有什么念想了。让我一路挤着羊乳，一路哀泣吧。

卡密罗 唉，怎么啦，老丈！在你没有死之前，说句话呀。

牧　人 我不能说话，也不能思想，更不敢知道我所知道的事。唉，殿下！我活了八十三岁，但愿安安静静地死去，在我的父亲葬身的地方，跟他正直的骸骨长眠在一块儿，可是您现在把我毁了！替我盖上殓衣的，将要是个行刑的绞手；我的埋骨之处，没有一个牧师会加上一铲土。唉，该死的孽根！你知道他是王子，却敢跟他谈情。完了！完了！要是我能够就在这点钟内死去，那么总算死得其时。（下）

弗罗利泽 你为什么这样看着我？我不过有点悲伤，却并不恐惧；不过受了挫折，却没有变心。本来是怎样，现在仍旧是怎样。因为给拉住了而更要努力向前，不甘心委屈地给人拖了去。

卡密罗 殿下，您知道您父亲的脾气，这时候他一定不听人家的话。我想您也不会想去跟他说什么，而且我怕他现在也未必高兴见您的面，所以您还是等他的火性退了之后再去见他吧。

弗罗利泽 我没有这个意思。我想你是卡密罗吧？

卡密罗 正是，殿下。

潘狄塔 我不是常常对你说事情会弄成这样的！我不是常常说等到这事一泄露，我就要丢脸了！

弗罗利泽 你绝不会丢脸，除非我背叛了誓言。那时就让天把地球的两边碰了拢来，毁灭掉一切的生灵吧！抬起你的脸来。父亲，把我废斥了吧，我是我爱情的后嗣。

卡密罗 请听劝告吧。

弗罗利泽 我听从着我的爱情的劝告呢。要是我的理性能服从指挥，那么我是有理性的，否则我的感觉就会选择疯闹，向它表示欢迎。

卡密罗 您这简直是乱来了，殿下。

弗罗利泽 随你怎样说吧，可是这才可以实现我的盟誓，我必须以为这样做是正当的。卡密罗，我不愿为了波希米亚，或是它的一切的荣华，或是太阳所临照、土壤所孕育以及无底的深海所隐藏的一切，而破毁了我向这位美貌的未婚妻所立的誓。所以，我拜托你，因为你一直是我父亲所看重的朋友，当他失去我的时候——不瞒你说，我预备再不见他了——请你好好安慰安慰他；让我自己和未来的运命相争吧。我不妨告诉你，你也可以这样对他说，因为在岸上我不能保有她，我要同她到海上去了。巧得很，我刚有一艘快船在此，虽然本来并非为着这次的计划。至于我预备采取什么方法，那你无须知道，我也不必告诉你了。

卡密罗 啊，我的殿下！我希望您的性子不至于如此固执，能够听进更多的忠告，或者您的精神较为坚强，这更能适合您的需要。

弗罗利泽 听我说，潘狄塔。（携潘狄塔至一旁。向卡密罗）等会儿再跟你谈。

卡密罗 他已经决定了一定要出走。要是我能在他的这回出走上想个计策，一方面偿了我的心愿，一方面帮助他脱去危险，为他尽些力量；让我再看见我的亲爱的西西里和我渴想见面的不幸的旧君，那就一举两得了。

弗罗利泽 好卡密罗，我因为有许多难题要解决，多多失礼了。

卡密罗 殿下，我想您也听说过我对于您父亲的微末的忠勤吧？

弗罗利泽 你是很值得尊敬的，我父亲一提起你的功绩，总是极口称赞，他也常常想到要怎样才能更好地报答你。

卡密罗 好，殿下，要是您愿意把我看成是忠心于王上，同时因为忠心于他的缘故,也愿意忠心于他最关切的人,那就是说殿下您自己,那么请您接受我的建议:假如您那已经决定了的重要的计划可以略加更改的话,我可以指给您一处将会按着您的身份竭诚接待您的地方;您可以在那边陪您的恋人享着艳福,我知道要把你们拆散是不可能的,除非遭到了毁灭的命运——上帝保佑不会有这种事!您跟她结了婚;这边我可以竭力向您的佛意的父亲劝解,渐渐使他同意。

弗罗利泽 这简直是奇迹了,卡密罗,怎么可以实现呢?我要相信你不是个凡人,然后才可以相信你的话。

卡密罗 您有没有想到一个去处?

弗罗利泽 还没有,可是因为这回事情的突如其来,不得不使我们采取莽撞的行动。我们只好听从运命的支配,随着风把我们吹到什么方向。

卡密罗 那么听我说。要是您立定主意出走,那么到西西里去吧!您可以带着您这位美人去谒见里昂提斯,说她是位公主,把她穿扮得符合做您妻子的身份。我想象得到里昂提斯将会伸出他的宽宏的手来,含着眼泪欢迎你,把你当作你父亲本人一样,向你请求原恕。他将反复吻着你的娇艳的公主的手,一面忏悔他过去的不仁,一面让眼前的殷勤飞快地愈加增长。

弗罗利泽 可尊敬的卡密罗,我要用些什么借口来向他说明这次访问呢?

卡密罗 您就说是您父王差遣您来向他问好的。殿下,您要用什么方式去见他;作为您父亲的代表,您要向他说些什么话;那些在我们三人间所知道的事情,我都可以给您写下来,指示您每次朝见时所要说的话,他一定会相信您的父亲已经把心腹之事全告诉您了。

弗罗利泽 我真感谢你。这似乎可以行得通。

冬天的故事

卡密罗 比起您那些鲁莽的做法来,这还是要保险多了,要是按照您的做法,只能听任无路可通的大海、梦想不到的海滨、无可避免的灾祸摆布,没有人能够帮助您,脱了这场险又会遭遇另一场险,除了尽力把你们留在你们所厌恶的地方的铁锚之外,再没有可靠之物。而且,您知道幸运是爱情的维系,爱情的鲜艳的容色和热烈的心,到那时也会因困苦而起了变化。

潘狄塔 你的话只有一半对,我想困苦可以使脸色惨淡,却未必能改变心肠。

卡密罗 噢,你这样说吗?你父亲的家里,再过七年也生不出像你这样一个人来。

弗罗利泽 我的好卡密罗,她虽然出身比我们低,她的教养却不比我们差到哪里。

卡密罗 我不能因为她的缺少教育而惋惜,因为她似乎比大多数教育别人的都更有教育。

潘狄塔 大人,承您过奖,惭愧得很。

弗罗利泽 我的最可爱的潘狄塔!可是,唉!我们却立于荆棘之上!卡密罗,你曾经救了我的父亲,现在又救了我,你是我们一家人的良药。现在我们该怎么办呢?我既然穿得不像一个波希米亚的王子,到了西西里也没有办法好想。

卡密罗 殿下,您不用担心。我想您也知道我的财产全在那边,我一定会像关心自己的事一样设法让您穿得富丽堂皇。譬如说,殿下,让您知道您不会缺少什么——过来我对您说。(三人退一旁谈话)

奥托里古斯上。

奥托里古斯 哈哈!诚实真是个大傻瓜!他的拜把兄弟"信任",头脑也很简单!我的一切不值钱的玩意儿全卖光了:担子里空空如也,不剩一粒假宝石,一条丝带,一面镜子,一颗香丸，一枚饰针，一本笔记簿，一页歌曲，一把小刀，一根织带，一双手套，一副鞋带，一只手镯，或是一个明角戒指。他们争先恐后地抢着买，好像我这种玩意儿都是神圣的宝石，谁买了去就会有好运气似的。我就借此看了出来谁的袋里像是最有钱。凡是我的眼睛所看见的，我便记在心里备用。我那位傻小子昏头昏脑，听了那些小娘儿们的歌便着迷了，他那猪猡脚站定了动都不动，一定要把曲谱和歌词全买去才作罢。因此引集了许多人都到了我身边，只顾着听，别的全忘记了。你尽可以把哪个姑娘的衬裙抄走，她是绝不会察觉的；你要是把挂在裤子上的钱袋剪了下来，简直不费吹灰之力。我可以把一串链条上的钥匙都锉下来呢！什么都听不见，什么都不察觉，只顾着我那位大爷的唱歌，津津有味地听那种胡说八道。因此在这种昏迷颠倒的时候，我把他们中间大部分人为着来赶热闹而装满了的钱袋都掏空了；假如不是因为那个老头子连嚷带喊地走来，骂着他的女儿和国王的儿子，把那些砻糠上的蠢鸟都吓走了，我一定会叫他们的钱袋全军覆没的。（卡密罗、弗罗利泽、潘狄塔上前）

卡密罗　不，可是用这方法我的信可以和您同时到那边，这样就不会有什么困难了。

弗罗利泽　同时你请里昂提斯王写信给我们斡旋——

卡密罗　那一定会把您父亲的心劝转回来。

潘狄塔　多谢您！您所说的都是很好的办法。

卡密罗　（见奥托里古斯）谁在这儿？我们也许可以把这人利用利用，有机会总不要放过。

奥托里古斯　（旁白）要是我的话给他们听了去，那么我就该死了。

卡密罗　喂，好家伙！你干吗这样发抖呀？别怕，朋友，我们并不要为难你。

奥托里古斯　我是个苦人儿，老爷。

卡密罗　那么你就是个苦人儿吧，没有人会把你的这个名号偷走的。可是我们倒要和你的贫穷的外表做一桩交易哩。快脱下你的衣服来吧——你该知道你非脱不可——和这位先生换一身穿上。虽然他换到的只是一件破旧不值一个子儿的东西，可是还有几个额外的钱给你，你拿了去吧。

奥托里古斯　我是个苦人儿，老爷。（旁白）我知道你们的把戏。

卡密罗　哎，请你赶快吧，这位先生已经脱下来了。

奥托里古斯　您不是开玩笑吧，老爷？（旁白）我有点儿明白这种诡计。

弗罗利泽　请你快些。

奥托里古斯　您虽然一本正经地给我定钱，可是我却不敢。

卡密罗　脱下来，脱下来。（弗罗利泽、奥托里古斯二人换衣）幸运的姑娘，让我对你的预言成为现实吧！你应该拣一簇树木中间躲着，把你爱人的帽子拿去覆住了前额，蒙住你的脸，改变你的装束，竭力隐住了自己的原形，然后再上船。路上恐怕眼目很多，免得被人瞧破。

潘狄塔　看来这本戏里我也要扮一个角色。

卡密罗　也是没有办法呀。——您已经好了吗？

弗罗利泽　要是我现在遇见了我的父亲，他不会叫我做儿子的。

卡密罗　不，这帽子不给你戴。（以帽给潘狄塔）来。姑娘，来吧。再见，我的朋友。

奥托里古斯　再见，老爷。

弗罗利泽　啊，潘狄塔，我们忘了一件事了！来跟你讲一句话。（弗罗利泽、潘狄塔在旁谈话）

莎士比亚传奇剧

卡密罗 （旁白）这以后我便去向国王告知他们的逃亡和行踪，我希望因此可以劝他追赶他们，这样我便可以陪着他再见西西里了，我真像一个女人那样相思着它呢。

弗罗利泽 幸运保佑我们！卡密罗，我们就此到海边去了。

卡密罗 一路顺风！（弗罗利泽、潘狄塔及卡密罗各下）

奥托里古斯 我知道这回事情，我听见他们的话。一张好耳朵，一对快眼，一双妙手，这是当扒手所不可缺少的；而且还要有一个好鼻子，可以嗅出些机会来。看来现今是小人得势之秋。不加小账，这已经是一桩好交易了，况且还有这样的油水可捞！老天爷今年一定特别包容我们，我们尽可以放手干去。王子自己本就有点不大靠得住，拖着绊脚的东西逃开了父亲的身旁。如果把这消息去报告给国王是一件正当的事情，我也不愿这样干。不去报告本是小人的行径，正合我的本色。我还是干我的老本行吧。走开些，走开些，一个活动的头脑，又可以有些事情做了。每一条街头巷尾，每一家店铺、教堂、法庭、刑场，一个小心的人都可以显示他的身手。

小丑及牧人上。

小　丑 瞧，瞧，你现在弄到什么地步啦！唯一的办法是去告诉国王，她只是个捡来的孩子，并不是你的亲生骨肉。

牧　人 不，你听我说。

小　丑 不，你听我说。

牧　人 好，那么你说吧。

小　丑 她既然不是你的骨肉，你的骨肉就不曾得罪国王；因此他就不能责罚你的骨肉。你只要把你在她身边找到的那些东西，那些秘密的东西，都拿出来给他们看，只除了她的财物。这么一来，我可以担保，法律也奈何不了你了。

牧　人 我要把一切都去告诉国王，每一个字，是的，还要告诉他，他的儿子的胡闹；我可以说他这个人无论对于他的父亲和我都不是个好人，想要把我和国王攀做亲家。

小　　丑　　不错，你起码也可以做他的亲家，那时你的血就不知道要贵多少钱一两了。

奥托里古斯　　（旁白）很聪明，狗子们！

牧　　人　　好，让我们见国王去。他见了这包裹里的东西，准要摸他的胡须呢。

奥托里古斯　　（旁白）我不知道他们要是这样去说了会怎么阻碍我那主人的逃走。

小　　丑　　但愿他在宫里。

奥托里古斯　　（旁白）虽然我生来不是个好人，有时我却偶然要做个好人。让我把货郎的胡须取下藏好。（取下假须）喂，乡下人！你们到哪儿去？

牧　　人　　不瞒大爷说，我们到宫里去。

奥托里古斯　　你们到那边去有什么事？要去见谁？这包裹里是什么东西？你们家住何处？姓甚名谁？多大年纪？有多少财产？出身怎样？一切必须知道的事情，都给我说来。

小　　丑　　我们不过是平常百姓呢，大爷。

奥托里古斯　　胡说！瞧你们这种满脸须发蓬松的野相，就知道不是好人。我不要听你们胡说，只有做买卖的才会胡说，他们老是骗我们军人，可是我们却不给他们吃刀剑，反而用银钱买他们的谎——所以他们也不算胡说。

小　　丑　　亏得您最后改过口来，不然您倒是对我们胡说一通了。

牧　　人　　大爷，请问您是不是当官的？

奥托里古斯　　随你们瞧我像不像官，我可真是个官。没看见这身衣服就是十足的官气吗？我穿着这身衣服走路，那样子不是十足的官派吗？你们没闻到我身上的官味儿吗？瞧着你们这副贱相，我不是大摆着官架子吗？你们以为我对你们讲话的时候和气了点，动问你们微贱的底细，因此我就不是个官了吗？我从头到脚都是个官，一高兴可以帮你们忙，一发脾气你们就算遭了殃。所以我命令你们把你们的事情说出来。

牧　　人　大爷，我是去见国王的。

奥托里古斯　你去见他有什么脚路呢？

牧　　人　请您原谅，我不知道。

小　　丑　脚路是一句官话，意思是问你有没有野鸡送上去。你说没有。

牧　　人　没有，大爷；我没有野鸡，公的母的都没有。

奥托里古斯　我们不是傻瓜的人真幸福！可是谁知道当初造物不会把我也造成他们这种样子？因此我也不要瞧不起他们。

小　　丑　这一定是位大官儿。

牧　　人　他的衣服很神气，可是他的穿法却不大好看。

小　　丑　他似乎因为落拓不羁而格外显得高贵些。我可以担保他一定是个大人物，我瞧他剔牙齿的样子就看出来了。

奥托里古斯　那包裹是什么？里面有些什么东西？那箱子又是哪里来的？

牧　　人　大爷，在这包裹和箱子里头有一个很大的秘密，除了国王以外谁也不能知道；要是我能够去见他说话，那么他在这一小时之内就可以知道了。

奥托里古斯　老头子，你白白辛苦了。

牧　　人　为什么呢，大爷？

奥托里古斯　国王不在宫里，他已经坐了一只新船出去解闷养息去了。要是你这人还算懂事的话，你该知道国王心里很不乐意。

牧　　人　人家正这么说呢，大爷，说是因为他的儿子想要跟一个牧人的女儿结婚。

奥托里古斯 要是那个牧人还不曾被抓起来,还是赶快远走高飞的好。他将要受到的咒诅和刑罚,一定会把他的背膀压断,就是妖魔的心也禁不住要碎裂的。

小　丑 您以为这样吗,大爷?

奥托里古斯 不但他一个人要大吃其苦,就是跟他有点亲戚关系的,即使疏远得相隔五十层,也逃不了要上绞架。虽然那似乎太残忍些,然而却是应该的。一个看羊的贱东西,居然胆敢叫他的女儿妄图非分!有人说应当用石头砸死他,可是我说这样的死法太惬意了。把王上拉到了羊棚里来!这简直是万死犹有余辜,极刑尚嫌太轻哩。

小　丑 大爷,请问您听没听说过那老头子有一个儿子?

奥托里古斯 他有一个儿子,要把他活活剥皮,然后涂上蜜,放在胡蜂巢的顶上,等他八分是鬼两分是人的时候,再用火酒把他救活过来,然后拣一个历本上所说的最热的日子,把他那块生猪肉似的身体背贴着砖墙上烤烤,太阳向着正南方蒸晒着他,让那家伙眼看着自己身上给苍蝇下卵而死去。可是我们说起这种奸恶的坏人做什么呢?他们犯了如此大罪,受这种苦难也不妨付之一笑。你们瞧上去像是正直良民,告诉我你们见国王有什么事情。你们如果向我孝敬孝敬,我可以带你们到他的船上去,帮你们引见,悄悄地给你们说句好话。要是国王身边有什么人能够影响你们的请求的话,这个人就在你们的眼前。

小　丑 他瞧上去是个有权有势的人,跟他商量,送给他些金子吧,虽然权势是一头固执的熊,可是金子可以拉着它的鼻子走。把你钱袋里的东西放在他手掌之上,再不用瞎操心了。记住,用石头砸死,活活地剥皮!

牧　人 大爷,要是您肯替我们担任这件事情,这儿是我的金子；我还可以去给您拿这么多来，这个年轻人可以留在您这儿权作抵押。

奥托里古斯 那是说等我做了我所答应的事情之后吗？

牧　　人 是的，大爷。

奥托里古斯 好，就先给我一部分吧。这事情你也有份儿吗？

小　　丑 略微有点儿份，大爷，可是我的情形虽然很可怜，我希望我不至于给剥了皮去。

奥托里古斯 啊！那说的是那牧人的儿子呢，这家伙应该吊死，以昭炯戒。

小　　丑 鼓起精神来！我们必须去见国王，给他看些古怪的东西。他一定要知道她不是你的女儿，也不是我的妹妹，我们是全不相干的。大爷，等事情办完之后，我要送给您像这位老头子送给您的一样多，而且照他所说的，在没有去拿来给您之前，我可以把我自己抵押给您。

奥托里古斯 我可以相信你。你们先到海边去，向右边走。我略为张望张望就来。

小　　丑 我们真有运气遇见这个人，真运气！

牧　　人 让我们照他的话先去，他真是老天爷派来帮助我们的。（牧人、小丑下）

奥托里古斯 假如我有一颗要做老实人的心，看来命运也不会允许，她会把横财丢到我嘴里来的。我现在有了个一举两得的机会，一方面有钱财到手，一方面又可以向我的主人王子邀功。谁知道那会不会使我再高升起来呢？我要把这两只瞎眼的耗子带到他的船上去；假如他以为不妨把他们放回岸上，让他们去向国王告发也没甚关系，那么就让他因为我的多事而骂我混蛋吧；那个头衔以及连带着的耻辱，反正对我也没什么影响。我要带他们去见他，也许会有什么事情要见分晓。（下）

第五幕

第一场　西西里。里昂提斯宫中一室

　　里昂提斯、克里奥米尼斯、狄温、宝丽娜及余人等同上。

　　克里奥米尼斯　陛下,像一个忏悔的圣者一样,你已经够伤心了。无论怎样的错处,您的忏悔也都已经可以补赎而有余。请您遵照天意,忘记您的罪过,宽恕了自己吧。

　　里昂提斯　当我记起她和她的圣德来的时候,我忘不了我自己的罪;我也永远忘不了我对于自己所铸成的大错,使我的国统失去了嗣续,毁灭了一位人间最可爱的伴侣。

　　宝丽娜　真的,一点不错,陛下。要是您和世间的每一个女子依次结婚,或者把所有的女子的美德提出来造成一个完美的女性,也抵不上被您害死的那位好。

　　里昂提斯　我也这样想。害死!她是被我害死的!我的确害死了她,可是你这样说,太使我难过了。在你舌头上吐出来的这句话,正像在我心中的一样刻毒。请你少说几次吧。

　　克里奥米尼斯　您别说了吧,好夫人,还有上千件更时宜的事等着您说,为什么一定要说这种火上浇油的话呢?

宝丽娜　你也是希望他再结婚的。

狄　温　要是您不这样希望,那么您未免太不能为王上设身处地想一想,假如陛下绝了后嗣,国家将会遇到怎样的危机,就是那些袖手旁观、一筹莫展的人也难于幸免。还有什么事情比之让先后瞑目地下更为神圣呢?为了王统的恢复,为了目前的安慰和将来的利益,还有什么比再诞生一位可爱的小王子更为神圣的事?

宝丽娜　想到已经故世了的王后,那么世上是没有人有资格继承她的。而且神们也一定要实现他们秘密的意旨;神圣的阿波罗不是曾经在他的神谕里说过,里昂提斯在不曾找到他的失去的孩子之前,将不会有后裔吗?这种事情照我们凡人的常理推想起来,正像我的安提哥纳斯会从坟墓里出来一样不可能,我相信他一定是和那婴孩死在一起了。可是你们却要劝陛下违反了天意。(向里昂提斯)不要担心着后嗣,王冠总会有人戴的。亚历山大皇帝把他的王位传给功德最著的人,他的继位者因此是最好的贤人。

里昂提斯　好宝丽娜,我知道你忘不了赫米温妮的贤德。唉!要是我早听你的话就好了!那么即使在现在,我也可以正视着我的王后的双眼,从她的唇边领略着仙露的滋味——

宝丽娜　那是取之不竭的。当您离开之后,它会变得愈加富裕。

里昂提斯　你说得对。佳人难再得,我也不愿再娶了。要是娶了一个不如她的人,却受到胜于她的待遇,一定会使她在天之灵不安,她将重新以肉身出现在罪恶的人间,而责问着:"为什么对我那样?"

宝丽娜　要是她有那样的力量,她是很有理由这样做的。

里昂提斯　是的,而且她要引动我杀害了我所再娶的那个人。

宝丽娜 假如是我,我一定会这样的。要是我是那现形的鬼魂,我要叫你看着她的眼睛,告诉我你为了她哪一点不足取的地方而选中了她;然后我要锐声呼叫,将你的耳朵震裂,然后我要说:"记着我吧!"

里昂提斯 她的眼睛是闪烁的明星,一切的眼睛都是消烬的寒煤!不用担心我会再娶,我不会再娶的,宝丽娜。

宝丽娜 您愿意发誓说不得到我的许可,绝不结婚吗?

里昂提斯 绝不,宝丽娜,祝福我的灵魂!

宝丽娜 那么,各位大人,请为他立的誓作见证。

克里奥米尼斯 你使他过于激动了。

宝丽娜 除非他的眼睛将会再看见一个就像赫米温妮的画像那样跟她相像的人。

克里奥米尼斯 好夫人——

宝丽娜 我已经说好了。可是,假如陛下要结婚的话——假如您要,陛下,那也没有办法,只好让您结婚——可是允许我代您选一位王后。她不会像先前那位那样年轻,可是一定要是那种人,就像她的幽灵出现一样,看着您把她抱在怀里,那样一定会让人高兴的。

里昂提斯 我的忠实的宝丽娜,你不叫我结婚,我就不结婚。

宝丽娜 等您的第一位王后复活的时候,您就可以结婚。

一侍从上。

侍　　从 启禀陛下,有一位自称为波力克希尼斯之子,名叫弗罗利泽王子的,带着他的夫人,要来求见。他的夫人是一位我平生所见的最美的美人。

里昂提斯 他随身带些什么人?他来得不大合于他父亲的那

莎士比亚传奇剧

种身份。照这样轻骑简从，又是那么突然的样子看起来，一定不是预定的访谒，而是出于意外的需要。他的随从是什么样子的？

侍　　从　很少，也不大像样。

里昂提斯　你说他的夫人也同来了吗？

侍　　从　是的，我想她是灿烂的阳光所照射到的举世无双的美人。

宝丽娜　唉，赫米温妮！"现在"总是夸说它自己胜于比它更好的"过去"，因此泉下的你也必须让眼前的人掩去你的光荣了。先生，你自己曾经亲口说过，亲手写过这样的句子："她是空前绝后的。"你曾经这样歌颂过她的美貌，可是现在你的文字已经比给你歌咏的那人更冷了。你怎么好说你又见了一个更好的呢。

侍　　从　恕我，夫人。那一位我差不多已经忘了——恕我吧——现在的这一位要是您看见了，您一定也会称赞的。这一个人儿，要是她创始了一种新的教派，准会叫别派的信徒冷却了热诚，所有的人都会皈依她。

宝丽娜　什么！女人可不见得跟着她吧？

侍　　从　女人爱她，因为她是个比无论哪个男人更好的女人；男人爱她，因为她是一切女人中的最稀有者。

里昂提斯　去，克里奥米尼斯，你带着你的高贵的同僚们去把他们迎接进来。可是那总是一件怪事，（克里奥米尼斯及若干大臣及侍从同下）他会这样悄悄地溜到我们这儿来。

宝丽娜　要是我们那位宝贝王子现在还活着，他和这位殿下一定是很好的一对呢，他们的出生时间相距不满一个月。

里昂提斯　请你别说了！你知道一提起他，又会使我像当时一样难过起来。你这样说了，我一看见这位贵宾，便又要想起了可以使我发狂的旧事。他们来了。

冬天的故事

克里奥米尼斯偕弗罗利泽、潘狄塔及余人等重上。

里昂提斯　王子,你的母后是一位忠贞的贤妇,因为她在孕育你的时候,全然把你父王的形像铸下来了。你那样酷肖你的父亲,跟他的神气一模一样,要是我现在还不过二十一岁,我一定会把你当作了他,叫你一声王兄,跟你谈一些我们从前的浪漫事儿。欢迎!欢迎!还有你,天仙一样美貌的公主!——唉!我失去了一双人儿,要是活在世上,一定也会像你们这一双佳偶那样令人惊叹;于是我又失去了——都是我的愚蠢!——你的贤明的父王的友谊,我宁愿遭受困厄,只要能再见他一次面。

弗罗利泽　奉了他的命,我才到这西西里来,向陛下转达友谊的问候。倘不是因为年迈无力,他渴想亲自渡过了间隔着两国的山河而来跟陛下谋面。他吩咐我多多拜上陛下,他说他对您的友情是远胜于一切王位的尊荣的。

里昂提斯　啊,我的王兄!我对你的负疚又重新在我的心头搅动了,你这样无比的殷勤,使我惭愧我的因循的疏慢。像大地欢迎春光一样,我们欢迎你的来临!他也忍心让这位无双的美人冒着大海的风波,来问候一个她所不值得这样奔波着来问候的人吗?

弗罗利泽　陛下,她是从利比亚来的。

里昂提斯　就是那位高贵的勇武的斯曼勒斯在那里受人慑服敬爱的利比亚吗?

弗罗利泽　陛下,正是从那边来的,她便是他的女儿,从那边含泪道别。赖着一帆善意的南风,我们从那边渡海而来,执行我父王的使命,来访问陛下。我的重要的侍从,我已经在贵邦的海岸旁边遣走,叫他们回到波希米亚去,禀复我在利比亚的顺利,以及我和贱内平安到此的消息。

里昂提斯　但愿可赞美的天神扫清了我们空气中的毒氛,当你们耽搁在敝国的时候！你有一位可敬的有德的父亲,我很抱歉对他负着罪疚,为此招致了上天的恼怒,罚我没有后裔；你的父亲却因为仁德之报,天赐给他你这样一个好儿子。要是我也有一双儿女在眼前,也像你们一样俊美,那我将要怎样快活啊！

一大臣上。

大　臣　陛下,倘不是因为证据就在眼前,您一定不会相信我所要说的话。波希米亚王命我代向陛下致意,请陛下马上把他的儿子逮捕,因为他不顾自己的尊严和责任,和一个牧人的女儿逃出了父亲的国土,使他的父亲对他大失所望。

里昂提斯　波希米亚王在哪里？说呀。

大　臣　就在此间陛下的城里,我刚从他那儿来。我的话说得有点昏乱,因为我的惊奇和我的使命把我搅昏了。他正向陛下的宫廷行来,目的似乎是要追拿这一对佳偶,在路上却遇见了这位冒牌的公主的父亲和她的哥哥,他们两人都离乡背井跟这位年轻王子同来。

弗罗利泽　我上了卡密罗的当了,他的声誉和真诚,向来都是坚持不变的。

大　臣　都是他出的主意,他陪着您的父王同来呢。

里昂提斯　谁？卡密罗？

大　臣　卡密罗,陛下,我跟他交谈过,他现在正在盘问这两个苦人儿。我从来不曾见过可怜的人们发抖到这样子,他们跪着,头碰着地,满口赌神发咒。王上却根本不听他们的话,恐吓着要用各种死罪一起加在他们身上。

潘狄塔　唉,我的可怜的父亲！上天差了密探来侦察着我们,不愿成全我们的好事。

里昂提斯　你们已经结了婚吗？

弗罗利泽　我们还没有,陛下,而且大概也没有希望了,正像星辰不可能和山谷接吻一样,命运的残酷是不择高下的。

里昂提斯 贤侄,这是一位国王的女儿吗?

弗罗利泽 假如她成为我的妻子之后,她便是一位国王的女儿了。

里昂提斯 照着令尊这着急的样子看来,这"假如"恐怕要等好久吧。我很抱憾你已经背弃了为人子之道,并失了他的欢心;我也很抱憾你的意中人的身份与美貌不能相称,不配做你合适的配偶。

弗罗利泽 亲爱的,抬起头来。命运虽然明明白白是我们的敌人,驱使我的父亲来追赶我们,可是它却全无能力来改变我们的爱情。陛下,请您回想一下您跟我一样年纪的时候,回想到那时的您所感到的爱情,为我的选择辩护吧!只要您肯向我的父亲说句话,任是怎样宝贵的东西,他都会看做戋戋小物而答应给您的。

里昂提斯 要是他真会这样,那么我要向他要求你这位宝贵的姑娘,被他所看做戋戋小物的。

宝丽娜 陛下,您的眼睛里有太多的青春。在娘娘未死之前,她是更值得受您这样注视的。

里昂提斯 我在这样注视的时候,心里就在想起她。(向弗罗利泽)可是我还没有回答你的请求。我可以去见你的父亲,你的地位不会因你的感情而颠覆,我可以协助你,现在我就去见他。跟我来,瞧我怎样处理吧。来,王子。(同下)

第二场 同前。宫前

奥托里古斯及侍从甲上。

奥托里古斯 请问你,先生,这次的谈话你也在场吗?

侍从甲 打开包裹的时候我也在场,听见那老牧人说当时他怎样发现它的。他的话引起了一些惊异,以后我们便都奉命退出宫外,好像只听见那牧人说孩子是他发现的。

奥托里古斯 我真想知道后来的情形。

侍从甲 我只能零零碎碎地报告一些,可是我看见国王和卡密罗的脸色都变得十分惊奇。他们面面相觑,简直像要把眼皮撑破似的。在他们的静默里含着许多话语,在他们的姿势里表示着充分的意义。他们看上去像是听见了一个世界赎回或是灭亡的消息。他们的脸上可以看得出有一种惊奇的感情,可是即使观察最灵敏的人倘使不曾知道前因后果,也一定辨不出来那意义究竟是欢喜还是伤心,但那倘不是极端的欢喜,一定是极端的伤心。

侍从乙上。

侍从甲 这儿来的这位先生也许知道得更详细一些。什么消息,洛哲罗?

侍从乙 喜事喜事!神谕已经应验,国王的女儿已经找到了。在这点钟内突然发生的这许多奇事,编歌谣的人一定描写不出来。

侍从丙上。

侍从乙 宝丽娜夫人的管家来了,他可以告诉你更详细的情形。事情怎样啦,先生?这件据说是真的消息太像一段故事,叫人难于置信。国王找到他的后嗣了吗?

侍从丙 照情形看起来是千真万确的,听着那样凿凿可靠的证据,简直就像亲眼目睹一样。赫米温妮王后的罩衫,挂在孩子头颈上的她的珠宝,安提哥纳斯的亲笔书信,那姑娘跟她母亲那么相像的一副华贵的相貌,她的天然的高贵,以及其他许多的证据,都证明她即是国王的女儿。你有没有看见两位国王会面的情形?

侍从乙　没有。

侍从丙　那么你错过了一场只可以目击却不可以言述的情景了。一桩喜事上再加一桩喜事，使他们悲喜交集，老泪横流。他们大张着眼，紧握着手，脸上昏惘的神情，要不是他们身上的御袍，人们简直都不认识他们了。我们的王上因为找到了他的女儿而欢喜得要跳起来，乐极生悲，他只是喊着："啊，你的母亲！你的母亲！"于是向波希米亚求恕，于是拥抱他的女婿，于是又搂着他的女儿，一会儿又向立在一旁像一道年深日久的泄水沟一样的牧羊老人连声道谢。我从来不曾听见过这样的遭遇，简直叫人话都来不及说，描摹都描摹不出来。

侍从乙　请问把孩子带出去的那个安提哥纳斯下落如何？

侍从丙　像一个老故事一样，不管人家相信不相信，要不要听，故事总是说不完的。他被一头熊撕裂了，这是那牧人的儿子说的。瞧他的傻样子不像是个会说谎话的，何况还有安提哥纳斯的手帕和戒指，宝丽娜认得是他的。

侍从甲　他的船和他的从人呢？

侍从丙　那船就在他们的主人送命的时候破沉了，这是那牧人看见的。因此一切帮着把这孩子丢弃的工具，在孩子给人发现的时候，便都灭亡了。可是，唉！那时宝丽娜心里是多么悲喜交战！她的一只眼睛因为死了丈夫而黯然低垂，另一只眼睛又因为神谕实现而欣然扬举。她把公主抱了起来，紧紧地把她拥在怀里，似乎怕再失去她。

侍从甲　这一场庄严的戏剧值得君王们观赏，因为扮演者正是这样高贵的人。

侍从丙　最动人的是当讲起王后奄逝的时候，国王慨然承认他的过失，痛悼她的死状；他的女儿全神贯注地听着，她的脸色越变越惨，终于一声长叹，我觉得她的眼泪像血一样流下来，因为那时我相信我心里的血也像眼泪一样在奔涌。在场的即使是心肠最硬的人，也都惨然失色；有的晕了过去，没有人不伤心。要是全世界都看见这场情景，那么整个地球都会罩上悲哀的。

侍从甲　他们回到宫里去了吗？

侍从丙　不，公主听说宝丽娜家里藏着一座她母亲的雕像，那是意大利名师裘里奥·罗曼诺费了几年辛苦新近才完成的作品，那真是巧夺天工，简直就像她活了过来的模样。人家说谁只要一见这座雕像，都会向她说话并等着她的回答的。她们已经怀着满心的渴慕，前去瞻仰了，预备就在那儿进晚餐。

侍从乙　我早就猜到她那边曾经进行着什么重大的事情，因为自从赫米温妮死了之后，她每天总要悄悄地到那间隐僻的屋子里去两三次。我们也到那边去给大家助助兴好不好？

侍从甲　要是能够进去，谁不愿意去？眨一眨眼睛便有新的好事出来，我们去大可以添一番见识。走吧。（侍从甲、乙、丙同下）

奥托里古斯　倘不是因为我过去的名气不好，现在准可以升官发财了。我把那老头子和他的儿子带到了王子的船上，禀告他说我听见他们说起一个什么包裹，如此如此，这般这般；可是他在那时太爱那个牧人的女儿了——他那时以为她是个牧人的女儿——她有点儿晕船，他也不大舒服，风浪继续不停，这秘密终于没有揭露出来。可是那对于我都是一样，因为即使我是发现这场秘密的人，因为我的其他坏处，人家也不会赏识我。这儿来的是两个我无心给了他们好处的人，瞧他们已经神气起来了。

牧人及小丑上。

牧　人　来，孩子，我是已经不能再添丁了，可是你的儿子女儿，一生下来就是个上等人了。

小　丑　朋友，咱们遇见得很巧。那天你不肯跟我打架，因为我不是个上等人。你看没看见我这身衣服？说你没看见，仍旧以为我不是个上等人吧，你还是说这身衣服不是上等人吧。你说我说谎，你说，咱们来试试看我现在究竟是不是个上等人。

奥托里古斯 少爷，我知道您现在是个上等人了。

小　　丑 噢，我已经做了四个钟头的上等人了。

牧　　人 我也是呢，孩子。

小　　丑 你也是的。可是我比我爸爸先是个上等人：因为国王的儿子握着我的手，叫我做舅兄，于是两位王爷叫我的爸爸做亲家；于是我的王子妹夫叫我的爸爸做岳父，我的公主妹妹叫我的爸爸做父亲，于是我们流起眼泪来，那是我们第一次流的上等人的眼泪。

牧　　人 我们活下去还要流许许多多上等人的眼泪呢，我的儿。

小　　丑 噢，否则才是横财不富命穷人哩。

奥托里古斯 少爷，我低声下气地恳求您饶恕我一切冒犯您少爷的地方，在殿下那儿给我说句好话。

牧　　人 我儿，你就答应了他吧，因为我们现在是上等人了，应该宽宏大量一些。

小　　丑 你愿意改过自新吗？

奥托里古斯 是的，告少爷。

小　　丑 让我们握手。我愿意向王子发誓说你在波希米亚是个再规矩不过的好人。

牧　　人 你说说倒不妨，可不用发誓。

小　　丑 现在我已经是个上等人了，不用发誓吗？让那些下等人乡下人去空口说白话吧，我是要发誓的。

牧　　人 假如那是假的呢，我的儿？

小　　丑 假如那是假的，一个真的上等人也该为他的朋友而发誓。我一定要向王子发誓说你是个很勇敢的人，说你不喝酒，虽然我知道你不是个勇敢的人，而且你是要喝酒的；可是我却要这样发誓，而且我希望你会是个勇敢的人。

奥托里古斯　少爷，我一定尽力孚您的期望。

小　丑　嗷，无论如何你要证明你自己是个勇敢的人。你如果不是个勇敢的人，怎么又敢喝酒，这事我要是不觉得奇怪，那你就不要相信我好了。听！各位王爷们，我们的亲戚，都去瞧王后的雕像去了。来，跟我们走，我们一定可以做你的很好的靠山。（同下）

第三场　同前。宝丽娜府中的礼拜堂

里昂提斯、波力克希尼斯、弗罗利泽、潘狄塔、卡密罗、宝丽娜、众臣及侍从等上。

里昂提斯　可敬的善良的宝丽娜啊，你给了我多大的安慰！

宝丽娜　啊，陛下，我虽然怀着满腔的愚诚，还不曾报效于万一。一切的微劳您都已给我补偿；这次又蒙您许可，同着友邦的元首和两位缔结同心的储贰光临蓬荜，真是天大的恩宠，终生都难报答的。

里昂提斯　啊，宝丽娜！我们不过来打扰你而已。可是我来是要看一看我的先后的雕像。我已经浏览过你的收藏，果然是琳琅满目，可是却还没有瞧见我的女儿专诚来此的目的，她母亲的雕像呢？

宝丽娜　她活着的时候是绝世无双的；她身后的遗像，我相信一定远胜于你们眼中所曾见到，或者人手所曾制作的一切，因此我才把它独自另放在一处。它就在这儿，请你们准备着观赏一座逼真的雕像，睡眠之于死也没有这般酷肖。等着赞美吧。（拉开帏幕，赫米温妮如雕像状赫然呈现）我喜欢你们的静默，因为它更能表示出你们的惊奇；可是说吧——陛下，您先说，它不有点儿像吗？

里昂提斯　她的自然的姿势！骂我吧，亲爱的石像，好让我相信你真的便是赫米温妮；可是你不骂我更使我觉得你真的是她，因为她是像赤子一样温柔，天神一样慈悲的。可是宝丽娜，赫米温妮脸上没有那么多的皱纹，并不像这座雕像一样老啊。

波力克希尼斯　是啊！远不是这样老。

宝丽娜　这格外见得雕刻师的手段，想到了十六年之后的今天，而雕出了假如她现在还活着的形貌。

里昂提斯　如果她还活着，她一定给我许多安慰，现在却让我瞧着伤心。唉！当我最初向她求爱的时候，她也正是这样立着，带着这样庄严的神情和温暖的生命，如同她现在这般冷然立着一样。我好惭愧！那石头不在责备我比它心肠更硬吗？啊，高贵的杰作！在你的庄严里有一种魔术，提起了我过去的罪恶，使你那孺慕的女儿和你一样化石而呆立了。

潘狄塔　允许我，不要以为我崇拜偶像，我要跪下来求她祝福我。亲爱的母后，我一生下来你便死去，让我吻一吻你的手吧！

宝丽娜　啊，耐心些！雕像新近塑好，色彩还不曾干哩。

卡密罗　陛下，您把您的伤心看得太认真了，十六个冬天的寒风也不能把它吹去，十六个夏天的烈日也不能使它干涸，欢乐是从没有这么经久的；任何的悲哀也早就自生自灭了。

波力克希尼斯　我的王兄，让惹起这一场不幸的人分担着你的悲哀吧。

宝丽娜　真的，陛下，要是我早想到我这座小小的石像会使您这样感动，我一定不给您看。

里昂提斯　别拉下帏幕！

宝丽娜　您再看着它，就要以为它是会动的了。

里昂提斯　别动！别动！我死也不会相信她已经不在——谁能造出这么一件神工来呢？瞧，王兄，你不以为她在呼吸吗？那些血管里面不真的流着血吗？

波力克希尼斯　妙极！她的嘴唇上似乎有着温暖的生命。

里昂提斯　艺术的狡狯使她的不动的眼睛在我们看来似乎在转动。

宝丽娜　我要把帏幕拉下了，陛下出神得就要以为她是活的了。

里昂提斯　啊，亲爱的宝丽娜！让我把这种思想保持二十年吧。没有一种清明的理智比得上这种疯狂的喜乐。让它去。

宝丽娜　陛下！我很抱歉这样触动了您的心事，可是我还能够再给您一些痛苦的。

里昂提斯　好的，宝丽娜，因为这种痛苦是像抚慰一样甜蜜。可是我仍然觉得她的嘴里在透着气；哪一把好凿子会刻得出气息来呢？谁也不要笑我，我要吻她。

宝丽娜　陛下，您不能！她嘴上的红润还没有干燥，吻了之后要把她弄坏了，那油漆还要弄脏了您的嘴唇。我把帏幕拉下了吧？

里昂提斯　不，二十年也不要下幕。

潘狄塔　我可以整整地站二十年瞧着她。

宝丽娜　好了吧，立刻离开这座礼拜堂，否则准备着更大的惊异吧。要是你们有这胆子瞧着，我可以叫这座雕像真的动起来，走下来握住你们的手；可是那时你们一定会以为我有妖法相助，那我可绝对否认。

里昂提斯　无论你能够叫她做些什么动作，我都愿意瞧着；

无论你叫她说什么话,我都愿意听着。倘使能够叫她动,那么一定也能叫她说话。

宝丽娜 你们必须唤醒你们的信仰,然后大家静立。倘有谁以为我行的是犯法的妖术,他们可以走开。

里昂提斯 进行你的法术吧;谁都不准走动一步。

宝丽娜 音乐,奏起来,唤醒她!(音乐)是时候了,下来吧,不要再做石头了。过来,让瞧着你的众人大吃一惊。来,我会把你的坟墓填塞,转动你的身体,走下来吧,把你这僵化的姿态交还给死亡,因为你已经从死里重新得到了生命。你们瞧她已经动起来了。(赫米温妮走下)别怕,我的法术并非左道,她的行动是神圣的。不要见她惊避,否则她将再死去;那时你便是第二次把她杀害了。哎,伸出你的手来,当她年轻的时候,你曾经向她求爱;如今她老了,她却成为求爱的人!

里昂提斯 (抱赫米温妮)啊!她是温暖的!假如这是魔术,那么让它是一种和吃饭一样合法的技术吧。

波力克希尼斯 她抱着他!

卡密罗 她攀住他的头颈!假如她是活的,那么让她开口吧。

波力克希尼斯 是的,让她说说她一向住在哪里,怎么会死而复生。

宝丽娜 要是告诉你们她还活着,那一定会被你们斥为无稽之谈;可是好像她确实还活着,虽然还没有开口说话。再瞧一下吧。请你走过去,好姑娘,跪下来求你的母亲祝福。转过身来,娘娘,我们的潘狄塔已经找到了。(潘狄塔跪于赫米温妮前)

赫米温妮 神们,请下视人间,降福于我的女儿!告诉我,我的亲亲,你是在哪里遇救的?你在什么地方过活?怎样会找到你父亲的宫廷?因为宝丽娜告诉我,说按照着神谕,你或者尚在人世，因此才偷生到现在，希望见到有这一天。

宝丽娜　那以后再说吧，免得他们都争着用同样的叙述来使你心烦。一块儿去吧，你们这些命运的骄儿；让大家分享你们的欢喜吧！我，一只垂老的孤鸽，将去拣一株枯枝栖息，哀悼着我那永远回不来的伴侣，直至死去。

里昂提斯　啊！别这样说，宝丽娜！当初我同意接受你指定的妻子，你也要接受我所指定的丈夫，这是我们约定在先的。你已经帮我找到了我的妻子，可是我却不懂得事情的究竟；因为我觉得我明明看见她已经死了，好多次在她的墓前作过徒然的哀祷。我不必给你远远地找一位好丈夫，我有几分知道他的心。来，卡密罗，握着她的手；你的德行和正直为众人所仰望，并且可以由我们这一对国王证明。我们走吧。啊，瞧我的王兄！我恳求你们两位原谅我卑劣的猜疑。这个王子是你的女婿，上天替你的女儿做成了这件好事。好宝丽娜，给我们带路，一路上我们大家可以互相畅叙这许多年来的契阔。快走。（众下）

暴风雨
Bao Feng Yu

剧中人物

阿隆佐　那不勒斯王

西巴斯辛　阿隆佐之弟

普洛斯彼罗　旧米兰公爵

安东尼奥　普洛斯彼罗之弟，篡位者

腓迪南　那不勒斯王子

贡柴罗　正直的老大臣

阿德里安 ｝侍臣
弗兰西斯科

凯列班　野性而丑怪的奴隶

特林鸠罗　弄臣

斯丹法诺　酗酒的管家

船　长

水手长

众水手

米兰达　普洛斯彼罗之女

爱丽儿　缥缈的精灵

伊里斯
刻瑞斯
朱　诺 ｝由精灵们扮演
众水仙女
众刈禾人

其他侍候普洛斯彼罗的精灵们

地　点

海船上；岛上

第一幕

第一场　在海中的一只船上。暴风雨和雷电

船长及水手长上。

船　长　老大！

水手长　有，船长。什么事？

船　长　好，对水手们说：多出点力，手脚麻利点儿，否则我们要触礁啦。出力，出力！（下）

众水手上。

水手长　喂，弟兄们！出力，出力，弟兄们！赶快，赶快！把中桅帆收起！留心着船长的哨子。——风，你尽管吹吧，只要船儿掉得转头，你想怎么吹就怎么吹吧！

阿隆佐、西巴斯辛、安东尼奥、腓迪南、贡柴罗及余人等上。

阿隆佐　好水手长，小心哪。船长在哪里？拿出勇气来！

水手长　谢谢你们了，请到下面去。

安东尼奥　老大，船长在哪里？

水手长　你没听见他吗？你们妨碍了我们的工作。好好地待在舱里吧！你们简直是跟风浪一起来和我们作对。

贡柴罗 哎，大哥，别发脾气呀！

水手长 你叫这个海不要发脾气吧。走开！这些波浪才不管什么国王不国王呢，到舱里去，安静些！别跟我们麻烦。

贡柴罗 好，但是请记住这船上载的是什么人。

水手长 随便什么人我都不放在心上，我只管我自己。你是个堂堂枢密大臣，要是你有本事就命令风浪停下来，叫眼前大家都平安，那么我们愿意从此不再干这拉帆收缆的营生了。把你的威权用出来吧！要是你不能，那么还是谢谢老爷天让你活得这么长久，赶快钻进你的舱里去，等待着万一会来的厄运吧！——出力啊，好弟兄们！——快给我走开！（下）

贡柴罗 这家伙给我很大的安慰。我觉得他脸上一点没有命该淹死的记号；他的相貌活是一副要上绞架的神气。慈悲的运命之神啊，不要放过了他的绞刑啊！让绞死他的绳索作为我们的锚缆，因为我们的锚缆全然抵不住风暴！如果他不是命该绞死的，那么我们就倒霉了！（与众人同下）

水手长重上。

水手长 把中桅放下来！赶快！再低些，再低些！把大桅横帆张起来试试看。（内呼声）遭瘟的，喊得这么响！连风暴的声音和我们的号令都被压得听不见了——

西巴斯辛、安东尼奥、贡柴罗重上。

水手长 又来了？你们到这儿来干吗？我们大家放了手，一起淹死了好不好？你们想要淹死是不是？

西巴斯辛 愿你喉咙里长起个痘疮来吧，你这大喊大叫、出口伤人、没有心肝的狗东西！

水手长 那么你来干一下，好不好？

安东尼奥 该死的贱狗！你这下流的、骄横的、喧哗的东

暴风雨

西，我们才不像你那样害怕淹死哩！

贡柴罗 我担保他一定不会淹死，虽然这船不比果壳更坚牢，水漏得像一个浪狂的娘儿们一样。

水手长 紧紧靠着风行驶！扯起两面大帆来！把船向海洋开出去，避开陆地。

众水手浑身淋湿上。

众水手 完了！完了！求求上天吧！求求上天吧！什么都完了！（下）

水手长 怎么，我们非淹死不可吗？

贡柴罗 王上和王子在那里祈祷了。让我们跟他们一起祈祷吧，大家的情形都一样。

西巴斯辛 我真按捺不住我的怒火。

安东尼奥 我们的生命全然被醉汉们在作弄着。——这个大嘴巴的恶徒！要是你果真淹死的话，就让你的尸体被波浪冲打十次！①

贡柴罗 他总要被绞死的，即使每一滴水都不同意，也要气势汹汹地把他一口吞下去。

幕内嘈杂的呼声：——"可怜我们吧！"——"我们遭难了！我们遭难了！"——"再会吧，我的妻子！我的孩儿！"——"再会吧，兄弟！"——"我们遭难了！我们遭难了！我们遭难了！"——

安东尼奥 让我们大家跟王上一起沉没吧！（下）

西巴斯辛 让我们去和他作别一下。（下）

贡柴罗 现在我真愿意用千顷的海水来换得一亩荒地；草莽荆棘，什么都好。照上天的旨意行事吧！但是我倒宁愿死在陆地

---

① 当时英国海盗被判绞刑后。尸体须经海潮冲打三次才允许收殓。

上。(下)

第二场　岛上。普洛斯彼罗所居洞室之前

普洛斯彼罗及米兰达上。

米兰达　亲爱的父亲，假如你曾经用你的法术使狂暴的海水兴起这场风浪，请你使它们平息了吧！天空似乎要倒下发臭的沥青来，但海水腾涌到天的脸上，把火焰浇熄了。唉！我瞧着那些受难的人们，我也和他们同样受难：这样一只壮丽的船，里面一定载着好些尊贵的人，一下子便撞得粉碎！啊，那呼号的声音一直打进我的心坎。可怜的人们，他们死了！要是我是一个有权力的神，我一定要叫海沉进地中，不让它把这只好船和它所载着的人们一起这样吞没掉。

普洛斯彼罗　安静些，不要惊骇！告诉你那仁慈的心，一点灾祸都不会发生。

米兰达　唉，不幸的日子！

普洛斯彼罗　不要紧的。凡我所做的事，无非是为你打算，我的宝贝！我的女儿！你不知道你是什么人，也不知道我从什么地方来；你也不会想到我是一个比普洛斯彼罗——一所十分寒伧的洞窟的主人，你的微贱的父亲——更出色的人物。

米兰达　我从来不曾想到要知道得更多一些。

普洛斯彼罗　现在是我该更详细地告诉你一些事情的时候了。帮我把我的法衣脱去。好，（放下法衣）躺在那里吧，我的法术！——擦干你的眼睛，安心吧！这场凄惨的沉舟的景象，使你的同情心如此激动，我曾经借着我的法术的力量非常妥善地预先安排好：你听见他们呼号，看见他们沉没，但这船里没有一个人会送命，即使随便什么人的一根头发也不会损失。坐下来，你

必须知道得更详细一些。

米兰达 你总是刚要开始告诉我我是什么人,便突然住了口,对于我的徒然的探问的回答,只是一句"且慢,时机还没有到"。

普洛斯彼罗 现在时机已经到了,就在这一分钟它要叫你撑开你的耳朵。乖乖地听着吧。你是否还记得在我们来到这里之前的时候?我想你不会记得,因为那时你还不过三岁。

米兰达 我当然记得,父亲。

普洛斯彼罗 你怎么会记得?什么房屋?或是什么人?把留在你脑中的随便什么印象告诉我吧。

米兰达 那是很遥远的事了,它不像是记忆所证明的事实,倒更像是一个梦。不是曾经有四五个妇人服侍过我吗?

普洛斯彼罗 是的,而且还不止此数呢,米兰达。但是这怎么会留在你的脑中呢?你在过去时光的幽暗的深渊里,还看不看得见其余的影子?要是你记得在你没来这里时的情形,也许你也能记得你怎样会到这里来。

米兰达 但是我不记得了。

普洛斯彼罗 十二年之前,米兰达,十二年之前,你的父亲是米兰的公爵,并且是一个有权有势的国君。

米兰达 父亲,你不是我的父亲吗?

普洛斯彼罗 你的母亲是一位贤德的妇人,她说你是我的女儿;你的父亲是米兰的公爵,他的唯一的嗣息就是你,一位堂堂的郡主。

米兰达 天啊!我们是遭到了什么样的奸谋才离开那里的呢?还是离开那里算是幸运的?

普洛斯彼罗 都是,都是,我的孩儿。如你所说的,因为遭到了奸谋,我们才离开了那里;因为幸运,我们才漂流到此。

米兰达　唉！想到我给你的种种劳心焦虑，真使我心里很难过，只是我记不得了——请再讲下去吧。

普洛斯彼罗　我的弟弟，就是你的叔父，名叫安东尼奥。听好，世上真有这样奸恶的兄弟！除了你之外，他就是我在世上最爱的人了，我把国事都托付他管理。那时候米兰在列邦中称雄，普洛斯彼罗也是最出名的公爵，威名远播，在学问艺术上更是一时无双。我因为专心研究，便把政治放到我弟弟的肩上，对于自己的国事不闻不问，只管沉溺在魔法的研究中。你那坏心肠的叔父——你在不在听我说？

米兰达　我在聚精会神地听着，父亲。

普洛斯彼罗　学会了怎样接受或驳斥臣民的诉愿，谁应当拔擢，谁因为升迁太快而应当贬抑；把我手下的人重新封叙，迁调的迁调，改用的改用；大权在握，使国中所有的人心都要听从他的喜恶。他简直成为一株常春藤，掩蔽了我参天的巨干，而吸收去我的精华。——你还在听吗？

米兰达　啊，好父亲！我在听着。

普洛斯彼罗　听好。我这样遗弃了俗务，在幽居生活中修养我的德性，除了生活过于清苦之外，我这门学问真可说胜过世上所称道的一切事业，谁知这却引起了我那恶弟的毒心。我给予他无比的信托，却正像善良的父母生出刁顽的儿女来一样，得到的酬报只是他的同样无比的欺诈。他这样做了一国之主，不但握有我的岁入的财源，更僭用我的权力从事搜括。像一个说谎的人自己相信自己的欺骗一样，他俨然以为自己便是一个不折不扣的公爵。处于代理者的位置上，他用一切的威权铺张着外表上的庄严：于是他的野心逐渐旺盛起来——你在不在听我说？

米兰达　你的故事，父亲，真是能把聋子都治好呢。

普洛斯彼罗　作为代理公爵的他，和他所代理的公爵之间，还横隔着一重屏障；他自然希望撤除这重屏障，使自己成为米兰大权独揽的主人翁。我呢，一个可怜的人，书斋便是我广大的公国，他以为我已没有能力处理政事。因为一心觊觎着大位，他便和那不勒斯王协谋，甘愿每年进贡臣服，把他自己的冠冕俯伏在他人的王冠之前。唉，可怜的米兰！一个从来不曾向别人低首下心过的邦国，这回却遭到了可耻的卑屈！

米兰达 天哪！

普洛斯彼罗 听我告诉你他所缔结的条款，以及此后发生的事情，然后再告诉我那算不算得是一个好兄弟。

米兰达 我不敢冒渎我的可敬的祖母，然而美德的娘亲有时却会生出不肖的儿子来。

普洛斯彼罗 现在要说到这条约了。这位那不勒斯王因为跟我有根深蒂固的仇恨，答应了我弟弟的要求。那就是说，以称臣纳贡——我也不知要纳多少贡金——作为交换的条件，他当立刻把我和属于我的人撵出国境，而把大好的米兰和一切荣衔权益，全部赏给我的弟弟。因此在命中注定的某夜，不义之师被召集起来，安东尼奥打开了米兰的国门；在寂静的深宵，阴谋的执行者便把我和哭泣着的你赶了出来。

米兰达 唉，可叹！我已记不起那时我是怎样哭法，但我现在愿意再哭泣一番。这是一件想起来太叫人伤心的事。

普洛斯彼罗 你再听我讲下去，我便要叫你明白眼前这一回事情。否则这故事便是一点不相干的了。

米兰达 为什么那时他们不杀害我们呢？

普洛斯彼罗 问得不错，孩子，谁听了我的故事都会产生这个疑问。亲爱的，他们没有这胆量，因为我的人民十分爱戴我，而且他们也不敢在这事情上留下太多的污迹；他们希图用比较清白的颜色掩饰去他们的毒心。一句话，他们把我们押上船，驶出了十几里以外的海面；在那边他们已经预备好一只腐朽的破船，帆篷、缆索、桅樯——什么都没有，就是老鼠一见也会自然而然地退缩开去。他们把我们推到这破船上，听我们向着周围的怒海呼号，望着迎面的狂风悲叹；那同情我们的风也陪着我们发出叹息，却反而加添了我们的危险。

米兰达 唉，那时你是怎样受我的烦累呀！

普洛斯彼罗 啊，你是个小天使，幸亏有你我才不致绝望而死！上天赋予你一种坚忍，当我把热泪向大海挥洒，因心头的怨苦而呻吟的时候，你却向我微笑。为了这我才生出忍耐的力量，准备抵御一切接踵而来的祸患。

米兰达 我们是怎样上岸的呢？

普洛斯彼罗 靠着上天的保佑，我们有一些食物和清水，那是一个那不勒斯的贵人贡柴罗——那时他被任命为参与这件阴谋的使臣——出于善心而给我们的；另外还有一些好衣裳、衬衣、毛织品和各种需用的东西，使我们受惠不少。他又知道我爱好书籍，特意从我的书斋里把那些我看得比一个公国更宝贵的书给我带了来。

米兰达 我多么希望能见一见这位好人！

普洛斯彼罗 现在我要起来了。（把法衣重新穿上）静静地坐着，听我讲完我们海上的惨史。后来我们到达了这个岛上，就在这里，我亲自做你的教师，使你得到比别的公主小姐们更丰富的知识，因为她们大部分的时间都花在无聊的事情上，而且她们的师傅也绝不会这样认真。

米兰达 真感谢你啊！现在请告诉我，父亲，为什么你要兴起这场风浪？因为我的心中仍是惊疑不定。

普洛斯彼罗 听我说下去，现在由于奇怪的偶然，慈悲的上天眷宠着我，已经把我的仇人们引到这岛岸上来了。我借着预知

暴风雨

术料知福星正在临近我命运的顶点,要是现在轻轻放过了这个机会,以后我的一生将再没有出头的希望。别再多问啦,你已经倦得都瞌睡了,很好,放心睡吧!我知道你身不由主。(米兰达睡)出来,仆人,出来!我已经预备好了。来啊,我的爱丽儿,来吧!

爱丽儿上。

爱丽儿 万福,尊贵的主人!威严的主人,万福!我来听候你的旨意。无论在空中飞也好,在水里游也好,向火里钻也好,腾云驾雾也好,凡是你有力的吩咐,爱丽儿都将全力以赴去奉行。

普洛斯彼罗 精灵,你有没有完全按照我的命令指挥那场风波?

爱丽儿 桩桩件件都没有忘失。我跃登了国王的船上,变作一团滚滚的火球,一会儿在船头上,一会儿在船腰上,一会儿在甲板上,一会儿在每一间船舱中,我扇起了恐慌。有时我分身在各处烧起火来,中桅上、帆桁上、斜桅上——都同时燃烧起来;然后我再把一团团火焰合拢来,即使是天神的闪电,那可怕的震雷的先驱者,也没有这样迅速而炫人眼目;硫磺和火光的轰炸声似乎在围攻那威风凛凛的海神,使他的怒涛不禁颤抖,使他手里那可怕的三叉戟摇晃不止。

普洛斯彼罗 我的能干的精灵!谁能这样坚定、镇静,在这样的骚乱中不曾惊惶失措呢?

爱丽儿 没有一个人不是发疯似的干着一些不顾死活的勾当。除了水手们之外,所有的人都逃出火光融融的船而跳入泡沫腾涌的海水中。王子腓迪南头发像海草似的乱成一团,第一个跳入水中。他高呼着:"地狱开了门,所有的魔鬼都出来了!"

普洛斯彼罗 啊,那真是我的好精灵!但这是不是就在靠近

105

海岸的地方呢？

爱丽儿 就在海岸附近，主人。

普洛斯彼罗 但是他们都没有送命吗，爱丽儿？

爱丽儿 一根头发都没有损失，他们穿在身上的衣服也没有一点斑迹，反而比以前更干净了。照着你的命令，我把他们一队一队地分散在这岛上。国王的儿子我叫他独个儿上岸，把他遗留在岛上一个隐僻的所在，让他悲伤地绞着两臂，坐在那儿望着天空长吁短叹，把空气都吹凉了。

普洛斯彼罗 告诉我你怎样处置国王船上的水手们和其余的船舶？

爱丽儿 国王的船安全地停泊在一个幽静的地方，你曾经某次在半夜里把我从那里叫醒，起来前去采集永远为波涛冲打的百慕大群岛上的露珠，船便藏在那里。那些水手们在精疲力竭之后，我已经用魔术使他们昏睡过去，现今都躺在舱口底下。其余的船舶我把它们分散之后，已经重又会合，现今在地中海上，他们以为他们国王的船已经沉没，国王已经溺死，都失魂落魄地驶回那不勒斯去了。

普洛斯彼罗 爱丽儿，你的差使干得一点不差，但是还有些事情要你做。现在是什么时候了？

爱丽儿 中午已经过去。

普洛斯彼罗 至少已经过去了两个钟头了。从此刻起到六点钟之间的时间，我们两人必须好好利用，不要让它白白地过去。

爱丽儿 还有繁重的工作吗？你既然这样麻烦我，我不得不向你提醒你所答允我而还没有履行的话。

普洛斯彼罗 怎么啦！生起气来了？你要求些什么？

爱丽儿 我的自由。

普洛斯彼罗 在限期未满之前吗？别再说了吧！

爱丽儿　请你想想我曾经为你怎样尽力服务过，我不曾对你撒过一次谎，不曾犯过一次过失，侍候你的时候，不曾发过一句怨言，你曾经答应过我缩短一年的期限的。

普洛斯彼罗　你忘记了我从怎样的苦难里把你救出来了吗？

爱丽儿　不曾。

普洛斯彼罗　你一定忘记了，而以为踏着海底的软泥，穿过凛冽的北风，当寒霜冻结的时候在地下水道中为我奔走，便算是了不得的辛苦了。

爱丽儿　我不曾忘记，主人。

普洛斯彼罗　你说谎，你这坏蛋！那个恶女巫西考拉克斯——她因为年老和心肠恶毒，全身伛偻得都像一个环的妖妇——你已经把她忘了吗？你把她忘了吗？

爱丽儿　不曾，主人。

普洛斯彼罗　你一定已经忘了。她是在什么地方出世的？对我说来。

爱丽儿　在阿尔及尔，主人。

普洛斯彼罗　噢！是在阿尔及尔吗？我必须每个月向你复述一次你的来历，因为你一下子便要忘记。这个万恶的女巫西考拉克斯，因为作恶多端，她的妖法没人听见了不害怕，所以被逐出阿尔及尔。他们因为她曾经行过某件好事，因此不曾杀死她。是不是？

爱丽儿　是的，主人。

普洛斯彼罗　这个眼圈发青的妖妇被押到这儿来的时候，正怀着孕，水手们把她丢弃在这座岛上。你，我的奴隶，据你自己说那时是她的仆人，因为你是个太柔善的精灵，不能奉行她的粗暴的、邪恶的命令，因此违拗了她的意志，她在一阵暴怒中借着她的强有力的妖役的帮助，把你幽禁在一株坼裂的松树中。在那松树的裂缝里你挨过了十二年痛苦的岁月。后来她死了，你便一直留在那儿，像水车轮拍水那样急速地、不断地发出你的呻吟来。那时这岛上除了她所生产下来的那个儿子，一个浑身斑痣的妖妇贱种之外，就没有一个人类。

爱丽儿　不错，那是她的儿子凯列班。

普洛斯彼罗　那个凯列班是一个蠢物，现在被我收留着做苦役。你当然知道得十分清楚，那时我发现你处在怎样的苦难中，你的呻吟使得豺狼长嗥，哀鸣刺透了怒熊的心胸。那是一种沦于永劫的苦恼，就是西考拉克斯也没有法子把你解脱。后来我到了这岛上，听见了你的呼号，才用我的法术使那株松树张开裂口，把你救了出来。

爱丽儿　我感谢你，主人。

普洛斯彼罗　假如你再要叽里咕噜的话，我要劈开一株橡树，把你钉在它多节的内心，让你再呻吟十二个冬天。

爱丽儿　饶恕我，主人，我愿意听从命令，好好地执行你的差使。

普洛斯彼罗　好吧，你倘若好好办事，两天之后我就释放你。

爱丽儿　那真是我的好主人！你要吩咐我做什么事？告诉我你要我做什么事吧！

普洛斯彼罗　去把你自己变成一个海中的仙女，除了我之外不要让别人的眼睛看见你。去，装扮好了再来。去吧，用心一点！（爱丽儿下）醒来，心肝，醒来！你睡得这么熟，醒来吧！

米兰达　（醒）你奇异的故事使我昏沉睡去了。

普洛斯彼罗　清醒一下。来，我们要去访问一下我的奴隶凯列班，他是从来不曾有过一句好话回答我们的。

米兰达　那是一个恶人，父亲，我不高兴看见他。

普洛斯彼罗 虽然这样说，我们也缺不了他：他给我们生火，给我们捡柴，也为我们做有用的工作。——喂，奴才！凯列班！你这泥块！哑了吗？

凯列班 （在内）里面木头已经尽够了。

普洛斯彼罗 跑出来，我对你说，还有事情要你做呢。出来，你这乌龟！还不来吗？

爱丽儿重上，做水中仙女的形状。

普洛斯彼罗 出色的精灵！我的伶俐的爱丽儿，过来我对你讲话。（耳语）

爱丽儿 主人，一切依照你的吩咐。（下）

普洛斯彼罗 你这恶毒的奴才，魔鬼和你那万恶的老娘合生下来的，给我滚出来吧！

凯列班上。

凯列班 但愿我那老娘用乌鸦毛从不洁的沼泽上刮下来的毒露一齐倒在你们两人身上！但愿一阵西南的恶风把你们吹得浑身都起水疱！

普洛斯彼罗 记住吧，为着你的出言不逊，今夜要叫你抽筋，叫你的腰像有针在刺，使你喘得透不过气来；所有的刺猬们将在漫漫的长夜里折磨你，你将要被刺得遍身像蜜蜂窠一般，每刺一下都要比被蜂刺还难受得多。

凯列班 我必须吃饭。这岛是我老娘西考拉克斯传给我而被你夺去的。你刚来的时候，抚拍我，待我很好，还给我有浆果的水喝，教给我白天亮着的大的光叫什么名字，晚上亮着的小的光叫什么名字。因此我以为你是个好人，把这岛上一切的富源都指点给你知道，什么地方是清泉、盐井，什么地方是荒地和肥田。我真该死让你知道这一切！但愿西考拉克斯一切的符咒、癞蛤蟆、甲虫、蝙蝠，都咒在你身上！本来我可以自称为王，现在却

莎士比亚传奇剧

要做你的唯一的奴仆;你把我禁锢在这堆岩石的中间,而把整个岛给你自己受用。

普洛斯彼罗　满嘴扯谎的贱奴!好心肠不能使你感恩,只有鞭打才能教训你!虽然你这样下流,我也曾用心好好对待你,让你住在我自己的洞里,谁叫你胆敢想要破坏我孩子的贞操!

凯列班　啊哈哈哈!要是那时得手就好了!你倘若不曾妨碍我的事,我早已使这岛上住满大大小小的凯列班了。

普洛斯彼罗　可恶的贱奴,不学一点好,坏的事情样样都来得!我因为看你的样子可怜,才辛辛苦苦地教你讲话,每时每刻教导你这样那样。那时你这野鬼连自己说的什么也不懂,只会像一只野东西一样咕噜咕噜;我教你怎样用说话来表达你的意思,但是像你这种下流胚,即使受了教化,天性中的顽劣仍是改不过来,因此你才活该被禁锢在这堆岩石的中间。其实仅仅把你囚禁起来已经算是宽待你了。

凯列班　你教我讲话,我从这上面得到的益处只是知道怎样骂人,但愿血瘟病瘟死了你,因为你要教我说你的那种话!

普洛斯彼罗　妖妇的贱种,滚开去!去把柴搬进来。懂事的话,赶快些,因为还有别的事要你做。你在耸肩吗,恶鬼?要是你不好好做我吩咐你做的事,或是心中不情愿,我要叫你浑身抽搐,让你每个骨节里都痛起来,让你在地上打滚咆哮,连野兽听见你的呼号都会吓得发抖。

凯列班　啊不要,我求求你!(旁白)我不得不服从,因为他的法术有很大的力量,就是我老娘所礼拜的神明塞提柏斯也得听他指挥,做他的仆人。

普洛斯彼罗　贱奴,去吧!(凯列班下)

爱丽儿隐形重上,弹琴唱歌;腓迪南随后。

爱丽儿　(唱)

> 　　来吧，来到黄沙的海滨，
> 　　把手儿牵得牢牢，
> 　　深深地展拜细吻轻轻，
> 　　叫海水莫起波涛——
> 　　柔舞翩翩在水面飘扬；
> 　　可爱的精灵，伴我歌唱。
> 　　听！听！（和声）
> 　　汪！汪！汪！（散乱地）
> 　　看门狗儿的叫声，（和声）
> 　　汪！汪！汪！（散乱地）
> 　　听！听！我听见雄鸡
> 　　昂起了颈儿长啼，（啼声）
> 　　喔喔喔！

腓迪南　这音乐是从什么地方来的呢？在天上，还是在地上？现在已经静止了。一定的，它是为这岛上的神灵而弹唱的。当我正坐在海滨，思念我的父王的惨死而重又痛哭起来的时候，这音乐便从水面掠了过来，飘到我的身旁，它的甜柔的乐曲平静了海水的怒涛，也安定了我激荡的感情。因此我跟随着它，或者不如说是它吸引了我——但它现在已经静止了。啊，又唱起来了。

爱丽儿　（唱）

> 　　五㖊的水深处躺着你的父亲，
> 　　他的骨骼已化成珊瑚；
> 　　他眼睛是耀眼的明珠；
> 　　他消失的全身没有一处不曾
> 　　受到海水神奇的变幻，
> 　　化成瑰宝，富丽的珍怪。

> 　　*海的女神时时摇起他的丧钟，*（和声）
>
> 　　*叮！咚！*
>
> 　　*听！我现在听到了叮咚的丧钟。*

腓迪南　这支歌是在纪念我那被溺死的父亲。这一定不是凡间的音乐，也不是地上来的声音。我现在听出来它是在我的头上。

普洛斯彼罗　抬起你的被睫毛深掩的眼睛来，看一看那边有什么东西。

米兰达　那是什么？一个精灵吗？啊，上帝，它是怎样向着四周瞧望啊！相信我的话，父亲，它生得这样美！但那一定是一个精灵。

普洛斯彼罗　不是，女儿，他会吃也会睡，和我们一样有各种知觉。你所看见的这个年轻汉子就是遭到船难的一人；要不是因为忧伤损害了他的美貌——美貌最怕忧伤来损害——你确实可以称他为一个美男子。他因为失去了他的同伴，正在四处徘徊着寻找他们呢。

米兰达　我简直要说他是个神，因为我从来不曾见过宇宙中有这样出色的人物。

普洛斯彼罗　（旁白）哈！有几分意思了，这正是我中心所愿望的。好精灵！为了你这次功劳，我要在两天之内恢复你的自由。

腓迪南　再不用疑惑，这一定是这些乐曲所奏奉的女神了！——请你俯允我的祈求，告诉我你是否属于这个岛上，指点我怎样在这里安身。我最后要说的一个最大的请求是你——神奇啊！请你告诉我你是不是一位凡间的女子？

米兰达　并没什么神奇，先生，我确实是一个凡间的女子。

腓迪南　天啊！她说着和我同样的言语！唉！要是我在我的

本国，在说这种言语的人们中间，我要算是最尊贵的人。

普洛斯彼罗 什么！最尊贵的？假如给那不勒斯的国王听见了，他将怎么说呢？请问你将成为何等样的人？

腓迪南 我是一个孤独的人，如同你现在所看见的，但听你说起那不勒斯，我感到惊异。因为我正是那不勒斯国王的儿子，亲眼看见我的父亲随船覆溺，我的眼泪到现在还不曾干过。

米兰达 唉，可怜！

腓迪南 是的，溺死的还有他的所有大臣，其中有两人是米兰的公爵和他的卓越的儿子。

普洛斯彼罗 （旁白）假如现在是适当的时机，米兰的公爵和他的更卓越的女儿就可以把你驳倒了。才第一次见面他们便已在眉目传情了。可爱的爱丽儿！为着这我要使你自由。（向腓迪南）且慢，老兄，我觉得你有些转错了念头！我有话要跟你说。

米兰达 （旁白）为什么我的父亲说得这样暴戾？这是我一生中所见到的第三个人，而且是第一个我为之叹息的人。但愿怜悯感动我父亲的心，使他也和我抱有同样的感觉才好！

腓迪南 （旁白）啊！假如你是个还没有爱上别人的闺女，我愿意立你做那不勒斯的王后。

普洛斯彼罗 且慢，老兄，有话跟你讲。（旁白）他们已经彼此情丝互缚了；但是这样顺利的事儿我需要给他们一点障碍，因为恐怕太不费力的获得会使人看不起他的追求的对象。（向腓迪南）一句话，我命令你用心听好。你在这里僭窃着不属于你的名号，到这岛上来做密探，想要从我——这海岛的主人——手里盗取海岛，是不是？

腓迪南 凭着堂堂男子的名义，我否认。

米兰达 这样一座殿堂里是不会容留邪恶的，要是邪恶的精神占有这么美好的一所宅屋，善良的美德也必定会努力住进去的。

普洛斯彼罗 （向腓迪南）跟我来。（向米兰达）不许帮他说话，他是个奸细。（向腓迪南）来，我要把你的头颈和脚枷锁在一起；给你喝海水，把淡水河中的贝蛤、干枯的树根和橡果的皮壳给你做食物。跟我来。

腓迪南 不，我要抗拒这样的待遇，除非我的敌人有更大的威力。（拔剑，但为魔法所制不能动）

米兰达 亲爱的父亲啊！不要太折磨他，因为他很和蔼，并不可怕。

普洛斯彼罗 什么！小孩子倒管教起老人家来了不成？——放下你的剑，奸细！你只会装腔作势，但是不敢动手，因为你的良心中充满了罪恶。来，不要再装出那副斗剑的架式了，因为我能用这根杖的力量叫你的武器落地。

米兰达 我请求你，父亲！

普洛斯彼罗 走开，不要拉住我的衣服！

米兰达 父亲，发发慈悲吧！我愿意做他的保人。

普洛斯彼罗 不许说话！再多嘴，我不恨你也要骂你了。什么！帮一个骗子说话吗？嘘！你以为世上没有和他一样的人，因为你除了他和凯列班之外不曾见过别的人，傻丫头！和大部分人比较起来，他不过是个凯列班，而和他比起来，他们都是天使哩！

米兰达 真是这样的话，我的爱情的愿望是极其卑微的，我并不想看见一个更美好的人。

普洛斯彼罗 （向腓迪南）来，来，服从吧，你已经软弱得完全像一个小孩子一样，一点力气都没有了。

腓迪南 正是这样，我的精神好像在梦里似的，全然被束缚住了。我父亲的死亡，我自己所感觉到的软弱无力，我的一切朋友们的丧失，以及这个将我屈服的人对我的恫吓，对于我全然不算什么，只要我能在我的囚牢中每天看见这位女郎一次。这地球的每个角落让自由的人们去享受吧，我在这样一个牢狱中已经觉得很宽广的了。

普洛斯彼罗　（旁白）事情进行得很顺利。（向腓迪南）走来！——你干得很好，好爱丽儿！（向腓迪南）跟我来！（向爱丽儿）听我吩咐你此外应该做的工作。

米兰达　宽心吧，先生！我父亲的性格不像他的说话那样坏，他向来不是这样的。

普洛斯彼罗　你将像山上的风一样自由，但你必须先执行我所吩咐你的一切。

爱丽儿　一个字都不会弄错。

普洛斯彼罗　（向腓迪南）来，跟着我。（向米兰达）不要帮他说情。（同下）

第二幕

第一场　岛上的另一处

　　阿隆佐、西巴斯辛、安东尼奥、贡柴罗、阿德里安、弗兰西斯科及余人等上。

贡柴罗　大王，请不要悲伤了吧！您跟我们大家都有应该高兴的理由，因为把我们的脱险和我们的损失比较起来，我们是十分幸运的。我们所遇到的不幸是极平常的事，每天都有一些航海者的妻子、商船的主人和托运货物的商人，遭到和我们同样的逆运。但是像我们这次安然无恙的奇迹，却是一百万个人中间也难得有一个人碰到过的。所以，陛下，请您平心静气地把我们的一悲一喜称量一下吧。

阿隆佐　请你不要讲话。

西巴斯辛　他讨厌安慰好像讨厌一碗冷粥一样。

安东尼奥　可是那位善心的人却不肯就此甘休。

西巴斯辛　瞧吧，他在旋转着他那嘴巴子里的发条，不久他那口钟又要敲起来啦。

贡柴罗　大王——

西巴斯辛　钟鸣一下，数好。

贡柴罗　人如果把每一种临到他身上的忧愁都容纳进他的心里，那他可就大大地——

西巴斯辛　大大地有赏。

贡柴罗　大大地把身子弄伤了，可不，你讲的比你想的更有道理些。

西巴斯辛　想不到你一接口，我的话也就聪明起来了。

贡柴罗　所以，大王——

安东尼奥　咄！他多么浪费他的唇舌！

阿隆佐　请你把你的言语节省点儿吧。

贡柴罗　好，我已经说完了，不过——

西巴斯辛　他还要讲下去。

安东尼奥　我们来打赌一下，他跟阿德里安两个人，这回谁先开口？

西巴斯辛　那只老公鸡。

安东尼奥　我说是那只小鸡儿。

西巴斯辛　好，赌些什么？

安东尼奥　输者大笑三声。

西巴斯辛　算数。

阿德里安　虽然这岛上似乎很荒凉——

西巴斯辛　哈！哈！哈！你赢了。

阿德里安　不能居住，而且差不多无路可通——

西巴斯辛　然而——

阿德里安　然而——

安东尼奥　这两个字是他的口头禅。

阿德里安　然而气候一定是很美好、很温和、很可爱的。

安东尼奥　气候是一个可爱的姑娘。

西巴斯辛　照他那样文质彬彬的说法，而且很温和哩。

阿德里安　吹气如兰的香风飘拂到我们的脸上。

西巴斯辛　好像风也有呼吸器官，而且还是腐烂的呼吸器官。

安东尼奥　也可能是让沼泽地给熏臭了。

贡柴罗　这里具有一切对人生有益的条件。

安东尼奥　不错，除了生活的必需品之外。

西巴斯辛　那简直是没有，或者非常之少。

贡柴罗　草儿望上去是多么茂盛而蓬勃，多么青葱！

安东尼奥　地面实在只是一片黄土色。

西巴斯辛　加上一点点的绿。

安东尼奥　他的话并没有说错太多。

西巴斯辛　错是不算十分错，只不过完全不对而已。

贡柴罗　但最奇怪的是，那简直叫人不敢相信——

西巴斯辛　无论是谁夸张起来总是这么说。

贡柴罗　我们的衣服在水里浸过之后，却是照旧干净而有光彩；不但不因咸水而有斑痕，反而像是新染过的一样。

安东尼奥　假如他有一只衣袋会说话，它会不会说他撒谎呢？

西巴斯辛　嗯，但也许会很不老实地把他的谣言包得好好的。

贡柴罗　克拉莉贝尔公主跟突尼斯王大婚的时候，我们在非洲第一次穿上这身衣服，我觉得它们现在就和那时一样新。

西巴斯辛　那真是一桩美满的婚姻，我们的归航也顺利得很呢。

阿德里安　突尼斯从来没有娶过这样一位绝世的王后。

贡柴罗 自从狄多①寡妇之后，他们的确不曾有过这样一位王后。

安东尼奥 寡妇！该死！怎样搀进一个寡妇来了呢？狄多寡妇，嘿！

西巴斯辛 也许他还要说出鳏夫埃涅阿斯来了呢。大王，您能够容忍他这样胡说八道吗？

阿德里安 你说的是狄多寡妇吗？照我考查起来，她是迦太基的，不是突尼斯的。

贡柴罗 这个突尼斯，足下，就是迦太基。

阿德里安 迦太基？

贡柴罗 确实告诉你，它便是迦太基。

安东尼奥 他的说话简直比神话中所说的竖琴②还神奇。

西巴斯辛 居然把城墙跟房子一起搬了地方啦。

安东尼奥 他还要干些什么不可能的奇迹呢？

西巴斯辛 我想他也许想要把这个岛装在口袋里，带回家去赏给他的儿子，就像赏给他一只苹果一样。

安东尼奥 再把这苹果核种在海里，于是又有许多岛长起来啦。

贡柴罗 呃？

安东尼奥 呃，不消多少时候。

贡柴罗 （向阿隆佐）大人，我们刚才说的是我们现在穿着的衣服新得跟我们在突尼斯参加公主的婚礼时一样，公主现在已经是一位王后了。

安东尼奥 而且是那里从来不曾有过的第一位出色的王后。

---

① 狄多，古代迦太基女王，热恋特洛亚英雄埃涅阿斯，后因埃涅阿斯乘船逃走，狄多自焚而死。

② 希腊神话中，安菲翁弹琴而筑成忒拜城。

西巴斯辛　除了狄多寡妇之外，我得请你记住。

安东尼奥　啊！狄多寡妇。对了，还有狄多寡妇。

贡柴罗　我的紧身衣，大人，不是跟第一天穿上去的时候一样新吗？我的意思是说有几分差不多新。

安东尼奥　那"几分"你补充得很周到。

贡柴罗　不是吗，当我在公主大婚时穿着它的时候？

阿隆佐　你唠唠叨叨地把这种话塞进我的耳朵里，把我的胃口都倒尽了。我真希望我不曾把女儿嫁到那里！因为从那边动身回来，我的儿子便失去了；在我的感觉中，她也同样已经失去，因为她离意大利这么远，我将永远不能再见她一面。唉，我的儿子，那不勒斯和米兰的储君！你葬身在哪一条鱼腹中呢？

弗兰西斯科大王，他也许还活着。我看见他击着波浪，将身体耸出在水面上，不管浪涛怎样和他作对，他都凌波而前，尽力抵御着迎面而来的最大的巨浪；他的勇敢的头总是探出在怒潮的上面，而把他那壮健的臂膊以有力的姿势将自己划近岸边；海岸的岸脚已被浪潮侵蚀空了，那倒挂的岩顶似乎在俯向着他，要把他援救起来。我确信他已经平安上岸了。

阿隆佐　不，不，他已经死了。

西巴斯辛　大王，您给自己带来这一重大的损失，也只能怪您自己了，因为您不把您的女儿留着赐福给欧洲人，却宁愿把她捐弃给一个非洲人；至少她从此远离了您的眼前，难怪您要伤心掉泪了。

阿隆佐　请你别再说了吧。

西巴斯辛　我们大家都曾经跪求着您改变您的意志，她自己也处于怨恨和服从之间，犹豫不决应当迁就哪一个方面。现在我们已经失去了您的儿子，恐怕再没有看见他的希望了。因为这一次举动，米兰和那不勒斯又加添了许多寡妇，我们带回家乡去安慰她们的男人却没有几个。而这一切的过失全在您的身上。

阿隆佐　这确是最严重的损失。

贡柴罗　西巴斯辛大人，您说的自然是真话，但是太苛酷了点儿，而且现在也不该说这种话；应当敷膏药的时候，你却去触动痛处。

西巴斯辛　说得很好。

安东尼奥　而且真像一位大夫的样子。

贡柴罗　当您为愁云笼罩的时候，大王，我们也都一样处于阴沉的天气中。

西巴斯辛　阴沉的天气？

安东尼奥　阴沉得很。

贡柴罗　如果这一个岛归我所有，大王——

安东尼奥　他一定要把它种满了荨麻。

西巴斯辛　或是酸模草，或是锦葵。

贡柴罗　而且我要是这岛上的大王，请猜我将会做些什么事。

西巴斯辛　使你自己不致喝醉，因为无酒可饮。

贡柴罗　在这共和国中我要实行一切与众不同的措施：我要禁止一切的贸易，没有地方官的设立；没有文学；富有、贫穷和雇佣都要废止；契约、承袭、疆界、区域、耕种、葡萄园都没有；金属、谷物、酒、油都没有用处；废除职业，所有的人都不做事；妇女也是这样，但她们是天真而纯洁的；没有君主——

西巴斯辛　但是他说他是这岛上的大王。

安东尼奥　他的共和国的后面部分和开头部分很不一致。

贡柴罗　大自然中一切的产物都须不用血汗劳力而获得；叛逆、重罪、剑、戟、刀、枪、炮以及一切武器的使用，一律杜绝；但是大自然会自己产生出一切丰饶的东西，养育我那些纯朴的人民。

西巴斯辛 他的人民中间没有结婚这一件事吗？

安东尼奥 没有的，老兄，大家闲荡着，尽是些娼妓和无赖。

贡柴罗 我要照着这样的理想统治，足以媲美以往的黄金时代。

西巴斯辛 上帝保佑吾王！

安东尼奥 贡柴罗万岁！

贡柴罗 而且——您在不在听我说，人王？

阿隆佐 算了，请你别再说下去了吧！你对我尽说些没意思的话。

贡柴罗 我很相信陛下的话。我的本意原是要让这两位贵人把我取笑取笑，他们的天性是这样敏感而伶俐，常常会无缘无故发笑。

安东尼奥 我们笑的是你。

贡柴罗 在这种取笑讥讽的事情上，我在你们的眼中简直不算什么，所以你们只管笑吧，好没趣。

安东尼奥 好一句厉害的话！

西巴斯辛 可惜不中要害。

贡柴罗 你们是血气奋发的贵人们，假使月亮连续五个星期不生变化，你们也会把她从天体中攫走。

爱丽儿隐形上，奏庄严的音乐。

西巴斯辛 对啦，我们一定会把她攫走，然后在黑夜里捉鸟去。

安东尼奥 呦，好大人，别生气哪！

贡柴罗 放心吧，我不会的，我不会这样不知自检。我觉得疲倦得很，你们肯不肯让我笑得睡去？

安东尼奥　好，你睡吧，听我们笑你。（除阿隆佐、西巴斯辛、安东尼奥外，其余皆睡去）

阿隆佐　怎么！大家一会儿都睡熟了！我希望我的眼睛安安静静地合拢，把我的思潮关闭起来。我觉得它们确实要合拢了。

西巴斯辛　大王，请您不要拒绝睡神的好意，他不大会降临到忧愁者的身上，但倘使来了，那便是一个安慰。

安东尼奥　我们两个人，大王，会在您休息的时候护卫着您，留意着您的安全。

阿隆佐　谢谢你们，倦得很。（阿隆佐睡，爱丽儿下）

西巴斯辛　真奇怪，大家都这样困倦！

安东尼奥　那是因为气候的关系。

西巴斯辛　那么为什么我们的眼皮不垂下来呢？我觉得我自己一点不想睡。

安东尼奥　我也不想睡，我的精神很兴奋。他们一个一个倒下来，好像预先约定好似的，又像受了电击一般。可尊敬的西巴斯辛，什么事情也许会……啊！什么事情也许会……算了，不说了，但是我总觉得我能从你的脸上看出你应当成为什么样的人。时机全然对你有利，我在强烈的想象里似乎看见一顶王冠降到你的头上了。

西巴斯辛　什么！你是醒着还是睡着？

安东尼奥　你听不见我说话吗？

西巴斯辛　我听见的，但那一定是你睡梦中说出来的呓语。你在说些什么？这是一种奇怪的睡状，一面睡着，一面却睁大了眼睛；站立着，讲着话，行动着，然而却睡得这样熟。

安东尼奥　尊贵的西巴斯辛，你徒然让你的幸运睡去，竟或是让它死去；你虽然醒着，却闭上了眼睛。

西巴斯辛　你清清楚楚在打鼾，你的鼾声里却蕴藏着意义。

安东尼奥 我在一本正经地说话,你不要以为我跟平常一样。你要是愿意听我的话,也必须一本正经;听了我的话之后,你的尊荣将要增加三倍。

西巴斯辛 啾,你知道我是心如止水。

安东尼奥 我可以教你怎样让止水激涨起来。

西巴斯辛 你试试看吧,但习惯的惰性只会教我退落下去。

安东尼奥 啊,但愿你知道你心中也在转这念头,虽然你表面上这样取笑这件事!越是排斥这种思想,这种思想就越是牢固在你的心里。向后退的人,为了他们自己的胆小和懒惰,总是出不了头。

西巴斯辛 请你说下去吧,瞧你的眼睛和面颊的神气,好像心中藏着什么话,而且像是产妇难产似的,很吃力地要把它说出来。

安东尼奥 我要说的是,大人,我们那位记性不好的大爷——这个人要是去世之后,别人也会把他淡然忘却的——他虽然已经把王上劝说得几乎使他相信他的儿子还活着——因为这个人唯一的本领就是向人家唠叨劝说——但王子不曾死这一回事是绝对不可能的,正像在这里睡着的人不会游泳一样。

西巴斯辛 我对于他不曾溺死这一句话是不抱一点希望的。

安东尼奥 哎,不要说什么不抱希望啦,你自己的希望大着呢!从那方面说是没有希望,反过来说却正是最大不过的希望,野心所能企及而无可再进的极点。你同意不同意我的说法,腓迪南已经溺死了?

西巴斯辛 他一定已经没命了。

安东尼奥 那么告诉我,除了他,应该轮到谁承继那不勒斯的王位?

西巴斯辛 克拉莉贝尔。

安东尼奥　她是突尼斯的王后，她住的地方那么遥远，一个人赶一辈子路，可还差五六十里才到得了她的家，她和那不勒斯没有通信的可能：月亮里的使者是太慢了，除非叫太阳给她捎信，那么直到新生婴孩柔滑的脸上长满胡须的时候也许可以送到。我们从她的地方出发而遭到了海浪的吞噬，一部分人幸得生命，这是命中注定的，因为他们将有所作为，以往的一切都只是个开场的引子，以后的正文该由我们来干一番。

西巴斯辛　这是什么话！你怎么说的？不错，我的哥哥的女儿是突尼斯的王后，她也是那不勒斯的嗣君；两地之间相隔着很远的路程。

安东尼奥　这路程是这么长，每一步的距离都似乎在喊着："克拉莉贝尔怎么还能往回走，回到那不勒斯去呢？不要离开突尼斯，让西巴斯辛快清醒过来吧！"瞧，他们睡得像死去一般。真的，就是死了也不过如此。这儿有一个人治理起那不勒斯来，也绝不亚于睡着的这一个；也总不会缺少像这位贡柴罗一样善于唠叨说空话的大臣——就是乌鸦我也能教它讲得比他有意思一点哩。啊，要是你也跟我有一样的想法就好了！这样的昏睡对于你的高升真是一个多么好的机会！你懂我的意思吗？

西巴斯辛　我想我懂得。

安东尼奥　那么你对于你自己的好运气有什么意见呢？

西巴斯辛　我记得你曾经篡夺过你哥哥普洛斯彼罗的位置。

安东尼奥　是的，你瞧我穿着这身衣服多么称身，比以前神气得多了！本来我哥哥的仆人和我处在同等的地位，现在他们都在我的手下了。

西巴斯辛　但是你在良心上——

安东尼奥　哎，大人，良心在什么地方呢？假如它像一块冻疮，那么也许会害我穿不上鞋子，但是我并不觉得在我的胸头有

莎士比亚传奇剧

这么一位神明。即使有二十颗冻结起来的良心梗在我和米兰之间，那么不等它们作梗起来，也早就溶化了。这儿躺着你的兄长，跟泥土也不差多少——假如他真像他现在这个样子，看上去就像死了一般，只要我用这柄称心如意的剑，轻轻刺进三寸那么深，就可以叫他永远安静。同时你照着我的样子，也可以叫这个老头子，这位老成持重的老臣，从此长眠不醒，再也不会来呶呶指责我们。至于其余的人，只要用好处引诱他们，就会像猫儿舐牛奶似的流连不去，假如我们说是黄昏，他们也不敢说是早晨。

西巴斯辛　好朋友，我将把你的情形作为我的榜样，如同你得到米兰一样，我也要得到我的那不勒斯。举起你的剑来吧，只要这么一下，便可以免却你以后的纳贡，我做了国王之后，一定十分眷宠你。

安东尼奥　我们一起举剑吧，当我举起手来的时候，你也照样把你的剑对准贡柴罗的胸口。

西巴斯辛　啊！且慢。（二人往一旁密议）

音乐；爱丽儿隐形复上。

爱丽儿　我的主人凭他的法术，预知你，他的朋友，所陷入的危险，因此差我来保全你的性命，因为不这样的话，他的计划就要失败。（在贡柴罗耳边唱）

　　当你酣然熟睡的时候，
　　眼睛睁得大大的"阴谋"，
　　　正在施展着毒手。
　　假如你重视你的生命，
　　不要再睡了，你得留神；
　　　快快醒醒吧，醒醒！

安东尼奥　那么让我们赶快下手吧。

贡柴罗　天使保佑王上啊！（众醒）

阿隆佐 什么？怎么啦？喂，醒来！你们为什么拔剑？为什么脸无人色？

贡柴罗 什么事？

西巴斯辛 我们正站在这儿守护您的安息，就在这时候忽然听见了一阵大声的狂吼，好像公牛，不，像狮子一样。你们不是也被那声音惊醒的吗？我听了害怕极了。

阿隆佐 我什么都没听见。

安东尼奥 啊！那是一种怪兽听了也会害怕的咆哮，大地都给它震动起来。那一定是一大群狮子的吼声。

阿隆佐 你听见这声音了吗，贡柴罗？

贡柴罗 凭着我的名誉起誓，大王，我只听见一种很奇怪的蜜蜂似的声音，它使我惊醒转来。我摇着您的身体，喊醒了您。我一睁开眼睛，便看见他们的剑拔出鞘外。有一个声音，那是真的。最好我们留心提防着，否则赶快离开这地方。让我们把武器预备好。

阿隆佐 带领我们离开这个地方，让我们再去找寻一下我那可怜的孩子。

贡柴罗 上天保佑他不要给这些野兽害了，我相信他一定在这岛上。

阿隆佐 带路走吧。（率众人下）

爱丽儿 我要把我的工作回去报告我的主人；国王呀，安心地前去把你的孩子找寻。（下）

第二场　岛上的另一处

凯列班、荷柴上，雷声。

凯列班 愿太阳从一切沼泽、平原上吸起来的瘴气都降在普

莎士比亚传奇剧

洛斯彼罗身上,让他的全身没有一处不生恶病!他的精灵会听见我的话,但我非把他咒一下不可。他们要是没有他的吩咐,绝不会拧我,显出各种怪相来吓我,把我推到烂泥里,或是在黑暗中化作一团磷火诱我迷路,只要我有点儿什么,他们便想出种种的恶作剧来摆布我:有时变成猴子,向我咧着牙齿扮鬼脸,然后再咬我;一下子又变成刺猬,在路上滚作一团,我的赤脚一踏上去,便把针刺竖了起来;有时我的周身围绕着几条毒蛇,吐出分叉的舌头来,那咝咝的声音吓得我发狂。

特林鸠罗上。

凯列班 瞧!瞧!又有一个他的精灵来了!因为我柴捡得慢,要来给我吃苦头。让我把身体横躺下来,也许他不会注意到我。

特林鸠罗 这儿没有丛林也没有灌木,可以抵御任何风雨。又有一阵大雷雨要来啦,我听见风在呼啸,那边那堆很大的乌云像是一只臭皮袋就要把袋里的酒倒下来的样子。要是这回再像不久以前那么响着大雷,我不晓得我该把我的头藏到什么地方去好;那块云准要整桶整桶地倒下水来。咦!这是什么东西?是一个人还是一条鱼?死的还是活的?一定是一条鱼;他的气味像一条鱼,有些隔宿发霉的鱼腥气,不是新腌的鱼。奇怪的鱼!我从前曾经到过英国,要是我现在还在英国,只要把这条鱼画出来,挂在帐篷外面,包管那边无论哪一个节日里没事做的傻瓜都会掏出整块的银洋来瞧一瞧。在那边很可以靠这条鱼发一笔财,随便什么稀奇古怪的畜生在那边都可以让你发一笔财。他们不愿意丢一个铜子给跛脚的叫花子,却愿意拿出一角钱来看一个死了的印第安红种人。嘿,他像人一样生着腿呢!他的翼鳍多么像是一对臂膀!他的身体还是暖的!我说我弄错了,我放弃原来的意见了,这不是鱼,是岛上的一个土人,刚才被天雷轰得那样子。

（雷声）唉！雷雨又来了，我只得躲到他的衫子底下去，再没有别的躲避的地方了。一个人倒起霉来，就要跟妖怪一起睡觉。让我躲在这儿，直到云消雨散。

斯丹法诺手持酒瓶唱着歌上。

斯丹法诺 （唱）

我将不再到海上去，到海上去，

我要老死在岸上——

这是一支送葬时唱的难听的曲子。好，这儿是我的安慰。（饮酒，唱）

船长，船老大，咱小子和打扫甲板的，

还有炮手和他的助理，

爱上了毛儿、梅哥、玛利安和玛葛丽，

但凯德可没有人欢喜；

因为她有一副绝顶响喉咙，

见了水手就要嚷："送你的终！"

焦油和沥青的气味熏得她满心烦躁，

可是裁缝把她浑身搔痒就呵呵乱笑：

海上去吧，弟兄们，让她自个儿去上吊！

这也是一支难听的曲子；但这儿是我的安慰。（饮酒）

凯列班 不要折磨我，喔！

斯丹法诺 什么事？这儿有鬼吗？叫野人和印第安人来跟我们捣乱吗？哈！海水都淹不死我，我还怕四只脚的东西不成？古话说得好，一个人神气得竟然用四条腿走路，就绝不能叫人望而生畏。只要斯丹法诺鼻孔里还透着气，这句话还是照样要说下去。

凯列班 精灵在折磨我了，喔！

斯丹法诺 这是这座岛上生出来的四条腿的什么怪物，照我看起来像在发疟疾。见鬼,他到底跟谁学会了说我们的话?为了这,我也得给他医治一下子,要是我医好了他,把他驯伏了,带回到那不勒斯去,岂不是一桩可以送给随便哪一个脚踏牛皮的皇帝老官儿的绝妙礼物!

凯列班　不要折磨我,求求你!我愿意赶紧把柴背回家去。

斯丹法诺　他现在寒热发作,语无伦次,他可以尝一尝我瓶里的酒;要是他从来不曾沾过一滴酒,那很可以把他完全医好。我倘若医好了他,把他驯伏了,我也不要怎么狠心需索。反正谁要他,谁就得出一笔钱——出一大笔钱。

凯列班　你还不曾给我多少苦头吃,但你就要大动其手了;我知道的,因为你在发抖;普洛斯彼罗的法术在驱使你了。

斯丹法诺　给我爬过来,张开你的嘴巴;这是会叫你说话的好东西,你这头猫,张开嘴来;这会把你的颤抖完完全全驱走,我可以告诉你。(给凯列班喝酒)你不晓得谁是你的朋友,再张开嘴来。

特林鸠罗　这声音我很熟悉,那像是——但他已经淹死了。这些都是邪鬼,老天保佑我啊!

斯丹法诺　四条腿,两个声音,真是一个有趣不过的怪物!他的前面的嘴巴在向他的朋友说着恭维的话,他的背后的嘴巴却在说他坏话讥笑他。即使医好他需要我全瓶的酒,我也要给他出一下力。喝吧,阿门!让我再把一些酒倒在你那另外一只嘴里。

特林鸠罗　斯丹法诺!

斯丹法诺　你另外的那张嘴在叫我吗?天哪,天哪!这是个魔鬼,不是个妖怪。我得离开他,我可跟魔鬼打不了交道。

特林鸠罗　斯丹法诺!如果你是斯丹法诺,请你过来摸摸我,跟我讲几句话。我是特林鸠罗,不要害怕,你的好朋友特林鸠罗。

斯丹法诺　你倘若是特林鸠罗,那么钻出来吧。让我来把那两条小一点的腿拔出来;要是这儿有特林鸠罗的腿的话,这一定不会错。嗳哟,你果真是特林鸠罗!你怎么会变成这个妖怪的粪便?他能够泄下特林鸠罗来吗?

特林鸠罗　我以为他是给天雷轰死了的。但是你不是淹死了吗,斯丹法诺?我现在希望你不曾淹死。雷雨过去了吗?我因为害怕雷雨,所以才躲在这个死妖精的衫子底下。你还活着吗,斯丹法诺?啊,斯丹法诺,两个那不勒斯人脱险了!

斯丹法诺　请你不要把我旋来旋去,我的胃不大好。

凯列班　(旁白)这两个人倘若不是精灵,一定是好人。那是一位英雄的天神,他还有琼浆玉液。我要向他跪下去。

斯丹法诺　你怎么会逃命了的?你怎么会到这儿来?凭着这个瓶儿起誓,你是怎么到这儿来的?凭着这个瓶儿起誓,我自己是因为伏在一桶白葡萄酒的桶顶上才不曾淹死;那桶酒是水手们从船上抛下海的;这个瓶是我被冲上岸之后自己亲手用树干刳成的。

凯列班　凭着那个瓶儿起誓,我要做您的忠心的仆人,因为您那种水是仙水。

斯丹法诺　嗨,起誓吧,说你是怎样逃了命的。

特林鸠罗　游泳到岸上,像一只鸭子一样,我会像鸭子一样游泳,我可以起誓。

斯丹法诺　来,吻你的《圣经》①。(给特林鸠罗喝酒)你虽然能像鸭子一样游泳,可是你的样子倒像是一只鹅。

特林鸠罗　啊,斯丹法诺!这酒还有吗?

斯丹法诺　有着整整一桶呢,老兄,我在海边的一座岩穴里

---

①　吻《圣经》原为基督徒起誓时表示郑重的仪式,此处斯丹法诺用来指饮其瓶中之酒。

藏下了我的美酒。喂，妖精！你的寒热病怎么样啦？

凯列班　您不是从天上掉下来的吗？

斯丹法诺　从月亮里下来的，实话告诉你，以前我是住在月亮里的。

凯列班　我曾经看见过您在月亮里，我真喜欢您。我的女主人曾经指点给我看您和您的狗和您的柴枝。

斯丹法诺　来，起誓吧，吻你的《圣经》；我会把它重新装满。起誓吧。

特林鸠罗　凭着太阳起誓，这是个蠢得很的怪物，可笑我竟会害怕起他来！一个不中用的怪物！月亮里的人，嘿！这个可怜的轻信的怪物！好啊，怪物！你的酒量真不小。

凯列班　我要指点给您看这岛上每一处肥沃的地方，我要吻您的脚。请您做我的神明吧！

特林鸠罗　凭着太阳起誓，这是一个居心不良的嗜酒的怪物，等他的神明睡了过去，他就会把酒瓶偷走。

凯列班　我要吻您的脚，我要发誓做您的仆人。

斯丹法诺　那么好，跪下来起誓吧。

特林鸠罗　这个头脑简单的怪物要把我笑死了，这个不要脸的怪物！我心里真想把他揍一顿。

斯丹法诺　来，吻吧。

特林鸠罗　但是这个可怜的怪物是喝醉了，一个作孽的怪物！

凯列班　我要指点您最好的泉水，我要给您摘浆果，我要给您捉鱼，给您打很多的柴。但愿瘟疫降临在我那暴君的身上，我再不给他搬柴了。我要跟着您走，您这了不起的人！

特林鸠罗　一个可笑又可气的怪物！竟会把一个无赖的醉汉看做了不起的人！

凯列班　请您让我带您到长着野苹果的地方；我要用我的长指爪给您掘出落花生来，把樫鸟的窝指点给您看，教给您怎样捕捉伶俐的小猢狲的法子；我要采成束的榛果献给您；我还要从岩石上为您捉下海鸥的雏鸟来。您肯不肯跟我走？

斯丹法诺　请你带着我走，不要再啰里啰唆了。——特林鸠罗，国王和我们的同伴们既然全都淹死，这地方便归我们所有了。——来，给我拿着酒瓶。——特林鸠罗老朋友，我们不久便要再把它装满。

凯列班　（醉吃地唱）再会，主人！再会！再会！

特林鸠罗　一个喧哗的怪物！一个醉酒的怪物！

凯列班

　　　　不再筑堰捕鱼；

　　　　不再捡柴生火，

　　　　硬要听你吩咐；

　　　　不再刷盘子，

　　　　不再洗碗；

　　　　班，班，凯——凯列班，

　　　　换了一个新老板！

　　自由，哈哈！哈哈，自由！自由！哈哈，自由！

斯丹法诺　啊，出色的怪物！带路走呀。（同下）

第三幕

第一场　普洛斯彼罗洞室之前

腓迪南负木上。

腓迪南　有一类游戏是很吃力的，但兴趣会使人忘记其中的辛苦；有一类卑微的工作是用坚苦卓绝的精神忍受着的，最低贱的事情往往指向最崇高的目标。我这种贱役对于我应该是艰重而可厌的，但我所奉侍的女郎使我生趣勃发，觉得劳苦反而是一种愉快。啊，她那十倍的温柔远胜于她父亲的乖戾，而她的父亲则浑身都是暴戾！他严厉地吩咐我必须把几千根这样的木头搬过去堆垒起来。我那可爱的姑娘见了我这样劳苦，竟哭了起来，说从来不曾见过像我这种人干这等卑贱的工作。唉！我把工作都忘了。但这些甜蜜的思想给予我新生的力量，在我干活的当儿，我的思想最活跃。

米兰达上；普洛斯彼罗潜随其后。

米兰达　唉，请你不要太辛苦了吧！我真希望一阵闪电把那些要你堆垒的木头一起烧掉！请你暂时放下来，坐下歇歇吧。要是这根木头被烧起来的时候，它一定会想到它所给你的劳苦而流泪。我的父亲正在一心一意地读书，请你休息休息吧，在这三个钟头之内，他是不会出来的。

腓迪南　啊，最亲爱的姑娘，在我还没有把我必须做的工作努力做完之前，太阳就要下去了。

米兰达　要是你肯坐下来，我愿意代你搬一会儿木头，请你给我吧，让我把它搬到那一堆上面去。

腓迪南　怎么可以呢，珍贵的人儿！我宁愿毁损我的筋骨，压折我的背膀，也不愿让你干这种下贱的工作，而我空着两手坐在一旁。

米兰达　要是这种工作配给你做，当然它也配给我做。而且我做起来心里更舒服一点，因为我是自己甘愿，而你是被迫的。

普洛斯彼罗　（旁白）可怜的孩子，你已经情魔缠身了！你这痛苦的呻吟流露了真情。

米兰达　你瞧上去很疲乏。

腓迪南　不，尊贵的姑娘！当你在我身边的时候，黑夜也变成了清新的早晨。我恳求你告诉我你的名字，好让我把它放进我的祈祷里去。

米兰达　米兰达。——唉！父亲，我已经违背了你的叮嘱，把它说了出来啦！

腓迪南　可赞美的米兰达！真是一切仰慕的最高峰，价值抵得过世界上一切最珍贵的财宝！我的眼睛曾经关注地盼睐过许多女郎，许多次她们那柔婉的声调使我的过于敏感的听觉为之倾倒。为了各种不同的美点，我曾经喜欢过各个不同的女子；但是从不曾全心全意地爱上一个人，总有一些缺点损害了她那崇高的优美。但是你啊，这样完美而无双，是把每一个人的最好的美点集合起来而造成的！

米兰达　我不曾见过一个和我同性的人，除了在镜子里见到自己的面孔以外，我不记得任何女子的相貌。除了你、好友和我的亲爱的父亲以外，也不曾见过哪一个我可以称为男子的人。我不知道别处地方人们都是生得什么样子，但是凭着我最可宝贵的嫁妆——贞洁起誓：除了你之外，在这世上我不企望任何的伴侣；除了你之外，我的想象也不能再产生出一个可以使我喜爱的形象。但是我的话讲得有些太越出界限，把我父亲的教训全忘记了。

腓迪南　我原是一个王子，米兰达，也许我已经是一个国王——但我希望我不是！我不能容忍一只苍蝇玷污我的嘴角，更不用说挨受这种搬运木头的苦役了。听我的心灵向你诉说：当我每一眼看见你的时候，我的心就已经飞到你的身边，甘心为你执役，使我成为你的奴隶；只是为了你的缘故，我才肯让自己当这个辛苦的运木的工人。

米兰达　你爱我吗？

腓迪南　天在顶上！地在底下！为我作证这一句妙音。要是我所说的话是真的，愿天地赐给我幸福的结果；如其所说是假，那么请把我命中注定的幸运都转成厄运！超过世间其他一切事物的界限之上，我爱你，珍重你，崇拜你！

米兰达　我是一个傻子，听见了衷心喜欢的话就流起泪来！

普洛斯彼罗　（旁白）一段难得的良缘的会合！上天赐福给他们的后裔吧！

腓迪南　你为什么哭起来了呢？

米兰达　因为我是太平凡了，我不敢献给你我所愿意献给你的，更不敢从你那里接受我所渴想得到的。但这是废话，越是掩饰，它越是显露得清楚。去吧，羞怯的狡狯！让单纯而神圣的天真指导我说什么话吧！要是你肯娶我，我愿意做你的妻子；不然的话，我将到死都是你的婢女：你可以拒绝我做你的伴侣，但不论你愿不愿意,我将是你的奴仆。

腓迪南 我的最亲爱的爱人!我永远低首在你的面前。

米兰达 那么你是我的丈夫吗?

腓迪南 是的,我全心愿望着,如同受拘束的人愿望自由一样。握着我的手。

米兰达 这儿是我的手,我的心也跟它在一起。现在我们该分手了,半点钟之后再会吧。

腓迪南 一千个再会吧!(分别下)

普洛斯彼罗 我当然不能比他们自己更为高兴,而且他们是全然不曾预先料到的;但没有别的事可以比这事更使我快活了。我要去读我的书,因为在晚餐之前,我还有一些事情须得做好。(下)

第二场　岛上的另一处

凯列班持酒瓶,斯丹法诺、特林鸠罗同上。

斯丹法诺 别对我说,要是酒桶里的酒完了,然后我们再喝水;只要还有一滴酒剩着,让我们一直喝酒吧。来,一!二!三!加油干!妖怪奴才,向我祝饮呀!

特林鸠罗 妖怪奴才!这岛上特产的笨货!据说这岛上一共只有五个人,我们已经是三个;要是其余的两个人跟我们一样聪明,我们的江山就不稳了。

斯丹法诺 喝酒呀,妖怪奴才!我叫你喝你就喝。你的眼睛简直呆呆地生牢在你的头上了。

特林鸠罗 眼睛不生在头上倒该生在什么地方?要是他的眼睛生在尾巴上,那才真是个出色的怪物哩!

斯丹法诺 我的妖怪奴才的舌头已经在白葡萄酒里淹死了,

但是我，海水也淹不死我。凭着这太阳起誓，我在一百多里的海面上游来游去，一直游到了岸边。你得做我的副官，怪物，或是做我的旗手。

特林鸠罗 要是你中意的话，还是做个副官吧！他当不了旗手。

斯丹法诺 我们不想奔跑呢，怪物先生。

特林鸠罗 也不想走路，你还是像条狗那么躺下来吧，一句话也别说。

斯丹法诺 妖精，说一句话吧，如果你是个好妖精。

凯列班 给老爷请安！让我舐您的靴子。我不要服侍他，他是个懦夫。

特林鸠罗 你说谎，一窍不通的怪物！我打得过一个警察呢。嘿，你这条臭鱼！像我今天一样喝了那么多白酒的人，还说是个懦夫吗？因为你是一个一半鱼、一半妖怪的荒唐东西，你就要撒一个荒唐的谎吗？

凯列班 瞧！他多么取笑我！您让他这样说下去吗，老爷？

特林鸠罗 他说"老爷"！谁想得到一个怪物会是这么一个蠢材！

凯列班 喏，喏，又来啦！我请您咬死他。

斯丹法诺 特林鸠罗，好好地堵住你的嘴！如果你要造反，就把你吊死在眼前那株树上！这个可怜的怪物是我的人，不能给人家欺侮。

凯列班 谢谢大老爷！您肯不肯再听一次我的控诉？

斯丹法诺 依你所奏，跪下来说吧。我立着，特林鸠罗也立着。

爱丽儿隐形上。

凯列班 我已经说过，我屈服在一个暴君、一个巫师的手下，他用诡计把这岛从我手里夺了去。

爱丽儿 你说谎！

凯列班 你说谎，你这插科打诨的猴子！我希望我的勇敢的主人把你杀死。我没有说谎。

斯丹法诺 特林鸠罗，要是你在他讲话的时候再来缠扰，凭着这只手起誓，我要敲掉你的牙齿。

特林鸠罗 怎么？我一句话都没有说。

斯丹法诺 那么别响，不要再多话了。（向凯列班）讲下去。

凯列班 我说，他用妖法占据了这岛，从我手里夺了去；要是老爷肯替我向他报仇——我知道您一定敢，但这家伙绝没有这胆子——

斯丹法诺 那是自然了。

凯列班 您就可以做这岛上的主人，我愿意服侍您。

斯丹法诺 用什么方法可以实现这事呢？你能不能把我带到那个人的地方去？

凯列班 可以的，可以的，老爷。我可以乘他睡熟的时候把他交付给您，您就可以用一根钉敲进他的脑袋里去。

爱丽儿 你说谎，你不敢！

凯列班 这个穿花花衣裳的蠢货！这个混蛋！请老爷把他痛打一顿，把他的酒瓶夺过来。他没有酒喝之后，就只好喝海里的咸水了，因为我不愿告诉他清泉在什么地方。

斯丹法诺 特林鸠罗，别再自讨没趣啦！你再说一句话打扰这怪物，凭着这只手起誓，我就要不顾情面，把你打成一条鱼干了。

特林鸠罗 什么？我得罪了你什么？我一句话都没有说。让我再离得远一点儿。

斯丹法诺 你不是说他说谎吗？

爱丽儿　你说谎！

斯丹法诺　我说谎吗！吃这一下！（打特林鸠罗）要是你觉得滋味不错的话，下回再试试看吧。

特林鸠罗　我并没有说你说谎。你头脑昏了，连耳朵也听不清楚了吗？该死的酒瓶！喝酒才把你搅得那么昏沉沉的。愿你的怪物给牛瘟病瘟死，魔鬼把你的手指弯断了去！

凯列班　哈哈哈！

斯丹法诺　现在讲下去吧。——请你再站得远些。

凯列班　狠狠地打他一下子，停一会儿我也要打他。

斯丹法诺　站远些。——来，说吧。

凯列班　我对您说过，他有一个老规矩，一到下午就要睡觉。那时您先把他的书拿了去，就可以捶碎他的脑袋，或者用一根木头敲破他的头颅，或者用一根棍子搠破他的肚肠，或者用您的刀割断他的喉咙。记好，先要把他的书拿到手，因为他一失去了他的书，就是一个跟我差不多的大傻瓜，也没有一个精灵会听他指挥；这些精灵们没有一个不像我一样把他恨入骨髓。只要把他的书烧了就是了；他还有些出色的家具——他叫做"家具"——预备造了房子之后陈设起来的；但首先应该放在心上的是他那美貌的女儿。他自己说她是一个美艳无双的人；我从来不曾见过一个女人，除了我的老娘西考拉克斯和她之外；可是她比起西考拉克斯来，真不知要好看得多少倍了，正像天地的相差一样。

斯丹法诺　是这样一个出色的姑娘吗？

凯列班　是的，老爷，我可以担保一句，她跟您睡在一床是再合适不过啦，她会给您生下出色的小子来。

斯丹法诺　怪物，我一定要把这人杀死，他的女儿和我做王后和国王，上帝保佑！特林鸠罗和你做总督。你赞成不赞成这计策,特林鸠罗?

特林鸠罗 好极了。

斯丹法诺 让我握你的手。我很抱歉打了你,可是你活着的时候,总以少开口为妙。

凯列班 在这半点钟之内他就要入睡,您愿不愿就在这时候杀了他?

斯丹法诺 好的,凭着我的名誉起誓。

爱丽儿 我要告诉主人去。

凯列班 您使我高兴得很,我心里充满了快乐。让我们畅快一下。您肯不肯把您刚才教给我的轮唱曲唱起来?

斯丹法诺 准你所奏,怪物,凡是合乎道理的事我都可以答应。来啊,特林鸠罗,让我们唱歌。(唱)

嘲弄他们,讥讽他们,

讥讽他们,嘲弄他们,

思想多么自由!

凯列班 这曲子不对。

爱丽儿击鼓吹箫,依曲调而奏。

斯丹法诺 这是什么声音?

特林鸠罗 这是我们的歌的曲子,在空中吹奏着呢。

斯丹法诺 你倘若是一个人,像一个人那样出来吧;你倘若是一个鬼,也随你显出怎样的形状来吧!

特林鸠罗 饶赦我的罪过呀!

斯丹法诺 人一死什么都完了,我不怕你。但是可怜我们吧!

凯列班 您害怕吗?

斯丹法诺 不,怪物,我怕什么?

凯列班 不要怕。这岛上充满了各种声音和悦耳的乐曲,使人听了愉快,不会伤害人。有时成千的叮叮咚咚的乐器在我耳边鸣响。有时在我酣睡醒来的时候，听见了那种歌声，又使我沉沉睡去；那时在梦中便好像云端里开了门，无数珍宝要向我倾倒下来；当我醒来之后，我简直哭了起来，希望重新做一遍这样的梦。

斯丹法诺　这倒是一个出色的国土，可以不费钱白听音乐。

凯列班　但首先您得先杀死普洛斯彼罗。

斯丹法诺　那事我们不久就可以动手，我记住了。

特林鸠罗　这声音渐渐远去了，让我们跟着它，然后再干我们的事。

斯丹法诺　领着我们走，怪物，我们跟着你。我很希望见一见这个打鼓的家伙，奏得倒挺不错。

特林鸠罗　你来吗？我跟着它走了，斯丹法诺。（同下）

第三场　岛上的另一处

阿隆佐、西巴斯辛、安东尼奥、贡柴罗、阿德里安、弗兰西斯科及余人等上。

贡柴罗　天哪！我走不动啦，大王，我的老骨头在痛。这儿的路一条直一条弯的，完全把人迷昏了！要是您不见怪，我必须休息一下。

阿隆佐　老人家，我不能怪你，我自己也心灰意懒，疲乏得很。坐下来歇歇吧。现在我已经断了念头，不再自己哄自己了。他一定已经淹死了，尽管我们乱摸瞎撞地找寻他，海水也在嘲笑我们在岸上的无益的寻觅。算了吧，让他死了就完了！

安东尼奥　（向西巴斯辛旁白）我很高兴他是这样灰心。别因为一次遭到失败，就放弃了你已决定好的计划。

西巴斯辛　（向安东尼奥旁白）下一次的机会我们一定不要

错过。

安东尼奥 （向西巴斯辛旁白）就在今夜吧，他们现在已经走得很疲乏，一定不会，而且也不能再那么警觉了。

西巴斯辛 （向安东尼奥旁白）好，今夜吧。不要再说了。

庄严而奇异的音乐。普洛斯彼罗自上方隐形上。下侧若干奇形怪状的精灵抬了一桌酒席进来；他们围着它跳舞，且作出各种表示敬礼的姿势，邀请国王等人就食后退去。

阿隆佐 这是什么音乐？好朋友们，听哪！

贡柴罗 神奇的甜美的音乐！

阿隆佐 上天保佑我们！这些是什么？

西巴斯辛 一幅活动的傀儡戏！现在我才相信世上有独角的麒麟，阿拉伯有凤凰所栖的树，上面有一只凤凰至今还在南面称王呢。

安东尼奥 麒麟和凤凰我都相信，要是此外还有什么难于置信的东西，都来告诉我好了，我一定会发誓说那是真的。旅行的人绝不会说谎话，足不出门的傻瓜才嗤笑他们。

贡柴罗 要是我现在在那不勒斯，把这事告诉了别人，他们会不会相信我呢？要是我对他们说，我看见岛上的人民是这样这样的——这些当然一定是岛上的人民——虽然他们的形状生得很奇怪，然而倒是很有礼貌、很和善，在我们人类中也难得见到的。

普洛斯彼罗 （旁白）正直的老人家，你说得不错，因为在你们自己一群人当中，就有几个人比魔鬼还要坏。

阿隆佐 我再不能这样吃惊了，虽然不开口，但他们的那种形状、那种手势、那种音乐，都表演了一幕美妙的哑剧。

普洛斯彼罗 （旁白）且慢称赞吧。

弗兰西斯科 他们消失得很奇怪。

西巴斯辛 不要管他们，既然他们把食物留下，我们有肚子就该享用——您要不要尝一尝？

阿隆佐 我可不想吃。

贡柴罗 真的，大王，您无须害怕。当我们还是孩子的时候，谁肯相信有一种山居的人，喉头长着肉袋，像一头牛一样？谁又肯相信有一种人的头是长在胸膛上的？可是我们现在都相信每个旅行的人都能肯定这种话不是虚假的了。

阿隆佐 好，我要吃，即使这是我的最后一餐，又有什么关系呢？我的最好的日子也已经过去了。贤弟，公爵，陪我们一起来吃吧。

雷电。爱丽儿化身怪鸟上，以翼击桌，筵席顿时消失——用一种特别的机关装置。

爱丽儿 你们是三个有罪的人，操纵着尘世的天命，使得那贪馋的怒海重又把你们吐了出来，把你们抛在这没有人居住的岛上，你们是不配居住在人类中间的。你们已经发狂了。（阿隆佐、西巴斯辛等拔剑）即使像你们这样勇敢的人，也没有法子免除一死。你们这些愚人！我和我的同伴们都是运命的使者；你们用风、火熔炼的刀剑不能损害我们身上的一根羽毛，正像把它们砍向呼啸的风、刺向分而复合的水波一样，只显得可笑。我的伙伴们也是刀枪不入的。而且即使它们能够把我们伤害，现在你们也已经没有力量把臂膀举起来了。好生记住吧，我来就是告诉你们这句话，你们三个人是在米兰把善良的普洛斯彼罗篡逐的恶人，你们把他和他无辜的婴孩放逐在海上，如今你们也受到同样的报应了。为着这件恶事，上天虽然并不把惩罚立刻加在你们身上，却并没有轻轻放过，已经使海洋和陆地，以及一切生灵都来和你们作对了。你，阿隆佐，已经丧失了你的儿子；我再向你宣告，地狱的无穷的痛苦一切死状合在一起也没有那么惨，将要一步步临到你生命的途程中，除非痛悔前非，以后洗心革面，做一个清白的人，否则在这荒岛上面，天谴已经迫在眼前了！

爱丽儿在雷鸣中隐去。柔和的乐声复起；精灵们重上，跳舞且作揶揄状，把空桌抬下。

普洛斯彼罗　（旁白）你把这怪鸟扮演得很好，我的爱丽儿，这一桌酒席你也席卷得妙，我叫你说的话你一句也没有漏去；就是那些小精灵们也都是生龙活虎，各自非常出力。我的神通已经显出力量，我这些仇人们已经惊惶得不能动弹；他们都已经在我的权力之下了。现在我要在这种情形下面离开他们，去探视他们以为已经淹死了的年轻的腓迪南和他的也是我的亲爱的人儿。（自上方下）

贡柴罗　凭着神圣的名义，大王，为什么您这样呆呆地站着？

阿隆佐　啊，那真是可怕！可怕！我觉得海潮在那儿这样告诉我；风在那儿把它唱进我的耳中；那深沉可怕、像管风琴似的雷鸣在向我震荡出普洛斯彼罗的名字，它用宏亮的低音宣布了我的罪恶。这样看来，我的孩子一定是葬身在海底的软泥之下了；我要到深不可测的海底去寻找他，跟他睡在一块儿！（下）

西巴斯辛　要是这些鬼怪们一个一个地来，我可以打得过他们。

安东尼奥　让我助你一臂之力。（西巴斯辛、安东尼奥下）

贡柴罗　这三个人都有些不顾死活的神气。他们的重大的罪恶像隔了好久才发作的毒药一样，现在已经在开始咬啮他们的灵魂了。你们是比较善于临机应变的，请快快追上去，阻止他们不要做出什么疯狂的举动来。

阿德里安　你们跟我来吧。（同下）

第四幕

第一场　普洛斯彼罗洞室之前

普洛斯彼罗、腓迪南、米兰达上。

普洛斯彼罗　要是我曾经给你太严厉的惩罚,你也已经得到补偿了;因为我已经把我生命中的一部分给了你,我是为了她才活着的。现在我再把她交到你的手里;你所受的一切苦恼都不过是我用来试验你的爱情的,而你能异常坚强地忍受它们。在这里我当着天,许给你这个珍贵的赏赐。腓迪南啊,不要笑我这样把她夸奖,你自己将会知道一切的称赞比起她自身的美好来,都是瞠乎其后的。

腓迪南　我绝对相信您的话。

普洛斯彼罗　既然我的给予和你的获得都不是出于贸然,你就可以娶我的女儿。但在一切神圣的仪式没有充分给你许可之前,你不能侵犯她处女的尊严,否则你们的结合将不能得到上天的美满的祝福,冷淡的憎恨、白眼的轻蔑和不睦将使你们的姻缘中长满令人嫌恶的恶草。所以小心一点吧,许门①的明灯将照引

---

① 许门,希腊罗马神话中司婚姻之神。

着你们!

腓迪南 我希望的是以后在和现在一样的爱情中享受着平和的日子、美秀的儿女和绵绵的生命,因此即使在最幽冥的暗室中,在最方便的场合,有伺隙而来的魔鬼的最强烈的煽惑,也不能使我的廉耻化为肉欲,而轻轻地损毁了举行婚礼那天的无比的欢乐。可是那样的一天来得也太慢了,我觉得不是太阳神的骏马在途中跑垮了,便是黑夜被系禁在冥域了。

普洛斯彼罗 说得很好。坐下来跟她谈话吧,她是属于你的。喂,爱丽儿!我勤劳的仆人,爱丽儿!

爱丽儿上。

爱丽儿 我的威严的主人,有什么吩咐?我在这里。

普洛斯彼罗 你跟你的小伙计们把刚才的事情办得很好;我必须再差你们做一件这样的把戏。去把你手下的小喽啰们召唤到这儿来,叫他们赶快装扮起来,因为我必须在这一对年轻人的面前卖弄卖弄我的法术。我曾经答应过他们,他们也在盼望着。

爱丽儿 现在吗?

普洛斯彼罗 是的,一霎眼的时间内就得办好。

爱丽儿 你来去还不曾出口,
你呼吸还留着没透,
我们早脚尖儿飞快,
扮鬼脸大伙儿都在,
主人,你爱我不爱?

普洛斯彼罗 我很爱你,我的伶俐的爱丽儿!在我没有叫你之前,不要前来。

爱丽儿 好,我知道。(下)

普洛斯彼罗 当心保持你的忠实,不要太恣意调情。血液中的火焰一燃烧起来,最坚强的誓言也就等于草秆。节制一些吧,

莎士比亚传奇剧

否则你的誓约就要守不住了!

腓迪南 请您放心,老人家;皎白的处女的冰雪,早已压伏了我胸中的欲火。

普洛斯彼罗 好。——出来吧,我的爱丽儿!不要让精灵们缺少一个,多一个倒不妨。轻轻快快地出来吧!大家不要响,只许静静地看!

柔和的音乐;假面剧开始。精灵扮伊里斯①上。

伊里斯 刻瑞斯②,最丰饶的女神,我是天上的彩虹,我是天后的使官,天后在云端,传旨请你离开你那繁荣着小麦、大麦、黑麦、燕麦、野豆、豌豆的膏田;离开你那羊群所游息的茂草的山坡,以及饲牧它们的满铺着刍草的平原;离开你那生长着立金花和蒲苇的堤岸,多雨的四月奉着你的命令而把它装饰着的,在那里给清冷的水仙女们备下了洁净的新冠;离开你那为失恋的情郎们所爱好而徘徊其下的金雀花的薮丛;你那牵藤的葡萄园;你那荒瘠埼曲的海滨,你所散步游息的地方:请你离开这些地方,到这里的草地上来,和尊严的天后陛下一同游戏;她的孔雀已经轻捷地飞翔起来了,请你来陪驾吧,富有的刻瑞斯。

刻瑞斯上。

刻瑞斯 万福,你永远服从着天后的命令,五彩缤纷的使者!你用你的橙黄色的翼膀常常洒下甘露似的清新的阵雨在我的花朵上面,用你的青色的弓的两端为我的林木丛生的地亩和没有灌枝的高原披上了富丽的肩巾。敢问你的王后唤我到这草原上来,有什么吩咐?

伊里斯 为要庆祝真心的爱情的结合,大量地赐福给这一双有福的恋人。

---

① 伊里斯,希腊罗马神话中诸神之信使,又为虹之女神。
② 刻瑞斯,希腊罗马神话中司农事及大地之女神。

刻瑞斯　告诉我,天虹,你知不知道维纳斯或她的儿子是否也随侍着天后?自从她们用诡计使我的女儿陷在幽冥的狄斯的手中以后,我已经立誓不再见她和她那盲目的小儿的无耻的面孔了。

伊里斯　不要担心会碰见她。我遇见她的灵驾由一对对的白鸽拖引着,正冲破云霄,向帕福斯①而去,她的儿子同车陪着她。她们因为这里的这一对男女曾经立誓在许门的火炬未燃着以前不得同衾,因此想要在他们身上干一些无赖的把戏,可是白费了心机;玛斯②的情妇已经满心暴躁地回去;她那发恼的儿子已经折断了他的箭,发誓以后不再射人,只是跟麻雀们开开玩笑,打算做一个好孩子了。

刻瑞斯　最高贵的王后,伟大的朱诺③来了,从她的步履上我辨认得出来。

朱诺上。

朱　诺　我的丰饶的贤妹安好?跟我去祝福这一对新人,让他们一生幸福,生出美好的后裔来。(唱)

　　　富贵尊荣,美满良姻,

　　　百年偕老,子孙盈庭;

　　　幸福朝朝,欢娱暮暮,

　　　朱诺向你们恭贺!

刻瑞斯　(唱)

　　　田多落穗,积谷盈仓,

　　　葡萄成簇,摘果满筐;

　　　秋去春来,如心所欲,

---

① 帕福斯,维纳斯神庙所在地,相传她在海中诞生后首临于此。
② 玛斯,希腊罗马神话里的战神,与爱神维纳斯有私。
③ 朱诺,希腊罗马神话中的天后。

刻瑞斯为你们祝福！

腓迪南 这是一个最神奇的幻景，这样迷人而谐美！我能不能猜想这些都是精灵呢？

普洛斯彼罗 是的，这些是我从他们的世界里用法术召唤来表现我一时的空想的精灵们。

腓迪南 让我终老在这里吧！有着这样一位人间稀有的神奇而贤哲的父亲，这地方简直是天堂了。

朱诺与刻瑞斯作耳语，授命令于伊里斯。

普洛斯彼罗 亲爱的，莫做声！朱诺和刻瑞斯在那儿严肃地耳语，将要有一些另外的事情。嘘！不要开口！否则我们的魔法就要破解了。

伊里斯 戴着蒲苇之冠，眼光永远是那么柔和的、住在蜿蜒的河流中的仙女们啊！离开你们那涡卷的河床，到这青青的草地上来答应朱诺的召唤吧！前来，冰洁的水仙们，伴着我们一同庆祝一段良缘的缔结，不要太迟了。

若干水仙女上。

伊里斯 你们这在八月的日光下蒸晒着的辛苦的刈禾人，离开你们的田亩，到这里来欢乐一番；戴上你们麦秆的帽子，一个一个地来和这些清艳的水仙们跳起乡村的舞蹈来吧！

若干服饰齐整的刈禾人上，和水仙女们一齐作优美的舞蹈；临了时普洛斯彼罗突然起来发言，在一阵奇异的、幽沉的、杂乱的声音中，众精灵悄然隐去。

普洛斯彼罗 （旁白）我已经忘记了那个畜生凯列班和他的同党想来谋取我生命的奸谋，他们所定的时间已经差不多到了。（向精灵们）很好！现在完了，去吧！

腓迪南 这可奇怪了，你的父亲在发着很大的脾气。

米兰达 直到今天为止，我从来不曾看见过他狂怒到这样子。

普洛斯彼罗 王子，你瞧上去似乎有点惊疑。高兴起来吧，我的儿；我们的狂欢已经终止了。我们的这一些演员们，我曾经告诉过你，原是一群精灵；他们都已化成淡烟而消散了。如同这虚无缥缈的幻景一样，入云的楼阁、瑰伟的宫殿、庄严的庙堂，甚至地球自身，以及地球上所有的一切，都将同样消散，就像这一场幻景，连一点烟云的影子都不曾留下。构成我们的料子也就是那梦幻的料子；我们的短暂的一生，前后都环绕在酣睡之中。王子，我心中有些昏乱，原谅我不能控制我的弱点，我的衰老的头脑有些昏了。不要因为我的年老不中用而不安。假如你们愿意，请回到我的洞里休息一下。我将略作散步，安定安定我焦躁的心境。

米兰达、腓迪南 愿你安静啊！（下）

普洛斯彼罗 赶快来！（向米兰达、腓迪南）谢谢你们，爱丽儿，来啊！

爱丽儿上。

爱丽儿 我永远准备着执行你的意志。有什么吩咐？

普洛斯彼罗 精灵，我们必须预备着对付凯列班。

爱丽儿 是的，我的发令者，我在扮演刻瑞斯的时候就想对你说，可是我深恐触怒了你。

普洛斯彼罗 再对我说一次，你把这些恶人安置在什么地方？

爱丽儿 我告诉过你，主人，他们喝得醉醺醺的，勇敢得了不得；他们怒打着风，因为风吹到了他们的脸上，痛击着地面，因为地面吻了他们的脚；但总是不忘记他们的计划。于是我敲起小鼓来，一听见了这声音，他们便像狂野的小马一样，耸起了他们的耳朵，睁大了他们的眼睛，掀起了他们的鼻孔，似乎音乐是可以嗅到的样子。这样我迷惑了他们的耳朵，使他们像小牛跟从着母牛的叫声一样，跟我走过了一簇簇长着尖齿的野茨，咬人的刺金雀和锐利的荆棘丛，把他们可怜的胫骨刺穿。最后我把他们遗留在离开这里不远的那口满是浮渣的污水池中，水没到了下巴，他们却在那里手舞足蹈，把一池臭水搅得比他们的臭脚还臭。

普洛斯彼罗　干得很好，我的鸟儿。你仍旧隐形前去，把我室内的华丽的衣服拿来，好让这些恶贼们诱上圈套。

爱丽儿　我去，我去。（下）

普洛斯彼罗　一个魔鬼，一个天生的魔鬼，教养也改不过他的天性来。在他身上我一切好心的努力都全然白费。他的形状随着年纪增长而一天丑陋似一天，他的心也一天一天腐烂下去。我要把他们狠狠惩治一顿，直至他们因痛苦而呼号。

爱丽儿携带许多华服等上。

普洛斯彼罗　来，把它们挂起在这根绳上。

普洛斯彼罗与爱丽儿隐身留原处。凯列班、斯丹法诺、特林鸠罗三人浑身淋湿上。

凯列班　请你们脚步放轻些，不要让瞎眼的鼹鼠听见了我们的足声。我们现在已经走近他的洞窟了。

斯丹法诺　怪物，你说你那个不会害人的仙人简直跟我们开了一个不大不小的玩笑。

特林鸠罗　怪物，我满鼻子都是马尿的气味，把我恶心得不得了。

斯丹法诺　我也是这样。你听见了吗，怪物？要是我向你一发起恼来，当心点儿——

特林鸠罗　你不过是一个走投无路的怪物罢了。

凯列班　好老爷，不要恼我，耐心些，因为我将要带给您的好处可以抵偿过这场不幸。请你们轻轻地讲话，大家要静得好像在深夜里一样。

特林鸠罗　呃，可是我们的酒瓶也落在池里了。

斯丹法诺　这不单是耻辱和有损名誉，简直是无限的损失。

特林鸠罗　这比浑身淋湿更使我痛心。可是，怪物，你却说那是你的不会害人的仙人。

斯丹法诺　我一定要去把我的酒瓶捞起来，即使我必须没头没脑钻在水里。

凯列班　我的王爷，请您安静下来。瞧这里，这便是洞口了。不要响，走进去。把那件大好的恶事干起来，这岛便属您所有了。我，您的凯列班，将要永远舐您的脚。

斯丹法诺　让我握你的手，我开始动了杀人的念头了。

特林鸠罗　啊，斯丹法诺大王！大老爷！尊贵的斯丹法诺！瞧这儿有多么好的衣服给您穿呀！

凯列班　让它去，你这蠢货！这些不过是废物罢了。

特林鸠罗　哈哈，怪物！什么是旧衣庄上的货色，我们是看得出来的。啊，斯丹法诺大王！

斯丹法诺　放下那件袍子，特林鸠罗！凭着我这手起誓，那件袍子我要。

特林鸠罗　请大王拿去好了。

凯列班　愿这傻子浑身起水肿！你老是恋恋不舍这种废料有什么意思呢？别去理这些个，让我们先去行刺。要是他醒了，他会使我们从脚心到头顶遍体鳞伤，把我们弄成不知什么样子的。

斯丹法诺　别开口，怪物！——绳子太太，这不是我的短外套吗？本来吊在你绳上，现在吊在我身上。短外衣呀，我说，你别"掉"了毛，变个秃头雕才好。

特林鸠罗　妙极妙极！大王高兴的话，让我们横七竖八一齐偷了去!

斯丹法诺 你这句话说得很妙,赏给你这件衣服吧。只要我做这里的国王,聪明人总不会被亏待的。"横七竖八偷了去"是一句绝妙的俏皮话,再赏你一件衣服。

特林鸠罗 怪物,来啊,涂一些胶在你的手指上,把其余的都拿去吧。

凯列班 我什么都不要。我们将要错过了时间,大家要变成蠢鹅,或是额角低得难看的猴子了!

斯丹法诺 怪物,别连手都不动一动,给我把这件衣服拿到我那放着大酒桶的地方去,否则我的国境内不许你立足。去,把这拿去。

特林鸠罗 还有这一件。

斯丹法诺 呃,还有这一件。

幕内猎人的声音。若干精灵化作猎犬上,将斯丹法诺等三人追逐;普洛斯彼罗和爱丽儿嗾着它们。

普洛斯彼罗 嗨!莽丁,嗨!

爱丽儿 雪狒!那边去,雪狒!

普洛斯彼罗 飞雷!飞雷!那边,铁龙!那边!听,听!(凯列班、斯丹法诺、特林鸠罗被驱下)去叫我的妖精们用厉害的痉挛磨他们的骨节;叫他们的肌肉像老年人那样抽搐起来,掐得他们满身都是伤痕,比豹子或山猫身上的斑点还多。

爱丽儿 听!他们在呼号呢。

普洛斯彼罗 让他们被痛痛快快地追一下子。此刻我的一切仇人们都在我的手掌之中了;不久我的工作便可完毕,你就可以呼吸自由的空气,暂时你再跟我来,帮我一些忙吧。(同下)

第五幕

第一场 普洛斯彼罗洞室之前

普洛斯彼罗穿法衣上;爱丽儿随上。

普洛斯彼罗 现在我的计划将告完成,我的魔法毫无差失,我的精灵们俯首听命,一切按部就班顺利地过去。是什么时候了?

爱丽儿 将近六点钟。你曾经说过,主人,在这时候我们的工作应当完毕。

普洛斯彼罗 当我刚兴起这场暴风雨的时候,我曾经这样说过。告诉我,我的精灵,国王和他的从者们怎么样啦?

爱丽儿 按照着你的吩咐,他们仍旧照样囚禁在一起,同你离开他们的时候一样,在为你的洞室遮阳的那棵大菩提树底下聚集着这一群囚徒;你要是不把他们释放,他们便一步路也不能移动。国王、他的弟弟和你的弟弟,三个人都疯了;其余的人在为他们悲泣,充满了忧伤和惊骇;尤其是那位你所称为"善良的老大臣贡柴罗"的,他的眼泪一直从他的胡须上滴下来,就像从茅檐上流下来的冬天的滴水一样。你在他们身上所施的魔术的力量是这么大,要是你现在看见了他们,你的心也一定会软下来。

普洛斯彼罗 你这样想吗,精灵?

爱丽儿 如果我是人类,主人,我会觉得不忍的。

普洛斯彼罗 我的心也将会觉得不忍。你不过是一阵空气罢了,居然也会感觉到他们的痛苦;我是他们的同类,跟他们一样敏锐地感到一切,和他们有着同样的感情,难道我的心反会比你硬吗?虽然他们给我这样大的迫害,使我痛心切齿,但是我宁愿压伏我的愤恨而听从我的更高尚的理性;道德的行动较之仇恨的行动是可贵得多的。要是他们已经悔过,我的唯一的目的也就达到终点,不再对他们再有一点怨恨。去把他们释放了吧,爱丽儿。我要给他们解去我的魔法,唤醒他们的知觉,让他们仍旧恢复本来的面目。

爱丽儿 我去带他们来,主人。(下)

普洛斯彼罗 你们这山河林沼的小妖们,踏沙无痕、追逐着退潮时的海神而等他一转身来便又倏然逃去的精灵们,在月下的草地上留下了环舞的圈迹、使羊群不敢走近的小神仙们,以及在半夜中以制造菌蕈为乐事、一听见肃穆的晚钟便雀跃起来的你们:虽然你们不过是些弱小的精灵,但我借着你们的帮助,才能遮暗了中天的太阳,唤起作乱的狂风,在青天碧海之间激起浩荡的战争:我把火给予震雷,用乔武大神的霹雳碎了他自己那株粗干的橡树;我使稳固的海岬震动,连根拔起松树和杉柏。因着我的法力无边的命令,坟墓中的长眠者也被惊醒,打开了墓门出来。但现在我要捐弃这种狂暴的魔术,仅仅再要求一些微妙的天乐,化导他们的心性,使我能得到我所希望的结果;以后我便将折断我的魔杖,把它埋在幽深的地底,把我的书投向深不可测的海心。

庄严的音乐。爱丽儿重上;他的后面跟随着神情狂乱的阿隆

佐,由贡柴罗随侍;西巴斯辛与安东尼奥也和阿隆佐一样,由阿德里安及弗兰西斯科随侍;他们都步入普洛斯彼罗在地上所划的圆圈中,被魔法所禁,呆立不动。

普洛斯彼罗　庄严的音乐是对于昏迷的幻觉的无上安慰,愿它医治好你们那在煎炙着的失去作用的脑筋!站在那儿吧,因为你们已经被魔法所制伏了。圣人一样的贡柴罗,可尊敬的人!我的眼睛一看见了你,便油然落下同情的眼泪来。魔术的力量在很快地消失,如同晨光悄悄掩袭暮夜,把黑暗消解了一样,他们那开始抬头的知觉已经在驱除那蒙蔽住他们清明理智的迷糊的烟雾了。啊,善良的贡柴罗!不单是我的真正的救命恩人,也是你所跟随着的君主的一位忠心耿耿的臣子,我要在名义上、在实际上重重报答你的好处。你,阿隆佐,对待我们父女的手段未免太残酷了!你的兄弟也是一个帮凶的人。你现在也受到惩罚了,西巴斯辛!你,我的骨肉之亲的兄弟,为着野心,忘却了怜悯和天性;在这里又要和西巴斯辛谋弑你们的君王,为着这缘故他的良心的受罚是十分厉害的;我宽恕了你,虽然你的天性是这样刻薄!他们的知觉的浪潮已经在渐渐激涨起来,不久便要冲上了现在还是一片黄泥的理智的海岸。在他们中间还不曾有一个人看见我,或者会认识我。爱丽儿,给我到我的洞里去把我的帽子和佩剑拿来。(爱丽儿下)我要显出我的本来面目,重新打扮作旧时的米兰公爵的样子。快一些,精灵!你不久就可以自由了。

　　爱丽儿重上,唱歌,一面帮助普洛斯彼罗装束。

爱丽儿　　(唱)

　　　　　蜂儿吮啜的地方,我也在那儿吮啜;
　　　　　在一朵莲香花的冠中我躺着休息;
　　　　　我安然睡去,当夜枭开始它的呜咽。
　　　　　骑在蝙蝠背上我快活地飞舞翩翩,

> 快活地快活地追随着逝去的夏天；
> 　　快活地快活地我如今要
> 　　在垂在枝头的花底安身。

普洛斯彼罗　啊，这真是我的可爱的爱丽儿！我真舍不得你，但你必须有你的自由。——好了，好了。——你仍旧隐着身子，到国王的船里去。水手们都在舱口下面熟睡着，先去唤醒了船长和水手长之后，把他们引到这里来！快一些。

爱丽儿　我乘风而去，不等到你的脉搏跳了两跳就回来。（下）

贡柴罗　这儿有着一切的迫害、苦难、惊奇和骇愕，求神圣把我们带出这可怕的国土吧！

普洛斯彼罗　请您看清楚，大王，被害的米兰公爵普洛斯彼罗在这里。为要使您相信对您讲话的是一个活着的邦君，让我拥抱您；对于您和您的同伴们，我是竭诚欢迎！

阿隆佐　我不知道你真的是不是他，或者不过是一些欺人的鬼魅，如同我不久以前所遇到的。但是你的脉搏跳得和寻常血肉的人一样；而且自从我一见你之后，那使我发狂的精神上的痛苦已减轻了些。如果这是一件真实发生的事，那定然是一段最稀奇的故事。你的公国我奉还给你，并且恳求你饶恕我的罪恶。但是，普洛斯彼罗怎么还会活着而且在这里呢？

普洛斯彼罗　尊贵的朋友，先让我把您老人家拥抱一下，您的崇高是不可以限量的。

贡柴罗　我不能确定这是真实还是虚无。

普洛斯彼罗　这岛上的一些海市蜃楼曾经欺骗了你，以致使你不敢相信确实的事情。——欢迎啊，我的一切的朋友们！（向西巴斯辛、安东尼奥旁白）但是你们这一对贵人，要是我不客气的话，可以当场证明你们是叛徒，叫你们的王上翻过脸来，可是现在我不想揭发你们。

西巴斯辛　（旁白）魔鬼在他嘴里说话吗？

普洛斯彼罗　不，讲到你，最邪恶的人，称你是兄弟也会玷污了我的齿舌，但我饶恕了你的最卑劣的罪恶，一切全不计较了；我仅仅要向你讨还我的公国，我知道那是你不得不把它交还的。

阿隆佐　如果你是普洛斯彼罗，请告诉我们你的遇救的详情，怎么你会在这里遇见我们。在三小时以前，我们的船毁没在这海岸的附近；在这里，使我想起了心中最惨痛的，我失去了我的亲爱的儿子腓迪南！

普洛斯彼罗　我听见这消息很悲伤，大王。

阿隆佐　这损失是无可挽回的，忍耐也已经失去了它的效用。

普洛斯彼罗　我觉得您还不曾向忍耐求助。我自己也曾经遭到和您同样的损失，但借着忍耐的慈惠的力量，使我安之若素。

阿隆佐　你也遭到同样的损失！

普洛斯彼罗　对我正是同样重大，而且也是同样新近的事；比之您，我更缺少任何安慰的可能，我所失去的是我的女儿。

阿隆佐　一个女儿吗？天啊！要是他们俩都活着，都在那不勒斯，一个做国王，一个做王后，那将是多么美满！真能这样的话，我宁愿自己长眠在我的孩子现今所在的海底。你的女儿是什么时候失去的？

普洛斯彼罗　就在这次暴风雨中。我看这些贵人们由于这次的遭遇，太惊愕了，惶惑得不能相信他们眼睛所见的是真实，他们嘴里所说的是真的言语。但是，不论你们心里怎样迷惘，请你们相信我确实就是普洛斯彼罗，从米兰被放逐出来的公爵；因了不可思议的偶然，恰恰在这儿——你们沉舟的地方我登上岸，并做了岛上的主人。关于这事现在不要再多谈了，因为那是要好多天才讲得完的一部历史，不是一顿饭的时间所能叙述得了，而且也不适宜于我们这初次的相聚。欢迎啊，大王！这洞窟便是我的宫廷，在这里我也有寥寥几个侍从，没有一个外地的臣民。请您向里面探望一下。因为您还给了我的公国，我也要把一件同样好的礼物答谢您；至少也要献出一个奇迹来，使它给予您安慰，正像我的公国安慰了我一样。洞门开启，腓迪南与米兰达在内对弈。

米兰达　好人，你在作弄我。

腓迪南　不，我的最亲爱的，即使给我整个的世界我也不愿欺弄你。

米兰达　我说你作弄我，可是就算你并吞了我二十个王国，我还是认为这是一场公正的游戏。

阿隆佐　倘使这不过是这岛上的一场幻景，那么我将要两次失去我的亲爱的孩子了。

西巴斯辛　不可思议的奇迹！

腓迪南　海水虽然似乎那样凶暴，然而却是仁慈的，我错怨了它们。

（向阿隆佐跪下）

阿隆佐　让一个快乐的父亲的所有的祝福拥抱着你！起来，告诉我你是怎么到这里来的。

米兰达　神奇啊！这里有多少好看的人！人类是多么美丽！啊，新奇的世界，有这么出色的人物！

普洛斯彼罗　对于你这是新奇的。

阿隆佐　和你一起玩着的这姑娘是谁？你们的认识顶多也不过三个钟头罢了。她是不是就是把我们拆散了又使我们重新聚合的女神？

腓迪南　父亲，她是凡人，但借着上天的旨意她是属于我的；我选中她的时候，无法征询父亲的意见，而且那时我也不相信我还有一位父亲。她就是这位著名的米兰公爵的女儿；我常常听人说起过他的名字，但从没有看见过他一面。从他的手里我得到了第二次生命；而现在这位小姐使他成为我的第二个父亲。

阿隆佐　那么我也是她的父亲了；但是，唉，听起来多么使人奇怪，我必须向我的孩子请求宽恕！

普洛斯彼罗　好了，大王，别再说了，让我们不要把过去的不幸重压在我们的记忆上。

贡柴罗　我心中感激得说不出话来，否则我早就开口了。天上的神明们，请俯视尘寰，把一顶幸福的冠冕降临在这一对少年的头上；因为把我们带到这里来相聚的，完全是上天的主意！

阿隆佐　让我跟着你说"阿门"，贡柴罗！

贡柴罗　米兰的主人被逐出米兰，而他的后裔将成为那不勒斯的王族吗？啊，这是超乎寻常的喜事，应当用金字把它铭刻在柱上，好让它传至永久。在一次航程中，克拉莉贝尔在突尼斯获得了她的丈夫；她的兄弟腓迪南又在他迷失的岛上找到了一位妻子；普洛斯彼罗在一座荒岛上收回了他的公国；而我们大家呢，在每个人迷失了本性的时候，重新找着了各自的自己。

阿隆佐　（向腓迪南、米兰达）让我握你们的手：谁不希望你们快乐的，让忧伤和悲哀永远占据他的心灵！

贡柴罗　愿如大王所说的，阿门！

爱丽儿重上，船长及水手长惊愕地随在后面。

贡柴罗　瞧啊，大王！瞧！又有几个我们的人来啦。我曾经预言过，只要陆地上有绞架，这家伙一定不会淹死。喂，你这谩骂的东西！在船上由得你指天骂日，怎么一上了岸响都不响了呢？难道你没有把你的嘴巴带到岸上来吗？说吧，有什么消息？

莎士比亚传奇剧

水手长 最好的消息是我们平安地找到了我们的王上和同伴；其次，在三个钟头以前我们还以为已经撞碎了的我们的那条船，却正和第一次下水的时候那样结实、完好而齐整。

爱丽儿 （向普洛斯彼罗旁白）主人，这些都是我去了以后所做的事。

普洛斯彼罗 （向爱丽儿旁白）我足智多谋的精灵！

阿隆佐 这些事情都异乎寻常，它们越来越奇怪了。说，你怎么会到这儿来的？

水手长 大王，要是我自己觉得我是清清楚楚地醒着，也许我会勉强告诉您。可是我们都睡得像死去一般，也不知道怎么一下子，都给关闭在舱口底下了。就在不久之前我们听见了各种奇怪的响声——怒号、哀叫、狂呼、铿锵的铁链声以及此外许多可怕的声音，把我们闹醒。立刻我们就自由了，个个都好好儿的；我们看见壮丽的王船丝毫无恙，明明白白在我们的眼前；我们的船长一边看着它，一边手舞足蹈。忽然一下子莫名其妙地，我们就像在梦中一样糊里糊涂地离开了其余的兄弟，被带到这里来了。

爱丽儿 （向普洛斯彼罗旁白）干得好不好？

普洛斯彼罗 （向爱丽儿旁白）出色极了，我的勤劳的精灵！你就要得到自由了。

阿隆佐 这真叫人像坠入五里雾中一样！这种事情一定有一个超自然的势力在那儿指挥着；愿神明的启迪给我们一些指示吧！

普洛斯彼罗 大王，不要因为这种怪事而使您心里迷惑不宁；不久我们有了空暇，我便可以简简单单地向您解答这种种奇迹，使您觉得这一切的发生，未尝不是可能的事。现在请高兴起来，把什么事都往好的方面着想吧。（向爱丽儿旁白）过来，精灵,把凯列班和他的伙伴们放出来,解去他们身上的魔法。(爱丽儿下)怎样,大王?你们的一伙中还缺少几个人,一两个为你们所忘怀了的人物。

爱丽儿驱凯列班、斯丹法诺、特林鸠罗上,各人穿着他们所偷得的衣服。

斯丹法诺 让各人为别人打算,不要顾到自己①,因为一切都是命运。勇气啊!出色的怪物,勇气啊!

特林鸠罗 要是装在我头上的眼睛不曾欺骗我,这里的确是很堂皇的样子。

凯列班 塞提柏斯呀!这些才真是出色的精灵!我的主人真是一表非凡!我怕他要责罚我。

西巴斯辛 哈哈!这些是什么东西,安东尼奥大人?可以不可以用钱买的?

安东尼奥 大概可以吧,他们中间的一个完全是一条鱼,而且一定很可以卖几个钱。

普洛斯彼罗 各位大人,请瞧一瞧这些家伙们身上穿着的东西,就可以知道他们是不是好东西。这个奇丑的恶汉的母亲是一个很有法力的女巫,能够叫月亮都听她的话,能够支配着本来由月亮操纵的潮汐。这三个家伙做贼偷了我的东西,这个魔鬼生下来的杂种又跟那两个东西商量谋害我的生命。那两人你们应当认识,是你们的人,这个坏东西我必须承认是属于我的。

凯列班 我免不了要被拧得死去活来。

阿隆佐 这不是我的酗酒的膳夫斯丹法诺吗?

西巴斯辛 他现在仍然醉着,他从哪儿来的酒呢?

阿隆佐 这是特林鸠罗,看他醉得天旋地转。他们从哪儿喝

---

① 斯丹法诺正酒醉糊涂,语无伦次;按照他的本意,他该是想说:"让各人为自己打算。不要顾到别人。"

这么多的好酒，把他们的脸染得这样血红呢？你怎么会变成这种样子？

特林鸠罗　自从我离开了你之后，我的骨髓也都浸酥了，我想这股气味可以熏得连苍蝇也不会在我的身上下卵了吧？

西巴斯辛　喂，喂，斯丹法诺！

斯丹法诺　啊！不要碰我！我不是什么斯丹法诺，我不过是一堆动弹不得的烂肉。

普洛斯彼罗　狗奴才，你要做这岛上的王，是不是？

斯丹法诺　那么我一定是个倒霉的王爷。

阿隆佐　这样奇怪的东西我从来没有看见过。（指凯列班）

普洛斯彼罗　他的行为跟他的形状同样都是天生的下劣。——去，狗奴才，到我的洞里去，把你的同伴们也带了进去。要是你希望我饶恕的话，把里面打扫得干净点儿。

凯列班　是，是，我就去。从此以后我要聪明一些，学学讨好的法子。我真是一头比六头蠢驴合起来还蠢的蠢货！竟会把这种醉汉当作神明，向这种蠢材叩头膜拜！

普洛斯彼罗　快滚开！

阿隆佐　滚吧，把你们那些衣服仍旧归还到原来寻得的地方去。

西巴斯辛　什么寻得，是偷的呢。（凯列班、斯丹法诺、特林鸠罗同下）

普洛斯彼罗　大王，我请您的大驾和您的随从们到我的洞窟里来，今夜暂时要屈你们在这儿宿一夜。一部分的时间我将消磨在谈话上，我相信那种谈话会使时间很快就过去。我要告诉您我的生涯中的经历，以及一切自从我到这岛上来之后所遭遇的事情。明天早晨我要带着你们上船回到那不勒斯去，我希望我们所疼爱的孩子们的婚礼就在那儿举行，然后我要回到我的米兰，在那儿等待着瞑目长眠的一天。

阿隆佐 我渴想听您讲述您的经历,那一定会使我们的耳朵着迷。

普洛斯彼罗 我将从头到尾向您细讲,并且答应您一路上将会风平浪静,有吉利的顺风吹送,可以赶上已经去远了的您的船队。(向爱丽儿旁白)爱丽儿,我的小鸟,这事要托你办理,以后你便可以自由地回到空中,从此我们永别了!——请你们过来。

(同下)

收场诗

普洛斯彼罗致辞:
现在我已把我的魔法尽行抛弃,
剩余微弱的力量都属于我自己;
横在我面前的分明有两条道路,
不是终生被符箓把我在此幽锢,
便是凭藉你们的力量重返故都。
既然我现今已把我的旧权重握,
饶恕了迫害我的仇人,请再不要
把我永远锢闭在这寂寞的荒岛!
求你们解脱了我灵魂上的系锁,
赖着你们善意殷勤的鼓掌相助;
再烦你们为我吹嘘出一口和风,
好让我们的船只一齐鼓满帆篷。
现在我已撒开了我空空的两手,
不再有魔法迷人、精灵为我奔走;

莎士比亚传奇剧

　　我的结局将要变成不幸的绝望,
　　除非依托着万能的祈祷的力量,
　　它能把慈悲的神明的中心刺彻,
　　赦免了可怜的下民的一切过失。
　　你们有罪过希望别人不再追究,
　　愿你们也格外宽大给我以自由!(下)

泰尔亲王配力克里斯
Tai Er Qin Wang Pei Li Ke Li Si

剧中人物

安提奥克斯 安提奥克国王

配力克里斯 泰尔亲王

赫力堪纳斯 ⎫
爱斯凯尼斯 ⎭ 二泰尔大臣

西蒙尼狄斯 潘塔波里斯国王

克里翁 塔萨斯总督

拉西马卡斯 米提林总督

萨利蒙 以弗所贵族

泰利阿德 安提奥克使臣

腓利门 萨利蒙之仆

里奥宁 狄奥妮莎之仆

司仪官

妓院主人

龟　奴

公　主 安提奥克斯之女

狄奥妮莎 克里翁之妻

泰　莎 西蒙尼狄斯之女

玛丽娜 配力克里斯及泰莎之女

利科丽达 玛丽娜之保姆

鸨　妇

群臣、贵妇、骑士、卫士、水手、海盗、绅士、渔夫及使者

莎士比亚传奇剧

等狄安娜女神

　　高　尔　剧情解释者

地　点

　　散处各国

第一幕

安提奥克王官前

高尔上。

　　从往昔的灰烬之中,
　　来了俺这白发衰翁,
　　唱一支古代的曲调,
　　博你们粲然的一笑。
　　在佳节欢会的席上,
　　这诗篇常被人歌唱;
　　贵人淑女午睡方醒,
　　也曾赖它消愁解闷。
　　它使人们向往光荣,
　　年代越久味道越浓。
　　要是后世诸位君子,
　　对这曲儿不加鄙视,
　　要是老人引吭歌唱,
　　能使你们感到欢畅,

莎士比亚传奇剧

　　我愿化作一支烛光,
　　为你们把生命销亡。

　　却说当年安提奥克,
　　在叙利亚建立王国,
　　他的王后不幸亡故,
　　留下一个娇娃失母,
　　可喜长得容华绝代,
　　天生就风流的体态;
　　谁料老王乱伦灭性,
　　竟把自己女儿诱引,
　　这无耻的父女一双,
　　干下了罪恶的勾当,
　　经历了几度的春秋,
　　他们也就恬不知羞。
　　这公主的艳誉芳名,
　　招来多少公子王孙,
　　他们做着求凰好梦,
　　谁都想把美人抱拥。
　　哪知道这一方禁脔,
　　怎么容得旁人指染?
　　这老王早制定约束,
　　应付求婚者的絮渎:
　　谁要是想娶她为妻,
　　必须解答一个哑谜;
　　参不透哑谜的奥秘,
　　就只好把生命捐弃。

可怜这一个难题目,
害得多少英才受戮!
俺且把秃舌儿收了,
让列位眼皮上看饱。(下)

第一场　安提奥克。宫中一室

安提奥克斯、配力克里斯及侍从等上。

安提奥克斯　泰尔的少年亲王,想来您已经充分明白您现在所从事的是一项多么危险的工作。

配力克里斯　是的,安提奥克斯,我因为久闻公主芳名,爱慕之诚,增加了我灵魂上的勇气,所以甘冒万死,大胆前来。

安提奥克斯　领公主出来,替她装扮得像位新娘一般,值得被天神拥抱;为了造成她美丽的仪容,从她投胎的时候起,直到降生,诸天的星辰曾经全体聚会,把他们各自的美点集合在她的一身。(音乐)

公主上。

配力克里斯　瞧,她像春之女神一般姗姗地来了,无限的爱娇追随着她,她的思想是人间一切美德的君王!她的面庞是一卷赞美的诗册,满载着神奇的愉快,那上面永远没有悲哀的痕迹,暴躁的愤怒也永不会做她的伴侣。神啊,你们使我成为一个男子,在爱情中颠倒,你们在我的胸头燃起炎炎的欲火,使我渴想尝一尝那仙树上的果实,否则宁愿因失败而死亡,帮助我,你们忠心的臣仆,达到这样无涯的幸福吧!

安提奥克斯　配力克里斯亲王——

配力克里斯　他想要成为伟大的安提奥克斯的子婿。

安提奥克斯　在你的面前这一座美丽的乐园,它的黄金的果实触上去是有危险的,因为致人死命的巨龙会吓散你的魂魄。她的天堂一般的面庞引诱你去瞻仰她的不可计数的美艳,只有才德出众的人才可以把她拥为己有;你要是不够资格,那么为了你的僭妄的眼光,你将不免一死。你看那些本来都是赫赫有名的君王,也都像你一样受着情欲的驱策,从远道闻名前来,他们在用无言的唇舌和惨白的容颜告诉你,他们都是爱情的战争中的阵亡者,只有天上的星光掩覆着他们暴露的骸骨;他们那死灰的面颊在劝你不要走进死神的罗网,那罗网是什么人都一体容纳的。

配力克里斯 安提奥克斯,我谢谢你,你教我认识我自己的脆弱的浮生,提出这些可怕的前车之鉴,使我准备接受和他们同样的不可避免的命运;因为留在记忆中的死亡应当像一面镜子一样,告诉我们生命不过是一口气,信任它便是错误。那么我就立下我的遗嘱;像一个缠绵床榻的病人,饱历人世的艰辛,望见天堂的快乐,可是充满了痛苦的感觉,不再像平日一般紧握着世俗的欢娱,我以王公贵人应有的风度,把平安留给你和一切善良的人们,把我的财富归还给它们所来自的大地,(向公主)可是我的纯洁的爱火,却是属于你的。现在我已经准备完毕,就要踏上生死的歧途,我等候着最无情的打击。

安提奥克斯 你既然不听劝告,那么就请诵读你那注定的命运吧;按照我们的约法,你在读过以后,倘不能解释其中的意义,就必须像这些比你先来的人一样,流下你自己的血。

公　主 在所有前来尝试的人们当中,我祝你成功,愿你有福!

配力克里斯 像一个勇敢的战士,我踏上了比武的围场,除了忠实和勇气之外,我不要求别的思想指导我的行动。(读)

　　我虽非蛇而有毒,

　　　饮我母血食母肉;

泰尔亲王配力克里斯

> 深闺待觅同心侣，
> 慈父恩情胜夫婿。
> 夫即子兮子即父，
> 为母为妻又为女；
> 一而二兮二而一。
> 君欲活命须解谜。

这最后一句真是要命的药剂！用无数的天眼洞察人类行为的神明啊！这些读了以后使我勃然变色的怪事要是果然属实，为什么不把你们的眼睛永远闭上了呢？美丽的明镜，我曾经爱过你，倘不是这灿烂的宝箱里盛满着罪恶，我将继续爱你；可是我必须告诉你现在我的思想叛变了，因为一个堂堂男子要是知道罪恶在门内，是会裹足不前的。你是一个美妙的提琴，你的感觉便是它的琴弦，当它弹奏出钧天雅乐的时候，所有的天神都会侧耳倾听；可是奏非其时，却会发出刺耳的噪音，只有地狱中的魔鬼会和着它跳舞。凭良心说，我对你已经没有一点留恋之情了。

安提奥克斯 配力克里斯亲王，如果你珍惜生命，不许碰她的手，因为在我们的约定里也有这么一条，和其余的同样严厉。你的时间已经到了，你倘不能现在就把它解释出来，便必须接受你的判决。

配力克里斯 大王，很少人喜欢听见别人提起他们所喜欢干的罪恶；要是我对您说了，一定会使您感到大大的难堪。谁要是知道君王们的一举一动，与其把它们泄露出来，还是保持隐秘的好；因为重新揭发的罪恶就像飘风一样，当它向田野吹散的时候，会把灰尘吹进别人的眼里；这就是给那双疼痛的眼睛的一个教训：使它们在飘风过去后，明察四方，设法阻挡那伤害自己的气流。瞎眼的鼹鼠向天筑起圆顶的土丘，表示在地上受到人们的压迫，已经无法安居；这可怜的东西最后仍然因此而死去。君王们是地上的神明,他们的意志便是他们的法律,他们的作恶是无人可以制止的。要是乔武做了坏事,谁敢指斥他一声不是?您只要自己明白,那就够了;丑事传扬开去,更加不可向迩,最适当的办法还是遮掩起来。谁都爱他自己的生命,那么为了保全我的头颅的缘故,让我的舌头不要多言取祸吧。

安提奥克斯 (旁白)天哪!我真想要你的头颅。他已经发现那哑谜的意义了,可是我还要跟他敷衍一下。——少年的泰尔亲王,虽然按照我们严格的法令,你的解释要是不符原意,我们就可以结果你的生命;可是因为你是这样一位卓越的人才,我们对你抱着很大的希望,所以特别通融,给你四十天的宽限;要是在这限期之内,你能够把我们的秘密解释出来,你就可以做我的佳婿。在这限期以前,我将要按照我的地位和你的身份,给你优渥的礼遇。(除配力克里斯外均下)

配力克里斯 殷勤的礼貌把罪恶掩盖得多么巧妙!正像一个伪君子一样,除了一副仁义的假面具以外,便没有一毫可取的地方。要是我果然解释错了,那么你当然不会是那样的坏人,因贪淫而出卖你的灵魂;可是现在你是父亲又是儿子,因为你非礼拥抱了你的女儿,而那种快乐,原是应该让丈夫而不是让父亲享受的;她是吃她母亲血肉的人,因为她玷污了她母亲的枕席;两人都像毒蛇一样,虽然吃的是芬芳的花草,它们的身体内却藏着毒液。安提奥克,再会吧!因为智慧告诉我,凡是能够动手干那些比黑夜更幽暗的行为而不知惭愧的人,一定会不惜采取任何的手段,把它们竭力遮掩的。一件罪恶往往引起第二件,奸淫和杀人正像火焰和烟气一样互相联系。毒药和阴谋是罪恶的双手,是犯罪者遮羞的武器;为了免得我的生命遭人暗算,我要赶快逃出这危险的陷阱。(下)

安提奥克斯重上。

安提奥克斯　他已经发现那哑谜的意义,所以我一定要取下他的首级。我不能让他活在世上,宣扬我的丑事,告诉世人安提奥克斯犯下这样可憎的罪恶;所以这位亲王必须立刻就死,因为只有他死了,我的名誉才可以保全。喂,来人!

泰利阿德上。

泰利阿德　陛下有什么吩咐?

安提奥克斯　泰利阿德,你是我的心腹之人,我所筹划的一切秘密行动,向来都是付托给你的。我知道你忠实可靠,正准备提拔你。泰利阿德,瞧,这儿是毒药,这儿是金子;泰尔亲王是我的仇人,你必须替我杀死他。你不用问我什么理由,因为这是我的命令。说,你愿意不愿意干这件事?

泰利阿德　陛下,我愿意。

安提奥克斯　很好。

一使者上。

安提奥克斯　你这样气喘吁吁的,有些什么要紧的消息?

使　者　陛下,配力克里斯亲王逃走了。(下)

安提奥克斯　(向泰利阿德)赶快替我追去;像一个百发百中的老练的射手一样射中眼睛所瞄定的目标;你要是不把配力克里斯亲王杀死,你也不用回来见我了。

泰利阿德　陛下,只要我手枪的射程能够达到,就不怕他逃到任何地方去。小臣就此告辞了。

安提奥克斯　泰利阿德,再会!(泰利阿德下)配力克里斯一天不死,我的心就一天不得安。(下)

第二场　泰尔。宫中一室

配力克里斯上。

配力克里斯 （向室外）不要让什么人进来打扰我。——为什么我的思想变得这样阴沉,眼光迷惘的忧郁做了我的悲哀的伴侣和长期的宾客,在白昼光荣的行程中,在埋葬忧愁的平和的黑夜中,没有一刻能够使我得到安宁?各种娱乐陈列在我的眼前,我的眼睛却避过它们;我所恐惧的危险是在安提奥克,它那太短的手臂打不到我的身上;可是快乐既不能鼓起我的兴致,远离危险也不能给我一点安慰。人们因为一时猜疑而引起的恐惧,往往会由于忧虑愈形增长,先不过是害怕可能发生的祸害,跟着就会苦苦谋求防止的对策。我的情形也正是这样:威力巨大的安提奥克斯是一个想到什么就做到什么的人物,渺小的我绝不是他的对手,虽然我发誓保持缄默,他也一定会以为我将泄露他的秘密;要是他疑心我会破坏他的名誉,即使我对他说我怎样尊敬他也没有用处;为了防止他的可耻的隐事被人知晓,他一定会竭力阻止流言的传播。他将要率领敌意的军队满布在我们的国土之上,用煊赫的军容震惊我们的国人,使我们的兵士望风胆裂,不战而屈,使我们无辜的臣民惨遭荼毒。我自己一身的安危不足惜,像树木的叶顶一般,我的责任只是隐覆庇护那伸入土中的根株;我所关怀的是我的人民的命运,我的身体和心灵因为忧虑他们而悲伤憔悴,他还没有惩罚我,我已经给自己难堪的惩罚了。

赫力堪纳斯及其他臣僚等上。

臣　甲　愿快乐和安宁充塞殿下的圣心!

臣　乙　愿殿下平和安乐,早日归来!

赫力堪纳斯　算了,算了!让我这有年纪的人说几句话吧。向国王献媚的人,其实是在侮辱他。因为谄媚是簸扬罪恶的风箱,佞人的口舌可以把星星之火扇成熊熊的烈焰;正直的规谏才是君王们所应该听取的,因为他们同属凡人,不能没有错误。当善于逢迎的小人佟谈平安的时候,他只是向殿下讨好,其实却危及您的生命。殿下,原谅我,要是您以为我说得不对,该骂该打,都随殿下的便,我愿意跪在地上,等候您的发落。

配力克里斯 别人都出去吧,替我探听探听我们的港里有些什么船只要出口,探听明白以后,再回来见我。(群臣下)赫力堪纳斯,你的话很使我生气,你看我的脸上有些什么?

赫力堪纳斯 满脸的怒容,殿下。

配力克里斯 要是君王的脸上会发出这样可怕的怒容,你怎么敢鼓唇弄舌,当着我的面激怒我?

赫力堪纳斯 草木是靠着上天的雨露滋长的,但是它们也敢仰望穹苍。

配力克里斯 你知道我有权力取去你的生命。

赫力堪纳斯 (跪)我已经自己把斧头磨好了,请殿下把我砍了吧。

配力克里斯 起来,起来,请坐吧。你不是一个谄媚的小人。我要谢谢你!君王们要是专爱听那些文过饰非的谀辞,那才是上天所不容的事!你是一个君王的良好顾问和仆人,你的智慧使你的君王乐于接受你的教诲,告诉我你要我怎么做?

赫力堪纳斯 耐心忍受您加在自己身上的种种忧愁。

配力克里斯 你说这样的话,赫力堪纳斯,就像一个医生替病人调了一服他自己咽下去也要战栗的药。听我说吧。我这次到安提奥克去,你也知道是冒着生命的危险,追求一位绝世的美人,希望因此可以孕育一个不同凡俗的佳儿,将来成为国家的干城,民众的福星。她的脸在我的眼中看来是超乎一切的神奇。可是,她此外的一切,让我凑着你的耳朵告诉你,是像犯着乱伦重罪的人一般黑暗。当我发现了这一个秘密以后,她那罪恶的父亲非但没有恼羞成怒,反而对我装出一副和颜悦色的样子。但你知道,当暴君假意向人亲密的时候,是最应该戒惧提防的。我越想越怕，所以就借着黑夜的掩护，逃了回来。现在虽然总算脱离虎口，可是回想已过去的种种，推测未来可能发生的变化，心里还是惴惴不安。我知道他是个暴君；暴君的猜疑不仅不会消失下去，而且会每时每刻飞速增长。他一定在疑心我会向世人宣布多少尊贵的王子流下了他们的血，为的是好让他安然在他那污邪的眠床上恣纵着淫乐。为了扫除这一层猜疑，他将要借口我在什么地方得罪了他，向我们的国土大举兴师。无情的战争是不会豁免无辜的，为了我一个人的错处，累得全国人民受苦，这一种不忍之心——

赫力堪纳斯 唉，殿下！

配力克里斯 使我终夜不能合眼，我的颊上因此而失去血色，我的心头因此而充满沉思，无数的忧虑占据我的脑际，我不知道怎样可以预先阻止这一场暴风雨的袭来。我既然无法拯救我的人民，就只好为他们而悲伤了。

赫力堪纳斯 好，殿下，您既然允许我说话，我就要坦白地表示我的意见。您怕的是安提奥克斯，我想您害怕这暴君是有充分的理由的，他可以用公开的战争或是秘密的阴谋夺去您的生命。所以，殿下，您还是到国外去游历一段时间吧，等他的怒气平息，或是他的寿命终了以后，再回来不迟。您的政务可以委托什么人代理；要是您愿意信托我的话，我一定会尽心竭力，像白昼对光明一般忠实。

配力克里斯 我并不怀疑你的忠心，可是我出国以后，他会不会来侵犯我的权力？

赫力堪纳斯 我们一定同心协力，用我们的赤血捍卫生长我们的国土。

配力克里斯 泰尔，现在我要和你暂时分别，向塔萨斯开始我的行程了。我将要在那边听到你的消息，决定我今后的行动。

赫力堪纳斯，我过去和现在对臣民福利的关怀，如今都付托给你了，你的智慧和力量一定可以担负这样的责任。我相信你的话，你无须向我发誓。我们都将像两颗不变的恒星一样，永远不变。你永远是一个忠心的臣子，我永远是一个诚笃的君王。（同下）

第三场　同前。宫中应接室

泰利阿德上。

泰利阿德　这就是泰尔，这就是亲王的宫廷。我必须在这儿把配力克里斯亲王杀死。要不然的话，我回去一定要被吊死，这可不是闹着玩儿的。从前有一个人得到国王的准许，可以有所请求，他说他的唯一愿望，是不要知道国王的任何秘密。这个人倒真聪明，真有见识！现在我明白他这种愿望的确是有理由的。因为要是一个国王叫一个人做恶人，为了恪守一个臣子尽忠的誓言，他只好做一个恶人。嘘！这儿来了一群泰尔的官员。

赫力堪纳斯、爱斯凯尼斯及其他臣僚等上。

赫力堪纳斯　各位同僚，你们不必追问我王上为什么突然出国，他留给我的密封的委任状，可以充分说明他是去旅行的。

泰利阿德　（旁白）怎么！那亲王走了！

赫力堪纳斯　但是既然他未容你们略表忠爱之心就去了，所以如果你们想了解内情的话，我也可以略为告诉你们一些。当他在安提奥克的时候——

泰利阿德　（旁白）在安提奥克？

赫力堪纳斯　尊严的安提奥克斯不知道为了什么缘故，对他有些不满，至少他自己是有那样的感觉；他深恐自己已经犯下了什么错误，为了忏悔他的罪过起见，才决意在海上漂流，挨受着每一分钟的风波的危险。

泰利阿德 （旁白）啊，我想我现在可以不至于被吊死了，他虽然逃过了陆地上的灾难，却免不了要在海上丧生。我们的王上听到这个消息，一定会很高兴的。让我上前去见见他们。（高声）泰尔的各位大人，愿你们平安！

赫力堪纳斯 安提奥克斯大王御前的泰利阿德大人，欢迎！

泰利阿德 鄙人奉敝国国王之命，来见尊贵的配力克里斯亲王殿下。可是我刚到贵国境内，就听说你们的王上已经出国漫游，踪迹不明，这样看来，我必须仍旧带着我的使命回去了。

赫力堪纳斯 您的使命既然是传达给我们的王上，不是给我们的，我们也没有理由要求您向我们说明您的来意。可是在您没有动身回国以前，请允许我们以贵国友人的资格，在泰尔举行一次欢宴招待您。（同下）

第四场　塔萨斯。总督府中一室

克里翁、狄奥妮莎及侍从等上。

克里翁 我的狄奥妮莎，我们要不要在这儿休息一下，讲一些别人的悲惨故事，看它能不能使我们忘记自己的哀伤？

狄奥妮莎 那就等于是为了灭火而吹火；谁想要把高山掘为平地，当一座山推倒以后，另一座山又已经堆了起来。我的受难的夫君啊！我们的悲哀也正是这样；我们现在所感到的悲哀还算不了什么，可是当我们的心头再堆上别人的悲哀的时候，它更要感到不胜重压了。

克里翁 啊，狄奥妮莎，哪一个枵腹的人不嚷着要求食物，甘心忍受着饥饿而死去呢？我们的舌头要把我们的悲哀向太空申诉，我们的眼睛要淌下滚滚的热泪，使我们的悲声格外凄切；要是昏睡的上天不知道下民的困苦，我们要用这样的哀诉唤醒他们,请求他们垂怜拯救。所以我要把这几年来的艰辛尽情倾吐,当我力竭声嘶的时候,便用眼泪代替我的申诉。

狄奥妮莎 我也要尽力帮助你,夫君。

克里翁 我所统治的这一座塔萨斯城,原本是繁华富庶的都市,街道上到处都满布着财富;它的高耸的尖塔上吻云霄,引得远方的旅客惊奇嗟叹;它的仕女们一个个装束得华丽俊雅,互相作为争奇斗艳的借镜;他们的食桌上摆满了各色的奇珍异馔,使看见的人目迷五色,忘记了腹中的饥饿;他们不知道贫穷为何物,他们是这样的骄傲,从不会向别人开口求助。

狄奥妮莎 啊!正是这样。

克里翁 可是瞧上天给了我们怎样的灾祸!自从经过了这次变故以后,本来那些得天独厚、海陆空中所有的珍馐都不能使它们餍足的嘴,现在却像长久无人居住的荒废的旧屋一样,在那里嗷嗷待哺了。那些在两年以前嗜新好异的口胃,现在是只要能够讨到一片面包也就十分快慰了;那些不惜访寻人间稀有的珍品来饲育自己婴儿的母亲,现在都在准备吃下她们所钟爱的小宝贝了。饥饿的利齿是这样锋锐,相依为命的夫妇都不得不抽签决定谁先死去,好让他们当中的一个多活几天。这儿站着一个流泪的贵人,那儿站着一个哭泣的贵妇;多少人倒毙路旁,那眼看他们死去的人,自己也都是奄奄一息,没有一丝残余的气力可以替他们埋葬。这不是真确的事实吗?

狄奥妮莎 我们瘦削的面颊和凹陷的眼眶可以证明它的真实。

克里翁 啊!让那些安享着丰饶繁荣的城市昕一听我们的哀泣吧,塔萨斯的灾祸也许有一天会同样降临在它们身上。

一官员上。

官　员 总督大人在哪儿?

克里翁　这儿。你这样急急忙忙的,一定又带了什么坏消息来啦!说吧,因为我们现在再也盼不到安慰了。

官　员　我们在邻近的海岸上,望见一队壮丽的船舶正在向我们这儿开驶过来。

克里翁　果然不出我的所料。福无双至,祸不单行,我们的天灾还没有完结,人祸却又接踵而来。多半是什么邻国看见我们遭到这样的苦难,认为有机可乘,所以装运了满船的甲兵,要来摧毁我们这不堪一击的城市,使不幸的我屈服于他们的威力之下,虽然这样的征伐是虽胜不武的。

官　员　那您可以无须忧虑,因为他们的船上都扯起白旗,这表示他们是来作和平的访问,不是来做我们的敌人的。

克里翁　你说得完全像一个不通世故的人,愈是表面上装得彬彬有礼的,他的心里愈是藏着不可捉摸的奸诈。可是不管他们存着什么居心,或是能够怎样摆布我们,我们何必惧怕呢?我们现在的处境,也就差不多到了不幸的极端了。你去对他们的首领说,我们在这儿恭候着他的大驾,请问他是从什么地方来的,来到这里有什么目的。

官　员　我就去,大人。(下)

克里翁　要是他的来意是和平,那当然是欢迎的;要是他的来意是战争,那我们也没有力量抵抗他。

配力克里斯及侍从等上。

配力克里斯　听说阁下便是这儿的总督,请不要让我们的船只和人众像一把燃起的烽火一般使你们惊心骇目。我在泰尔就听到你们的灾祸,如今又看见你们的街道是一片荒凉。我们来到这里,并不是要增加你们的悲哀,而是来解除你们的困苦的。也许你以为我们这些船只就像特洛亚的木马一般,满载着杀人的战士,其实它们所载运的,却是供给你们急需的粮食,使那些濒于饿死的人们重新得到生命。

众　人　希腊的神明护佑你！我们为你祈祷长生！

配力克里斯　起来，请起来吧！我并不希望你们向我膜拜敬礼，我只要求你们的友谊，让我自己、我的船只和我的随从众人在这儿有一处安身之地。

克里翁　谁要是不愿满足您这样的要求，或是存着丝毫忘恩负义的心思，无论那是我们的妻子、我们的子女或是我们自己，愿天上和人间的咒诅降临在他们的身上，惩罚他们不可恕的罪恶！可是我希望永远不会有这样的事情发生。请殿下接受我们诚意的欢迎吧。

配力克里斯　不敢不领情。我们就在这儿小作盘桓，等候我们的命运回嗔作喜。（同下）

第二幕

高尔上。

　　好一个赫赫的君主,
　　奸通他自己的爱女。
　　而那位贤明的亲王,
　　遭遇也是异乎寻常。
　　诸位暂请宽心忍耐,
　　等他一旦否极泰来,
　　就像那失马的塞翁,
　　将土阜换一座高峰。
　　那受恩的塔萨斯人,
　　钦仰他的智慧才能,
　　为他筑起一尊雕像,
　　旌表他的功德无量。
　　可叹的是好景须臾,
　　又来了故国的音书。

哑剧:配力克里斯及克里翁各率侍自一旁上,二人谈话。一朝士自另一门上,以一书致配力克里斯,配力克里斯以信示克里翁,犒赏使者,授以骑士封号。配力克里斯、克里翁等各下。

泰尔亲王配力克里斯

善良的赫力堪纳斯，
他把国事努力支持，
不学那懒惰的游蜂，
贪享着他人的成功：
奖拔贤良，诛锄暴恶，
不负他主人的付托；
一切事务不论大小，
他都报与君王知道：
他说那暴君的来使，
怎样图谋向他行刺，
为了他生命的安全，
莫再在塔萨斯流连。
因此让他再涉重洋，
去冲冒那惊涛骇浪；
果然是海无一日安，
一阵狂风吹下云端，
一声声的霹雳轰鸣，
应和着怒潮的沸腾，
经不起颠簸的船只，
早被打得四分五裂。
这君王他随波逐流，
在海面上载沉载浮；
是他命中不该遭难，
被浪花卷上了沙滩，
囊空如洗，举目无亲，
只剩下孑然的一身。
要知道以后的情形，

请列位再接看下文。(下)

第一场　潘塔波里斯。海滨旷地

配力克里斯满身濡湿上。

配力克里斯　天上的星辰啊,停止你们的愤怒吧!风雨雷电的神灵,请你们记着,尘世的凡人在你们的神威之下是无能为力的,我这脆弱的身心唯有对你们俯首降服。唉!海水曾经把我冲在岩石上,从一处海岸卷到另一处海岸,留下我这仅余残喘的一身,除了一死而外,再没有其他的想望。你们已经使一个君王失去他所有的一切,这就足够表现你们力量的伟大了。你们既然不让他葬身鱼腹,他的唯一的要求,只是让他在这儿得到一个安静的死亡。

三渔夫上。

渔夫甲　喂,喂!毕契!

渔夫乙　嘿!来把网收了。

渔夫甲　喂,巴契!我对你说。

渔夫丙　你怎么说,老大?

渔夫甲　瞧你在干些什么!快来,不然我可要死劲把你拖走了。

渔夫丙　不瞒你说,老大,我正在想起那些刚才就在我们面前被海水卷去的可怜的人们哩。

渔夫甲　唉!可怜的人们!我听到他们向我们喊救的声音,心里真是难受,可惜我们自己顾自己还来不及,哪里还顾得到他们呢。

渔夫丙　呃,老大,当我看见那海豚跳跃打滚的时候,我不是也这样说过吗?人家说它们一半是鱼,一半是肉;该死的东西！我一看见它们来了，就知道免不了又有一场风浪。老大，我不知道那些鱼在海里是怎么过活的。

渔夫甲　嘿，它们也正像人们在陆地上一样，大的拣着小的吃，我们那些有钱的吝啬鬼活像一条鲸鱼，游来游去，翻几个筋斗，把那些可怜的小鱼赶得走投无路，到后来就把它们一口吞下。在陆地上我也听到过这一类的鲸鱼，他们非把整个的教区、礼拜堂、尖塔、钟楼和一切全都吞下，否则是绝不肯闭上嘴的。

配力克里斯　（旁白）巧妙的比喻！

渔夫丙　可是老大，要是我做了教堂里的当差，那一天我一定预先躲在钟楼里。

渔夫乙　为什么，伙计？

渔夫丙　因为他一定会连我吞了下去；等我一到了他的肚里，我就把钟乱敲乱撞起来，闹得他把钟楼、尖塔、礼拜堂和教区一起呕出来。可是我们这位好王上西蒙尼狄斯要是也和我有一样心思的话——

配力克里斯　（旁白）西蒙尼狄斯！

渔夫丙　我们一定要把这些掠夺工蜂酿成的花蜜的游蜂一起扫除干净。

配力克里斯　（旁白）这些渔夫们借着海中的水族做题目，把人类的弱点影射得多么恰当；他们从茫茫大海里悟出来的道理，可以鉴别人类的善恶，使朱紫立分！（高声）愿你们在工作中得到平安，诚实的渔夫们！

渔夫乙　诚实！好人儿，那是什么东西？要是今天是你的好日子，请你把它从日历上抹掉吧，像这样的日子谁也不稀罕。

配力克里斯　你们可以看得出来，我是被潮水冲到你们这儿的海滨来的。

渔夫乙　这海是个喝醉了的酒鬼，所以才把你呕吐在我们这儿。

配力克里斯　我就像一颗被天风海水在那广大的网球场上一来一往地抛掷的球儿,请求你们的怜悯;虽然我是从来不会向人乞讨的。

渔夫甲　啊,朋友,你不会向人乞讨吗?在我们希腊国里,靠讨饭过活的人,着实比我们这些做工的人舒服得多哩。

渔夫乙　那么你也不会捉鱼吗?

配力克里斯　我从来没有干过这种活儿。

渔夫乙　那你只好挨饿了,因为在现在的世界上,你要是不能设法叫人上钩,是什么也不能得到的。

配力克里斯　我已经忘记我的过去,可是穷困使我想到我现在的处境:寒冷充满了我的全身,我的血管已经冻结,我的僵硬麻木的舌头简直连向你们求救的呼声都发不出来了;要是你们不肯给我援助,那么当我死了以后,请你们看在同属人类的分上,把我的尸体埋了。

渔夫甲　你说死吗?不,天神禁止这样的事!我有一件袍子在这儿,来,穿上吧,暖一暖你的身体。嘿,好一个漂亮的家伙!来,你跟我们回去吧,我们假日吃肉,斋日吃鱼,还有布丁和煎饼,你尽管安心住下好了。

配力克里斯　谢谢你,大哥。

渔夫乙　喂,朋友,你说你不会乞讨。

配力克里斯　我只是请求。

渔夫乙　只是请求!那么我也去学学请求好了,免得要吃一顿鞭子。

配力克里斯　怎么,你们国里的乞丐都要挨鞭子吗?

渔夫乙　都挨鞭子?哪里有这种事,老兄,要是所有的乞丐都挨鞭子,我就只想当警官,其他什么好差使都不要了。走吧,

泰尔亲王配力克里斯

我去把网收起来。（与渔夫丙同下）

配力克里斯　（旁白）这些劳动人民的笑话多么的风趣！

渔夫甲　听着，朋友，你知道你在什么地方吗？

配力克里斯　不大知道。

渔夫甲　我告诉你吧，这儿是潘塔波里斯，我们的国王是善良的西蒙尼狄斯。

配力克里斯　你们把他称为善良的国王西蒙尼狄斯吗？

渔夫甲　嗯，朋友，因为他治国和平，庶政清明，这样的称呼是名副其实的。

配力克里斯　他是一个幸福的国王，因为他的治国能够从他人民的嘴里博得善良的名称。他的宫廷离这儿海滨有多远呢？

渔夫甲　呃，朋友，只有半天的路程。我告诉你，他有一个美貌的女儿，明天是她的生日，无数的王子和骑士都要从全世界各处到来，为了争取她的爱情而比武。

配力克里斯　要是我的命运可以帮助我达到我的愿望，我倒也想参加一试。

渔夫甲　啊！朋友，万事只好听其自然，不可强求——

渔夫乙、渔夫丙拽网上。

渔夫乙　帮帮忙，老大，帮帮忙！这网里有一条鱼，就像穷人的权利落入法网一般，尽翻也翻不出来。嘿！他妈的，你到底掉下来啦，原来是一副锈甲。

配力克里斯　一副甲，朋友们！请你们让我瞧一瞧。命运之神啊，谢谢你，使我在经过这一切横逆以后，总算得到一些补偿，虽然它本来是属于我的，是我家世代相传的遗物。我父亲临终的时候把它传给了我，再三叮咛着说："好好保存着它，我的配力克里斯，它曾经是保卫我的生命的屏障。"他指着这副甲胄说，"因为它曾经搭救过我，你要把它保存好了；万一你在危急

191

的时候——愿神明护佑你不会有那么一天！——它也可以同样保卫你。"我无论到什么地方，总是把它随身携带；我是那样深爱着它。对任何人绝不容情的凶恶的怒海虽然夺去了它，可是在风平浪静以后，仍旧把它归还原主。谢谢你，我的覆舟之难现在不再是一件灾祸，因为我父亲的遗物依然完好。

渔夫甲 你在说些什么，朋友？

配力克里斯 善心的朋友们，我要向你们乞讨这一副贵重的甲胄，因为它过去曾经是一个君王的护身之物；从这记号上我能够辨认清楚。他是非常爱我的，为了他的缘故，我希望把它保藏起来。我还要求你们带领我到你们王上的宫廷里去，让我穿上这一副甲胄，向众人表明我是一个出身华族的人。要是我的不幸的命运有了转机，我一定重重报答你们的大恩，在我这报恩的心愿一天没有达成以前，我一天不会忘记你们。

渔夫甲 什么，你也要为了那公主去参加比武吗？

配力克里斯 我要显一显我的武艺。

渔夫甲 啊，那么你拿去吧，愿天神赐福于你！

渔夫乙 嗯，可是听着，我的朋友，是我们把这件衣服从汹涌的海潮中间打捞起来。出了力总该有些酬劳；我希望，先生，您要是得意的话，不要忘记您得到这一场富贵的根源。

配力克里斯 放心吧，我一定记着你们。幸亏你们的帮忙，我才穿起了武装。此外，我臂上的这颗宝珠，在海涛汹涌里仍然没有失落。我要用它去买一匹神骏的良驹，它的轻捷的逸步将会使旁观者目移神夺。不过，我的朋友，我还缺少一件罩袍。

渔夫乙 我们一定替你置办，我的最好的外衣可以给你改成一件袍子，我还要亲自领你到宫廷里去。

配力克里斯 愿我能取得我所向往的荣誉；这一去啊，我倘不能平步青云，怕从此要困顿终生。（同下）

第二场　同前。通衢。有露台通比武场。旁设天幕，为国王、公主、贵妇、大臣等列座之处

西蒙尼狄斯、泰莎、群臣及侍从等上。

西蒙尼狄斯　那些骑士们准备开始他们耀武的游行了吗？

臣　甲　启禀陛下，他们早已准备好了，专等陛下驾到，就来参见。

西蒙尼狄斯　你去回复他们，我们在这儿等着。今天的检阅是为了庆祝我女儿的生辰，她坐在这儿，像一尊妙龄美貌的女神，造化生下她来，就是要让人们瞻仰赞叹。（臣甲下）

泰　莎　父王，您老是喜欢把我夸奖得言过其实。

西蒙尼狄斯　那是应该如此的，因为君王们具备上天的品德，为人伦的仪范；正像珠宝因为被人漠视而失去它们的光彩一样，君王们要是不为人民所尊敬，也会失去他们的荣誉。现在，女儿，你必须替我解释每一个骑士所用标识的涵意。

泰　莎　为了免得让您失望，我愿意尽心向您说明一切。

一骑士上，穿过舞台，其侍从以盾呈示公主。

西蒙尼狄斯　这第一个出场的是个什么人？

泰　莎　一个斯巴达的骑士，我的父亲；他的盾牌上的图样，是一个向太阳伸手的黑人，铭语是"尔之光使余得生"。

西蒙尼狄斯　他很爱你，把你当作他的生命。（第二骑士过场）这第二个出现的是什么人？

泰　莎　一个马其顿的王子，我的父王。他的盾牌上的图样，是一个披甲的骑士被一个女郎所制服，上面还有西班牙文的铭语，"唯美色为能制天下之至刚"。（第三骑士过场）

西蒙尼狄斯　第三个是什么人？

莎士比亚传奇剧

泰　莎　他是从安提奥克来的。他的图样是一个骑士的彩冠，铭语是"造光荣之极峰"。（第四骑士过场）

西蒙尼狄斯　第四个是怎样的？

泰　莎　一把倒置的灼亮的火炬，铭语是"使余燃烧，使余毁灭"。

西蒙尼狄斯　这表示美貌有它的权力和意志，可以激起热情，也可以置人于死。（第五骑士过场）

泰　莎　第五个是一只从云中探出的手，擎着一块被试金石试过的黄金，铭语是这样的，"忠心者亦若是"。（第六骑士即配力克里斯过场）

西蒙尼狄斯　那第六个也就是最后一个，不带侍从，温文有礼的骑士是谁？

泰　莎　他似乎是一个外邦人。他的标识是一根枯枝，只有梢上微露青色，铭语是"待雨露而更生"。

西蒙尼狄斯　巧妙的句子。他希望从他现在这种潦倒的境地里，靠着你的力量而走上幸运之途。

臣　甲　他的外表实在叫人不敢恭维。照他这副寒伧的样子看起来，似乎他是挥惯鞭子，不像是抢枪弄剑的。

臣　乙　他看来是个外邦人，否则不会穿着这样古怪的装束，来参加今天的光荣行列。

臣　丙　他有心让他的甲胄生了锈，为的是今天在尘土里摔几跤，可以磨得亮一些。

西蒙尼狄斯　我们不能凭着自己的成见，从外表上判断一个人的内心。可是且住，骑士们来了，让我们到楼座上去吧。（同下。喧呼声，众喊："好啊，寒酸的骑士！"）

第三场　同前。大厅。陈设酒席

西蒙尼狄斯、泰莎、司仪官、贵妇、廷臣、比武归来之众骑士及侍从等上。

西蒙尼狄斯　各位骑士们,承你们远道光临,不用说我们是万分欢迎的。我也不必把你们的武艺大笔特书,记载在你们的表功簿上,因为每一种真才实艺,它本身都可以彪炳在世人的耳目之前。你们都是王族后裔,我的席上的嘉宾,今天难得大家聚首一堂,希望诸位尽情畅快一下。

泰莎　可是你是我的骑士和宾客;我替你加上这一顶胜利的花冠,使你成为今天的幸福的君王。

配力克里斯　公主,这不过是一时侥幸,我不敢贪天之功。

西蒙尼狄斯　随你怎么说,今天的胜利是属于你的,我希望这儿没有人妒嫉你的幸运。一个本领超群的人,必须在一群劲敌之前,方才能够显出他的不同凡俗的身手,你已经证明你是这样一个人了。来,女儿,你是这宴会席上的女王,在你自己的座位上坐下来吧!各人都依照他们的身份,引导他们按序入席。

众骑士　西蒙尼狄斯贤王的盛意使我们感到莫大的光荣。

西蒙尼狄斯　你们的光临是我平生的一件快事。我爱的是荣誉,厌弃荣誉的人,也就是厌弃天神。

司仪官　壮士,您的座位在那边。

配力克里斯　不敢当,请另外那一位来吧。

骑士甲　不必推让,壮士,我们都不是市井小人,断不会在心头或是眼色之间,流露出妒嫉贤能、蔑视贫贱的情绪来的。

配力克里斯　你们都是很有礼貌的骑士。

西蒙尼狄斯　请坐吧,壮士,请坐吧。

配力克里斯　主管人类思想的乔武大神呀,我只要一想起她,便觉得这些佳肴盛馔,都变成淡而无味。

泰　　莎　(旁白)支配人世婚姻的朱诺天后呀,无论什么食物,在我嘴里都失去了味道,我恨不得把他一口咽下去。——他真是一个风流的壮士。

西蒙尼狄斯　他不过是一个出身田野的骑士,他的本领并不比别人高强多少,打断一两支枪杆算得什么?

泰　　莎　在我看来,他就像金刚钻一样,和凡俗的玻璃不可同日而语。

配力克里斯　那位国王的仪表很像我的父亲,使我回想起他当年也是同样的煊赫。列邦的君主像众星一般拱卫在他宝座的四周,他就是他们所朝拜敬礼的太阳。无论什么人站在他的面前,都会变成黯淡的微光,向他那灿烂的威焰免冠臣服。可是现在他的儿子却像夜间的萤火,只在黑暗之中吞吐着微弱的光辉,在光天化日之下就要焰销影灭。从此可以知道时间是世人的君王,他是他们的父母,也是他们的坟墓;他所给予世人的,只凭着自己的意志,而不是按照他们的要求。

西蒙尼狄斯　各位骑士们,你们都快乐吗?

骑士甲　我们多蒙陛下宠待,幸陪末座,怎么会不快乐?

西蒙尼狄斯　这杯酒斟得满满的,正像你们的心中充满了爱情,让我用它来敬祝诸位健康!

众骑士　多谢陛下。

西蒙尼狄斯　且慢,坐在那边的骑士,瞧上去郁郁不乐,好像我们今天宫中的盛宴,还辱没了他的身份似的。泰莎,你没有注意到吗?

泰　　莎　那跟我有什么相干,我的父亲?

西蒙尼狄斯　啊!听着,我的女儿,人世的君王应当像天上的神明一样，慷慨地把一切给予每一个向他们朝礼的人；否则他们只是一些徒有虚声的蚊蚋，死了也不过博得人们几声轻蔑的嗟叹。所以为了使他的脸上露出一些笑容起见，我命令你为他喝这一杯祝酒吧！

泰　　莎　唉！我的父亲，我怎么可以向一个陌生的骑士这样大胆呢？他也许会嗔怪我的冒昧，因为男子对于妇女主动的呈献，往往会认作失礼的。

西蒙尼狄斯　怎么！照我吩咐你的去做，否则你就要惹我生气了。

泰　　莎　（旁白）凭着神明起誓，这正中我的下怀。

西蒙尼狄斯　你再对他说，我要问问他是什么地方来的，叫什么名字，他的家世怎样。

泰　　莎　壮士，我的父王向您祝饮了。

配力克里斯　多谢他的盛情。

泰　　莎　愿您的热血像这杯里的酒一般洋溢。

配力克里斯　我谢谢他，也谢谢您，让我回敬他这一杯。

泰　　莎　他还要请问您贵乡何处，尊姓大名，家世如何。

配力克里斯　我是泰尔的士族，配力克里斯是我的名字。在文学、武艺两方面，都受过相当的教养。因为抱着向广大的世间探奇历险的心愿，不幸在汹涌的海上丧失了船只和随从，自己被风浪卷逐到这里的海滨。

泰　　莎　他谢谢陛下，他说他的名字叫配力克里斯，一个泰尔的士族，因为遭遇海上的风波，丧失了船只随从，被浪涛卷到了这里的海滨。

西蒙尼狄斯　凭着神明起誓，我很同情他的不幸，愿意为他排解愁闷。来，各位骑士，我们把太多的时间浪费在枯坐之中了，让我们用其他的娱乐畅快一下。即使照你们现在这样全身甲胄，也很适宜于做军人舞蹈的。我不要听你们的推托，说什么妇女的耳朵听不惯喧嚣的音乐，因为她们谁都喜爱武装的男子。（众骑士跳舞）这是一个很好的建议，看他们跳得多么热闹。来，壮士，这儿有一位女郎，她也要舒展一口闷气。我常常听人家说，你们泰尔的骑士都是最善于陪娘儿们跳舞的。

配力克里斯　陛下，只有惯于此道的人，才有这样的本领。

西蒙尼狄斯　啊！你这样谦虚我们是不能答应的，请跳吧。（众骑士及众贵妇合舞）放手，放手，谢谢你们各位！你们全都跳得很好，（向配力克里斯）可是你跳得最好。童儿们，拿火来，送这些骑士们到他们各自的宿处休息！壮士，我已经吩咐他们就在我自己寝室的贴邻替你把宿处收拾好了。

配力克里斯　我一切听从陛下的旨意。

西蒙尼狄斯　各位王子，我知道谈情说爱是你们的目的，可是现在时间太晚了，各人还是回去休息一宵，等明天再来施展身手，试一试你们的运气吧。（同下）

第四场　泰尔。总督府中一室

赫力堪纳斯及爱斯凯尼斯上。

赫力堪纳斯　不，爱斯凯尼斯，听我告诉你：安提奥克斯贪淫纵欲，上干天怒，至高无上的神明因为他犯下这样重大的罪恶，不能再事容忍，所以就在他和他的女儿驾着富丽的宫车出外游玩、炫耀他的无比荣华的时候，降下了一团天火，把他们的身体烧成一堆可憎的黑炭。那令人掩鼻的臭味，使那些曾经崇拜他们的人，到这时候也不肯出一臂之力，帮着把他们埋葬。

爱斯凯尼斯　真是不可思议的奇事。

赫力堪纳斯　这也是报应昭彰，虽然这位国王势力强大，却逃不过上天的谴责，罪恶必然有它应得的惩罚。

爱斯凯尼斯　说得有理。

二三廷臣上。

臣　甲　瞧，无论在私人谈话或是会议的中间，他总是不重视别人的意见。

臣　乙　我们的不满已经到了忍无可忍的地步，非得表示一下不可了。

臣　丙　谁要是不愿采取一致行动，愿他永远受到咒诅。

臣　甲　那么跟我来。赫力堪纳斯大人，准许我跟您说句话。

赫力堪纳斯　跟我说话吗？很好。早安，各位大人。

臣　甲　我们的不满已经达到极点，现在就要像洪水一般横决了。

赫力堪纳斯　你们为什么不满呢？不要对不起你们所爱戴的君王。

臣　甲　不要对不起您自己，尊贵的赫力堪纳斯，要是亲王果然尚在人世，让我们朝见他一面，否则请您告诉我们他的行踪究竟在何处。要是他身在世间，我们愿意到处寻访他；要是他在坟墓之中安息，我们也要探出他的埋骨的所在。他活着是我们的统治者，死了我们也要为他服丧哀悼，推举别人继承他的位置。

臣　乙　他的生死存亡，是我们最关心的一个问题。现在国内无主，正像堂堂的大厦没有了屋顶，不久就会倒塌。您对于治国行政这方面是最熟悉不过的，所以我们愿意推举您做我们的君主。

众　臣　万岁，尊贵的赫力堪纳斯！

赫力堪纳斯　为了荣誉的缘故，请你们放弃你们的推举；要是你们是爱配力克里斯亲王的，千万不要这样。假如我接受了你们的要求,那就等于跳进海水里去,难得有一分钟的宁静,每一小时都要忍受风波的扰攘。让我请求你们再等候一年的时间,过了这一年以后,要是你们的王上还不回来,那么我也没办法,只好拼着这年老之身,担负这柄国的重责。可是我这一番诚意,要是不能使你们屈从的话,那么我希望你们像忠心的臣子一般,到各处去访寻他的踪迹,在旅行之中消磨你们的雄才远略。万一你们真的找到他,请敦劝他回来,你们不朽的功绩,将会像他王冠上的钻石一样彪炳一世。

臣　甲　只有愚人才会拒绝智慧的良言。既然赫力堪纳斯大人这样劝告我们,我们愿意试一试旅行的机遇。

赫力堪纳斯　那才显得我们同心同德,让我们紧紧地握手吧!大臣能够这样团结一致,那国家是永远不会灭亡的。(同下)

第五场　潘塔波里斯。宫中一室

西蒙尼狄斯上,读信;众骑士自对方上,相遇。

骑士甲　早安,西蒙尼狄斯贤王!

西蒙尼狄斯　各位骑士,我的女儿叫我通知你们,在这一年之内,她不预备出嫁。她的理由只有她自己知道,我也没有法子从她嘴里探问出来。

骑士乙　我们可不可以见见她,陛下?

西蒙尼狄斯　不,万万不能。她已经把她自己幽闭在卧室之中,寸步不出,谁也不能见她。她还要在狄安娜女神的神座之前做一年忠实的信徒;当着那女神的面前,她已经凭着她的处女的贞操,立誓绝不毁信了。

骑士丙　虽然我们的心头恋恋不舍,可是既然如此,也只好告别了。(众骑士下)

西蒙尼狄斯　好，他们已经被我巧妙地哄走了，现在让我再来看看我女儿的信。她在这儿写着，她决意嫁给那异邦的骑士，否则宁愿终生不见日光。很好，小姐，我赞同你的选择，那样很好。瞧她说得多么果决，甚至不管我同不同意！好，她选得不错，我一定竭力促成他们的好事。且慢！他来了，我现在必须故意试探他一下。

配力克里斯上。

配力克里斯　愿一切的幸运都降临到西蒙尼狄斯贤王的身上！

西蒙尼狄斯　愿同样的幸运降临在你身上，壮士！谢谢你昨夜所奏的妙乐，我的耳朵从来没有饱聆过这样美妙的曲调。

配力克里斯　多蒙陛下谬奖，愧不敢当。

西蒙尼狄斯　像足下这样的绝技，真可以称得上是乐坛巨子了。

配力克里斯　我不过是乐神手下一名最拙劣的学徒而已，陛下。

西蒙尼狄斯　让我请问你一句话，你觉得我的女儿怎样？

配力克里斯　她是一位最贤淑的公主。

西蒙尼狄斯　她也很美丽，不是吗？

配力克里斯　正像晴明的夏晨一样无比的美丽。

西蒙尼狄斯　不瞒你说，我的女儿非常钦慕你，你必须做她的老师，她愿意做你的学生，所以请你准备着吧。

配力克里斯　我是不配做她老师的。

西蒙尼狄斯　她倒不是这样想，你瞧瞧这封信吧。

配力克里斯　（旁白）这是什么话？一封表示她恋爱泰尔的骑士的信！这一定是国王的狡计，想要借此结果我的生命。——啊！陛下，不要陷害我，我只是一个异乡落难的骑士，对于公主除了尊敬以外，从不敢怀有非分的爱念。

西蒙尼狄斯　你已经迷惑了我的女儿，你是一个恶人。

配力克里斯　凭着神明起誓，我没有。我从不曾起过丝毫冒昧的思想，也从不曾有过任何可以赢取她的爱情或是招致您的不快的行动。

西蒙尼狄斯　奸贼，你说谎！

配力克里斯　奸贼！

西蒙尼狄斯　嗯，奸贼。

配力克里斯　倘不是因为你是国王，我一定要叫你把这"奸贼"两字吞下去。

西蒙尼狄斯　（旁白）凭着神明发誓，我很佩服他的勇敢。

配力克里斯　我的行为正像我的思想一样光明正大，从不曾有过一丝卑劣的成分。我到你的宫廷里来，只是为了荣誉的缘故，不是要来勾引你的女儿叛弃她的地位。谁要是以为我别有用心，这一柄剑将会证明他是荣誉的敌人。

西蒙尼狄斯　你不是这个意思吗？我的女儿来了，她可以证明一切。

泰莎上。

配力克里斯　那么好，您不但聪明，而且贞淑，请您明白告诉您这位正在发怒的父亲，我有没有向您吐过求爱之舌，或是伸过乞怜之手？

泰　莎　嗳哟，壮士，即使您有过这样的行为，那正是我所满心愿意的，什么人会因此而恼怒呢？

西蒙尼狄斯　好，姐儿，你竟是这样自信吗？（旁白）我很高兴，很高兴。我要制伏你们；我要使你们俯首听命。——你没有得到我的允许，胆敢把你的爱情倾注到一个不相识者的身上吗？（旁白）虽然我不知道他究竟是个什么人，我总觉得他在血统方面也许跟我同样高贵。（高声）所以，姐儿，你听我说，你必须依顺我的意志。你，足下，你也听我说，你必须服从我的命令，否则我要使你们——成为夫妇。来，来，你们必须用你们的手和嘴唇缔结你们的婚约。愿上帝给你们快乐！什么！你们两人都很满意吗？

泰　莎　是的，郎君，要是您爱我的话。

配力克里斯　我爱你正像爱我自己的生命和血液一样。

西蒙尼狄斯　嘿！你们两人都同意了吗？

泰莎、配力克里斯　是的，要是陛下不以为嫌的话。

西蒙尼狄斯　我很赞成你们的结合，并愿意尽早替你们完成婚事，然后让你们赶快去圆你们的好梦。（同下）

第三幕

高尔上。

  兴阑人散,梦魂入定,
  满屋子一片的寂静;
  好一场盛大的婚筵,
  把人醉得酣睡如绵。
  狸猫圆睁它的眼孔,
  在等候着鼠儿出洞;
  蟋蟀们在炉前歌唱,
  越干渴越唱得嘹亮。
  只那许门好不繁忙,
  把新人送入了洞房,
  说不尽一夜的依偎,
  早结下了珠玉灵胎。
  苦的是俺两片唇儿,
  说不完这万绪千丝。

  哑剧:配力克里斯及西蒙尼狄斯率侍从自一方上;一使者自另一方上,相遇,以书信跪呈配力克里斯;配力克里斯以信示西蒙尼狄斯;众臣向配力克里斯下跪。泰莎怀孕偕利科丽达上;西

泰尔亲王配力克里斯

蒙尼狄斯以信示泰莎,泰莎喜跃;泰莎、配力克里斯向西蒙尼狄斯辞别,众下。

却说那泰尔的群臣,
把他们的君王访寻,
费尽了无数的辛劳,
踏遍了天涯与地角,
飞骑四出,征帆远渡,
果然探到他的确处。
西蒙尼狄斯的宫廷,
传来了泰尔的音声,
说那安提奥克暴王,
父女两人同时身亡;
没有主的泰尔人民,
他们想要拥立新君,
多亏那赫力堪纳斯,
把众臣的劝进推辞;
为了镇压叛徒异心,
他向他们恳切言明,
说要是他们的君王,
年后依然踪迹茫茫,
他才愿意俯顺众望,
把这一顶王冠戴上。
这一个消息传遍了,
那潘塔波里斯全境,
每一个人欢呼若狂,
"我们的王嗣是君王!"
他接到故国的呼召,

必须立刻举起征棹；
他的王妃怀孕在身，
立志随她丈夫远行；
利科丽达，她的奶娘，
护送着她远涉重洋，
那临别的至情热泪，
都不必在这儿提起。
且说他们一帆风满，
早走完了路程一半；
不料那作怪的天公，
又吹起了一阵狂风，
像鸭子在水上沉浮，
那船儿全失了自由，
吓得王妃哀声惨叫，
一阵阵的腹痛如绞。
这一场凶恶的风波，
究竟后来结果如何，
台上自有一番交代，
用不着俺摇唇弄喙，
请听那遭难的君主，
在船上把心情倾诉。（下）

第一场　海船上

配力克里斯上。

配力克里斯　大海的神明啊，请收回这些冲洗天堂和地狱的怒潮吧！统摄飙风的天使啊，是你把这阵阵狂风从海洋深处呼召

泰尔亲王配力克里斯

起来的,现在用铜箍把它们捆起来吧!啊,止住你的震耳欲聋的惊人的雷霆,熄灭你的迅疾的硫火的闪电吧!啊!利科丽达,我的王后怎么样啦?你发着这样凶恶的风暴,你是要把所有的海水一起翻搅出来吗?水手的吹啸像死神耳旁的微语一般,微弱得没有人能够听见。利科丽达!路西那①,神圣的保护女神,夜哭人的温柔保姆啊!愿你的灵驾来到我们这一艘颠簸的船上,帮助我的王后早早脱离分娩的苦痛吧!

利科丽达抱婴孩上。

配力克里斯　啊,利科丽达!

利科丽达　这小东西太稚弱了,不应该让她处在这样一个环境里。要是她懂事的话,一定会因悲伤而死去,正像我现在痛不欲生一样。请把您那已故王后的这一块肉抱了去吧。

配力克里斯　怎么,怎么,利科丽达!

利科丽达　宽心点儿,好殿下,不要用您的悲号痛哭给那海上的风涛添加声势。这是娘娘遗留下来的唯一的纪念品,一个可爱的小女儿。为了她的缘故,请您鼓起勇气来,不要悲伤吧。

配力克里斯　神啊!你们为什么把美好的事物赏给我们,使我们珍重它、爱惜它,然后又突然把它攫夺了去呢?我们凡人是讲究信义的,绝不会把已经给了人的东西重新收回。

利科丽达　为了这一位小公主起见,好殿下,宽心点儿吧。

配力克里斯　但愿你的一生安稳度过,因为从不曾有哪一个婴孩在这样骚乱的环境中诞生!愿你的身世平和而宁静,因为在所有君王们的儿女之中,你是在最粗暴的情形之下来到这世上的一个!愿你后福无穷,你是有天地水火集合它们的力量、大声预报你诞生的信息的!当你初生的时候,你已经遭到无可补偿的损

---

① 路西那,希腊罗马神话中保护妇女分娩的女神。

失。愿慈悲的神明另眼照顾你吧！

二水手上。

水手甲 您有勇气吗，殿下？上帝保佑您！

配力克里斯 勇气是有的。我不怕风暴，它已经把最不幸的灾祸加在我身上了。可是为了这一个可怜的小东西，这一个初历风波的航海者的缘故，我希望它平静下来。

水手甲 把那边的舷索放下来！你还不肯停吗？吹，尽管吹你的吧！

水手乙 只要船掉得转，尽管让这些浪花跳上去和月亮亲嘴，我也不放在心上。

水手甲 殿下，您那位王后必须被丢下海里去。海浪这样高，风这样大，要是船上留着死人，这场风浪是再也不会平静的。

配力克里斯 这是你们的迷信。

水手甲 原谅我们，殿下。对于我们这些在海上来往的人，这是一条不可违反的规矩，我们的习惯是牢不可破的。所以赶快把她抬出来吧，因为她必须立刻被丢到海里去。

配力克里斯 照你们的意思办吧。最不幸的王后！

利科丽达 她在这儿，殿下。

配力克里斯 你经过了一场可怕的分娩，我的爱人！没有灯，没有火，无情的天海全然把你遗忘了。我也没有时间可以按照圣徒的仪式，把你送下坟墓，却必须立刻把你无棺无椁，投下幽深莫测的海底。那边既没有铭骨的墓碑，也没有永燃的明灯，你的尸体必须和简单的贝介为伍，让喷水的巨鲸和呜咽的波涛把你吞没！啊，利科丽达！吩咐涅斯托替我拿香料、墨水、白纸、我的小箱子和我的珠宝来；再吩咐聂坎德替我把那缎匣子拿来；把这孩子安放在枕上。快去，我还要为她作一次诀别的祷告。快

去,妇人。(利科丽达下)

水手乙 殿下,我们舱底下有一口钉好漆好的箱子。

配力克里斯 谢谢你。水手,这是什么海岸?

水手乙 我们快要到塔萨斯了。

配力克里斯 转变你的航程,好水手,我们向塔萨斯去吧,不要到泰尔了。什么时候可以到港?

水手乙 要是风定了的话,天亮的时候就可以到了。

配力克里斯 啊!向塔萨斯去吧。我要到那边去访问克里翁,因为这孩子到不了泰尔,一定会中途死去的;在塔萨斯我可以交托他们留心抚养。干你的事去吧,好水手,这尸体等我把它安顿好了,立刻就叫人抬过来。(同下)

第二场 以弗所。萨利蒙家中一室

萨利蒙、一仆人及若干在海上遇险被救之人上。

萨利蒙 喂,腓利门!

腓利门上。

腓利门 老爷叫我吗?

萨利蒙 替这些可怜的人们弄些火和吃的东西来,昨天晚上的风暴真是大得怕人。

腓利门 暴风我也见过不少,可是像昨天晚上这样的风,却是从来没有经历过。

萨利蒙 等到你回去,你的主人早已死了,实在没有法子可以挽回他的生命。(向腓利门)把这方子拿到药铺里去,试试有没有效力。(除萨利蒙外均下)

二绅士上。

绅士甲 早安,阁下。

绅士乙　您好，阁下。

萨利蒙　两位先生，你们为什么这么早就起来了？

绅士甲　阁下，我们的屋子就在海边上，被昨晚的暴风吹打得就像地震一般，梁柱都像要一起折断，整个屋子仿佛要倒塌下来似的。因为惊恐的缘故，我才逃了出来。

绅士乙　那正是我们一早就来打搅您的原因，并不是因为爱惜寸阴。

萨利蒙　啊，好说，好说。

绅士甲　可是我很不明白，像您阁下这样生活在富丽舒适环境里的人，怎么肯在这样早的时间，就抛弃了休养身心的温暖的眠床，既然没有迫不得已的原因，一个人的天性怎么能够习惯于这种辛劳而不以为苦？

萨利蒙　我一向认为道德和才艺远胜于富贵的资产。堕落的子孙可以把贵显的门第败坏，把巨富的财产荡毁，可是道德和才艺却可以使一个凡人成为不朽的神明。你们知道我素来喜欢研究医药这一门奥妙的学术，一方面勤搜典籍，请益方家，一方面自己实地施诊，结果我已经对于各种草木金石的药性十分熟悉，不但能够明了一切病源，而且对症下药，百无一失。这一种真正的快乐和满足，断不是那班渴慕着不可恃的荣华，或是抱住钱囊，使愚夫欣羡、使死神窃笑的庸妄之徒所能梦想的。

绅士乙　您是以弗所的大善士，多少人感戴您的再造之恩。您不但医术高明，力行不倦，而且慷慨好施。萨利蒙大人的声名，有口皆碑，时间也不会使它湮没的。

二仆人抬箱上。

仆　　甲　好，你从那头抬着。

萨利蒙　这是什么东西？

仆　　甲　老爷，刚才海水把这箱子冲到我们岸上来，它大概是什么沉船上漂散出来的。

萨利蒙 放下来,让我们看看。

仆 乙 那瞧上去很像一口棺材。

萨利蒙 不管它是什么东西,那分量倒是沉重得很。快快把它撬开来,要是海水因为吞下了太多的金银,命运逼着它呕吐出来送给我们,那倒是一件意外的幸事。

仆 乙 正是,大人。

萨利蒙 它钉得多么结实,漆得多么牢固!是海水把它冲上来的吗?

仆 甲 老爷,我从来不曾看见过这么大的一个浪头,把它卷上岸来。

萨利蒙 来,把它撬开。且慢!我鼻子里好像闻到一股非常芬芳的香味。

仆 乙 一股馥郁的异香。

萨利蒙 我从来没有嗅到过这样的香味。好,揭开箱盖来,万能的神明啊!这是什么?一具尸体!

仆 甲 怪事,怪事!

萨利蒙 好一身富丽的殓衾,周围衬垫着这许多贵重的香料!还有一纸证明书!阿波罗,帮助我念一下这上面的文字吧!"余为国王配力克里斯,死者为余王后,罄世间所有之一切,均不足抵偿此无价之损失。万一此棺被风吹卷上岸,为仁人君子发现启视,务请依礼安葬,因彼系出天潢,为一国王之爱女也。凡棺中所有宝物,一概作为酬劳,而君子泽及朽骨之德,亦必仰邀天眷,奚止存亡同感而已。"要是你还在人世,配力克里斯,你的心一定因悲哀而粉碎了!这是昨夜发生的事。

仆 乙 大概是的,阁下。

萨利蒙 不,一定是昨晚的事,瞧,她的脸色多么鲜润!他们把她丢在海里，真是太鲁莽了。到里屋去生起火来，替我把我房间里所有的药箱拿出来。（仆乙下）一个人也许会接连几小时陷于死亡的状态，可是生命之火仍然会把不堪重压的精神重新燃起。我曾经听说有一个埃及人死了九小时，因为救治得法，终究苏醒过来。

仆人携药箱、手巾及火上。

萨利蒙　很好，很好，火也来了，布也来了。再请你们叫他们把那粗浊而忧郁的音乐奏起来；不要忘了那六弦提琴——瞧你办事这样没头没脑的，你这蠢货！喂，奏乐！请你们让她呼吸些空气。两位先生，这位王后一定会复活；她的生机已动，一丝温暖的气息已经从她嘴里吐出；她昏迷的时间，不会超过五小时以上。瞧！她又开始展放起她的生命之花来了。

仆　甲　上天假手于您，表现它的神奇的力量，使我们只有惊奇嗟叹，您的声名也将要从此不朽了。

萨利蒙　她活了！瞧，那锁闭着配力克里斯所失去的一双天上的明珠的眼睑，已经在那儿展开它们那像黄金一般闪亮的睫毛，显现出无比晶莹的两颗钻石来，使这世界增加一倍的财富了。醒醒，美丽的人儿，你有这样绝世的丰度，让我们听你叙述你自己的命运而流泪吧！（泰莎展动肢体）

泰　莎　亲爱的狄安娜啊！我在什么地方？我的夫君呢？这是什么世界？

仆　乙　这不是奇怪的事吗？

仆　甲　真是稀有的事情。

萨利蒙　静些，两位好邻居！帮我一臂之力，把她挽到隔壁房间里去，然后拿些被褥来。这事千万不能大意，她要是再昏过

去，那就不可救治了。来，来，愿埃斯库拉庇俄斯①指导我们！（众扶泰莎同下）

第三场　塔萨斯。克里翁家中一室

配力克里斯、克里翁、狄奥妮莎及利科丽达抱玛丽娜上。

配力克里斯　最可尊敬的克里翁，我不得不走了，我的一年之期已经满限，泰尔的乱机一触即发。请你们夫妇两位接受我衷心的感谢，愿神明加恩于你们！

克里翁　命运的利箭使您受到莫大的创伤，也给我们带来了深刻的痛苦。

狄奥妮莎　啊，您那可爱的王后！要是命运不是这样无情，让您把她带到这儿来，使我这一双薄福的眼睛也能够一瞻丰采，那将是一件多大的好事！

配力克里斯　我们不能不服从天神的意旨。要是我也能够像她葬身的海水一般咆哮怒吼，这样的结果还是不能避免。我这温柔的孩子是在海上诞生的，所以我替她取了玛丽娜的名字。现在我把她交给你们，请求你们善意地照顾，把她抚养成人，给她高贵的教育，使她谙熟按照她的身份所应该具备的一切举止礼貌。

克里翁　您放心吧，殿下，敝国曾经受到您的赈济的大恩，人民至今还在为您祈祷，您的孩子我们决不会亏待她的。要是我有一些怠慢疏忽之处，那班受恩的民众也会强迫我履行我的责任。如果我果真天良泯没，需要督促，愿神明使我和我的子孙永遭天谴！

配力克里斯　我相信你，即使没有这样的重誓，你的荣誉和

---

① 埃斯库拉庇俄斯（Aescdapius），希腊罗马神话中司医药之神。

义气，也可以使我充分信任你的真心。夫人，在她没有结婚以前，凭着我们众人所崇敬的光明的狄安娜女神起誓，我决定永不修剪我的头发，虽然这样会使我的状貌很难看。现在我必须告别了。好夫人，请你好好抚养我的孩子，这样也就是造福于我了。

狄奥妮莎 我自己也有一个孩子，殿下，我不会宠爱她胜过您的小公主。

配力克里斯 夫人，我感谢你，为你祈祷天福。

克里翁 让我们把殿下送到海边，然后让和顺的天风和平静的海水护送着您回去。

配力克里斯 我敬领你们的盛情。来，最亲爱的夫人。啊！不要哭，利科丽达，不要哭，留心照看你的小公主，将来你要终身倚仗她哩。来，大人。（同下）

第四场　以弗所。萨利蒙家中一室

萨利蒙及泰莎上。

萨利蒙 娘娘，这一封信和另外一些珠宝是跟您一起放在这口箱子里的，现在它们都在您的支配之下。您认识这笔迹吗？

泰　莎 这是我夫君的笔迹。我记得我在海上航行，直到临近分娩的时间，我都记得十分清楚，可是究竟有没有在船上生产，凭着神明起誓，我却不能断定。可是我既然不能再见我的夫君配力克里斯王一面，我愿意终生修道，不再贪享人间的欢娱。

萨利蒙 娘娘，您这一番意思要是发自衷诚，那么狄安娜的神庙离此不远，您不妨在那里终养您的余年。而且您要是愿意的话，我有一个侄女可以在一起陪伴您。

泰　莎 我的唯一的酬报只有感谢，请你原谅我的礼轻意重吧。（同下）

第四幕

老人上。

    不说那泰尔的人民,
    怎样欢迎她的旧君;
    不说那薄命的王后,
    在尼庵中凄凉苦守;
    单表小小的玛丽娜,
    早已长成豆蔻年华,
    那克里翁不负重托,
    把这公主悉心教育,
    亏她生得剔透玲珑,
    音乐文艺色色精通,
    那卓越的才华仪态,
    赢得每个人的敬爱。
    可叹那嫉妒的妖精,
    又在施展它的祸心!
    克里翁有个女公子,
    菲萝登是她的名字,
    这时已经待嫁闺中,

莎士比亚传奇剧

和玛丽娜形影相从：
她们有时并肩共织，
赌赛着玉指的纤捷；
她们有时拈针共绣，
争夸着灵秀的心手；
有时抚琴同唱新声，
羞杀了哀吟的夜莺：
有时提笔同赋新诗，
歌颂着月殿的神姬。
这菲萝登好胜心强，
她总想争一日之长；
无奈她乌鸦的羽毛，
怎么能和白鸽比皎？
只有玛丽娜的敏慧，
受尽了众人的赞美；
菲萝登在相形之下
大大地减低了声价。
她的母亲因妒成憎，
陡起了杀人的心情，
她想把玛丽娜去除，
便可让她女儿独步；
这阴谋还正在酝酿，
利科丽达又告身丧，
可怜那孤零的公主，
她的生命危在朝暮。
那恶妇的毒计猖狂，
究竟能否如愿以偿？
这以后的事移境变，

自有伶工们的扮演。
俺老汉啊荒腔走韵，
惭愧有渎看官清听，
谢列位大度的包容，
才把俺的漏洞弥缝。
这厢来了狄奥妮莎，
里奥宁是她的爪牙。（下）

第一场　塔萨斯。海滨附近旷地

狄奥妮莎及里奥宁上。

狄奥妮莎　记着你已经发誓干这件事，那不过是举手之劳，永远不会有人知道。世上再没有这样和便宜事儿，又简单，又干脆，一下子就可以使你得到这么多的好处。不要让那冷冰冰的良心在你的胸头激起怜惜的情绪，也不要让那甚至于为妇女们所唾弃的慈悲软化了你，你要像一个军人一般，坚决执行你的使命。

里奥宁　我说干就干，可是她是一个很好的姑娘哩。

狄奥妮莎　那就更应该让她跟天神们做伴去，瞧她因为哀悼她的保姆，哭哭啼啼地来了。你决定了吗？

里奥宁　我决定了。

玛丽娜携花篮上。

玛丽娜　不，我要从大地女神的身上偷取诸色的花卉，点缀你的青绿的新坟。当夏天尚未消逝以前，我要用黄的花、蓝的花、紫色的紫罗兰、金色的万寿菊，像一张锦毯一样铺在你的坟上。唉！我这苦命的人儿，在暴风雨之中来到这世上，一出世就死去了我的母亲。这世界对于我就像一个永远起着风浪的怒海一样，把我的亲人一个个从我的面前卷去。

狄奥妮莎　啊，玛丽娜！你为什么一个人到这儿来？怎么我的女儿不跟你在一起？不要让悲哀侵蚀了你的血液，你可以把我当作你的保姆的。主啊！这种无益的哀伤，已经使你的脸色变得多么憔悴！来，把你的花给我，趁着它们还没有被海潮打坏。跟里奥宁散散步去吧；那儿的空气很新鲜，它可以刺激脾胃，鼓舞精神。来，里奥宁，挽着她的手臂，陪她散步去吧。

玛丽娜 不，我谢谢您，我不愿夺去您的仆人。

狄奥妮莎 来，来，我是像爱自己人一般爱你和你的父王的。我们每一天都在盼望他到这儿来，要是他来了以后，看见我们这位绝世无双的好女儿消瘦成这个样子，他一定会懊悔不该这样远远地离开你；他也一定会埋怨我的丈夫和我，说我们不曾好好照料你。去吧，我求你，散散步，重新快活起来，不要毁损了你那绝妙的容颜，那是曾经使每一个少年和老人目移神夺的。你不用管我，我会一个人回去。

玛丽娜 好，我就去，可是我实在没有那样的兴致。

狄奥妮莎 来，来，我知道那是对你有益的。里奥宁，你陪她至少散步半小时。记住我刚才所说的话。

里奥宁 您放心吧，夫人。

狄奥妮莎 我的好姑娘，我要暂时少陪你一下，请你慢慢走着，不要跑得满脸通红的。嘿！我必须留心照顾你哩。

玛丽娜 谢谢您，亲爱的夫人。（狄奥妮莎下）这风是从西方吹来的吗？

里奥宁 这是西南风。

玛丽娜 我生下来的时候吹的是北风。

里奥宁 是吗？

玛丽娜 我的保姆告诉我，我父亲是从来不知道恐惧的，他向水手们高声呼喊："出力，好弟兄们！"用他尊贵的手亲自拉着缆索，不顾擦伤他自己的皮肉；他曾经紧紧攀住桅樯，抵御着一阵几乎把甲板冲毁的巨浪。

里奥宁 那是在什么时候？

玛丽娜 就在我生下来的时候。像那样狂暴的风浪，真是从来不曾有过，一个爬到帆篷上去的人也从绳梯上翻下海里。一个说："嘿！你下来了吗？"他们流着汗从船头奔到船尾；掌舵的吹口哨，船主到处喊人，满船忙成了一团。

里奥宁 来，念你的祷告吧。

玛丽娜 你是什么意思？

里奥宁 要是你需要短短的时间作一次祷告，我可以允许你。可是千万不要啰啰唆唆地拉上一大套，因为天神的耳朵是很灵敏的，而且我已经发誓要把我的事情快快办好。

玛丽娜 你为什么要杀死我？

里奥宁 这是我的女主人的意思。

玛丽娜 为什么她要把我杀死？凭着我的真心起誓，照我所能够记得的，我生平从来不曾做过一件损害她的事。我不曾讲过一句坏话，或是对无论哪一个生物做过一桩恶事。相信我，我不曾杀死过一只小鼠，或是伤害过一只飞蝇；我在无意之中践踏了一条虫儿，也会因此而流泪。究竟我犯了什么过失？我的死对她有什么好处？我的生对她又有什么危险？

里奥宁 我只知道奉命行事，不是来跟你辩论是非的。

玛丽娜 我希望你再也不会干这样的事。你的相貌很和善，表明你有一颗仁慈的心。我最近看见你因为劝解两个打架的人而自己受了伤，这就可以看出你是一个好人。现在再请你做一个这样的好人吧！你的主妇要害我的性命，你应该扶危拯困，救救我这柔弱可怜的人才是。

里奥宁 我已经宣过誓了，这事情非办不可。

众海盗上，时玛丽娜正在竭力挣扎。

盗甲 放手，恶人！（里奥宁逃下）

盗乙 一件宝货！一件宝货！

盗　丙　大家都有份，弟兄们，大家都有份。来，咱们赶快把她带到船上去吧。（众海盗捉玛丽娜下）

里奥宁重上。

里奥宁　这些恶贼是大海盗凡尔狄斯手下的，他们把玛丽娜捉去啦。让她去吧，她是再也不会回来的了。我敢发誓她一定被他们杀死，并丢在海里啦。可是我还要探望探望，也许他们把她玩儿了一个痛快以后，并不把她带到船上去也说不定。要是他们把她留下，那么她在他们手里失去了贞操，必须在我手里失去她的生命。（下）

第二场　米提林。妓院中一室

妓院主人、鸨妇及龟奴上。

院　主　龟奴！

龟　奴　老板有什么吩咐？

院　主　到市场上去仔细搜寻，米提林多的是风流浪子，咱们没有姑娘应市，这笔损失可不小哩。

鸨　妇　咱们从来不曾像现在这样缺货。一共只有三个粗蠢的丫头，她们的本领也只能像现在这样应付，而且因为疲于奔命的缘故，都已经跟发臭的烂肉差不多了。

院　主　所以咱们只好不惜重价，弄几样新鲜的货色来。无论干什么生意，总要讲个良心，如果不讲良心，营业还会发达吗？

鸨　妇　你说得不错，那不是养育私生子的问题，我想我自己就一手养大了十一个——

龟　奴　嗯，每个养到十一岁就下水啦。可是我要不要到市场上去搜寻一下呢？

鸨　妇　别的还有什么办法？咱们这铺子里都是又臭又烂的

货色，一阵大风就会把她们吹碎的。

院　主　你说得不错，凭良心说，她们的确太肮脏了。那个可怜的德兰斯瓦尼亚人才跟那小蹄子睡了一觉，不几天就送了命。

龟　奴　嗯，她很快就送了他的命，她叫他给蛆虫们当一顿美味的炙肉。可是我要到市场上搜寻去了。（下）

院　主　有了三四千块钱也可以安安稳稳过日子了，那时候咱就洗手不干。

鸨　妇　为什么不干，我倒要问问你？难道咱们老了，赚钱就是一桩丢脸的事吗？

院　主　啊！咱们的名誉不是像货色一样源源而来的，咱们的货色也不能保险没有意外的损失。所以要是咱们在年轻的时候早一点儿赚下些产业，现在情愿关起门来吃现成饭了。而且咱们这一行营生是上干天怒的，要是不知道中途歇手，神明一定不会饶过咱们。

鸨　妇　算啦，别的生意也是跟咱们一样罪恶的。

院　主　跟咱们一样！嘿，他们可比咱们清白得多啦，只有咱们这一行才是最该死的。这行生意能算是职业吗？那简直不是人干的。可是龟奴来啦。

龟奴率众海盗及玛丽娜上。

龟　奴　过来，列位大哥，你们说她是个闺女吗？

盗　甲　啊！朋友，这我们可以担保。

龟　奴　老板，您瞧，我好不容易东寻西找，才找到这么一件货色。要是您中意的话，那再好没有，不然我付的定钱可就白扔啦。

鸨　妇　龟奴，她有什么长处？

龟　奴　她有一张好看的脸蛋儿，会讲好听的话儿，又有一身挺好的衣服。有了这几件好处，人家还会拒绝她吗？

鸨　　妇　她的价钱多少？

龟　　奴　他们一定要一千块钱，一点儿也不能少。

院　　主　好，跟我来，列位朋友，我立刻就把钱拿给你们。妻子，你领她进去，教导她应该做的事，免得她生手生脚的，怠慢了客人。（院主及众海盗下）

鸨　　妇　龟奴，你把她的容貌仔细记好，她的头发是什么颜色，她的皮肤是怎样的，怎样高的身材，怎样大的年纪，尤其要说明她是个闺女。你到市上去这样嚷着说："谁要是愿意出最高的价钱，就可以做第一个享受她的人。"倘若男人们的性情没有改变，这样一个闺女是可以赚一注大钱的，照我吩咐的办去吧。

龟　　奴　遵命。（下）

玛丽娜　唉！里奥宁应该把事情做得干脆一点，他应该早一点杀死我，不应该说那些废话；或者那些海盗们要是再凶狠一些，把我丢在海里，我也可以找我的母亲做伴去了！

鸨　　妇　你为什么哀哭，美丽的人儿？

玛丽娜　因为我是美丽的。

鸨　　妇　得啦，天神们总算没有亏待了你。

玛丽娜　我并不抱怨他们。

鸨　　妇　你既然落到我的手里，你就是我的人啦。

玛丽娜　我真不该从那想杀死我的人手里逃了出来。

鸨　　妇　你在我这里可以过舒服的日子。

玛丽娜　不。

鸨　　妇　是的，你可以过舒服的日子，你还可以尝尝各色各样绅士们的味道。这儿吃的也有，穿的也有，还有黑的、白的、胖的、瘦的汉子们，由你夜夜掉换新鲜。嘿！你捂住你的耳朵了吗？

玛丽娜　你是个女人吗？

鸨　　妇　我倘若不是女人，你说我是什么？

玛丽娜　不贞洁的女人就不能算是女人。

鸨　妇　好，真有你的，你这小鹅儿，看来你要给我添点麻烦啦。来，你这个不知好歹的小东西，一定要给你点颜色看，你才会听老娘的话。

玛丽娜　天神保佑我！

鸨　妇　要是天神保佑你多结识几个知心的汉子，那么让他们安慰你、供养你，把你当作宝贝吧！龟奴回来了。

龟奴重上。

鸨　妇　喂，你在市场上替她宣传过没有？

龟　奴　我简直连她头上有几根头发都说了出来，因为描摹她的美貌，把我的喉咙都喊哑了。

鸨　妇　告诉我，你觉得人们听了你的话，兴趣怎样？尤其是那些年轻的家伙？

龟　奴　不瞒您说，他们听我的话，就像听他们父亲的遗嘱一般。有一个西班牙人满口流涎，他一听见我的形容，就在那儿做着同床的好梦了。

鸨　妇　他明儿一定会穿起他的最漂亮的绉领衣服，到咱们这儿来的。

龟　奴　今晚就来，今晚就来。可是，妈妈，您认识那个弯腿的法国骑士吗？

鸨　妇　谁？维乐尔斯先生吗？

龟　奴　嗯，他一听见我的宣告，就乐得想要翻起筋斗来，可是结果只是呻吟了一声，发誓说明儿一定来看她。

鸨　妇　好，好，他曾经把他的一身病带到咱们这儿来，这一回最多不过是旧病复发。我知道他是个明处花钱、暗处占便宜的家伙。

龟　奴　好，要是每一个国家都有旅行的人到咱们这儿，咱们总是来者不拒的。

鸨　妇　（向玛丽娜）请你过来一下，你的好运气到了。听着，你在干那件事的时候，虽然心里愿意，也要装出几分害怕的样子；越是有利益的事情，越要装着不把这种利益放在心上。当你向你的情人们谈起你现在的生活的时候，你应该流些眼泪，这样可以引起他们的同情。这一种同情往往可以使你得到极好的名誉，而这种名誉也就是一种利益。

玛丽娜　我不懂你的话。

龟　奴　啊！带她进去吧，妈妈，带她进去，她这种羞人答答的神气，必须让她立刻得些实际经验，才可以把它除掉。

鸨　妇　你说得不错，真的，必须让她立刻实践实践，第一夜做新娘，不免要带几分羞涩，她干这个却是光明正大的。

龟　奴　说老实话，脸嫩的固然有，脸老的也不少。可是，妈妈，既然这块肉的生意是我讲定的——

鸨　妇　你也可以切一小块去尝尝。

龟　奴　真的吗？

鸨　妇　谁来骗你？来，小姑娘，我很喜欢你衣服的式样。

龟　奴　嗯，凭良心说，她这身衣服现在还没有更换的必要。

鸨　妇　龟奴，你再到市上去一趟，逢人便告诉咱们家里来了一位多么好的姑娘，多拉几个主顾，对于你总有好处。造化生下这东西来的时候，就有帮助你的意思，所以你应该竭力吹嘘，说她是怎样一个绝世无双的美人儿，你越是说得天花乱坠，越可以捞到一笔大大的油水。

龟　奴　您放心吧，妈妈，我只要一说起她的美丽，保管那些好色的人们一个个春心大发，比震雷惊醒那蛰眠水底的鳗鲡还要灵验。今天晚上我就可以带几个客人来。

鸨　妇　去吧，跟我来。

玛丽娜　要是火是热的，刀是尖的，水是深的，我要永远保持我的童贞的完整。狄安娜女神,帮帮我吧!

鸨　妇　咱们跟狄安娜女神有什么来往?请你还是跟我进去吧。(同下)

第三场　塔萨斯。克里翁家中一室

克里翁及狄奥妮莎上。

狄奥妮莎　嗳哟,你是个傻子吗?这事情干也干过了,还可以挽回吗?

克里翁　啊,狄奥妮莎!像这样的惨杀案,真是自有天地以来所未有的。

狄奥妮莎　我想你真要变成个小孩子了。

克里翁　假如我是这广大的世界的主人,为了挽回这一件罪行,我宁愿把这世界舍弃。啊,女郎!你的品德是比你的血统更为高贵的,虽然你是一位金枝玉叶的公主,可以和世界上无论哪一个戴王冠的人并立而无愧。啊,里奥宁这恶奴!他也已经被你毒死了。要是你自己把那毒酒先喝一口,倒还可以算功过相抵。尊贵的配力克里斯若是追问起他的女儿来,你有些什么话说?

狄奥妮莎　我就说她死了。保姆不是执掌生死的神明,谁能保得住一个孩子养得大养不大?她是在夜里死的,我就这样说。谁敢说一个不字?除非你要表示你是一个正直无罪的好人,那么你就高声宣布,说她是被人用恶计谋杀的吧。

克里翁　唉!得啦,得啦。在天下一切罪恶之中,这一件是最为天神们所痛恨的。

狄奥妮莎　你就去做那些傻子,相信塔萨斯的可爱的小鸟儿会飞到海外去,把这秘密向配力克里斯揭破吧。我真替你惭愧,像你这样一个出身高贵的人,却有这么一副懦夫的性格。

克里翁　不要说是公然的同意,就是对于这样的行为表示默许的人，他也绝不是高贵的祖先的子孙。

狄奥妮莎　就算是这么说吧！可是除了你一个人以外，谁也不知道她怎样死的，而且里奥宁已经不在，也没有人能够知道。她掩蔽了我的女儿，阻碍她前途的幸福。大家都把目光投注在玛丽娜的脸上，我们的女儿却遭人贱视，被人当作灶下婢一般看待。这就像利刃一样刺透了我的心。虽然你自己一点不替你的孩子着想，却说我的手段太不人道，可是我却以为这是为你的独生女儿所干的一件极大的好事哩。

克里翁　上天恕宥这样的罪恶！

狄奥妮莎　至于配力克里斯，他有什么话说呢？我们为她举哀送葬，至今还在替她服丧；她的坟墓已经大部分砌好，她的墓碑上刻着灿烂的金字，表示一般的赞美和我们对她的爱念，这一切不都是我们花的钱吗？

克里翁　你是个妖精，用你天使一般的面孔欺骗世人，却用你的鹰隼一般的利爪杀害无辜。

狄奥妮莎　你才是个迂腐的傻瓜，冻死几个蝇子也要惊天动地。可是我知道你会照我的话去做的。（同下）

第四场　塔萨斯。玛丽娜墓前

高尔上。

百年弹指，天涯寸步，
一苇可把重洋飞渡；
让我把你们的想象，
带过了邦疆和国壤。
演戏本来是一片假，
列位看官不用惊诧，
怎么那各地的人民，

泰尔亲王配力克里斯

都讲着同一的方音,
这为的是观听便利,
不是俺们失于算计。
几句闲话交代过去,
接着再把正文重叙。
却说那配力克里斯,
为了探望他的娇儿,
带领了大小的臣僚,
再度冒海上的风涛;
赫力堪纳斯这老臣,
这一回也伴驾随行,
留下了爱斯凯尼斯,
把国中的政务主持。
可喜的是一帆风顺,
早到了塔萨斯边境,
那老王满心的欢慰,
想把爱女接回国内。
请看这些人影幢幢,
又有一番哀怨凄凉。

哑剧:配力克里斯率侍从自一门上;克里翁及狄奥妮莎自另一门上。克里翁指玛丽娜坟墓示配力克里斯;配力克里斯作痛哭流涕状,以麻衣披身,大恸而去;克里翁、狄奥妮莎同下。

瞧这番拙劣的表情,
多么叫人难于信凭,
像这样的作势装腔,
也算是真实的哀伤!
悲哀的配力克里斯
披上了麻布的丧衣,

莎士比亚传奇剧

　　发誓永不洗脸剃发，
　　苦度着凄惶的岁月：
　　他挂着一颗颗泪珠，
　　叹口气又踏上归途。
　　又遇阵阵风涛冲荡，
　　幸喜最后安然无恙。
　　列位且看这首墓铭，
　　追叙玛丽娜的生平；
　　那心如蛇蝎的恶妇，
　　偏会说蜜般的言语。（读玛丽娜墓碑上诗句）
　　佳人多薄命，奇花易萎折，
　　新春方吐蕊，遽尔辞枝别。
　　谁欤墓中人？泰尔王家女；
　　死神展魔手，一朝攫之去。
　　厥名玛丽娜，美慧世无比。
　　当其诞生时，海神大欢喜，
　　吐浪如山高，百里成泽国。
　　大地为战栗，恐至全沦没，
　　故将此女郎，上献与苍冥。
　　至今怒海水，犹作不平声。
　　最是那甘言的谄媚，
　　越显出居心的奸诡。
　　且不谈配力克里斯，
　　深信他女儿的长逝；
　　他此去茫茫的前途，
　　自有命运女神做主。
　　咱们现在回过头来，
　　再看那不幸的女孩，

她如今堕下了火坑，
失去了一切的希望。
请列位略耐一耐心，
咱们又到了米提林。（下）

第五场　米提林。妓院前街道

二绅士自妓院中出。

绅士甲　您听见过这样的话吗？

绅士乙　没有，而且要是她去了以后，在这样一个所在，也永远不会再听见这样的话的。

绅士甲　可是在那样的地方高谈上帝的真理！您有没有梦想到会有这样的事情？

绅士乙　没有，没有。来，我从此不再逛窑子了。我们要不要去听听修道女的唱诗？

绅士甲　只要是合乎道德的事，我现在什么都愿意做；可是从此以后，再不寻花问柳了。（同下）

第六场　同前。妓院中一室

院主、鸨妇及龟奴上。

院　主　哼，早知如此，咱宁愿丢了两倍她身价的钱，也不要她到咱们这儿来。

鸨　妇　该死的鬼丫头！她会叫普里阿波斯①倒抽一口凉气，她会叫这一辈青年人一个个绝了后代。咱们必须把她破了身子，否则还是撵她出去。轮到她侍候主顾，尽咱们这一行的本分的时

---

① 普里阿波斯，希腊神话中生育之神。

候，她就有她的推托、她的理由，她的天大的理由。她会跪下来哀求祷告，要是魔鬼想和她亲一个嘴，见了她这样子，也会变成清教徒的。

龟　奴　哼，我非把她强奸了不可，不然我们的阔大少会跑得精光，浪荡子也会都变成修道士啦。

院　主　对，她再说什么经期失调，就别理她那一套。

鸨　妇　可不是吗？要让女的不害经期失调，男的就得不怕染杨梅疮才行。哟，拉西马卡斯大人穿着便服来啦。

龟　奴　要是这作怪的丫头对客人们迁就一些，咱们这门槛儿早就给上下三等的人踏破啦。

拉西马卡斯上。

拉西马卡斯　怎么！你们这儿有多少大姑娘？

鸨　妇　啊，天神祝福您老爷！

龟　奴　我很高兴看见您，老爷贵体安好！

拉西马卡斯　是的，你们应该希望你们的主顾都有一个结实的身子，这才是你们的福气。喂！婆子，你们这儿有没有一个可以让人玩儿了以后，不必请教外科医生的姑娘？

鸨　妇　我们这儿倒有一个，老爷，要是她愿意的话。可是在米提林从来不曾有过像她一样的人。

拉西马卡斯　你的意思是说要是她愿意干那件事儿的话。

鸨　妇　什么都逃不了您老爷的明鉴。

拉西马卡斯　好，叫她出来，叫她出来。

龟　奴　要论她的皮肉，老爷，真称得起红是红，白是白，像一朵花儿似的。她的确是一朵花，就是还没有——

拉西马卡斯　没有什么？

龟　奴　老爷，我不好意思说啦。

拉西马卡斯　女人羞答答的可以冒充贞洁，乌龟不好意思说当然也可以提高身价。（龟奴下）

鸨　　妇　她是一朵枝头的娇花，我可以向您保证，还没有被人攀折过呢。

龟奴率玛丽娜重上。

鸨　　妇　她不是一个美人儿吗？

拉西马卡斯　嗯，在船上待了这么多日子之后，看见这样的女人也就将就了。好。这是给你的赏钱，去吧。

鸨　　妇　请老爷准许我说一句话，然后立刻就去。

拉西马卡斯　你说吧。

鸨　　妇　（向玛丽娜）第一，我要你注意，这是一位很有声誉的贵人。

玛丽娜　我希望他果真是一位值得受我重视的正人君子。

鸨　　妇　第二，他是本地的总督，我是受他管辖的。

玛丽娜　假如他是本地的总督，那你自然要受他的管辖；可是他在这方面是不是正人君子，我还不知道。

鸨　　妇　请你少说些女孩儿家推推闪闪的废话吧！一句话，你愿不愿意好好招待他？他要是喜欢的话，会把你的裙子上都镶满了黄金哩。

玛丽娜　凡是他用光明正大的态度赐给我的恩惠，我就用感激的心情接受他的好意。

拉西马卡斯　你们话讲完了没有？

鸨　　妇　老爷，她是个一点不懂事的孩子，您必须耐心把她开导开导。来，咱们让老爷跟她谈谈吧。

拉西马卡斯　你们去吧。（鸨妇、院主、龟奴同下）呃，美人儿，你干这个行业多久啦？

玛丽娜　什么行业，先生？

拉西马卡斯　那我可说不出口来，因为说出来会得罪人的。

玛丽娜　我自己干的事是不会使我自己听了生气的。请您说吧。

拉西马卡斯　我问你吃这碗饭多久了？

玛丽娜　从我刚记事的时候就开始了。

拉西马卡斯　怎么，那么年轻就开始了吗？难道你六七岁就干这个吗？

玛丽娜　比六七岁还早的时候，我就是现在这样了。

拉西马卡斯　你现在住在这样一个地方，就说明你是一个出卖色相的女子。

玛丽娜　您既然知道这间屋子是这样一个地方，您还进来做什么呢？我听说您是一位很有声誉的人，又是这儿的总督。

拉西马卡斯　啊，你那当家的已经告诉你我是谁了吗？

玛丽娜　谁是我的当家的？

拉西马卡斯　就是那个贩卖百草的婆子，那个播种罪恶的妇人。啊！你大概因为听说我有几分权力，所以故意装出高傲的态度，想要抬高你自己的身价。可是我告诉你，美人儿，我的权力是不会带到这儿来的，就是到这儿，也会对你表示宽大。来，带我到一间僻静些的屋子里去吧！来，来！

玛丽娜　假使您真是贵人出身，请您用行动证明您的身份；假使这名誉地位是别人给您加上去的，那么您也不要辜负别人对您的期望。

拉西马卡斯　怎么回事？怎么回事？好严正的教训！再说下去。

玛丽娜　我是一个不幸的少女，残酷的命运把我推下了这一个火坑。自从我来到这里以后，我只看见人们用比请医生服药更大的代价，买一身恶病回去。啊！要是天神们把我从这暗无天日的地方解放出来，即使他们让我变成一只最卑微的小鸟，我也会很快乐地在纯洁的空气中任意翱翔！

拉西马卡斯　我没有想到你竟有这样动人的口才，这真是出我意料之外。即使我抱着一颗邪心到这儿来，听见你这一番谈话，也会使我幡然悔改。这些金子是给你的，你拿着吧。愿你继续走你的清白的路，愿神明加强你的力量！

玛丽娜　愿慈悲的神明护佑您！

拉西马卡斯　你不要对我误会，以为我到这儿来是存着什么邪恶的目的，因为在我看来，这儿的每一扇门窗都散发着罪恶的臭味。再会！你是一个贞洁的女子，我相信你一定受过高贵的教育。这儿还有一些金子给你，你拿着吧。谁要是侵害了你善良的灵魂，愿他永受咒诅，像盗贼一般不得好死！也许你还会听到我的消息，那一定是对于你有好处的。

龟奴重上。

龟　奴　谢谢老爷，也赏我一块钱吧。

拉西马卡斯　滚开，你这该死的奴才！你们这一所屋子倘没有这位姑娘替你们支撑，它早就倒塌下来，把你们全都压死了。滚开！（下）

龟　奴　这是怎么一回事？咱们非得换一副手段对付你不可。你的贞操还不值乡下人家露天下的一顿早饭，咱们不能为了你要守贞，一家子活活饿死呀。过来。

玛丽娜　你要我到哪里去？

龟　奴　我要是不给你开苞，刽子手就得给你开膛。过来，咱们不能再让那些主顾一个个被你推出门去。喂，过来。

鸨妇重上。

鸨　妇　怎么！什么事？

龟　奴　越来越不成话了，妈妈，她对拉西马卡斯老爷也说起神圣的大道理来啦。

鸨　妇　嗳哟，真是可恶！

龟　奴　她把咱们这一行说得简直好像一股秽气可以冲到天神脸上似的。

鸨　妇　哼，这丫头不想活命了吗？

莎士比亚传奇剧

  龟　奴　这位贵人有心抬举她，她却不识好歹，浇了他一头冷水，他立脚不住，只好走了，临走还作过祷告哩。

  鸨　妇　龟奴，把她带下去；你爱把她怎样就怎样吧！破坏她的贞操，看她以后再倔强不倔强。

  龟　奴　即使她是一块长满荆棘的荒地，我也要垦她一垦。

  玛丽娜　听哪，听哪，神啊！

  鸨　妇　她又在呼告神明了，把她带下去！但愿她从不曾走进我的门里！哼，死丫头！她是来把咱们一起葬送的。你不愿意走女人们大家走的路吗？哼，过来，我的三贞九烈的好姑娘！（下）

  龟　奴　来，姑娘跟我来吧。

  玛丽娜　你要我到哪里去？

  龟　奴　我要把你看得像自己一样贵重的那件宝贝采摘下来。

  玛丽娜　请你先告诉我一件事情。

  龟　奴　好，说吧，是一件什么事情？

  玛丽娜　要是你有仇敌的话，你希望他做个怎么样的人？

  龟　奴　嘿，我希望他做咱们的老板，或者还是做咱们老板的太太。

  玛丽娜　他们的职业虽然下贱，可是比起你来还是略胜一筹，因为你是受他们使唤的。地狱里受着最痛苦的酷刑的恶鬼，为了爱惜他的名誉，也不愿和你交换地位；你是一个永远受罪的管门人，必须侍候每一个探望他的下贱的情妇的下贱的男子；碰到脾气坏的家伙，你的耳朵免不了挨他拳头的痛打；你吃的东西是那些害肺病的人所呕吐出来的。

  龟　奴　你要我干什么呢？上战场去吗？你要我当七年的兵，失去一条腿，结果连装木腿的钱都拿不出来吗？

  玛丽娜　除了你现在所干的事以外，无论什么事都可以做。

你可以打扫垃圾箱，到水边去淘粪，你可以做刽子手的助手，什么都要比你现在做的事情好一些。一头狒狒要是会说话，一定也不屑于做你现在所做的事情。啊！但愿天神们拯救我平安脱离这个地方！来，我这儿有一些金子送给你。要是你的主人一定要在我身上赚钱的话，你们可以宣布我会唱歌、跳舞、纺织、缝纫，还有其他的技艺，因为不愿夸口的缘故，我都不说了。我愿意招收生徒，教授这几门功课。我相信在这人口众多的城市里，一定可以收到不少的学生。

龟　奴　可是你真的会教授这许多功课吗？

玛丽娜　要是事实证明我没有这样的能力，我愿意让你们把我带回到这里来，让我向你们这儿最下贱的客人出卖我的肉体。

龟　奴　好，我愿意试试，看我能不能帮你一些忙，要是有可以安顿你的地方，我会替你想办法的。

玛丽娜　可是我必须和良家妇女在一起。

龟　奴　说老实话，我在这方面是没有什么熟人的。可是既然我家老板和主妇花了钱买你下来，不管什么事总要得到他们的允许。所以让我先去把你的意思告诉他们，我相信他们都是很容易说话的。来，我愿意尽力帮你的忙，来吧。（同下）

第五幕

高尔上。
  玛丽娜跳出了火窟,
  开始她教学的生活:
  她的歌声不似人间;
  她的舞态翩翩欲仙;
  尤其她针线的精能,
  化工也要退让三分,
  尺缣上的花鸟枝叶,
  和活的全没有分别。
  她招集了不少生徒,
  其中尽多贵妇名姝,
  她们那敬师的修脯,
  她全都给了那鸨妇。
  不表她在这里安身,
  再说她海上的父亲;
  他的船只随风漂荡,
  迷失了航行的方向;
  谁料那冥冥的天公,

有心使他父女相逢,
把他吹到了米提林,
在这儿把征棹暂停。
却说米提林的居民,
每年都要祭奠海神;
这时候拉西马卡斯,
正在把那祭礼主持,
他望见泰尔的船舶,
那旗帜上一片黑色,
为了探察它的究竟,
他急忙驾艇去访问。
请列位再用些想象,
这儿便是老王船上,
说不尽的悲欢离合,
都在台上表演明白。(下)

第一场　米提林港外,配力克里斯船上。甲板上设帐篷,前覆帏幕。配力克里斯偃卧帐中榻上。一艇停靠大船之旁

二水手上,其一为大船上者,其一为艇上者;赫力堪纳斯上,与二水手相遇。

泰尔水手　(向米提林水手)赫力堪纳斯大人不知道在什么地方,他可以答复你的。啊!他来啦。——大人,有一艘从米提林来的艇子,艇子里面是拉西马卡斯总督,他要求到咱们船上来。您看怎么样?

赫力堪纳斯　请他上来吧。叫几个卫士们出来。

泰尔水手 喂，卫士们！大人在叫你们哪。

卫士二三人上。

卫士甲 大人呼唤我们吗？

赫力堪纳斯 卫士们，有一个很有地位的人要到我们船上来，请你们去迎接一下，不要失了礼貌。（卫士及水手等下船登艇）

拉西马卡斯率从臣及卫士、二水手等同自艇中上。

泰尔水手 大人，这一位老爷可以答复您所要询问的一切。

拉西马卡斯 祝福，可尊敬的老大人！愿天神们护佑你！

赫力堪纳斯 大人，愿你的寿命超过我现在的年龄，愿你富贵令终，泽及后人！

拉西马卡斯 您真是善颂善祷。我刚才正在海滨祭祀海神，忽然看见你们这艘富丽的船舶经过我们的海面，所以特来探问一声，你们是从什么地方来的？

赫力堪纳斯 第一，先请你告诉我你是一位何等之人？

拉西马卡斯 我就是你们眼前这一座城市的总督。

赫力堪纳斯 大人，我们的船是从泰尔来的，船里载的是我们的王上，他这三个月来，不曾对什么人讲过一句话，虽然勉强进一点饮食，也不过为了延续他的悲哀。

拉西马卡斯 他为什么会变成这个样子？

赫力堪纳斯 说来话长，他的悲哀的主要原因，是失去他的亲爱的女儿和妻子。

拉西马卡斯 我们可以见见他吗？

赫力堪纳斯 你可以见他，可是见了他也是徒然，他是不会向任何人说话的。

拉西马卡斯 可是让我达成我的愿望吧。

赫力堪纳斯 瞧他。（揭幕见配力克里斯）他本来是一位仪表堂堂的人物,直到那一个不幸的晚上,意外的惨祸把他弄成了这个样子。

拉西马卡斯　王上陛下,万福!愿天神们护佑你!万福,尊严的王上!

赫力堪纳斯　这是毫无用处的,他不会对你说话。

臣　甲　大人,在我们米提林地方有一个少女,我敢打赌她有本领诱他说出几句话来。

拉西马卡斯　你想得很好,凭着她的曼妙的歌声和种种动人的优点,她一定会打开他的闭塞不通的心窍。她是所有女子中最美貌的,现在正和她的女伴们在岛旁的树荫下面谈笑。(向臣甲耳语,臣甲下艇)

赫力堪纳斯　什么都是毫无结果的,可是无论什么治疗的方法,只要有万分之一的希望,我们都不愿意放过。多蒙阁下这样热心相助,真是感激万分,我们还有一个冒昧的要求,因为我们航海日久,食物虽然不缺,但是味道不鲜,令人生厌。所以我们想要出钱向贵处购办一些食物,不知道阁下能不能满足我们?

拉西马卡斯　啊!大人,要是我们不愿意尽这一点点的地主之谊,公正的天神一定会在我们每一颗谷粒中降下一条蛀虫,使我们全境陷于饥馑的。可是让我再向你作一次请求,请把你们王上悲哀的原因详细告诉我知道吧。

赫力堪纳斯　请坐,大人,我可以告诉你。可是瞧,有人来打断我们的谈话了。

臣甲率玛丽娜及另一女郎自艇中重上。

拉西马卡斯　啊!这就是我请来的女郎。欢迎,美人儿!她不是很美吗?

赫力堪纳斯　她真是一位倜傥的女郎。

拉西马卡斯　她是这样一位绝世的佳人,要是我能够确定她果真是世家贵族的后裔，我一定不再作其他的奢求，而认为得到这样一位妻子是终生的幸事。美人儿，这里有一位抱病的国王，在他身上你可以期望得到最高的赏赐。假如凭着你的巧妙的智慧，只要能够使他回答你的一句问话，你的神奇的医术就可以使你得到你所愿望的任何酬报。

玛丽娜　大人，我愿意尽我的力量设法治疗他的病症，可是有一个条件，除了我自己和我的女伴以外，谁也不准走近他的身旁。

拉西马卡斯　来，让我们离开她，愿神明保佑她成功！（玛丽娜唱歌）他注意到你的歌声没有？

玛丽娜　没有，也不曾望我们一眼。

拉西马卡斯　瞧，她要向他说话了。

玛丽娜　万福，陛下！我的主，听我说句话儿。

配力克里斯　哼！嘿！

玛丽娜　陛下，我是一个少女，从来不曾勾引别人向我注目，可是像一颗彗星一般，到处受尽世人的凝视。她现在在向您说话，陛下，她所身受的种种不幸，要是放在准确的天平里衡量起来，也许正和您的不幸同样的沉重。虽然横逆的命运降低了我的身份，我的祖先却是和庄严的君主们分庭抗礼的。可是时间已经淹没了我的家世，使我在这多难的人世失去自由，忍受一切意外的折磨。（旁白）我不愿意说下去了，可是仿佛有什么东西在我的脸上发烧，它在我的耳边对我说："不要去，等他说话。"

配力克里斯　我的命运——家世——很好的家世——可以跟我相比！——是不是这样？你怎么说？（推玛丽娜）

玛丽娜　我说，陛下，要是您知道我的家世，您一定不会对我这样粗暴。

配力克里斯　我倒也这样想。请你把你的眼睛转过来对着我。你有几分像是——你是哪一国的女子？是不是这儿海岸上的？

玛丽娜　不，我也不是任何海岸上的。可是我出世却也和凡人一样，生来就是像您所看见的这样一个人。

配力克里斯　我心里充满了悲伤，一开口就禁不住泪下。我的最亲爱的妻子正像这个女郎一样，我的女儿要是尚在人世，一定也和她十分相像：我的王后的方正的眉宇，同样不高不矮的身材，同样挺直的腰身，同样银铃似的声音；她的眼睛也像明珠一样，藏在华贵的眼睫之中；她的步伐是天后朱诺的再世；她的动人的辞令，使每一个听者的耳朵在饱聆珠玑以后，感到更大的饥饿。你住在什么地方？

玛丽娜　我是一个托迹异乡的人，从甲板上您可以望见我所住的地方。

配力克里斯　你是在什么地方生长的？你这种卓越的才能是怎样得到的？

玛丽娜　要是我把我的历史告诉人家，人家一定会疑心那是谎话而加以鄙弃。

配力克里斯　请你说吧，谎话不会从你的嘴里出来，因为你看上去是这样正直而真诚，从你的容貌看来，你像一座真理的君王所居住的宫殿。我相信你，即使在你的叙述之中，有什么难于置信的地方，我也会毫不怀疑，因为你的模样活像一个我所曾经爱过的人。你的亲族有些什么人？当我看见你在我眼前，把你推开去的时候，你不是说过，你有很好的家世吗？

玛丽娜　我的确说过这样的话。

配力克里斯　告诉我你的父母是什么人。我仿佛听你说起，你曾经受过种种的困苦折磨，你以为我们两人的不幸要是互相比较一下，也许会分不出轻重。

玛丽娜　这样的话我也说过，凡是我所说的话，都是我自己认为不违背事实的。

配力克里斯　把你的故事告诉我，要是你所经历的困苦，果然可以抵得上我的千分之一的不幸，那么你是一个男子，我却像一个女孩似的受不起人世的煎磨。可是你瞧上去却像忍耐女神一样，凝视着君王们的坟墓，把一切苦难付之一笑。你有些什么亲族？怎么会和他们分散？你叫什么名字，我的最温柔的女郎？告诉我吧，我在恳求你。来，坐在我的身边。

玛丽娜　我的名字是玛丽娜。

配力克里斯　啊！这简直是对我开玩笑，你一定是由什么愤怒的神明差来，让世人把我取笑的。

玛丽娜　忍耐一些，好陛下，否则我不再说下去了。

配力克里斯　好，我要忍耐。你不知道你说了你的名字叫玛丽娜，使我吃了多大的一惊。

玛丽娜　这名字是一个有权力的人给我取下的，他是一位国王，也是我的父亲。

配力克里斯　怎么！一位国王的女儿？名叫玛丽娜吗？

玛丽娜　您说过您会相信我的，可是我不愿扰乱您的安静，还是不要说下去吧。

配力克里斯　可是你果真是有血有肉的活人吗？你的脉搏在跳动吗？你不是一个精灵吗？——果然跳动！好，说下去。你是在什么地方诞生的？为什么叫做玛丽娜？

玛丽娜　因为我在海上诞生，所以取名为玛丽娜。

配力克里斯　在海上！谁是你的母亲？

玛丽娜　我的母亲是一位国王的女儿，她在我生下来的一分钟就死了，这是我的好保姆利科丽达常常含着泪告诉我的。

配力克里斯　啊！暂时停一会儿。这是沉重的睡眠用来欺骗悲哀的愚人们的一个最稀有的梦境。这样的事是绝不会有的，我的女儿已经下葬了。好，你是在什么地方生长的？我愿意听你说下去，不再打搅你，一直听到你故事的结局。

玛丽娜　您一定不会信我，所以我还是不要说下去的好。

配力克里斯　我愿意相信你所说的每一个字，不管你将要对我说些什么。可是准许我再问你一个问题：你怎么会到这儿来的？你是在什么地方长大的？

玛丽娜　我的父王把我寄养在塔萨斯，在那里我生活得好好的，不料后来狠心的克里翁和他的奸恶的妻子不怀好意，想要谋害我的性命。他们买通了一个恶人来杀我，正在他刚要动手的时候，来了一群海盗，把我从他的手里夺走，后来我就被他们带到米提林来了。可是，好陛下，您这样句句追问，是什么意思？您为什么哭了起来？也许您以为我是个骗子。不，凭着我的良心起誓，我是配力克里斯王的女儿，要是善良的配力克里斯王尚在人间的话。

配力克里斯　喂，赫力堪纳斯！

赫力堪纳斯　陛下叫我吗？

配力克里斯　你是一位德高望重、识见高超的顾问老臣，你能不能告诉我，这女郎究竟是个什么人，会使我流下这许多眼泪？

赫力堪纳斯　我不知道，可是，陛下，这一位是米提林的总督，他对于这位女郎是推崇备至的。

拉西马卡斯　她从来不肯告诉人们她的父母是谁，有人问起她的时候，她就一声不响地坐着淌眼泪。

配力克里斯　啊，赫力堪纳斯！打我，好老人家，给我割下一道伤口，让我感到一些眼前的痛苦，免得这向我奔涌前来的快乐的巨浪，淹没我的生命的涯岸，把我溺毙在它的幸福之中。

啊！过来，那曾经生育你的，现在却在你的手里重新得到了生命。你诞生在海上，埋葬在塔萨斯，现在又在海上找到你了。啊，赫力堪纳斯！跪下来，用像那使我们震惊的雷霆一样的巨声感谢神圣的天神，这就是玛丽娜。你的母亲叫什么名字？只要回答我这一个问题，因为即使在毫无疑惑的时候，真理也是不厌反复证明的。

玛丽娜 陛下，先让我请教您的尊号？

配力克里斯 我是泰尔的配力克里斯。可是现在告诉我，我那死在海里的王后的名字；你刚才所说的话，句句都是真实的。你是两个王国的继承人，你的父亲配力克里斯的第二个生命。

玛丽娜 是不是一定要说出我的母亲的名字叫做泰莎，才可以证明我是您的女儿呢？泰莎是我的母亲，她的末日也就是我的生辰。

配力克里斯 啊，祝福你！起来，你是我的孩子。把我的新衣服拿来。我自己的孩子，赫力堪纳斯，虽然凶恶的克里翁想谋害她的性命，但她并没有死在塔萨斯，她将会告诉你一切，当你跪下静听的时候，你将会证实她的确是你的公主。这是谁？

赫力堪纳斯 陛下，这一位是米提林的总督，他因为听见您心境不佳，特来探望您的。

配力克里斯 我要拥抱你。把我的长袍给我。我晕眩得两眼都看不清楚了。天啊，祝福我的孩子！可是听！什么音乐？告诉赫力堪纳斯，我的玛丽娜，从头到尾告诉他你确实是我的女儿，因为他好像还有些怀疑。可是，什么音乐？

赫力堪纳斯 陛下，我没有听见。

配力克里斯 没有听见！天上的音乐！听，我的玛丽娜！

拉西马卡斯 我们不应该反对他，最好顺着他的意思。

配力克里斯 稀有的妙音！你们听不见吗？

拉西马卡斯　陛下，我听见了。（音乐）

配力克里斯　无上的天乐！它摄住了我的听觉，沉重的睡眠已经爬上我的眼睛，我要休息一下。（睡）

拉西马卡斯　替他拿一个枕头来。好，大家出去吧。我亲爱的朋友们，如果这果然证实了我确信的想法，我一定忘不了你们。（除配力克里斯外均下）

狄安娜女神在幻梦中向配力克里斯现身。

狄安娜女神　我的神庙在以弗所，你快到那里去，向我的圣坛前献祭。当我的女修道士们群集的时候，当着众人之前，宣布你怎样在海上失去你的妻子，哀诉你自己和你女儿的不幸的遭际，对他们详尽地表明一切。依着我的话做了，你可以得到极大的幸福，否则你将要永远在悲哀中度日。凭着我的银弓起誓，我不会欺骗你。醒来，把你的梦告诉众人吧！（隐去）

配力克里斯　神圣的狄安娜，银色的女神，我愿意听从你！赫力堪纳斯！

赫力堪纳斯、拉西马卡斯及玛丽娜重上。

赫力堪纳斯　陛下？

配力克里斯　我的本意是要到塔萨斯去，惩罚那忘恩负义的克里翁。可是我现在还要先干一些别的事，把我们张满的帆转向以弗所吧，等会儿我就告诉你什么缘故。（向拉西马卡斯）阁下，我们可不可以用金子向你换一些我们所需要的食物，在你们岸上饱餐一顿？

拉西马卡斯　陛下，那是我所绝对欢迎的，当您上岸以后，我还要向您提出一个请求呢。

配力克里斯　你的请求一定可以得到满足，即使你要向我的女儿求婚，因为看来你对她是十分关切的。

拉西马卡斯　陛下，让我搀着您的手臂。

配力克里斯　来，我的玛丽娜。（同下）

第二场　以弗所。狄安娜女神庙前

高尔上。

漏壶的沙快要滴尽，
不久一切将归寂静；
这是俺最后的饶舌，
请列位莫怪俺絮喋。
兴高采烈的米提林，
欢迎那远道的佳宾，
自有一番繁华热闹，
这些都用不着细表。
原来咱们这位总督
早已得到老王允诺，
他倾心爱慕的女郎
已成他未来的新娘；
可是必须祭过女神，
然后再把婚礼举行，
因此上这一行人众，
又一度向海外移动。
自古说来无话即短，
早到了以弗所沿岸；
瞧这座巍峨的神庙，
勾引多少人的瞻眺！
他们能够转瞬来临，
全靠列位信假为真。（下）

第三场　以弗所。狄安娜神庙。泰莎是女祭司，立神坛近旁。若干修道女分立两侧。萨利蒙及其他以弗所居民均在坛前肃立

配力克里斯率侍从，拉西马卡斯、赫力堪纳斯、玛丽娜及其女伴同上。

配力克里斯　万福，狄安娜女神！我是泰尔的国王，奉了你的公正的命令，特来向你顶礼致敬。当初我因为避难离国，在潘塔波里斯和美貌的泰莎缔为夫妇；不幸她在海上死于产褥，却生下了一个名叫玛丽娜的女孩，这孩子，女神啊！现在还穿着你的银色的制服。她在塔萨斯由克里翁抚养长大，当她十四岁的时候，他蓄意把她谋杀；可是她的幸运把她带到了米提林，我的船只正从那边的海岸驶过，冥冥中的机缘把这女郎带到了我的船上，凭着她自己的清楚的记忆，她向我证明她是我的女儿。

泰　莎　同样的声音和面貌！你是，你是——啊，尊贵的配力克里斯——！（晕倒）

配力克里斯　这尼姑是什么意思？她死了！各位，看看她有救没有。

萨利蒙　陛下，要是您在狄安娜神坛前所说的话没有虚假，这就是您的妻子。

配力克里斯　老先生，不，是我用这一双手亲自把她投下海里去的。

萨利蒙　我敢断定您把她投海的地方就在这海岸的附近。

配力克里斯　这是毫无疑问的。

萨利蒙　好好看顾这位王后。啊！她不过是喜悦过度。在一个风暴的清晨，她被海浪卷到了这岸上。我打开了箱子，发现其

中藏着贵重的珠宝；我把她救活过来，让她在这狄安娜神庙之内安身。

配力克里斯　那箱子里的东西可不可以让我看看？

萨利蒙　陛下，您要是愿意光降舍间，我一定可以让您看个仔细。瞧！泰莎醒过来了。

泰　莎　啊！让我看！假如他不是我的亲人，我就要斩断情魔，不让它扰乱我的清净的心田。啊！我的主，您不是配力克里斯吗？您说话也像他，模样也像他。您不是说起一场风暴、一次生产和一回死亡吗？

配力克里斯　死去的泰莎的声音！

泰　莎　那泰莎就是我，虽然你们都以为我早已死在海里。

配力克里斯　永生的狄安娜！

泰　莎　现在我认识你了。当我们挥泪离开潘塔波里斯的时候，我的父王曾经给你这样一个指环。（出指环示配力克里斯）

配力克里斯　正是这一个，正是这一个。够了，神啊！你们现在的仁慈，使我过去的不幸成为儿戏；当我接触她的嘴唇的时候，但愿你们使我全身融解而消亡。啊！来，第二次埋葬在这双手臂之中吧。

玛丽娜　我的心在跳着要到我的母亲的怀里去。（向泰莎下跪）

配力克里斯　瞧，谁跪在这儿！你的肉中之肉，泰莎，你在海上的重负。她名叫玛丽娜，因为她是在海上诞生的。

泰　莎　天神加佑你，我的亲生的孩子！

赫力堪纳斯　万福，娘娘，我的王后！

泰　莎　我不认识你。

配力克里斯　你曾经听我说起，当我从泰尔逃走的时候，我把国事交给一位年老的摄政。你还记得我叫他什么名字吗？我常常提起他的。

泰　莎　那么他就是赫力堪纳斯了。

配力克里斯　又是一个证明！拥抱他，亲爱的泰莎，这正是他。现在我渴想着听一听你怎样被人发现，怎样死而复生；这一个绝大的奇迹，除了天神以外，应该感谢谁的力量。

泰　莎　萨利蒙大人，我的主，天神假手于他，表现了他们的力量。他能够从头到尾向你解释一切。

配力克里斯　可尊敬的先生，你是天神们所能找到的最有神性的一个人间的助手。你愿意告诉我这位已死的王后怎样复活的经过吗？

萨利蒙　很好，陛下。请您先跟我到舍间去，我可以把她的随身物件一起给您看个明白；我还要告诉您她怎么会到这神庙里来，绝不遗漏任何必要的细节。

配力克里斯　圣洁的狄安娜，感谢您的托兆，我要向您举行夜间的献祭。泰莎，这一位是你女儿的未婚佳婿，他将要在潘塔波里斯和她成婚。现在我要修剪修剪我的须发，它使我显得太难看了；我的胡须已经十四年没有剃过，为了庆贺你们的佳期，我要把它剃干净。

泰　莎　陛下，萨利蒙大人得到可靠的消息，我的父亲已经死了。

配力克里斯　愿上天使他变成一颗明星！可是，我的王后，我们还是要到那里去主持他们的婚礼。等他们结过了婚，我们两人就在那里消度我们的余生，让这双小夫妇回到泰尔去主持国政。萨利蒙大人，我们不要耽搁时间了，我渴想听你的讲述哩。请你为我们带路。（同下）

高尔上。

乱伦的安提奥克斯，

逃不过上天的诛夷。
善良的配力克里斯，
虽然历尽颠沛流离，
自有神明们的默护，
导引他和妻儿团聚。
赫力堪纳斯这老臣，
是千古忠良的典型。
萨利蒙的博学好善，
谁不对他敬佩赞叹？
奸恶的克里翁夫妇，
遮不住他们的罪辜，
全城民众激起公愤，
其阖家烧成了灰烬；
虽然他们蓄意未遂，
一念之差终遭天弃。
现在戏文已经终场，
敬祝列位快乐无疆！（下）

辛白林
Xin Bai Lin

剧中人物

辛白林　英国国王

克洛顿　王后及其前夫所生之子

波塞摩斯·里奥那托斯　绅士，伊摩琴之夫

培拉律斯　被放逐的贵族，化名为摩根

吉德律斯　化名为波里多 ⎫
阿维拉古斯　化名为凯德华尔 ⎭ 辛白林之子，摩根之假子

菲拉里奥　波塞摩斯之友 ⎫
阿埃基摩　菲拉里奥之友 ⎭ 意大利人

法国绅士　菲拉里奥之友

卡厄斯·路歇斯　罗马主将

罗马将领

二英国将领

毕萨尼奥　波塞摩斯之仆

考尼律斯　医生

辛白林宫廷中二贵族

辛白林宫廷中二绅士

二狱卒

王　后　辛白林之妻

伊摩琴　辛白林及其前王后所生之女

海　伦　随侍伊摩琴的宫女

群臣、宫女、罗马元老、护民官、一荷兰绅士、一西班牙绅

莎士比亚传奇剧

士、一预言者、乐工、将校、兵士、使者及其他侍从等朱庇特及里奥那托斯家族鬼魂

地　点

英国；意大利

第一幕

第一场　英国。辛白林宫中花园

二绅士上。

绅士甲　您在这儿遇见的每一个人，都是愁眉苦脸的；我们的感情不再服从上天的意旨，虽然我们朝廷里的官儿们表面上仍旧服从着我们的国王。

绅士乙　可是究竟为了什么事呀？

绅士甲　他最近娶了一个寡妇做妻子，那寡妇有一个独生子，他想把他的女儿，他的王国的继承者，许配给他，可是他的女儿偏偏看中了一个有才的贫士。她跟她的爱人秘密结了婚；她的父亲知道了这件事情，就宣布把她的丈夫放逐，把她幽禁起来，大家表面上都很哀伤，但我想国王心里才真是很难过的。

绅士乙　难过的只有国王一个人吗？

绅士甲　那失去她的人当然也是很难过的；还有那个王后，她是最希望这门婚事成功的人；可是讲到朝廷里的官儿们，虽然他们在表面上顺着国王的颜色，装出了一副哭丧的面孔，可是心里头没有一个不是拍手称快的。

绅士乙　为什么？

绅士甲　那失去这公主的人，是一个丑恶得无可形容的东西；那得到她的人，我的意思是说因为和她结了婚而被放逐的那个，唉，可真是个好男子！他才是一个大人物，走遍世界也找不到一个可以和他相比的人。像这样才貌双全的青年，我想除了他以外再没有第二个了。

绅士乙　您把他说得太好了。

绅士甲　我并没有把他揄扬过分，先生，我的赞美还不足以充分表现他的长处。

绅士乙　他叫什么名字？他的出身怎样？

绅士甲　我不能追溯到他的祖先。他的父亲名叫西塞律斯，曾经随同凯西伯兰同罗马人作战，可是他的封号是在德南歇斯手里得到的，因为勋劳卓著的缘故，赐姓为里奥那托斯；除了我们现在所讲起的这位公子以外，他还有两个儿子，都因为参加当时的战役，喋血身亡，那年老的父亲痛子情深，也跟着一命呜呼；那时候我们这位公子还在他母亲的腹内，等到他呱呱堕地，他的母亲也死了。我们现在这位国王把这婴孩收养宫中，替他取名为波塞摩斯·里奥那托斯，把他抚育成人，使他受到当时最完备的教育；他接受学问的熏陶，就像我们呼吸空气一样，俯仰之间，皆成心得，在他生命的青春，已经得到了丰富的收获。他住在宫廷之内，成为最受人赞美敬爱的人物，这样的先例是很少见的；对于少年人，他是一个良好的模范；对于涉世已深之辈，他是一面可资取法的明镜；对于老成之士，他是一个后生可畏的小子。说到他的爱人，他既然是为了她才被放逐的，那么她本身的价值就可以说明她是怎样重视他和他的才德；从她的选择上，我们可以真实地明了他是怎样的一个人。

绅士乙　听了您这一番话，已经使我不能不对他肃然起敬。

可是请您告诉我,她是国王唯一的孩子吗?

绅士甲　他的唯一的孩子。他曾经有过两个儿子——您要是不嫌我提起这些旧事,就不妨听下去好了——大的在三岁的时候,小的还在襁褓之中,就从他们的育儿室里被人偷了去,直到现在还不知道他们的下落。

绅士乙　这是多久以前的事?

绅士甲　约莫是二十年前的事。

绅士乙　一个国王的儿子会给人这样偷走,看守的人会这样疏忽,查找的工作会这样缓怠,竟至于查不出他们的踪迹,真是怪事!

绅士甲　怪事固然是怪事,那当事者的疏忽,也着实可笑,然而的确就有这么一回事哩,先生。

绅士乙　我很相信您的话。

绅士甲　我们必须避一避。那公子、王后和公主都来了。(二人同下)

王后、波塞摩斯及伊摩琴上。

王　后　不,女儿,你尽可以放心,我决不会像一般人嘴里所说的后母那样嫉视你;你是我的囚犯,可是你的狱吏将要把那禁锢你的钥匙交在你的手里。至于你,波塞摩斯,只要我能够挽回那恼怒的国王的心,我一定会替你说话的;不过现在他在盛怒之下,你是一个聪明人,还是安心忍耐,暂时接受他的判决吧。

波塞摩斯　王后陛下,我今天就要离开这里。

王　后　你知道逗留下去的危险。现在我就在园子里绕一个圈子,让你们叙叙离别之情,虽然王上是有命令禁止你们在一起说话的。(下)

伊摩琴　啊,虚伪的殷勤!这恶妇伤害了人,还会替人搔伤口。我的最亲爱的丈夫,我有些害怕我父亲的愤怒;可是我的神圣的责任重于一切，我不怕他的愤怒会把我怎样。你必须去；我将要在这儿忍受着每一小时的怒眼的扫射；失去了生存的乐趣，我的唯一的安慰，只是在这世上还有一个我所珍爱的你，天可怜见，我们总会有重新见面的一天。

波塞摩斯　我的女王！我的情人！啊，亲爱的，不要哭了，否则人家将要以为我是一个没出息的汉子了。我将要信守我的盟誓，永远做一个世间最忠实的丈夫。我到了罗马以后，就住在一个名叫菲拉里奥的人的家里，他是我父亲的朋友，与我还不过是书信往还，并未见过面；你可以写信到那里去，我的女王，我将要用我的眼睛喝下你所写的每一个字，即使那墨水是用最苦的胆汁做成的。

　　王后重上。

王　后　请你们抓紧一些；要是王上来了，我不知道他要对我怎样生气哩。（旁白）可是我要骗他到这儿来。我没有对他不起，是他自己把我的恶意当作了好心，为了我所干的坏事，甘愿付出重大的代价。（下）

波塞摩斯　要是我们用毕生的时间诀别，那也不过只会格外增加我们离别的痛苦。再会吧！

伊摩琴　不，再等一会儿；即使你现在不过是骑马出游，这样的分手也太轻率了。瞧，爱人，这一颗钻石是我母亲的；拿着吧，心肝；好好保存着它，直到伊摩琴死后，你向另一个妻子求婚的时候再拿出来用吧。

波塞摩斯　怎么！怎么！另一个？仁慈的天神啊，我只要你们把这一个给我，要是我另结新欢，愿你们用死亡的铁索加在我的身上！（套上戒指）当我还有知觉的时候，你继续留在这儿吧！最温柔的、最美丽的人儿，正像我用寒伧的自己交换了你，使你蒙受无限的损失一样，在我们信物的交换上，我也要占到你的便

宜；为了我的缘故，把它戴上吧；它是爱情的手铐，我要把它套在这一个最美的囚犯的手臂上。（以手镯套伊摩琴臂上）

伊摩琴　神啊！我们什么时候再相见呢？

辛白林及群臣上。

波塞摩斯　唉！国王来了！

辛白林　你这下贱的东西，滚出去！走开，不要让我看见你的脸！这是最后的命令，要是以后你再敢以你这下贱的身体混进我们的宫廷，你可休想活命。去！你是败坏我的血液的毒药。

波塞摩斯　愿天神们护佑你，祝福宫廷里一切善良的人们！我走了。（下）

伊摩琴　死亡的痛苦也不会比这更使人难受。

辛白林　啊，不孝的东西！你本该安慰我的晚景，使我回复青春；可是你却偏偏干出这种事来，加快了我的衰老。

伊摩琴　父亲，请您不要气坏了自己的身体。对于您的愤怒，我是完全漠然的；一种更稀有的感情征服了一切的痛苦、一切的恐惧。

辛白林　羞耻也可以不顾，父母的道理也可以不服从了吗？

伊摩琴　一切希望都消沉了，还有什么羞耻？

辛白林　放着我的王后的独生子不要！

伊摩琴　啊，我幸而没有成为他的妻子！我选中了一只神鹰，避开了一只鹞子。

辛白林　你选中了一个叫花子；你要让卑贱之人占据我的王座。

伊摩琴　不，我要使它格外增加光彩。

辛白林　啊，你这可恶的东西！

伊摩琴　父亲，都是您的错处，我才会爱上了波塞摩斯；您把他抚养长大，叫他做我的游侣；他是一个配得上任何女子的男人，我把整个身心给了他，还抵不上他付给我的他自身的价值。

辛白林 嘿！你疯了吗？

伊摩琴 差不多疯了，父亲；愿上天恢复我的理智！我愿做一个牧牛人的女儿，我愿里奥那托斯是我们邻家牧羊人的儿子！

辛白林 你这傻瓜！

王后重上。

辛白林 他们又在一起了；你没有照我的命令办。把她带去关起来。

王　后 请您不要气得这个样子。别吵了，我的好小姐，别吵了！亲爱的王上，让我们在这儿谈谈，您去找些什么消遣，消消您的怒气好不好？

辛白林 哼，让她每天失去一滴血；让她未老先衰，为了这一件蠢事而死去吧！（辛白林及群臣下）

王　后 嗳哟！你也该让他些才是。

毕萨尼奥上。

王　后 你的仆人来了。喂，朋友！什么消息？

毕萨尼奥 您的公子爷刚才向我家主人挑战。

王　后 嘿！没有闹出什么乱子来吧？

毕萨尼奥 倘不是我家主人抑住怒气，只跟他敷衍两手，一场恶战是免不了的；后来他们总算被两旁的人士劝解开了。

王　后 谢天谢地。

伊摩琴 你的儿子是我的父亲所中意的人，他这样做也是意料之中的。向一个被放逐的人挑战！啊，好一位英雄！我希望他们两人都在非洲，我自己拿着一根针站在旁边，谁要是打败了，我就用针去刺他。为什么你不跟你的主人在一起？到这儿来有什么事？

毕萨尼奥 这是他的命令。他不许我把他送到港口；留下这一张字条,叫我留在这儿侍候您,无论什么时候,您假如有事使唤我,都请吩咐我就是了。

王　后　这人一向是你们的忠仆;我敢用我的名誉打赌,他一定会继续忠实于你们的。

毕萨尼奥　多谢娘娘褒奖。

王　后　来,我们散一会儿步吧。

伊摩琴　(向毕萨尼奥)大约半点钟以后,请你再来见我。你至少应该去送我的丈夫上船。现在你去吧。(各下)

第二场　同前。广场

克洛顿及二贵族上。

贵族甲　殿下,我要劝您换一件衬衫;您用力太猛了,瞧您身上这一股热腾腾的汗气,活像献祭的牛羊一般。一口气出来,一口气进去;像您老兄嘴里吐出来的,才真是天地间的浩然正气。

克洛顿　要是我的衬衫上染着血迹,那倒非换不可。我有没有伤了他?

贵族乙　(旁白)天地良心,没有;甚至没有害得他失去耐性。

贵族甲　伤了他?要是他没有受伤,除非他的身体是一具洞穿的尸骸,是一条可以让刀剑自由通过的大道。

贵族乙　(旁白)他的剑大概欠了人家的债,所以放着大路不走,偷偷地溜到小巷里去了。

克洛顿　这混蛋不敢跟我对抗。

贵族乙　(旁白)是啊;他一看见你,就从你的面前逃了去。

贵族甲　跟您对抗！您占据的地面，他不但不敢侵犯，并且连他自己脚下的地面也要让给您哩。

贵族乙　（*旁白*）你有多少海洋，他就让给你多少地面。摇头摆尾的狗子们！

克洛顿　我希望他们没有劝开我们。

贵族乙　（*旁白*）我也这样希望，好让你量量你倒在地上是一个多么长的蠢材。

克洛顿　她居然会拒绝了我，去爱这个家伙！

贵族乙　（*旁白*）假如确当的选择是一种罪恶，那么她的确是罪无可逭的。

贵族甲　殿下，我早就屡次对您说过了，她的美貌和她的头脑并不是一致的；她只有一个美好的外形，可是我看不出有什么智慧的反映。

贵族乙　（*旁白*）她的智慧是不会照射到愚人身上的，因为怕那反光会伤害到她。

克洛顿　来，我要回家去了。要是让他多受一些伤就好了！

贵族乙　（*旁白*）我倒不希望这样；除非像一头驴子倒在地上，那是算不了什么损伤的。

克洛顿　你们愿意跟我走吗？

贵族甲　我愿意奉陪殿下。

克洛顿　那么来，我们一块儿走吧。

贵族乙　很好，殿下。（*同下*）

第三场　辛白林宫中一室

伊摩琴及毕萨尼奥上。

伊摩琴　我希望你的身体牢附在港岸之上，向每一艘经过的船只探询。要是他写信给我,而我却没有收到,那封信必然是和其中所寄的情意一起遗失了。他最后对你说了些什么?

毕萨尼奥 他说的是,"我的女王,我的女王"。

伊摩琴 他有挥动他的手帕吗?

毕萨尼奥 是,他还吻着它哩,公主。

伊摩琴 没有知觉的布片,你比我还幸福一些!这样就完了吗?

毕萨尼奥 不,公主;当我这双眼睛和耳朵还能够从人丛之中分辨出他来的时候,他始终站在甲板上,不断地挥着他的手套、帽子,或是手帕,表示他的内心的冲动,好像在说,他的灵魂是多么迟迟其行,无奈那船儿偏偏行驶得这样匆匆。

伊摩琴 你应该一眼不眨地望着他,直到他只有乌鸦那么大,或者比乌鸦还要小一点儿,方才回过头来才是。

毕萨尼奥 公主,我正是这样望着他的。

伊摩琴 为了望他,我甘心望穿我的眼睛,直到辽邈的空间把他缩小得像一枚针尖一样;我要继续用我的眼光追随他,让他从蚊蚋般的微细直至于完全消失在空气中为止,那时候我就要转过我的眼睛来流泪。可是,好毕萨尼奥,我们什么时候再可以听到他的消息呢?

毕萨尼奥 不必担心,公主,他一有机会,就会写信来的。

伊摩琴 我并没有和他道别,我还有许多最亲密的话儿要向他说;我想告诉他,我要在那几个时辰怎样怎样想念他;我想叫他发誓不要让意大利的姑娘们侵害我的权利和他的荣誉;我还想和他约定,在早晨六点钟、正午和半夜的时候,彼此用祈祷做精神上的会聚,那时候我会在天堂里等候着他;甚至于我还来不及给他那临别的一吻——那是我特意安插在两句迷人的话儿中间的——我的父亲就走了进来,像一阵蛮横的北风一样,摧残了我们的心花意蕊。

一宫女上。

宫　女　公主，娘娘请您过去。

伊摩琴　我叫你干的事，你快去给我办好。现在我要去见王后了。

毕萨尼奥　公主，我一定给您办好。（同下）

第四场　罗马。菲拉里奥家中一室

菲拉里奥、阿埃基摩、一法国人、一荷兰人及一西班牙人同上。

阿埃基摩　相信我，先生，我曾经在英国见过他；那时他还是初露头角，人们对他都怀着极大的期望；可是那时候即使他的身旁放着一张写明他的各种才能的清单，可以让我逐条诵读，我照样不会以钦佩的眼光望着他的。

菲拉里奥　您看见他的时候，他还只是一个才识未充的青年，比起现在来，无论在仪表或是学问方面，都要相差很远哩。

法国人　我曾经在法国见过他；在我们国家，像他一样能够望着太阳不眨眼睛的人多着呢。

阿埃基摩　我相信他这次和他的国王的女儿结婚，一定使他在众人口中成为格外了不得的人物；他是借着公主的身价，提高自己的地位的。

法国人　他的放逐也是使他受人同情的原因。

阿埃基摩　嗯，还有些人同情他们好好的姻缘被活生生地拆散，为了证实她选中了一个一无是处的穷鬼并不是错误起见，也都把他拼命吹捧。可是他怎么会到您府上做起寓公来的？你们是怎么相识的？

菲拉里奥　他的父亲跟我曾经一起上过战场，我受过他好多次的救命之恩。这位英国人来了；让他在你们中间按照像他那样一位异国人的身份，享受他所应得的礼遇吧。

波塞摩斯上。

菲拉里奥　各位先生，让我介绍这位绅士给你们认识认识，他是我的一个尊贵的朋友；我不必当面吹嘘他的好处，因为你们不久就会知道他的价值的。

法国人　先生，我们在奥尔良就认识了。

波塞摩斯　正是，您的盛情厚意，我还不知道几时能够报答呢。

法国人　先生，区区小节，何必这样言重？我很高兴总算替您和我的同国之人尽了一份和解的责任；要是为了这样一个琐细的问题，大家拼起你死我活来，那才不值得呢。

波塞摩斯　请您原谅，先生，那时我不过是一个年轻识浅的旅行者，不肯接受人家的教诲，更不愿让别人的经验指导我的行动；可是，您要是不见怪的话，我在仔细考虑之下，仍然觉得我那一次争吵的意义是并不琐细的。

法国人　不错，两个人闹到了必须用武力解决争端的地步，结果不是一死一生，就是两败俱伤，这样的事情当然是很严重的。

阿埃基摩　请原谅我们失礼，我们能不能问问这次争吵是怎样发生的？

法国人　我想不妨。这是一场众目共睹的争吵，说出来也没有什么关系。它的起因完全像我们昨天晚上的辩论一样，各人赞美着自己国家的情人；这位绅士在那时一口咬定，并且不惜用流血证明，他的爱人比我们法国无论哪一位绝世女郎更美丽、贤淑、聪明、贞洁、忠心、富于才能而不可侵犯。

阿埃基摩　那位小姐大概已经不在人世，否则这位先生的意见到现在也该改变过来了。

波塞摩斯　她仍旧保持着她的美德，我也没有改变我的意见。

阿埃基摩　您不能说她比我们意大利的姑娘们更好。

波塞摩斯　我已经在法国受到过那样的挑衅，可是我对于她的崇敬一点没有减少，虽然我承认我只是她的崇拜者，不是她的朋友。

阿埃基摩　人家往往把美善二字相提并论，可是在你们英国女郎中间，却还没有一个当得起既美且善的赞誉。要是她果然胜过我所看见过的其他女郎，正像您这颗钻石的光彩胜过我所看见过的许多钻石一样，那么我当然不能不相信她是个超群绝伦的女郎；可是我还没有见过世上最珍贵的钻石，您也没有见过世上最美好的女郎。

波塞摩斯　我按照我对她的估价赞美她；对我的钻石也是一样。

阿埃基摩　您把它估价多少？

波塞摩斯　胜过全世界所有的一切。

阿埃基摩　那么您那无比的情人一定早已死了，否则她的价值还不及一颗钻石。

波塞摩斯　您错了。钻石是可以买卖授受的东西，谁愿意出重大的代价，就可以把它收买了去；为了报恩酬德的缘故，它也可以做送人的礼物。可是美人却不是市场上的商品，那是天神们的恩赐。

阿埃基摩　天神们已经把这样的恩赐赏给您了吗？

波塞摩斯　是的，仰仗神恩，我要把它永远保存起来。

阿埃基摩　您可以在名义上把她据为己有，可是，您知道，有些鸟儿是专爱栖在邻家的池子上的。您的戒指也许会给人偷去；您那无价之宝的美人也难保不会被人染指；戒指固然是容易丢失的东西，女人的轻薄的天性，又有谁能捉摸？一个狡猾的偷儿，或者一个风雅的朝士，就可以把这两件东西一起拐到手里。

波塞摩斯 你把轻薄的头衔加在我的爱人的头上，可是在你们贵国意大利之中，还没有哪一个风雅的朝士可以使她受到诱惑。我很相信你们这儿有很多的偷儿，可是我却不怕我的戒指会给人偷走。

菲拉里奥 让我们就在这儿告一段落吧，两位先生。

波塞摩斯 先生，我很愿意。我谢谢这位可尊敬的先生，他不把我当作陌生人看待；我们一开始就相熟了。

阿埃基摩 要是我有机会能够直接看见她，跟她攀起交情来，只消五次这样的谈话，准可以在您那美丽的爱人心头占一个地位，甚至于可以叫她随意听我摆布。

波塞摩斯 不会，不会。

阿埃基摩 我敢把我家产的一半与您的戒指打赌，我相信那价值是不会在它之下的；可是我打赌的动机，只是要打破您的自信，并没有存心毁坏她的名誉的意思；为了免除您的误会起见，我可以向世上任何一个女郎作同样的尝试。

波塞摩斯 像你这样狂言无惮，简直是自欺欺人；我相信你一定会受到你的尝试的应得的结果。

阿埃基摩 什么结果？

波塞摩斯 一顿拒斥；虽然像你所说的那种尝试，是应该狠狠地受一顿惩罚的。

菲拉里奥 两位先生，够了；这场争吵本来是凭空而来，现在仍旧让它凭空而去吧。请你们瞧在我的面上，大家交个朋友好不好？

阿埃基摩　我恨不得把我跟我邻人的家产一起拿出来，证明我刚才所说的话。

波塞摩斯　你要向哪一个女郎进攻？

阿埃基摩　你的爱人，你以为她的忠心是绝对不会动摇的。我愿意用一万块金圆和你的戒指打赌，只要你把我介绍到她的宫廷里去，让我有两次跟她见面的机会，我就可以把你所想象的万无一失的她的贞操掠夺到手。

波塞摩斯　我愿意用金钱去和你的金钱打赌；我把我的戒指看得跟我的手指同样宝贵；它是我的手指的一部分。

阿埃基摩　你在害怕了，这倒是你的聪明之处。要是你出了一百万块钱买一钱女人的肉，你也不能把它保藏得不会腐坏。可是我看你究竟是一个信奉上帝的人，你心里还有几分畏惧。

波塞摩斯　这是你口头上轻薄的习惯；我希望你的话不是说着玩儿的。

阿埃基摩　我的话我自己负责，我发誓我要是说到就一定做到。

波塞摩斯　真的吗？我就把我的戒指暂时借给你，等你回来再说。让我们订下契约。我的爱人的贤德，绝不是你那卑劣的思想所能企及的；我倒要看看你有几分伎俩，胆敢这样夸口。这是我的戒指。

菲拉里奥　我不赞成你们打赌。

阿埃基摩　凭着天神起誓，那都是一样。要是我不能给你充分的证据，证明我已经享受到你爱人身上最宝贵的一部分，我的一万块金圆就是属于你的；要是我去了回来，她的贞操依旧完整无缺，那么她和这一个戒指，你的两件心爱的宝贝，连带着我的金钱，一起都是你的；我的唯一的条件，就是你必须给我一封介绍的函件，让我可以在她那里得到自由交谈的机会。

波塞摩斯 我接受这些条件；让我们把约款写下来吧。不过你必须对我负这样的责任：要是你征服了她的肉体，直接向我证明你已经达到目的，我就不再是你的敌人，她是不值得我们挂齿的；要是她始终不受诱惑，你也不能提出她的失贞的证据，那么为了你的邪恶的居心，为了你破坏她的贞操的企图，你必须用你的剑给我一个满意的答复。

阿埃基摩 把你的手给我；我们就这样约定。我们要依照合法的手续，把这些条件记下，然后我就立刻动身到英国去，免得这一桩交易冷了下来。现在我就去拿我的金钱，把我们两方面的赌注分别记载清楚。

波塞摩斯 很好。（波塞摩斯、阿埃基摩同下）

法国人 您看他们的打赌不会是开玩笑吧？

菲拉里奥 阿埃基摩先生是绝不会放弃他的见解的。各位，让我们跟他们去吧。（同下）

第五场　英国。辛白林宫中一室

王后、众宫女及考尼律斯上。

王　后 趁着地上还有露水的时候，把那些花采下来吧；赶快一些。那张列着花名的单子在什么人手里？

宫女甲 在我这儿，娘娘。

王　后 快去。（众宫女下）现在，医生先生，你有没有把那药带来？

考尼律斯 王后陛下，我带来了；这儿就是，王后。（以小匣呈王后）可是请陛下不要见怪，我的良心要我请问您一声，您为什么要我带给您这种奇毒无比的药物；它的药性虽然缓慢，可是人服了下去，就会逐渐衰弱而死，再也无法医治的。

王　　后　我很奇怪，医生，你会问我这样一个问题。我不是已经做了你的学生好久了吗？你不是已经把制造香料、酿酒、蜜饯的方法都教给我了吗？嗳，就是我们那位王上爷爷他也老是逼着我要我把我的方剂告诉他知道哩。倘若你并不以为我是一个居心险恶的人，那么我已经学到了这一步，难道不应该再在其他的方面充实我的知识吗？我要在那些不值得用绳子勒死的畜类身上试一试你这种药品的力量——当然我不会把它用到人身上的——看看有没有方法可以减轻它的药性，从实际的试验中探求它的功效和作用。

考尼律斯　王后，这种试验的结果，不过使您的心肠变硬；而且中毒的动物不但恶臭异常，还容易把疫气传染到人们身上。

王　　后　啊！你不用管。

毕萨尼奥上。

王　　后　（旁白）这儿来了一个胁肩谄笑的奴才；我要在他身上开始我的实验；他为他的主人尽力，是我的儿子的仇敌——啊，毕萨尼奥！医生，现在你没有别的事了，请便吧。

考尼律斯　（旁白）我疑心你不怀好意，娘娘；可是你的药是害不了人的。

王　　后　（向毕萨尼奥）听着，我有话对你说。

考尼律斯　（旁白）我不喜欢她。她以为她手里有慢性的毒药；可是我知道她的心意，我怎么也不会让她把这种危险的药物拿去害人的。我刚才给她的那种药，可以使感觉暂时麻木昏迷；也许她最初在猫狗身上试验，然后再进一步实行她的计划；可是虽然它会使人陷入死亡的状态，其实并无危险，不过暂时把精神封锁起来，一到清醒之后，反而比原来更加精力饱满。她不知道我已经用假药骗她上了当；可是我要是不骗她，我自己也就成了奸党了。

辛白林

王　　后　没有别的事了，医生，有事再来请你吧。

考尼律斯　那么我告辞了。（下）

王　　后　你说她还在哭吗？你看她会不会慢慢地把她的悲伤冷淡下来，感觉到她现在的愚蠢，愿意接受人家的劝告？你也应该好好劝劝她；要是你能够说得她回心转意，爱上我的儿子，那么你一告诉我这个消息，我就可以当场向你宣布你的地位已经跟你的主人一样；不，比你的主人更高，因为他的命运已经到了绝境，他的名誉也已经奄奄待毙；他不能回来，也不能继续住在他现在所住的地方；转换他的环境不过使他从这一种困苦转换到另一种困苦，每一个新的日子的到来，不过摧毁了他又一天的希望。你依靠着一件既不能独立，又不能重新改造的东西，他也没有一个支持他的朋友，这样对你有什么好处呢？（故意将小匣跌落地上，毕萨尼奥趋前拾起）你不知道你所拾起的是件什么东西；可是既然劳你拾了起来，你就拿了去吧。这是我亲手调制的药剂，它曾经五次救活王上的性命；我不知道还有什么比它更灵验的妙药。不，你尽管拿去吧；这不过是表示我对你的好意的信物，以后我还要给你更多的好处哩。告诉你的公主，她现在处在什么情形之下；用你自己的口气对她说话。想一想你现在换了个主儿，是一个多么难得的机会；一方面你并没有失去你的公主的欢心，一方面我的儿子还要另眼看待你。你要怎样的富贵功名，我都可以在王上面前替你竭力争取；我自己是一手提拔你的人，当然会格外厚待你的。叫我的侍女们来；想一想我的话吧。（毕萨尼奥下）一个狡猾而忠心的奴才，谁也不能动摇他的心；他是他的主人的代表，他的使命就是要随时提醒她坚守对丈夫的盟约。我已经把那毒药给了他，他要是服了下去，就再也没有人替她向她的爱人传递消息了。假如她一味固执，不知悔改，少不得也要叫她尝尝这滋味。

毕萨尼奥及宫女等重上。

王　后　好，好；很好，很好。紫罗兰、莲香花、樱草花，都给我拿到我的房间里去。再会，毕萨尼奥；想一想我的话吧。（王后及宫女等同下）

毕萨尼奥　是的，我要想一想你的话。可是要我不忠于我的主人，我宁愿勒死我自己；这就是我将要替你做的事情。（下）

第六场　同前。宫中另一室

伊摩琴上。

伊摩琴　一个凶狠的父亲，一个奸诈的后母，一个向有夫之妇纠缠不清的愚蠢的求婚者，她的丈夫是被放逐了的。啊！丈夫，我的悲哀的顶点！还有那些不断的烦扰！要是我也像我的两个哥哥一般被窃贼偷走，那该是多么快乐！可是最不幸的是那抱着正大的希望而不能达成心愿的人；那些虽然贫苦，却有充分的自由实现他们诚实的意志的人们是有福的。嗳哟！这是什么人？

毕萨尼奥及阿埃基摩上。

毕萨尼奥　公主，一位从罗马来的尊贵的绅士，替我的主人带信来了。

阿埃基摩　您的脸色变了吗，公主？尊贵的里奥那托斯平安无恙，向您致最亲切的问候。（呈上书信）

伊摩琴　谢谢，好先生；欢迎您到这儿来。

阿埃基摩　（旁白）她的外表的一切是无比富丽的！要是她再有一副同样高贵的心灵，她就是世间唯一的凤凰鸟，我的赌注也活该输了。愿勇气帮助我！让我从头到脚，充满了无忌惮的孟浪！或者像帕提亚人一样，我要且战且退，而不一味退却。

伊摩琴　"阿埃基摩君为此间最有声望之人，其热肠厚谊，为仆所铭感不忘者,愿卿以礼相待,幸甚幸甚。里奥那托斯手启。"我不过念了这么一段;可是这信里其余的话儿,已经使我心坎里都充满了温暖和感激。可尊敬的先生,我要用一切可能的字句欢迎你;你将要发现在我微弱的力量所能做到的范围以内,你是我的无上的佳宾。

阿埃基摩　谢谢,最美丽的女郎。唉!男人都是疯子吗?造化给了他们一双眼睛,让他们看见穹隆的天宇,和海中陆上丰富的出产,使他们能够辨别太空中的星球和海滩上的砂砾,可是我们却不能用这样宝贵的视力去分辨美丑吗?

伊摩琴　您为什么有这番感慨?

阿埃基摩　那不会是眼睛上的错误,因为在这样两个女人之间,即使猴子也会向这一个饶舌献媚,而向那一个扮鬼脸揶揄的;也不会是判断上的错误,因为即使让白痴做起评判员来,他的判断也绝不会颠倒是非;更不会是各人嗜好不同的问题,因为在着整洁曼妙的美人面前,蓬头垢面的懒妇是只会使人胸中作恶,绝对没有迷人的魅力的。

伊摩琴　您究竟在说些什么?

阿埃基摩　日久生厌的意志——那饱餍粱肉而未知满足的欲望,正像一面灌下一面漏出的水盆一样,在大嚼肥美的羔羊以后,却想慕着肉骨菜屑的异味。

伊摩琴　好先生,您在那儿唧唧咕咕地说些什么?您没有病吧?

阿埃基摩　谢谢,公主,我很好。(向毕萨尼奥)大哥,劳驾你去看看我的仆人;他是个脾气十分古怪的家伙。

毕萨尼奥　先生,我本来就要去招待招待他哩。(下)

伊摩琴　请问我的丈夫身体一直很好吗?

阿埃基摩　很好,公主。

伊摩琴　他在那里快乐吗？我希望他是的。

阿埃基摩　非常快乐；没有一个异邦人比他更会寻欢作乐了。他是被称为不列颠的风流浪子的。

伊摩琴　当他在这儿的时候，他总是郁郁寡欢，而且往往不知道为了什么原因。

阿埃基摩　我从来没有见他皱过眉头。跟他做伴的有一个法国人，也是一个很有名望的绅士，他在本国爱上了一个法兰西的姑娘，看样子他是非常热恋她的；每次他长吁短叹的时候，我们这位快乐的英国人——我的意思是说尊夫——就要呵呵大笑，嚷着说："嗳哟！我的肚子都要笑破了。你也算是个男人，难道你不会从历史上、传说上或是自己的经验上，明了女人是怎样一种东西，她们天生就是这样的货色，不是自己能做主的？难道你还会把你自由自在的光阴在忧思憔悴中间消磨过去，甘心把桎梏套在自己的头上？"

伊摩琴　我的夫君会说这样的话吗？

阿埃基摩　哦，公主，他笑得眼泪都滚了出来呢；站在旁边，听他把那法国人取笑，才真是怪有趣的。可是，天知道，有些男人真不是好东西。

伊摩琴　不会是他吧？我希望。

阿埃基摩　不是他；可是上天给他的恩惠，他也该知道些感激才是。在他自己这边说起来，他是个得天独厚的人；在您这边说起来，那么我一方面固然只有惊奇赞叹，一方面却不能不感到怜悯。

伊摩琴　您怜悯些什么，先生？

阿埃基摩　我从心底里怜悯两个人。

伊摩琴　我也是一个吗，先生？请您瞧瞧我；您在我身上看出了什么残缺的地方，才会引起您的怜悯？

辛白林

阿埃基摩　可叹！哼！避开了光明的太阳，却在狱室之中去和一盏孤灯相伴！

伊摩琴　先生，请您明白一点回答我的问话。您为什么怜悯我？

阿埃基摩　我刚才正要说，别人享受着您的——可是这应该让天神们来执行公正的审判，轮不到我这样的人说话。

伊摩琴　您好像知道一些我自己身上的或者有关于我的事情。一个人要是确实知道发生了什么变故，那倒还没有什么，只有在提心吊胆、怕有什么变故发生的时候，才是最难受的；因为已成确定的事实，不是毫无挽回的余地，就是可以及早设法，筹谋补救的方策。所以请您不要再吞吞吐吐，把您所知道的一切告诉我吧。

阿埃基摩　要是我能够在这天仙似的脸上沐浴我的嘴唇；要是我能够抚摩这可爱的纤手，它的每一下接触，都会使人从灵魂里激发出忠诚的盟誓；要是我能够占有这美妙的影像，使我狂热的眼睛永远成为它的俘虏；要是我在享受这样无上的温馨以后，还会去和那些像罗马圣殿前受过无数人践踏的石阶一般下贱的嘴唇交换唾液，还会去握那些因为每小时干着骗人的勾当而变硬的手，还会去与那些像用污臭的脂油点燃着的冒烟的灯火似的眼睛挑逗风情，那么地狱里的一切苦难应该同时加在我的身上，谴责我的叛变。

伊摩琴　我怕我的夫君已经忘记英国了。

阿埃基摩　他也已经忘记了他自己。不是我喜欢搬弄是非，有心宣布他这种生活上可耻的变化，却是您的温柔和美貌激动了我的沉默的良心，引诱我的嘴唇说出这些话来。

伊摩琴　我不要再听下去了。

阿埃基摩　啊，最亲爱的人儿！您的境遇激起我深心的怜悯，使我感到莫大的痛苦。一个这样美貌的女郎，在无论哪一个王国里，她都可以使最伟大的君王增加一倍的光荣，现在却被人下侪于搔首弄姿的娼妓，而那买笑之资，就是从您的银箱里拿出来的！那些身染恶疾、玩弄着世人的弱点，以达到猎取金钱的目的的荡妇！那些污秽糜烂、比毒药更毒的东西！您必须报复；否则那生养您的母亲不是一个堂堂的王后，您也就是自绝于您的伟大的祖先。

伊摩琴 报复！我应该怎样报复？假如这是真的——我的心还不能在仓猝之间轻信我的耳朵所听到的话——假如这是真的，我应该怎样报复？

阿埃基摩 您应该容忍他让您像尼姑一般度着枕冷衾寒的生活，而他自己却一点不顾您的恩情，把您的钱囊供他挥霍，和那些荡妇淫娃们恣意取乐吗？报复吧！我愿意以我自己的身体满足您的需要，在身份和地位上，我都比您那位负心的汉子胜过许多，而且我将会继续忠实于您的爱情，永远不会变心。

伊摩琴 喂，毕萨尼奥！

阿埃基摩 让我在您的唇上致献我的敬礼吧。

伊摩琴 去！我恼恨自己的耳朵不该听你说了这么久的话。假如你是个正人君子，你应该抱着一片好意告诉我这样的消息，不该存着这样卑劣荒谬的居心。你侮辱了一位绅士，他绝不会像你所说的那样，正像你是个寡廉鲜耻的小人，不知荣誉为何物一样；你还胆敢在这儿向一个女子调情，在她的心目之中，你是和魔鬼同样可憎的。喂，毕萨尼奥！我的父王将要知道你这种放肆的行为；要是他认为一个无礼的外邦人可以把他的宫廷当作一所罗马的妓院，当着我的面宣说禽兽般的思想，那么除非他一点不重视他的宫廷的庄严，全然把他的女儿当作一个漠不相关的人物。喂，毕萨尼奥！

阿埃基摩 啊，幸福的里奥那托斯！我可以说：你的夫人对于你的信仰，不枉了你的属望，你的完善的德性，也不枉了她的诚信。愿你们长享着幸福的生涯！他是世间最高贵的绅士；也只有最高贵的人，才配得上您这样一位无比的女郎。原谅我吧。我刚才说那样的话，不过为要知道您的信任是不是根深蒂固；我还要把尊夫实际的情形重新告诉您知道。他是一个最有教养、最有礼貌的人；在他高尚的品性之中，有一种吸引他人的魔力，使每一个人都乐于和他交往；一大半的人都是倾心于他的。

伊摩琴 这样说才对了。

阿埃基摩 他坐在人们中间，就像一位谪降的天神；他有一种出众的尊严，使他显得不同凡俗。不要生气，无上庄严的公主，因为我胆敢用无稽的谰言把您欺骗。现在您的坚定的信心已经证明您有识人慧眼，选中了这样一位稀有的绅士，他的为人的确不错。我对他所抱的友情，使我用那样的话把您煽动，可是神明造下您来，是那么与众不同，却是一尘不染的。请原谅我吧。

伊摩琴 不碍事，先生。我在这宫廷内所有的权力，都可以听您支配。

阿埃基摩 请接受我的卑恭的感谢。我几乎忘了请求公主一件小小的事；可是事情虽小，却也相当重要，因为尊夫、我自己，还有几个尊贵的朋友，都与此事有关。

伊摩琴 请问是什么事？

阿埃基摩 我们中间有十二个罗马人，还有尊夫，这些都是我们交游之中第一流的人物，他们凑集了一笔款子，准备购买一件礼物呈献给罗马皇帝；我受到他们的委托，在法国留心采选，买到了一个雕刻精巧的盘子和好几件富丽夺目的珠宝，它们的价值是非常贵重的。我因为在此人地生疏，有些不大放心，想找一处安全寄存的所在。不知道公主愿意替我暂时保管吗？

伊摩琴　愿意愿意；我可以用我的名誉担保它们的安全。既然我的丈夫也有他的一份在内，我要把它们藏在我的寝室之中。

阿埃基摩　它们现在放在一只箱子里面，有我的仆人们看守着；既蒙慨允，我就去叫他们送来，暂寄一宵；明天一早我就要上船的。

伊摩琴　啊！不，不。

阿埃基摩　是的，请您原谅，要是我延缓了归期，是会失信于人的。为了特意探望公主的缘故，我才从法兰西渡海前来。

伊摩琴　谢谢您跋涉的辛苦；可是明天不要去吧！

阿埃基摩　啊！我非去不可，公主。要是您想叫我带信给尊夫的话，请您就在今晚写好。我不能再耽搁下去，因为呈献礼物是不能误了日期的。

伊摩琴　我就去写。请把您的箱子送来吧；我一定把它保管得万无一失，原封不动地还给您。欢迎您到我们这儿来。（同下）

第二幕

第一场　英国。辛白林王宫前

克洛顿及二贵族上。

克洛顿　有谁像我这般倒霉！刚刚在最后一下的时候，给人把我的球打掉了！我放了一百镑钱在它上面呢，你想我怎么不气；偏偏那个婊子生的猴崽子怪我不该骂人，好像我骂人的话也是向他借来的，我自己连随便骂人的自由都没有啦。

贵族甲　他得到些什么好处呢？您不是用您的球打破了他的头吗？

贵族乙　（旁白）要是那人的头脑也跟这打他的人一般，那么这一下一定会把脑浆全都打出来的。

克洛顿　大爷高兴骂骂人，难道旁人干涉得了吗？哼！

贵族乙　干涉不了，殿下；（旁白）他们总不能割掉他们的耳朵。

克洛顿　婊子生的狗东西！他居然还敢向我挑战！可惜他不是跟我同一阶级的人！

贵族乙　（旁白）否则你们倒是一对傻瓜。

克洛顿　真气死我了。他妈的!做了贵人有什么好处?他们不敢跟我打架,因为害怕王后,我的母亲。每一个下贱的奴才都可以打一个痛快,只有我却像一只没有敌手的公鸡,谁也不敢碰我一碰。

贵族乙　(旁白)你是一只公鸡,也是一只阉鸡;给你套上一顶高冠儿,公鸡,你就叫起来了。

克洛顿　你说什么?

贵族乙　要是每一个被您所开罪的人,您都跟他动起手来,那会有失您殿下的身份的。

克洛顿　那我知道;可是比我低微的人,我就是开罪了他们,也没有什么不对。

贵族乙　嗯,只有殿下才有这样的特权。

克洛顿　可不是吗,我也是这样说的。

贵族甲　您听说有一个外国人今天晚上要到宫里来没有?

克洛顿　一个外国人,我怎么一点儿也不知道!

贵族乙　(旁白)他自己就是个外来的货色,可是他自己不知道。

贵族甲　来的是一个意大利人;据说是里奥那托斯的一个朋友。

克洛顿　里奥那托斯!那个亡命之徒;他既然是他的朋友,不管他是什么人,总之也不是好东西。谁告诉你关于这个外国人的消息的?

贵族甲　您殿下的一个童儿。

克洛顿　我应不应该去瞧瞧他?那会有失我的身份吗?

贵族甲　不会,殿下。

克洛顿　我想我的身份是不大容易失去的。

贵族乙　(旁白)你是一个公认的傻子;所以无论你干些什

么傻事，总不会失去你傻子的身份。

克洛顿 来，我要瞧瞧这意大利人去。今天我在球场上输去的，今晚一定要在他身上捞回本来。来，我们走吧。

贵族乙 我就来奉陪殿下。（克洛顿及贵族甲下）像他母亲这样一个奸诈的魔鬼，竟生下了这一头蠢驴来！一个用她的头脑制服一切的妇人，她这一个儿子却连二十减二还剩十八都算不出来。唉！可怜的公主，天仙化人的伊摩琴啊！你有一个受你后母节制的父亲，一个时时刻刻都在制造阴谋的母亲，还有一个比你亲爱的丈夫的无辜放逐和你们的惨痛的分离更可憎可恼的求婚者，在他们的压力之下，你在挨度着怎样的生活！但愿上天护佑你，保全你的贞操的壁垒，使你的美好的心灵的庙宇不受摇撼，在你自己的立场上坚定站住，等候你流亡的丈夫回来，统治这伟大的国土！（下）

第二场　卧室。一巨箱在室中一隅

伊摩琴倚枕读书；一宫女侍立。

伊摩琴 谁在那里？海伦吗？

宫　女 是我，公主。

伊摩琴 什么时候了？

宫　女 快半夜了，公主。

伊摩琴 那么我已经读了三小时了；我的眼睛疲倦得很；替我把我刚才读完的这一页折起来；你也去睡吧。不要把蜡烛移去，让它亮着好了。要是你能够在四点钟醒来，请你叫我一声。睡魔已经攫住我的全身。（宫女下）神啊，我把自己托仗给你们保护，求你们不要让精灵鬼怪们侵扰我的梦魂！（睡；阿埃基摩自箱中出）

莎士比亚传奇剧

阿埃基摩 蟋蟀们在歌唱，人们都在休息之中恢复他们疲劳的精神。我们的塔昆正是像这样蹑手蹑脚，轻轻走到那被他夺去了贞操的女郎的床前。维纳斯啊，你睡在床上的姿态是多么优美！鲜嫩的百合花，你比你的被褥更洁白！要是我能够碰触一下她的肌肤！要是我能够给她一个吻，仅仅一个吻！无比美艳的红玉，多么可爱地紧闭着！散布在室内的异香，是她樱唇中透露出来的气息。蜡烛的火焰向她的脸上低俯，想要从她紧闭的眼睫之下，窥视那收藏了的光辉，虽然它们现在被眼睑所遮掩，还可以依稀想见那净澈的纯白和空虚的蔚蓝，那正是太空本身的颜色。可是我的计划是要记录这室内的陈设；我要把一切都写下来：这样这样的图画；那边是窗子；她的床上有这样的装饰；织锦的挂帏，上面织着这样这样的人物和故事。啊！可是关于她肉体上的一些活生生的记录，才是比一万种琐屑的家具更有力的证明，更可以充实我此行的收获。睡眠啊！死亡的摹仿者，沉重地压在她的身上，让她的知觉像教堂里的墓碑一般漠无所感吧。下来，下来；（自伊摩琴臂上取下手镯）一点不费力地它就滑落下来了！它是我的；有了这样的证据，一定可以格外加强内心的扰乱，把她的丈夫激怒得发起疯来。在她的左胸还有一颗梅花形的痣，就像莲香花花心里的红点一般：这是一个确证，比任何法律所能造成的证据更有力；这一个秘密将使他不能不相信我已经打开键锁，把她宝贵的贞操偷走了。够了。我好傻！为什么我要把这也记了下来，它不是已经牢牢地钉住在我的记忆里了吗？她读了一个晚上的书，原来看的是忒柔斯的故事；这儿折下的一页，正是菲罗墨拉被迫失身的地方。够了；回到箱子里去，把弹簧关上了。黑夜的巨龙，走快一些吧，让黎明拨开乌鸦的眼睛！恐惧包围着我的全身；虽然这是一位天上的神仙，我却像置身在地狱之中。（钟鸣）一，二，三；赶快，赶快！（躲入箱内；幕闭）

辛白林

第三场　与伊摩琴闺房相接之前室

克洛顿及二贵族上。

贵族甲　殿下您在失败时的那一种镇定的功夫，真是谁也不能仰及的；无论什么人在掷出幺点的时候，总比不上您那样的冷静。

克洛顿　一个人输了钱，总是要冷了半截身子，气得说不出话来的。

贵族甲　可是，不是每一个人都有殿下您这样高贵的耐性。您在得胜的时候，那火性可大啦。

克洛顿　胜利可以使每一个人勇气百倍。要是我能够得到伊摩琴这傻丫头，我就不愁没有钱花。快天亮啦，是不是？

贵族甲　已经是清晨了，殿下。

克洛顿　我希望这班乐工们会来。大家劝我在清晨为她奏乐；他们说那是会打动她的心的。

乐工等上。

克洛顿　来，调起乐器来吧。要是你们的弹奏能够打动她的心，那么很好；我们还要试试你们的歌。要是谁也打不动她的心，那么让她去吧；可是我是永远不会灰心的。第一，先来一支非常佳妙的曲调；接着再来一支甜甜蜜蜜的歌儿，配着十分动人的词句；然后让她自己去考虑吧。

　　　　　歌

　　听！听！云雀在天门歌唱，
　　　　旭日早在空中高挂，
　　天池的流水琮琤作响，
　　　　日神在饮他的骏马；

> 瞧那万寿菊倦眼慵抬,
> 　睁开它金色的瞳睛:
> 美丽的万物都已醒来,
> 　醒醒吧,亲爱的美人!
> 　　醒醒,醒醒!

克洛顿　好,你们去吧。要是这一次的奏唱能够打动她的心,我从此再不看轻你们的音乐;要是打不动她的心,那是她自己的耳朵有了毛病,无论马鬃牛肠,再加上太监的嗓子,都不能把它医治的。(乐工等下)

贵族乙　王上来了。

克洛顿　我幸亏通夜不睡,所以才能够起身得这么早;他看见我一早就这样献着殷勤,一定会疼我的。

辛白林及王后上。

克洛顿　陛下早安,母后早安。

辛白林　你在这儿门口等候着我的倔强的女儿吗?她不肯出来吗?

克洛顿　我已经向她奏过音乐,可是她理也不理我。

辛白林　她的爱人新遭放逐,她一下子还不能把他忘掉。再过一些时候,等到对他的记忆一天一天淡薄下去以后,她就是你的了。

王　后　你千万不要忘了王上的恩德,他总是千方百计,想把你配给他的女儿。你自己也该多用一番工夫,按部就班地进行你的求婚计划,一切都要见机行事;她越是拒绝你,你越是向她赔小心献殷勤,好像你为她所干的事,都是出于灵感的冲动一般;她盼咐你什么,你都要依从她,只有当她打发你走开的时候,你才可以装聋作哑。

克洛顿　装聋作哑!不!

辛白林

一使者上。

使　者　启禀陛下，罗马派了使臣来了，其中的一个是卡厄斯·路歇斯。

辛白林　一个很好的人，虽然他这次来是怀着敌意的；可是那不是他的错处。我们必须按照他主人的身份接待他；为了他个人以往对于我们的友谊，我们也必须给他应得的礼遇。我儿，你向你的情人道过早安以后，就到我们这儿来；我还要派你去招待这罗马人哩。来，我的王后。（除克洛顿外均下）

克洛顿　要是她已经起身，我要跟她谈谈；不然的话，让她一直睡下去做她的梦吧。有人吗？喂！（敲门）我知道她的侍女们都在她的身边。为什么我不去买通她们中间的一个呢？有了钱才可以到处通行；事情往往是这样的。是呀，只要有了钱，替狄安娜女神看守林子的人也会把他们的鹿偷偷地卖给外人。钱可以让好人含冤而死，也可以让盗贼逍遥法外；嘿，有时候它还会不分皂白，把强盗和好人一起吊死呢。什么事情它做不到？什么事情它毁不了？我要叫她的一个侍女做我的律师，因为我对于自己的案情还糊里糊涂哩。有人吗？（敲门）

一宫女上。

宫　女　谁在那儿打门？

克洛顿　一个绅士。

宫　女　不过是一个绅士吗？

克洛顿　不，他还是一个贵妇的儿子。

宫　女　（旁白）有些跟你同样讲究穿着的人，他们倒还夸不出这样的口来呢。——您有什么见教？

克洛顿　我要见见你们公主本人。她梳妆好了没有？

宫　女　嗯，她不打算见客。

克洛顿　这是赏给你的金钱；把你的好消息卖给我吧。

宫　女　怎么！把我的好名声也卖给你吗？还是让我向她说几句好话？公主来了！

伊摩琴上。

克洛顿　早安，最美丽的人儿；妹妹，让我吻一吻你可爱的手。（宫女下）

伊摩琴　早安，先生。您费了太多的辛苦，不过买到了一些烦恼；我所能给您的报答，只有这么一句话：我是不大懂得感激的，我也不肯向随便什么人表示我的谢意。

克洛顿　可是我还是发誓我爱你。

伊摩琴　要是您说这样的话，那对我还是一样；您尽管发您的誓，我是永远不来理会您的。

克洛顿　这不能算是答复呀。

伊摩琴　倘不是因为恐怕您会把我的沉默当作了无言的心许，我本来是不想说话的。请您放过我吧。真的，您的盛情厚意，不过换到我的无礼的轻蔑。您已经得到教训，应该懂得死心是最大的智慧。

克洛顿　让你这样疯疯癫癫下去，那是我的罪过；我怎么也不愿意的。

伊摩琴　可是傻子医不好疯子。

克洛顿　你叫我傻子吗？

伊摩琴　我是个疯子，所以说你是傻子。要是你愿意忍耐一些，我也可以不再发疯；那么你就不是傻子，我也不是疯人了。我很抱歉，先生，你使我忘记了妇人的礼貌，说了这么多的废话。请你从此以后，明白我的决心，我是知道我自己的心的，现在我就凭着我的真诚告诉你，我对你是漠不关心的；并且我是那样冷酷无情，我简直恨你；这一点我原来希望你自己明白，当面说破却不是我的本意。

辛白林

克洛顿　你对你的父亲犯着不孝的罪名。讲到你自以为跟那下贱的家伙订下的婚约，那么像他那样一个靠着布施长大、吃些宫廷里残羹冷炙的人，这种婚约是根本不能成立的。虽然在微贱的人们中间——还有谁比他更微贱呢？——男女自由结合是一件可以容许的事，那结果当然不过生下一群乞丐小儿，过着乞丐一般的生活；可是你是堂堂天潢贵胄，那样的自由是不属于你的，你不能污毁王族的荣誉，去跟随一个卑贱的奴才、一个奔走趋承的下仆、一个奴才的奴才。

伊摩琴　亵渎神圣的家伙！即使你是天神朱庇特的儿子，你也不配做他的侍仆；要是按照你的才能，你能够在他的王国里当一名刽子手的助手，已经是莫大的荣幸，人家将会妒恨你得到这样一个大好的位置。

克洛顿　愿南方的毒雾腐蚀了他的筋骨！

伊摩琴　他永远不会遭逢灾祸，只有被你提起他的名字才是他最大的不幸。曾经掩覆过他的身体的一件最破旧的衣服，在我看起来也比你头上所有的头发更为宝贵，即使每一根头发是一个像你一般的人。啊，毕萨尼奥！

毕萨尼奥上。

克洛顿　"他的衣服"！哼，魔鬼——

伊摩琴　你快给我到我的侍女陶乐雪那儿去——

克洛顿　"他的衣服"！

伊摩琴　一个傻子向我纠缠不清，我又害怕，又恼怒。去，我有一件贵重的饰物，因为自己太大意了，从我的手臂上滑落下来，你去叫我的侍女替我留心找一找；它是你的主人送给我的，即使有人把欧洲无论哪一个国王的收入跟我交换，我也宁死不愿放弃它。我好像今天早上还看见的；昨天夜里还的的确确在我的臂上，我还吻过它哩。我可不希望它飞到我的丈夫那儿去告诉他，说什么我除了他以外，还吻过别人。

毕萨尼奥　它不会不见的。

伊摩琴　但愿如此；去找吧。（毕萨尼奥下）

克洛顿　你侮辱了我："他的最破旧的衣服"！

伊摩琴　嗯，我说过这样的话，先生。您要是预备起诉的话，就请找证人来吧。

克洛顿　我要去告诉你的父亲。

伊摩琴　还有您的母亲；她是我的好母后，我希望她会恨透了我。现在我要少陪了，先生，让您满心不痛快去吧。（下）

克洛顿　我一定要报复。"他的最破旧的衣服"！好。（下）

第四场　罗马。菲拉里奥家中一室

波塞摩斯及菲拉里奥上。

波塞摩斯　不用担心，先生；要是我相信我能够挽回王上的心，正像深信她会保持她的贞操一样确有把握，那就什么问题都没有了。

菲拉里奥　您向他设法疏通没有？

波塞摩斯　没有，我只是静候时机，在当下严冬的风雪中战栗，希望温暖的日子会有一天到来。抱着这样残破的希望，我惭愧不能报答您的盛情；万一抱恨而终，只好永负大恩了。

菲拉里奥　能够和盛德的君子同堂共处，已经是莫大的荣幸，可以抵偿我为您所尽的一切微劳而有余。你们王上现在大概已经听到了伟大的奥古斯特斯的旨意；卡厄斯·路歇斯一定会不辱他的使命。我想贵国对于罗马的军威是领教过的，余痛未忘，这一次总不会拒绝纳贡偿欠的条款的。

波塞摩斯　虽然我不是政治家，也不会成为政治家，可是我

辛白林

相信这一次将会引起一场战争。你们将会听到目前驻屯法兰西的大军不久在我们无畏的不列颠登陆的消息,可是英国是绝不会献纳一文钱的财物的。我们国内的人已经不像当初裘力斯·凯撒讥笑他们迟钝笨拙的时候那样没有纪律了,要是他尚在人世,一定会惊异于他们的勇敢。他们的纪律再加上他们的勇气,将会向他们的赞美者证明他们是世上最善于改进的民族。

菲拉里奥 瞧!阿埃基摩!

阿埃基摩上。

波塞摩斯 最敏捷的驯鹿载着你在陆地上奔驰,四方的风吹着你的船帆,所以你才会这样快就回来了。

菲拉里奥 欢迎,先生。

波塞摩斯 我希望你所得到的简捷的答复,是你提早归来的原因。

阿埃基摩 你的爱人是我所见到过的女郎中最美丽的一个。

波塞摩斯 而且也是最好的一个;要不然的话,让她的美貌在窗孔里引诱邪恶的人们,跟着他们堕落了吧。

阿埃基摩 这儿的信是给你的。

波塞摩斯 我相信是好消息。

阿埃基摩 大概是的。

菲拉里奥 你在英国的时候,卡厄斯·路歇斯是不是在英国宫廷里?

阿埃基摩 那时候他们正在等候他,可是还没有到。

波塞摩斯 那么暂时还不至于有事。这一颗宝石还是照旧发着光吗?或者你嫌它戴在手上太黯淡了?

阿埃基摩 要是我失去了它,那么我就要失去和它价值相等的黄金。我在英国过了这样甜蜜而短促的一夜,即使路程再远一倍,我也愿意再作一次航行,再享一夜这样温存的艳福。这戒指我已经赢到了。

波塞摩斯　钻石太坚硬，它的棱角是会刺人的。

阿埃基摩　一点也不，你的爱人是这样一位容易说话的女郎。

波塞摩斯　先生，不要把你的失败当作一场玩笑；我希望你知道我们不能继续做朋友了。

阿埃基摩　好先生，要是你没有把我们的约定当成废纸，那么我们的友谊还是要继续下去的。假如这次我没有把关于你的爱人的消息带来，那么我承认我们还有进一步推究的必要，可是现在我宣布我已经把她的贞操和你的戒指同时赢到了；而且我也没有对不起她或是对不起你的地方，因为这都是出于你们两人自愿的。

波塞摩斯　要是你果然能够证明你已经和她发生了枕席上的关系，那么我的友谊和我的戒指都是属于你的；要不然的话，你这样污蔑了她的纯洁的贞操，必须用你的剑跟我一决雌雄，我们两人倘不是一死一生，就得让两柄无主的剑留给任何一个经过的路人。

阿埃基摩　先生，我将要向你详细叙述我所见所闻的一切，它们将会是那样逼真，使你不能不相信我的话。我可以发誓证明它们的真实，可是我相信你一定会准许我不必多此一举，因为你自己将会觉得那是不需要的。

波塞摩斯　说吧。

阿埃基摩　第一，她的寝室——我承认我并没有在那儿睡过觉，可是一切值得注目的事物，都已被我饱览无遗了——那墙壁上张挂着用蚕丝和银线织成的锦毡，上面绣着华贵的克莉奥佩特拉和她的罗马英雄相遇的故事，昔特纳斯的河水一直泛滥到岸上，也许因为它载着太多的船只，也许因为它充满了骄傲；这是

辛白林

一件非常富丽堂皇的作品，那技术的精妙和它本身的价值简直不分高下；我真不相信世上会有这样珍奇而工致的杰作，因为它的真实的生命——

波塞摩斯　这是真的；不过也许你曾经在这儿听我或是别人谈起过。

阿埃基摩　我必须用更详细的叙述证明我的见闻的真确。

波塞摩斯　是的，否则你的名誉将会受到损害。

阿埃基摩　火炉在寝室的南面，火炉上面雕刻着贞洁的狄安娜女神出浴的肖像；我从来没有见过这样栩栩如生的雕像；那简直巧夺天工，除了不能行动，不能呼吸以外，都超过了大自然的一切杰作。

波塞摩斯　这你也可以从人家嘴里听到，因为它是常常被人称道的。

阿埃基摩　寝室的屋顶上装饰着黄金铸成的小天使；她的炉中的薪架，我几乎忘了，是两个白银塑成的眉目传情的小爱神，各自跷着一足站着，巧妙地凭靠在他们的火炬之上。

波塞摩斯　这就是她的贞操！就算你果然看见这一切——你的记忆力是值得赞美的——可是单单把她寝室里的陈设描写一下，却还不能替你保全你所押下的赌注。

阿埃基摩　那么，要是你的脸色会发白的话，请你准备好吧。准许我把这宝贝透一透空气；瞧！（出手镯示波塞摩斯）它又到你眼前来了。它必须跟你那钻石戒指配成一对；我要把它们保藏起来。

波塞摩斯　神啊！再让我瞧一瞧。这就是我留给她的那手镯吗？

阿埃基摩　先生，我谢谢她，正是那一只。她亲自从她的臂上捋了下来；我现在还仿佛能想见她当时的光景；她的美妙的动作超过了她的礼物的价值,可是也使它变得格外贵重。她把它给了我,还说她曾经一度对它十分重视。

波塞摩斯　也许她取下这手镯来,是要请你把它送还给我的。

阿埃基摩　她在信上向你这样写着吗?

波塞摩斯　啊!不,不,不,这是真的。来,把这也拿去;(以戒指授与阿埃基摩)它就像一条毒龙,看它一眼也会置人于死命的。让贞操不要和美貌并存,真理不要和虚饰同在;有了第二个男人插足,爱情就该抽身退避。女人的誓言是不能发生效力的,因为她们本来不知道名节是什么东西。啊!无限的虚伪!

菲拉里奥　宽心一些,先生,把您的戒指拿回去;这还不能就算被他赢到哩。这手镯也许是她偶然遗失;也许——谁知道是不是她的侍女受人贿赂,把它偷出来的?

波塞摩斯　很对,我希望他是这样得到它的。把我的戒指还我。向我提出一些比这更可靠的关于她肉体上的证据;因为这是偷来的。

阿埃基摩　凭着朱庇特发誓,这明明是她从臂上取下来给我的。

波塞摩斯　你听,他在发誓,凭着朱庇特发誓了。这是真的;不,把那戒指留着吧;这是真的。我确信她不会把它遗失;她的侍女们都是矢忠不二的;她们会受一个不相识者的贿诱,把它偷了出来?!不可能的事!不,他已经享受过她的肉体了;她用这样重大的代价,买到一个淫妇的头衔:这就是她的失贞的铁证。来,把你的酬劳拿了去:愿地狱中一切恶鬼将你撕碎吧!

菲拉里奥　先生,宽心一些吧;对于一个信心很深的人,这还不够作为充分的证据。

波塞摩斯　不必多说,她已经被他奸污了。

阿埃基摩　要是你还要找寻进一步的证据,那么在她那值得被人爱抚的酥胸之下,有一颗小小的痣儿,很骄傲地躺在这销魂蚀骨的所在。凭着我的生命起誓,我情不自禁地吻了它,虽然那给我很大的满足,却格外燃起了我的饥渴的欲望。你还记得她身上的这一颗痣吗?

波塞摩斯　嗯,它证实了她还有一个污点,大得可以充满整个的地狱。

阿埃基摩　你愿意再听下去吗?

波塞摩斯　少卖弄一些你的数学天才吧;不要一遍一遍地向我数说下去;只一遍就抵得过一百万次了!

阿埃基摩　我可以发誓——

波塞摩斯　不用发誓。要是你发誓说你没有干这样的事,你就是说谎;要是你否认奸污了我的妻子,我就要杀死你。

阿埃基摩　我什么都不否认。

波塞摩斯　啊!我希望她就在我的眼前,让我把她的肢体一节一节撕得粉碎。我要到那里去,走进她的宫里,当着她父亲的面前撕碎她。我一定要干些什么——(下)

菲拉里奥　全然失去了自制的能力!你已经胜利了。让我们跟上他去,解劝解劝他,免得他在盛怒之下,干出一些不利于自己的事来。

阿埃基摩　我很愿意。(同下)

第五场　同前。另一室

波塞摩斯上。

波塞摩斯　难道男人们生到这世上来,一定要靠女人的合作吗?我们都是私生子,全都是。被我称为父亲的那位最可尊敬的

莎士比亚传奇剧

人,当我的母亲生我的时候,谁也不知道他在什么地方;不知道哪一个人造下了我这冒牌的赝品;可是我的母亲在当时却是像狄安娜一般圣洁的,正像现在我的妻子擅着无双美誉一样。啊,报复!报复!她不让我享受我的合法的欢娱,常常劝诫我忍耐自制,她的神情是那样的贞静幽娴,带着满脸的羞涩,那楚楚可怜的样子,便是铁石心肠的人,也不能不见了心软;我以为她是像没有被太阳照临的白雪一般皎洁的。啊,一切的魔鬼们!这卑鄙的阿埃基摩在一小时之内——也许还不到一小时的工夫?——也许他没有说什么话,只是像一头日耳曼的野猪似的,一声叫喊,一下就扑了上去,除了照例的半推半就以外,并没有遭遇任何的反抗。但愿我能够在我自己的一身之内找到哪一部分是女人给我的!因为我断定男人的罪恶的行动,全都是女人的遗传所造成的:说谎是女人的天性;谄媚也是她的;欺骗也是她的;淫邪和猥亵的思想,都是她的、她的;报复也是她的本能;野心、贪欲、好胜、傲慢、虚荣、诽谤、反复,凡是一切男人所能列举、地狱中所知道的罪恶,或者一部分,或者全部,都是属于她的;不,简直是全部;因为她们即使对于罪恶也没有恒心,每一分钟都要更换一种新的花样。我要写文章痛骂她们、厌恶她们、咒诅她们。可是这还不是表示真正的痛恨的最好方法,我应该祈求神明让她们如愿以偿,因为她们自己招来的痛苦,是远胜于魔鬼所能给与她们的灾祸的。(下)

第三幕

第一场　英国。辛白林宫中大厅

　　辛白林、王后、克洛顿及群臣自一门上；卡厄斯·路歇斯及侍从等自另一门上。

辛白林　现在告诉我们，奥古斯都·凯撒有什么赐教？

路歇斯　我们的先皇裘力斯·凯撒——关于他的记忆至今存留在人们心目之中，他的赫赫的威名将要永远流传于众口——当他征服贵国的时候，正是令叔凯西伯兰当国，他的卓越的功业，是素来为凯撒所称道的；那时令叔曾经答应每年向罗马献纳三千镑的礼金，传诸后嗣，永为定例，可是近年来陛下却没有履行这一项义务。

王　　后　为了免得你们惊讶起见，我们将要从此废除这一项成例。

克洛顿　也许要经过许多的凯撒才会再有这样一个裘力斯出现。英国是一个独立的世界，我们自己的鼻子爱怎样长就怎样长，用不着向任何人纳贡。

王　　后　当初他们凭借威力，夺去我们独立自强的机会，现

莎士比亚传奇剧

在这样的机会又重新到我们手里了。陛下不要忘了先王们缔造的辛勤，也不要忘了我们这岛上天然的形势，它正像海神的苑囿一般，周遭环绕着峻峭的危岩、咆哮的怒浪和广漠的沙碛，敌人们的船只一近滩岸，就会连桅樯一起陷入沙内。凯撒曾经在这儿得到过一次小小的胜利，可是他的"我来，我看见，我征服"的豪语，却不是在这儿发表的。他曾经两次被我们击败，退出海岸之外，这是他平生第一次感到痛心的耻辱；他的船舶——可怜的无用的泡沫！——在我们可怕的海上，就像随波浮沉的蛋壳一般，一碰到我们的岩石就撞为粉碎。为了庆祝那一次的胜利，著名的凯西伯兰——他曾经一度几乎使凯撒屈服于他的宝剑之下，啊，反复无常的命运！——下令全国举起欢乐的火炬，每一个不列颠人都扬眉吐气，勇敢百倍。

克洛顿　得啦，什么礼金我们也不会付的。我们的国势已经比当初强大许多；而且我说过的，你们也不会再有那样一位凯撒；也许别的凯撒也有弯曲的鼻子，可是谁也不会再有那样挺直的手臂了。

辛白林　我儿，让你的母亲说下去。

克洛顿　在我们中间还有许多人有着像凯西伯兰一样坚强的铁腕；我并不说我也是一个，可是我的手也不怕和人家周旋。为什么要我们献纳礼金？要是凯撒能够用一张毯子遮住太阳，或是把月亮藏在他的衣袋里，那么我们为了需要光明的缘故，只好向他献纳礼金；要不是这样的话，阁下，请您还是不要提礼金这两个字吧。

辛白林　你必须知道，在包藏祸心的罗马人没有向我们勒索这一笔礼金以前，我们本来是自由的；凯撒的囊括世界的雄心，使他不顾一切阻力，把桎梏套在我们的头上；我们是尚武好战的民族，当然要挣脱这一种难堪的束缚。我们当时就曾向凯撒说过，我们的祖先就是为我们制定法律的慕尔缪歇斯，他的神圣的宪章已经在凯撒的武力之下横遭摧残；凭着我们所有的力量，恢复我们法纪的尊严，这是我们义不容辞的责任，即使因此而触怒罗马，也在所不顾。慕尔缪歇斯制定我们的法律，他是第一个戴上黄金的宝冠即位称王的不列颠人。

路歇斯　我很抱歉，辛白林，我必须向你宣告奥古斯都·凯撒是你的敌人；在凯撒麾下奔走服役的国王，是比你全国所有的官吏更多的。我现在用凯撒的名义，通知你战争和混乱的命运已经临到你的头上，无敌的雄师不久就要开入你的国境之内，请作好准备吧。现在我的使命已经完毕，让我感谢你给我的优渥的礼遇。

辛白林　你是我们的嘉宾，卡厄斯。我曾经从你们凯撒的手里受到骑士的封号；我的少年时代大半是在他的麾下度过，是他启发了我荣誉的观念；为了不负他的训诲起见，我必须全力保持我的荣誉。我知道巴诺尼亚人和达尔迈西亚人已经为了争取他们的自由而揭竿奋起了；凯撒将会知道不列颠人不是麻木不仁的民族，绝不会看着这样的前例而无动于衷的。

路歇斯　让事实证明一切吧。

克洛顿　我们的王上向您表示欢迎。请您在我们这儿多玩儿一两天。要是以后您要跟我们用另一副面目相见，您必须在海水的拱卫中找寻我们；要是您能够把我们驱逐出去，我们的国土就是你们的；要是你们的冒险失败了，那就便宜了我们的乌鸦，你们的尸体可以让它们饱餐一顿：事情就是这样了。

路歇斯　很好，阁下。

辛白林　我知道你们主上的意思，他也知道我的意思。我现在所要向你说的唯一的话，就是"欢迎"！（同下）

第二场 同前。另一室

毕萨尼奥 上，读信。

毕萨尼奥 怎么！犯了奸淫！你为什么不写明这是哪一个鬼东西捏造她的谣言？里奥那托斯！啊，主人！什么毒药把你的耳朵麻醉了？哪一个毒手毒舌的、奸恶的意大利人向你搬弄是非，你会这样轻易地听信他？不忠实！不，她是因为忠贞不二而受尽折磨，像一个女神一般，超过一切妻子所应尽的本分，她用过人的毅力，抵抗着即使贞妇也不免屈服的种种胁迫。啊，我的主人！你现在对她所怀的卑劣的居心，恰恰和你低微的命运相称。嘿！我必须杀死她，是因为我曾经立誓尽忠于你的命令吗？我，她？她的血？要是必须这样才算尽了一个仆人的责任，那么我宁愿永远不要做人家的忠仆。我的面目难道竟是这样冷酷无情，会动手干这种没有人心的事吗？"此事务须速行无忽。余已遵其请求，另有一函致达彼处，该信将授汝以机会。"啊，可恶的书信！你的内容正像那写在你上面的墨水一般黑。无知无觉的纸片，你做了这件罪行的同谋者，你的外表却是这样处女般的圣洁吗？瞧！她来了。我必须把主人命令我做的事隐瞒起来。

伊摩琴上。

伊摩琴 啊，毕萨尼奥！

毕萨尼奥 公主，这儿有一封我的主人寄来的信。

伊摩琴 谁？你的主？那就是我的主里奥那托斯。啊！要是有哪一个占星的术士熟悉天上的星辰，正像我熟悉他的字迹一样，那才真算得学术湛深，他的慧眼可以观察到未来的一切。仁慈的神明啊，但愿这儿写着的，只是爱，是我主的健康，是他的满足，可是并不是他对于我们两人远别的满足；让这一件事使他

辛白林

悲哀吧，有些悲哀是有药饵的作用的，这一种悲哀也是，因为它可以滋养爱情；但愿他一切满足，只除了这一件事！好蜡，原谅我，造下这些把心事密密封固的锁键的蜂儿们啊，愿你们有福！好消息，神啊！"噫，至爱之人乎！设卿不愿与仆更谋一面，则将重创仆心；纵令仆为卿父所获而被处极刑，其惨痛尚不若如是之甚。仆今在密尔福德港之堪勃利亚；倘蒙垂怜，幸希临视，否则悉随卿意可耳。山海之盟，永矢勿谖；爱慕之忱，与日俱进。敬祝万福！里奥那托斯·波塞摩斯手启。"啊！但愿有一匹插翅的飞马！你听见了吗，毕萨尼奥？他在密尔福德港；读了这封信，再告诉我到那里去有多少路。要是一个没有要事的人，费了一星期的跋涉，就可以走到那里，那么为什么我不能在一天之内飞步赶到？所以，忠心的毕萨尼奥——你也像我一样渴想着见一见你主人的面吧；啊！让我改正一句，你虽然思念你的主人，可是并不像我一样；你的思念之心是比较淡薄的；啊！你不会像我一样，因为我对于他的爱慕超过一切的界限——说，用大声告诉我——爱情的顾问应该用充耳的雷鸣震聋听觉——到这幸福的密尔福德有多少路程，同时告诉我威尔士何幸而拥有这样一个海港；可是最重要的，你要告诉我，我们怎么可以从这儿逃走出去，从出走到回来这一段时间，用怎样的计策才可以遮掩过他人的耳目；可是首先还是告诉我逃走的方法。为什么要在事前预谋掩饰？这问题我们尽可慢慢再谈。说，我们骑着马一小时可以走几里路？

毕萨尼奥　从日出到日没，公主，二十里路对于您已经足够了，也许这样还嫌太多。

伊摩琴　嗳哟，一个骑了马去上刑场的人，也不会走得这样慢。我曾经听说有些赛马的骑士，他们的马走得比沙漏里的沙还快。可是这些都是傻话。去叫我的侍女诈称有病，说她要回家去看看她的父亲；然后立刻替我备下一身骑装，不必怎样华贵，只要适宜于一个小乡绅的妻子的身份就得了。

毕萨尼奥　公主，您最好还是考虑一下。

伊摩琴　我只看见我眼前的路，朋友；这儿的一切，或是以后发生的事情，都笼罩在迷雾之中，望去只有一片的模糊。去吧，我求求你；照我的吩咐做去。不用再说别的话语，密尔福德是我唯一的去处。（同下）

第三场　威尔士。山野，有一岩窟

培拉律斯、吉德律斯及阿维拉古斯自山洞中上。

培拉律斯　真是好天气！像我们这样住在低矮的屋宇下的人，要是深居不出，那才是辜负了天公的美意。弯下身子来，孩子们；这一个洞门教你们怎样崇拜上天，使你们在清晨的阳光之中，向神圣的造物者鞠躬致敬。帝王的宫门是高敞的，即使巨人们也可以高戴他们丑恶的头巾，从里面大踏步出来，而无须向太阳敬礼。早安，美好的苍天！我们虽然住在岩窟之中，却不像那些高楼大厦中的人们那样对你冷淡无情。

吉德律斯　早安，苍天！

阿维拉古斯　早安，苍天！

培拉律斯　现在要开始我们山间的狩猎。到那边山上去，你们的腿是年轻而有力的；我只好在这儿平地上跑跑。当你们在上面看见我只有乌鸦般大小的时候，你们应该想到你们所处的地位，正可以显示出万物的渺小和自己的崇高；那时你们就可以回想到我曾经告诉你们的关于宫廷、君主和战争的权谋的那些故事，功成名就之时，也就是藏弓烹狗之日；想到了这些，可以使我们从眼前所见的一切事物之中获得教益，我们往往可以这样自慰，硬壳的甲虫是比奋翼的猛鹰更为安全的。啊！我们现在的生活，不是比小心翼翼地恭候着他人的叱责、受了贿赂而无所事事、穿着不用钱买的绸缎的那种生活更高尚、更富有、更值得自傲吗？那些受人供养，非但不知报答，还要人家向他脱帽致敬的人，他们的生活是不能跟我们相比的。

吉德律斯　这些话只是您的经验之谈，我们是羽翼未丰的小鸟，从来不曾离巢远飞，也不知道家乡之外还有什么天地。要是平静安宁的生活是最理想的生活，也许这样的生活是最美满的；对于您这样一位饱尝人世辛酸的老人家，当然会格外觉得它的可爱；可是对于我们，它却是愚昧的暗室、卧榻上的旅行、不敢跨越一步的负债者的牢狱。

阿维拉古斯　当我们像您一样年老的时候，我们有些什么话可以向人诉说呢？当我们听见狂暴的风雨打击着黑暗的严冬的时候，在我们阴寒的洞窟之内，我们应该用些什么话题，来排遣这冷冰冰的时间呢？我们什么都没有见过。我们全然跟野兽一样，在觅食的时候，我们是像狐狸一般狡狯、像豺狼一般凶猛的；我们的勇敢只是用来追逐逃走的猎物。正像被囚的鸟儿一样，我们把笼子当作了唱歌的所在，高唱着我们的羁囚。

培拉律斯　你们说的是什么话！要是你们知道城市中的榨取掠夺，亲自领略过那种抽筋刮髓的手段；要是你们知道宫廷里的勾心斗角，去留都是同样的困难，爬得越高，跌得越惨，即使幸免陨越，那如履薄冰的惴惧，也就够人受了；要是你们知道战争的困苦，为了名誉和光荣，追寻着致命的危险，一旦身死疆场，往往只留下几行诬谤的墓铭，记录他生前的功业；是的，立功遭谴，本来是不足为奇的事，最使人难堪的，你还必须恭恭敬敬地赔着小心，接受那有罪的判决。孩子们啊！世人可以在我身上读到这一段历史：我的肉体上留着罗马人刀剑的伤痕，我的声誉一度在最知名的人物之间忝居前列；我曾经获得辛白林的眷宠；当人们谈起战士的时候，我的名字总离不了他们的嘴边；那时我正像一株枝头满垂着果子的大树，可是在一夜之间，狂风突起或是盗贼光临，由你们怎么说都行，摇落了我成熟的果实，不，把我的叶子都一起摇了下来，留下我这枯干秃枝，忍受着风霜的欺凌。

吉德律斯 不可靠的恩宠！

培拉律斯 我屡次告诉你们，我并没有犯什么过失，可是我的完整的荣誉，敌不了那两个恶人的虚伪的谗言，他们向辛白林发誓说我和罗马人密谋联络。自从我那次被他们放逐以后，这二十年来，这座岩窟和这一方土地就成为我的世界，我在这儿过着正直而自由的生活，在我整个的前半生中，还不曾有过这样的机会，可以让我向上天掬献我的虔诚的感谢。可是到山岭上去吧！这不是猎人们的语言。谁最先把鹿捉到，谁就是餐席上的主人，其余的两人将要成为他的侍者；我们无须担心有人下毒，像那些豪门中的盛筵一样。我在山谷里和你们会面吧。（吉德律斯、阿维拉古斯同下）天性中的灵明是多么不容易掩没！这两个孩子一定不知道他们是国王的儿子；辛白林也永远梦想不到他们尚在人间。他们以为我是他们的父亲；虽然他们是在这俯腰曲背的卑微的洞窟之中被教养长大，他们的雄心却可以冲破王宫的屋顶，他们过人的天性，使他们在简单渺小的事物之中显示出他们高贵的品格。这一个波里多，辛白林的世子，不列颠王统的继承者，吉德律斯是他的父王为他所取的本名——神啊！当我坐在三脚凳上，向他讲述我的战绩的时候，他的心灵就飞到了我的故事的中间；他说："我的敌人也是这样倒在地上，我也是这样把我的脚踏住他的脖子。"就在那时候，他的高贵的血液升涨到他的颊上，他流着汗，他的幼稚的神经紧张至极，他装出种种的姿势，表演着我所讲的一切情节。他的弟弟凯德华尔——阿维拉古斯是他的本名——也像他哥哥一样,常常把生命注入我的叙述之中,充分表现出他活跃的想象力。听!猎物已经赶起来了。辛白林啊!上天和我的良心知道,你不应该把我无辜放逐;为了一时气愤,我才把这两个孩子偷了出来,那时候一个三岁,一个还只有两岁;因为你褫夺了我的土地,我才想要绝灭你的后嗣。尤莉菲尔,你是他们的乳母,他们把你当作他们的母亲,每天都要到你的墓前凭吊。我自己,培拉律斯,现在化名为摩根,是他们心目中的亲生严父。打猎已经结束了。(下)

第四场　密尔福德港附近

毕萨尼奥及伊摩琴上。

伊摩琴　当我们下马的时候,你对我说那地方没有几步就可以走到;我的母亲生我那天渴想着看一看我的那种心情,还不及我现在盼望他的热切。毕萨尼奥!朋友!波塞摩斯在哪儿?你这样呆呆地睁大了眼睛,心里在转些什么念头?为什么你要深深地叹息?要是照你现在的形状描成一幅图画,人家也会从它上面看出一副茫然若失的心情。拿出一些勇气来吧,否则我将要惶惑不安了。什么事?为什么你用那么冷酷的眼光,把这一封信交给我?假如它是盛夏的喜讯,你应该笑逐颜开;假如它是严冬的噩耗,那么继续保持你这副脸相吧。我的丈夫的笔迹!那为毒药所麻醉的意大利已经使他中了圈套,他现在是在不能自拔的窘境之中。说,朋友;我自己读下去也许是致命的消息,从你嘴里说出来或者可以减轻一些它的严重性。

毕萨尼奥　请您念下去吧;您将要知道我是最为命运所蔑视的一个倒霉的家伙。

伊摩琴 "毕萨尼奥乎，尔之女主人行同娼妓，证据凿凿，皆为余所疾首痛心，永志不忘者。此言并非无端之猜测，其确而可信，殆无异于余心之悲痛；耿耿此恨，必欲一雪而后快。毕萨尼奥乎，尔之忠诚倘未因受彼濡染而变色，则尔当手刃此妇，为余尽报复之责。余已致函彼处，嘱其至密尔福德港相会，此实为尔下手之良机。设尔意存迟疑，不果余言，则彼之丑行，尔实与谋；一为失贞之妇，一为不忠之仆，余之愤怒将兼及尔身。"

毕萨尼奥 我何必拔出我的剑来呢？这封信已经把她的咽喉切断了。不，那是谣言，它的锋刃比刀剑更锐利，它的长舌比尼罗河中所有的毒蛇更毒，它的呼吸驾着疾风，向世界的每一个角落散播它的恶意的诽谤；宫廷之内、政府之中、少女和妇人的心头，以至于幽暗的坟墓，都是这恶毒的谣言伸展它的势力的所在。您怎么啦，公主？

伊摩琴 失贞！怎么叫做失贞？因为思念他而终宵不寐吗？一点钟又一点钟地流泪度过吗？在倦极入睡的时候，因为做了关于他的噩梦而哭醒过来吗？这就是失贞，是不是？

毕萨尼奥 唉！好公主！

伊摩琴 我失贞！问问你的良心吧！阿埃基摩，你曾经说过他怎样怎样放荡，那时候我瞧你像一个恶人；现在想起来，你的面貌还算是好的。哪一个涂脂抹粉的意大利淫妇迷住了他；可怜的我是已经陈旧的了，正像一件不合时式的衣服，挂在墙上都嫌刺目，所以只好把它撕碎；让我也被你们撕得粉碎吧！啊！男人的盟誓是妇女的陷阱！因为你的变心，夫啊！一切美好的外表都是掩饰奸恶的面具；它不是天然生就，而是为要欺骗妇女而套上去的。

毕萨尼奥 好公主，听我说。

伊摩琴 正人君子的话，往往被认为是虚伪；奸诈小人的眼泪，却容易博取人们的同情。波塞摩斯，你的堕落将要影响到一切俊美的男子，他们的风流秀雅，将要成为诈伪欺心的标记。来，朋友，做一个忠实的人，执行你主人的命令吧。当你看见他的时候，请你向他证明我的服从。瞧！我自己把剑拔出来了；拿着它，把它刺进我爱情的纯洁殿堂——我的心坎里去吧。不用害怕，它除了悲哀之外，已经什么也没有了；你的主人不在那儿，他本来是它唯一的财富。照他的吩咐实行，举起你的剑来。你在正大的行动上也许是勇敢的，可是现在你却像一个懦夫。

毕萨尼奥　去，万恶的武器！我不能让你玷污我的手。

伊摩琴　不，我必须死；要是我不死在你的手里，你就不是你主人的仆人。我的软弱的手没有自杀的勇气，因为那是为神圣的教条所禁止的。来，这儿是我的心。它的前面还有些什么东西；且慢！且慢！我们要撤除一切的防御，像剑鞘一般服帖顺从。这是什么？忠实的里奥那托斯的金科玉律，全变成了异端邪说！去，去，我的信心的破坏者！我不要你们再做我的心灵的护卫了。可怜的愚人们是这样信任着虚伪的教师；虽然受欺者的心中感到深刻的剧痛，可是欺诈的人也逃不了更痛苦的良心的谴责。你，波塞摩斯，你使我反抗我的父王，把贵人们的求婚蔑弃不顾，今后你将会知道这不是寻常的行为，而是需要罕有的勇气的。我还要为你悲伤，当我想到你现在所贪恋的女人，一旦把你厌弃以后，关于我的记忆将要使你感到怎样的痛苦。请你赶快动手吧；羔羊在向屠夫恳求了；你的刀子呢？这不但是你主人的命令，也是我自己的愿望，你不该迟疑退缩。

毕萨尼奥　啊，仁慈的公主！自从我奉命执行这一任务以来，我还不曾有过片刻的安睡。

伊摩琴　那么快把事情办好，回去睡觉吧。

毕萨尼奥　那我宁可熬瞎了眼睛。

伊摩琴　那么为什么接受这一件使命？为什么为了一个虚伪的借口，走了这么多的路？为什么要到这儿来？我们两人的行动，我们马儿的跋涉，都为着什么？为什么浪费这么多的时间？为什么要引起宫廷里对于我的失踪的惊疑？——那边我是准备再也不回去的了——为什么你已经走到你的指定的屠场，那被选中的鹿儿就在你的面前，你又改变了主意？

毕萨尼奥　我的目的只是要拖延时间，逃避这样一件罪恶的差使。我已经在一路上盘算出一个办法。好公主，耐心听我说吧。

伊摩琴　说吧，尽你说到舌敝唇焦。我已经听见说我是个娼妓，我的耳朵早被谎话所刺伤，任何的打击都不能使它感到更大的痛苦，也没有哪一根医生的探针可以探测我的伤口有多么深。可是你说吧。

毕萨尼奥　那么，公主，我想您是不会再回去的了。

伊摩琴　那当然啦，你不是带我到这儿来杀死我的吗？

毕萨尼奥　不，不是那么说。可是我的智慧要是跟我的良心一样可靠，那么我的计策也许不会失败。我的主人一定是受了人家欺骗；不知哪一个恶人，嗯，一个千刁万恶的恶人，用这种该死的手段离间你们两人的感情。

伊摩琴　一定是哪一个罗马的娼妓。

毕萨尼奥　不，凭着我的生命起誓。我只要通知他您已经死了，按照他的吩咐，寄给他一些血证；您从宫廷里失踪的消息；可以使他对于这件事深信不疑。

伊摩琴　嗳哟，好人儿，你叫我干些什么事？住在什么地方？怎样生活下去？我的丈夫认为我已经死去了，那我的生命中还有什么乐趣？

毕萨尼奥　要是您还愿意回到宫里去——

辛白林

伊摩琴 没有宫廷,没有父亲;再也不要受那个粗鲁的、居高位的、愚蠢的废物克洛顿的烦扰!那克洛顿,他的求爱对于我就像敌军围攻一样可怕。

毕萨尼奥 要是不回宫里去,那么您就不能住在英国。

伊摩琴 那么到什么地方去呢?难道一切的阳光都是照在英国的吗?除了英国之外,别的地方都是没有昼夜的吗?在世界的大卷册中,我们的英国似乎附属于它,却并不是它本身的一部分;她是广大的水池里一个天鹅的巢。请你想一想,英国以外也是有人居住的。

毕萨尼奥 我很高兴您想到别的地方。罗马的使臣路歇斯明天要到密尔福德港来了。要是您能够适应您目前的命运,改变一下您的装束——因为照您现在这样子,对于您是不大安全的——您就可以走上一条光明大道,饱览人世间的形形色色;而且也许还可以接近波塞摩斯所住的地方,即使您看不见他的一举一动,至少也可以从人们的传说之中,随时听到关于他的确实消息。

伊摩琴 啊!要是有这样的机会,只要对于我的名节没有毁损,即使冒一些危险,我也愿意一试。

毕萨尼奥 好,那么听我说来。您必须忘记您是一个女人,把命令换成服从,把女人本来的怕事和小心,换成放肆的大胆;您必须把讥笑的话随时挂在口头;您必须应答敏捷,不怕得罪别人,还要像鼬鼠一般喜欢吵架;而且您必须忘掉您有一张世间最珍贵的面孔,让它去受遍吻一切的阳光的贪婪的抚摩,虽然太不忍心了,可是唉!这也是没有办法的事;最后,您必须忘掉那曾经使天后朱诺妒恨的一切繁细而工致的修饰。

伊摩琴 得啦,说简单一些。我明白你的用意,差不多已经变成一个男人啦。

毕萨尼奥 第一,您要把自己装扮得像一个男人。我因为预先想到这一层，早已把紧身衣、帽子、长袜和一切应用的物件准备好了，它们都在我的衣包里面。您穿起了这样的服装，再摹仿一些像您这样年龄的青年男子们的神气，就可以到尊贵的路歇斯面前介绍您自己，请求他把您收留，对他说，您能够侍候他的左右，对于您是一件莫大的幸事。要是他有一双鉴赏音乐的耳朵，听了您这样娓娓动人的话语，一定会非常高兴地拥抱您，因为他不但为人正直，而且秉性也是非常仁慈的。您在外面的费用，一切都在我身上；我会随时供给您的。

伊摩琴　你是天神们赐给我的唯一的安慰。去吧；还有一些事情需要考虑，可是我们将要利用时间给与我们的机会。我已经下了决心，实行这样的尝试，并且准备用最大的勇气忍受一切。你去吧。

毕萨尼奥　好，公主，我们必须这样匆匆地分手了，因为我怕他们不见我的踪迹，会疑心到是我骗诱您从宫中出走的。我的尊贵的女主人，这儿有一个小匣子，是王后赐给我的，里面藏着灵奇的妙药；要是您在海上晕船，或是在陆地上感到胸腹作恶，只要服下一点点儿，就可以药到病除。现在您快去找一处有树木荫蔽的所在，把您的男装换起来吧。愿天神们引导您到最幸福的路上！

伊摩琴　阿门。我谢谢你。（各下）

第五场　辛白林宫中一室

辛白林、王后、克洛顿、路歇斯、群臣及侍从等上。

辛白林　再会吧，恕不远送了。

路歇斯　谢谢陛下。敝国皇帝已经有命令来，我不能不回去。我很遗憾我必须回国复命，说您是我的主上的敌人。

辛白林

辛白林　阁下,我的臣民不愿忍受他的束缚;要是我不能表示出比他们更坚强的态度,那是有失一个国王的身份的。

路歇斯　是的,陛下。我还要向您请求派几个人在陆地上护送我到密尔福德港。娘娘,愿一切快乐降在您身上!

王　　后　愿您也享受同样的快乐!

辛白林　各位贤卿,你们护送路歇斯大人安全到港,一切应有的礼节,不可疏忽。再会吧,高贵的路歇斯。

路歇斯　把您的手给我,阁下。

克洛顿　接受我这友谊的手吧;可是从今以后,我们是要化友为敌了。

路歇斯　阁下,结果还不知道胜败谁属哩。再会!

辛白林　各位贤卿,不要离开尊贵的路歇斯;等他渡过了塞汶河,你们再回来吧。祝福!(路歇斯及群臣下)

王　　后　他含怒而去;可是我们已向他说明了立场,那正是我们的光荣。

克洛顿　这样才好;勇敢的不列颠人谁都希望有这么一天。

辛白林　路歇斯早已把这儿的一切情形通知他的皇帝了,所以我们应该赶快把战车和马队调集完备。他们已经驻扎在法兰西的军队马上就可以传令出发,向我们的国境开始攻击。

王　　后　这件事可是马虎不得;我们必须奋起全力,迅速部署我们御敌的工作。

辛白林　幸亏我们早已预料到这一着,所以才能够有恃无恐。可是,我的好王后,我们的女儿呢?她并没有出来见罗马的使臣,也没有向我们问安。她简直把我们当作仇人一样看待,忘记了做女儿的责任了;我早就注意到她这一种态度。叫她出来见我;我们对她太过纵容了。(一侍从下)

王　　后　陛下,自从波塞摩斯放逐以后,她就过着深居简出的生活；这种精神上的变故，陛下，我想还是应该让时间来治愈它的。请陛下千万不要把她责骂；她是一位受不起委屈的小姐，你说了她一句话，就像用刀剑刺进她的心里，简直就是叫她死。

一侍从重上。

辛白林　她呢？我们应该怎么应付她这种藐视的态度？

侍　从　启禀陛下，公主的房间全都上了锁，我们大声呼喊，也没有人回答。

王　后　陛下，上一次我去探望她的时候，她请求我原谅她的闭门不出，她说因为身子有病，不能每天来向您请安，尽她晨昏定省的责任；她希望我在您的面前转达她的歉意，可是因为碰到国有要事，我也忘记向您提起了。

辛白林　她的门上了锁！最近没有人见过她的面！天哪，但愿我所恐惧的并不是事实！（下）

王　后　儿啊，你也跟着王上去吧。

克洛顿　她那个亲信的老仆毕萨尼奥，这两天我也没有见过。

王　后　去探查一下。（克洛顿下）毕萨尼奥，你这替波塞摩斯出尽死力的家伙！他有我给他的毒药；但愿他的失踪的原因是服毒身亡，因为他相信那是非常珍贵的灵药。可是她，她到什么地方去了呢？也许她已经对人生感觉绝望，也许她驾着热情的翅膀，飞到她心爱的波塞摩斯那儿去了。她不是奔向死亡，就是走在失去名誉的路上；无论走的是哪一条路，我都可以利用这个机会达到我的目的；只要她跌倒了，这一顶不列颠的王冠就可以稳稳地落在我的掌握之中。

克洛顿重上。

王　后　怎么啦，我的孩子！

克洛顿　她准是逃走啦。进去安慰安慰王上吧；他在那儿暴跳如雷，谁也不敢走近他。

王　后　（旁白）再好不过；但愿这一夜的气愤促短了他明日的寿命！（下）

克洛顿　我又爱她又恨她。因为她是美貌而高贵的，她娴熟一切宫廷中的礼貌，无论哪一个妇人少女都不及她的优美；每一个女人的长处她都有，她的一身兼备众善，超过了同时的侪辈。我是因此而爱她的。可是她瞧不起我，反而向卑微的波塞摩斯身上滥施她的爱宠，这证明了她的不识好坏，虽然她有其他种种难得的优点，也不免因此而逊色；为了这一个缘故，我决定恨她，不，我还要向她报复我的仇恨。因为当傻子们——

毕萨尼奥上。

克洛顿　这是谁？什么！你想逃走吗，狗才？过来。啊，你这好王八羔子！混蛋，你那女主人呢？快说，否则我立刻送你见魔鬼去。

毕萨尼奥　啊，我的好殿下！

克洛顿　你的女主人呢？凭着朱庇特起誓，你要是再不说，我也不再问你了。阴刁的奸贼，我一定要从你的心里探出这个秘密，否则我要挖破你的心找出它来。她是跟波塞摩斯在一起吗？从他满身的卑贱之中，找不出一丝可取的地方。

毕萨尼奥　唉，我的殿下！她怎么会跟他在一起呢？她几时不见的？他是在罗马呢。

克洛顿　她到哪儿去了？走近一点儿，别再吞吞吐吐了。明明白白告诉我，她的下落怎么样啦？

毕萨尼奥　啊，我的大贤大德的殿下！

克洛顿　大奸大恶的狗才！赶快对我说你的女主人在什么地方。一句话，再不要干嚷什么"贤德的殿下"了。说，否则我立刻叫你死。

毕萨尼奥　那么，殿下，我所知道的关于她的出走的经过，都在这封信上。（以信交与克洛顿）

克洛顿　让我看看。我要追上她去，哪怕一直追到奥古斯特斯的御座之前。

毕萨尼奥　（旁白）要是不给他看这封信，我的性命难保。她已经去得很远了；他看了这信的结果，不过让他白白奔波了一趟，对于她是没有什么危险的。

克洛顿　哼！

毕萨尼奥　（旁白）我要写信去告诉我的主人，说她已经死了。伊摩琴啊！愿你一路平安，无恙归来！

克洛顿　狗才，这信是真的吗？

毕萨尼奥　殿下，我想是真的。

克洛顿　这是波塞摩斯的笔迹；我认识的。狗才，要是你愿意弃暗投明，不再做一个恶人，替我尽忠办事，我有什么重要的事情需要你帮忙的时候，无论叫你干些什么恶事，你都毫不迟疑地替我出力办好，我就会把你当作一个好人；本大爷有的是钱，你不会缺吃少穿的，升官晋爵，只要我一句话。

毕萨尼奥　呃，我的好殿下。

克洛顿　你愿意替我做事吗？你既然能够一心一意地追随那个穷鬼波塞摩斯的破落的命运，为了感恩的缘故，我想你一定会成为我的忠勤的仆人。你愿意替我做事吗？

毕萨尼奥　殿下，我愿意。

克洛顿　把你的手给我；这儿是我的钱袋。你手边有没有什么你那旧主人留下来的衣服？

毕萨尼奥　有的，殿下，在我的寓所里，就是他向我的女主人告别的时候所穿的那一套。

克洛顿　你替我做的第一件事，就是把那套衣服拿来。这是你的第一件工作,去吧。

毕萨尼奥 我就去拿来,殿下。(下)

克洛顿 在密尔福德港相会!——我忘记问他一句话,等会儿一定记好了——就在那里,波塞摩斯,你这狗贼,我要杀死你。我希望这些衣服快些拿来。她有一次向我说过——我现在想起了这句话的刻毒,就想从心里把它呕吐出来——她说在她看起来,波塞摩斯的一件衣服,都要比我这天生高贵的人物,以及我随身所有的一切美德,更值得她的爱重。我要穿着这一身衣服去奸污她;先在她的眼前把他杀了,让她看看我的勇敢,那时她就会痛悔从前不该那样瞧不起我。他躺在地上,我的辱骂的话向他的尸体发泄完了,我刚才说过的,为了使她懊恼起见,我还要穿着这一身受过她这样赞美的衣服,在她的身上满足我的欲望,然后我就打呀踢呀地把她赶回宫里来。她把我侮辱得不亦乐乎,我也要痛痛快快地报复她一下。

毕萨尼奥持衣服重上。

克洛顿 那些就是他的衣服吗?

毕萨尼奥 是的,殿下。

克洛顿 她到密尔福德港去了多久了?

毕萨尼奥 她现在恐怕还没有到哩。

克洛顿 把这身衣服送到我的屋子里去,这是我吩咐你做的第二件事。第三件事是你必须对我的计划自愿保守秘密。只要尽忠竭力,总会有好处到你身上的。我现在要到密尔福德港复仇去;但愿我肩上生着翅膀,让我飞了过去!来,做一个忠心的仆人。(下)

毕萨尼奥 你叫我抹杀我的良心,因为对你尽忠,我就要变成一个不忠的人;我的主人是一个正人君子,我怎么也不愿叛弃他的。到密尔福德去吧,愿你扑了一场空,找不到你所要追寻的

人。上天的祝福啊，尽量灌注到她的身上吧！但愿这傻子一路上阻碍重重，让他枉自奔波，劳而无功！（下）

第六场　威尔士。培拉律斯山洞前

伊摩琴男装上。

伊摩琴　我现在明白了做一个男人是多么麻烦；我已经筋疲力尽，连续两夜把大地当作我的眠床；倘不是我的决心支持着我，我早就病倒了。密尔福德啊，当毕萨尼奥在山顶上把你指给我看的时候，你仿佛就在我的眼底。天哪！难道一个不幸的人，连一块安身之地都不能得到吗？我想他所到之处，就是地面也会从他的脚下逃走的。两个乞丐告诉我，我不会迷失我的路径；难道这些可怜的苦人儿，他们自己受着痛苦，明知这是上天对他们的惩罚和磨难，还会向人撒谎吗？是的，富人们也难得讲半句真话，怎么能怪他们？被锦衣玉食汩没了本性，是比因穷困而撒谎更坏的；国王们的诈欺，是比乞丐的假话更可鄙的。我亲爱的夫君啊！你也是一个欺心之辈。现在我一想到你，我的饥饿也忘了，可是就在片刻之前，我已经饿得快要站不起来了。咦！这是什么？这儿还有一条路通到洞口；它大概是野人的巢窟。我还是不要叫喊，我不敢叫喊；可是饥饿在没有使人完全失去知觉以前是会提起人的勇气的。升平富足的盛世徒然养出一批懦夫，困苦才永远是坚强之母。喂！有人吗？要是里面住着文明的人类，回答我吧；假如是野人的话，我也要向他们夺取或是告借一些食物。喂！没有回答吗？那么我就进去。最好还是拔出我的剑；万一我的敌人也像我一样见了剑就害怕，他会瞧都不敢瞧它的。老天啊，但愿我所遇到的是这样一个敌人！（进入洞中）

培拉律斯、吉德律斯及阿维拉古斯上。

培拉律斯　你,波里多,已经证明是我们中间最好的猎人;你是我们餐席上的主人,凯德华尔跟我将要充一下厨役和侍仆,这是我们预先约定的;劳力的汗水只是为了它所期望的目的而干涸。来,我们空虚的肚子将会使平常的食物变得可口;疲倦的旅人能够在坚硬的山石上沉沉酣睡,终日偃卧的懒汉却嫌绒毛的枕头太硬。愿平安降临于此,可怜的无人照管的屋子!

吉德律斯　我累得一点力气也没有了。

阿维拉古斯　我虽然因疲劳而乏力,胃口倒是非常之好。

吉德律斯　洞里有的是冷肉;让我们一面嚼着充饥,一面烹煮我们今天打来的野味吧。

培拉律斯　(向洞中窥望)且慢;不要进去。倘不是他在吃着我们的东西,我一定会当他是个神仙。

吉德律斯　什么事,父亲?

培拉律斯　凭着朱庇特起誓,一个天使!要不然的话,也是一个人间绝世的美少年!瞧这样天神般的姿容,却还只是一个年轻的孩子!

伊摩琴重上。

伊摩琴　好朋友们,不要伤害我。我在走进这里来以前,曾经叫喊过;我本来是想问你们讨一些或是买一些食物的。真的,我没有偷什么,即使地上散满金子,我也不愿拾取。这儿是我吃了你们的肉的钱;我本来想在吃过以后,把它留在食桌上,再替这里的主人作过感谢的祷告,然后才出来的。

吉德律斯　钱吗,孩子?

阿维拉古斯　让一切金银化为尘土吧!只有崇拜污秽的邪神的人才会把它看重。

伊摩琴　我看你们在发怒了。假如你们因为我干了这样的错事而杀死我,你们要知道,我不这么干也就不能活命啦。

培拉律斯　你要到什么地方去？

伊摩琴　到密尔福德港。

培拉律斯　你叫什么名字？

伊摩琴　我叫斐苔尔，老伯。我有一个亲戚，他要到意大利去；他在密尔福德上船；我现在就要到他那儿去，因为走了许多路，肚子饿得没有办法，才犯下了这样的错误。

培拉律斯　美貌的少年，请你不要把我们当作山野的伧夫。也不要凭着我们所住的这一个粗陋的居处，错估了我们善良的心性。欢迎你！天快黑了；你应该养养你的精神，然后再动身赶路。请就在这里住下来，陪我们一块儿吃些东西吧。孩子们，你们也欢迎欢迎他。

吉德律斯　假如你是一个女人，兄弟，我一定向你努力追求，非让我做你的新郎不可。说老实话，我愿意出最高的代价把你买到。

阿维拉古斯　我要因为他是个男子而感到快慰；我愿意爱他像我的兄弟一样。正像欢迎一个久别重逢的亲人，我欢迎你！快活起来吧，因为你是我们的朋友了。

伊摩琴　是朋友，也是兄弟。（旁白）但愿他们真是我父亲的儿子，那么我的身价多少可以减轻一些，波塞摩斯啊，你我之间的鸿沟，也不至于这样悬隔了。

培拉律斯　他有些什么痛苦，在那儿愁眉不展呢？

吉德律斯　但愿我能够替他解除！

阿维拉古斯　我也但愿能够替他解除，不管他有些什么痛苦，不管那需要多少的劳力，冒多大的危险。神啊！

培拉律斯　听着，孩子们。（耳语）

伊摩琴　高人隐士，他们潜居在并不比这洞窟更大的斗室之内，洁身自好，与世无争，保持他们纯洁的德性，把世俗的过眼荣华置之不顾，这样的人果然可敬，但是还不及这两个少年质朴得可爱。恕我，神啊！既然里奥那托斯这样薄情无义，我愿变成一个男子和他们做伴。

培拉律斯　就这样吧。孩子们，我们去把猎物烹煮起来。美貌的少年，进来。肚子饿着的时候，谈话是很乏力的；等我们吃过晚餐，我们再详细询问你的身世，要是你愿意告诉我们的话。

吉德律斯　请过来吧。

阿维拉古斯　鸱枭对于黑夜，云雀对于清晨，也不及我们对你的欢迎。

伊摩琴　谢谢，大哥。

阿维拉古斯　请过来吧。（同下）

第七场　罗马。广场

二元老及众护民官上。

元老甲　皇上有旨：本国平民方今正在讨伐巴诺尼亚人和达尔迈西亚人的叛乱，目前驻屯法兰西的军团，实力薄弱，不够膺惩二心的不列颠人，所以传谕全国士绅，一律踊跃从征。他晋封路歇斯为执政长官；全权委任你们各位护民官负责立即征募兵员。凯撒万岁！

护民官甲　路歇斯是全军的主将吗？

元老乙　是的。

护民官甲　他现在还在法兰西吗？

元老甲　带领着我刚才所说的那几个军团，正在等候着你们征募的军队前去补充。在你们的委任状上，写明了需要的兵额和他们开拔的限期。

护民官甲　我们一定履行我们的责任。（同下）

第四幕

第一场　威尔士。培拉律斯山洞附近森林

克洛顿上。

克洛顿　要是毕萨尼奥指示我的方向没有错,那么这儿离开他们约会的地点应该不远了。他的衣服我穿着多么合身!既然穿得上他的衣服,为什么配不上他的爱人呢?她不是跟他的裁缝一样,都是上帝的造物吗?据说,女人究竟能不能配上,全得看她一时的冲动——对不起,我说得太过露骨了。反正我必须使尽浑身解数才是。我敢老实对自己说一句话——因为一个人在自己房间里照照镜子是算不得虚荣的——我的意思是说,我的全身的线条正像他一样秀美;同样的年轻,讲身体我比他结实,讲命运我不比他坏,讲眼前的地位他不及我,讲出身他没有我高贵;我们同样通晓一般的庶务,可是在单打独斗的时候,我比他更了不起;然而这个不识好歹的丫头偏偏丢下了我去爱他!人真是莫名其妙的东西!波塞摩斯,你的头现在还长在你的肩膀上,一小时之内,它就要掉下来了;你的爱人要被我强奸,你的衣服要当着她的面被撕成碎片;等到这一切都干完以后,我要把她踢回家去

见她的父亲,她的父亲见我用这种粗暴的手段对待他的女儿,也许会有点儿生气,可是我的母亲是能够控制他的脾气的,到后来还是我得到一切的赞美。我的马儿已经拴好;出来,宝剑,去饮仇人的血吧!命运之神啊,愿你让他们落在我的手里!这儿正是他所描写的他们约会的地点;那家伙想来不敢骗我。(下)

第二场 培拉律斯山洞之前

培拉律斯、吉德律斯、阿维拉古斯及伊摩琴自洞中上。

培拉律斯 (向伊摩琴)你身子不大舒服,还是留在洞里;等我们打完了猎就回来看你。

阿维拉古斯 (向伊摩琴)兄弟,安心住着吧;我们不是兄弟吗?

伊摩琴 人们本来应该像兄弟一般彼此亲爱;可是黏土也有贵贱的区分,虽然它们本身都是同样的泥块。我病得很难过。

吉德律斯 你们去打猎吧;我来陪他。

伊摩琴 我没有什么大病,就是有点儿不舒服;可是我还不像那些娇生惯养的公子哥儿一般,没有病就装出一副快要死了的神气。所以请你们让我一个人待着吧;不要放弃你们每日的工作;破坏习惯就是破坏一切。我虽然有病,你们陪着我也于事无补;对于一个耽好孤寂的人,伴侣并不是一种安慰。我的病不算厉害,因为我还能对它大发议论。请你们信任我,让我留在这儿吧;除了我自己以外,我是什么也不会偷的,我只希望一个人偷偷地死去。

吉德律斯 我爱你;我已经说过了;我对你的爱的分量,正像我爱我的父亲一样。

培拉律斯 咦!怎么!怎么!

莎士比亚传奇剧

阿维拉古斯 要是说这样的话是罪恶，父亲，那么这不单是我哥哥一人的过失。我不知道我为什么爱这个少年；我曾经听见您说，爱是没有理由的。假如柩车停在门口，有人问我应该让谁先死，我会说："让我的父亲死，让这少年活着吧。"

培拉律斯 （旁白）啊，高贵的气质！优越的天赋！伟大的胚胎！怯懦的父亲只会生怯懦的儿子，卑贱的事物出于卑贱。有谷实也就有糠麸，有猥琐的小人，也就有倜傥的豪杰。我不是他们的父亲；可是这少年不知究竟是什么人，却会造成这样的奇迹，使他们爱他胜于爱我。现在是早上九点钟了。

阿维拉古斯 兄弟，再会！

伊摩琴 愿你们满载而归！

阿维拉古斯 愿你恢复健康！请吧，父亲。

伊摩琴 （旁白）这些都是很善良的人。神啊，我听到一些怎样的谎话！我们宫廷里的人说，在宫廷以外，一切都是野蛮的；经验啊，你证实传闻的虚伪了。庄严的大海产生蛟龙和鲸鲵，清浅的小河里只有一些供鼎俎的美味的鱼虾。我还是觉得不舒服，心里一阵阵地难过。毕萨尼奥，我现在要尝试一下你的灵药了。（吞药）

吉德律斯 我不能鼓起他的精神来。他说他是良家之子，遭逢不幸，忠实待人，却受到人家的欺骗。

阿维拉古斯 他也是这样回答我；可是他说以后我也许可以多知道一些。

培拉律斯 到猎场上去，到猎场上去！（向伊摩琴）我们暂时离开你一会儿；进去安歇安歇吧。

阿维拉古斯 我们不会去得很久的。

培拉律斯 请你不要害病，因为你必须做我们的管家妇。

伊摩琴 不论有病无病，我永远感念你们的好意。（下）

培拉律斯　这孩子虽然身处困厄,但看来他是有很好的家教的。

阿维拉古斯　他唱歌时多么像个天使!

吉德律斯　他的烹饪的手段多么精巧!他把菜根切得整整齐齐;他调煮我们的羹汤,就像天后朱诺害病的时候曾经侍候过她的饮食一样。

阿维拉古斯　他用非常高雅的姿态,用一声叹息配合着一个微笑:那叹息似乎在表示自恨它不能成为这样一个微笑,那微笑却在讥讽那叹息,怪它从这样神圣的殿堂里飞了出来,去同那水手们所詈骂的风儿混杂在一起。

吉德律斯　我注意到悲哀和忍耐在他的心头长着根,彼此互相纠结。

阿维拉古斯　长大起来吧,忍耐!让那老朽的悲哀在你那繁盛的藤蔓之下解开它的枯萎的败根吧!

培拉律斯　已经是大白天了。来,我们走吧!——那儿是谁?

克洛顿上。

克洛顿　我找不到那亡命之徒;那狗才骗了我。我好累!

培拉律斯　"那亡命之徒"!他说的是不是我们?我好像认识他;这是克洛顿,王后的儿子。我怕有什么埋伏。我好多年没有看见他了,可是我认识他这个人。人家把我们当作匪徒,我们还是避开一下吧。

吉德律斯　他只有一个人。您跟我的弟弟去看看有没有什么人走过来;你们去吧,让我独自对付他。(培拉律斯、阿维拉古斯同下)

克洛顿　且慢!你们是些什么人,见了我就这样转身逃走?是啸聚山林的匪徒吗?我曾经听说过你们这种家伙。你是个什么奴才?

吉德律斯 人家骂我奴才,我要是不把他的嘴巴打歪,那我才是个不中用的奴才。

克洛顿 你是个强盗,破坏法律的匪徒。赶快投降,贼子!

吉德律斯 向谁投降?向你吗?你是什么人?我的臂膀不及你的粗吗?我的胆量不及你的壮吗?我承认我不像你这样爱说大话,因为我并不把我的刀子藏在我的嘴里。说,你是什么人,为什么要我向你投降?

克洛顿 你这下贱的贼奴,你不能从我的衣服上认出我吗?

吉德律斯 不,恶棍,我又不认识你的裁缝;他是你的祖父,替你做下了这身衣服,让你穿了像一个人的样子。

克洛顿 好一个利嘴的奴才,我的裁缝并没有替我做下这身衣服。

吉德律斯 好,那么谢谢那舍给你穿的施主吧。你是个傻瓜;打你也嫌污了我的手。

克洛顿 你这出口伤人的贼子,你只要一听我的名字,你就发起抖来了。

吉德律斯 你叫什么名字?

克洛顿 克洛顿,你这恶贼。

吉德律斯 你这恶透了的恶贼,原来你的名字就叫克洛顿,那可不能使我发抖;假如你叫蛤蟆、毒蛇、蜘蛛,那我倒也许还有几分害怕。

克洛顿 让我叫你听了格外害怕,嘿,我要叫你吓得发呆,告诉你吧,我就是当今王后的儿子。

吉德律斯 我很失望,你的样子并不像你的出身那么高贵。

克洛顿 你不怕吗?

吉德律斯 我只怕那些我所尊敬的聪明人;对于傻瓜们我只

有一笑置之，不知道他们有什么可怕。

克洛顿　过来领死。等我亲手杀死了你以后，我还要追上刚才逃走的那两个家伙，把你们的首级悬挂在国门之上。投降吧，粗野的山贼！（且斗且下）

培拉律斯及阿维拉古斯重上。

培拉律斯　不见有什么人。

阿维拉古斯　一个人也没有。您准是认错人啦。

培拉律斯　那我可不敢说；可是我已经好久没看见他了，岁月还没有模糊了他当年脸上的轮廓；那断续的音调，那冲口而出的言语，都正像是他。我相信这人一定就是克洛顿。

阿维拉古斯　我们是在这地方离开他们的。我希望哥哥给他一顿好好的教训；您说他是非常凶恶的。

培拉律斯　我说，他还没有像一个人，什么恐惧他都一点儿不知道；因为一个浑浑噩噩的家伙，往往胆大妄为，毫无忌惮。可是瞧，你的哥哥。

吉德律斯提克洛顿首级重上。

吉德律斯　这克洛顿是个傻瓜，一只空空的钱袋。即使赫剌克勒斯也砸不出他的脑子来，因为他根本是没有脑子的。可是我要是不干这样的事，我的头也要给这傻瓜拿下来，正像我现在提着他的头一样了。

培拉律斯　你干了什么事？

吉德律斯　我明白我自己所干的事：我不过砍下了一个克洛顿的头颅，据他自己所说，他是王后的儿子；他骂我反贼、山林里的匪徒，发誓要凭着他单人独臂的力量，把我们一网捕获，还要从我们的脖子上——感谢天神！——搬下我们的头颅，把它们悬挂在国门上示众。

培拉律斯　我们全完了。

吉德律斯 嗳哟，好爸爸，我们除了他所发誓要取去的我们的生命以外，还有什么可以失去的？法律并不保护我们；那么我们为什么向人示弱，让一个妄自尊大的家伙威吓我们，因为我们害怕法律，他就居然做起我们的法官和刽子手来？你们在路上看见有什么人来吗？

培拉律斯 我们一个人也没看见；可是我们有充分的理由相信他一定是带着随从来的。他的脾气固然是轻浮善变，往往从一件坏事摇身一转，就转到一件更大的坏事；可是除非全然发了疯，他绝不会一个人到这儿来。虽然宫廷里也许听到这样的消息，说是有我们这样的人在这儿穴居行猎，都是一些法外的匪徒，也许渐渐有扩展势力的危险；他听见了这样的话，正像他平日的为人一样，就自告奋勇，发誓要把我们捉住；然而他未必就会独自前来，他自己固然没有这样的胆量，他们也不会这样答应他。所以我们要是害怕他的身体上有一条比他的头更危险的尾巴，也不是没有根据的。

阿维拉古斯 让一切依照着天神的旨意吧；可是我的哥哥干得不错。

培拉律斯 今天我没有心思打猎；斐苔尔那孩子的病，使我觉得仿佛道路格外漫长似的。

吉德律斯 他挥舞他的剑，对准我的咽喉刺了过来，我一伸手就把它夺下，用他自己的剑割下了他的头颅。我要把它丢在我们山崖后面的溪涧里，让溪水把它冲到海里，告诉鱼儿他是王后的儿子克洛顿。别的我什么都不管。（下）

培拉律斯 我怕他们会来报复。波里多，你要是不干这件事多好！虽然你的勇敢与你是十分相称的。

阿维拉古斯 但愿我干下这样的事，让他们向我一个人报复！波里多，我用兄弟的至情爱着你，可是我很妒嫉你夺去了我这样一个机会。我希望复仇的人马会来找到我们,让我们尽我们所有的力气,跟他们较量一下。

培拉律斯　好,事情已经这样干下了。我们今天不用再打猎,也不必去追寻无益的危险。你先回到山洞里去,和斐苔尔两人把食物烹煮起来;我在这儿等候鲁莽的波里多回来,就同他来吃饭。

阿维拉古斯　可怜的有病的斐苔尔!我巴不得立刻就去看他;为了增加他的血色,我愿意放尽千百个像克洛顿这样家伙的血,还要称赞自己的心肠慈善哩。(下)

培拉律斯　神圣的造化女神啊!你在这两个王子的身上多么神奇地表现了你自己!他们是像微风一般温柔,在紫罗兰花下轻轻拂过,不敢惊动那芬芳的花瓣;可是他们高贵的血液受到激怒以后,就会像最粗暴的狂风一般凶猛,他们的威力可以拔起岭上的松柏,使它向山谷弯腰。奇怪的是一种无形的本能居然会在他们身上构成不学而得的尊严,不教而具的正直,他们的文雅不是效仿他人,他们的勇敢茁长在他们自己的心中,就像不曾耕耘,却得到了丰盛的收获一般!可是我总想不透克洛顿到这儿来对于我们究竟预兆着什么,也不知道他这一死将会引起怎样的后果。

吉德律斯重上。

吉德律斯　我的弟弟呢?我已经把克洛顿的首级丢下水里,叫他向他的母亲传话去了;他的身体暂时留下,作为抵押,等他回来向我们复命。(内奏哀乐)

培拉律斯　我的心爱的乐器!听!波里多,它在响着呢:可是凯德华尔现在为什么要把它弹奏起来?听!

吉德律斯　他在家里吗?

培拉律斯　他在家里。

吉德律斯　他是什么意思?自从我的最亲爱的母亲死了以

后，它还不曾发过一声响。一切严肃的事物，是应该适用于严肃的情境之下的。怎么一回事？无事而狂欢，和为了打碎玩物而痛哭，这是猴子的喜乐和小儿的悲哀。凯德华尔疯了吗？

阿维拉古斯抱伊摩琴重上，伊摩琴状如已死。

培拉律斯 瞧！他来了，他手里抱着的，正是我们刚才责怪他无事兴哀的原因。

阿维拉古斯 我们千般怜惜万般珍爱的鸟儿已经死了。早知会看见这种惨事，我宁愿从二八的韶年跳到花甲的颓龄，从一个嬉笑跳跃的顽童变成一个扶杖蹒跚的老翁。

吉德律斯 啊，最芬芳、最娇美的百合花！我的弟弟替你簪在襟上的这一朵，远不及你自己长得一半秀丽。

培拉律斯 悲哀啊！谁能测度你的深浅呢？谁知道哪一处海港是最适合于你的滞重的船只碇泊的所在？你这有福的人儿！乔武知道你会长成一个怎样的男子；可是你现在死了，我只知道你是一个充满着忧郁的人间绝世的少年。你怎样发现他的？

阿维拉古斯 我发现他全身僵硬，就像你们现在所看见的一样。他的脸上荡漾着微笑，仿佛他没有受到死神的箭镞，只是有一个苍蝇在他熟睡时爬上他的唇边，痒得他笑了起来一般。他的右颊偎贴在一个坐垫上面。

吉德律斯 在什么地方？

阿维拉古斯 就在地上，他的两臂这样交叉在胸前。我还以为他睡了，把我的钉鞋脱了下来，恐怕我的粗笨的脚步声会吵醒了他。

吉德律斯 啊，他不过是睡着了。要是他真的死了，他将要把他的坟墓作为他的眠床；仙女们将要在他的墓前徘徊，蛆虫不会侵犯他的身体。

阿维拉古斯 当夏天尚未消逝、我还没有远去的时候，斐苔尔，我要用最美丽的鲜花装饰你的凄凉的坟墓；你不会缺少像你的脸一样惨白的樱草花，也不会缺少像你血管一样蔚蓝的风信子，不，你也不会缺少野蔷薇的花瓣——不是对它侮蔑，它的香气还不及你的呼吸芬芳；红胸的知更鸟将会衔着这些花朵送到你的墓前，羞死那些承继了巨大的遗产、忘记为他们的先人树立墓碑的不孝的子孙；是的，当百花凋谢的时候，我还要用茸茸的苍苔，掩覆你的寒冷的尸体。

吉德律斯 好了好了，不要一味讲这种女孩子气的话，耽误我们的正事了。让我们停止嗟叹，赶快把他安葬，这也是我们应尽的义务。到墓地上去！

阿维拉古斯 说，我们应该把他葬在什么地方？

吉德律斯 就在我们母亲的一旁吧。

阿维拉古斯 很好。波里多，虽然我们的喉咙现在已经变了声，让我们用歌唱送他入土，就像当年我们的母亲下葬的时候一样吧；我们可以用同样的曲调和字句，只要把尤莉菲尔的名字换成斐苔尔就行啦。

吉德律斯 凯德华尔，我不能唱歌；让我一边流泪，一边和着你朗诵我们的挽歌；因为不合调的悲歌，是比说谎的教士和僧侣更可憎的。

阿维拉古斯 那么就让我们朗诵吧。

培拉律斯 看来重大的悲哀是会解除轻微的不幸的，因为你们把克洛顿全然忘记了。孩子们，他曾经是一个王后的儿子，虽然他来向我们挑衅，记着他已经付下他的代价；虽然贵贱一体，同归朽腐，可是为了礼貌的关系，我们应该对他的身份和地位表示相当的敬意。我们的敌人总算是一个王子，虽然你因为他是我们的敌人而把他杀死，可是让我们按照一个王子的身份把他埋葬了吧。

吉德律斯 那么就请您去把他的尸体搬来。贵人也好，贱人也好，死了以后，剩下的反正都是一副同样的臭皮囊。

阿维拉古斯　要是您愿意去的话，我们就趁着这时候朗诵我们的歌儿。哥哥，你先来。（培拉律斯下）

吉德律斯　不，凯德华尔，我们必须把他的头安在东方；这是我父亲的意思，他有他的理由。

阿维拉古斯　不错。

吉德律斯　那么来，把他放下去。

阿维拉古斯　好，开始吧。

歌

吉德律斯

　　　　　　不用再怕骄阳晒蒸，
　　　　　　不用再怕寒风凛冽；
　　　　　　世间工作你已完成，
　　　　　　领了工资回家安息。
　　　　　　才子娇娃同归泉壤，
　　　　　　正像扫烟囱人一样。

阿维拉古斯

　　　　　　不用再怕贵人嗔怒，
　　　　　　你已超脱暴君威力；
　　　　　　无须再为衣食忧虑，
　　　　　　芦苇橡树了无区别。
　　　　　　健儿身手，学士心灵，
　　　　　　帝王蝼蚁同化埃尘。

吉德律斯

　　　　　　不用再怕闪电光亮，

阿维拉古斯

　　　　　　不用再怕雷霆暴作；

辛白林

吉德律斯
　　　　何须畏惧谗人诽谤，

阿维拉古斯
　　　　你已阅尽世间忧乐。

吉德律斯、阿维拉古斯
　　　　　　无限尘寰痴男怨女，
　　　　　　人天一别，埋愁黄土。

吉德律斯
　　　　没有巫师把你惊动！

阿维拉古斯
　　　　没有符咒扰你魂魄！

吉德律斯
　　　　野鬼游魂远离坟冢！

阿维拉古斯
　　　　狐兔不来侵你骸骨！

吉德律斯、阿维拉古斯
　　　　　　瞑目安眠，归于寂灭；
　　　　　　墓草长新，永留追忆！

培拉律斯曳克洛顿尸体重上。

吉德律斯　我们已经完毕我们的葬礼。来，把他放下去。

培拉律斯　这儿略有几朵花，可是在午夜的时候，将有更多的花儿开放。沾濡着晚间凉露的草花，是最适宜于撒在坟墓上的；在它们的泪颜之间，你们就像两朵凋零的花卉，暗示着它们同样的命运。来，我们走吧；让我们向他们长跪辞别。大地产生了他们，现在他们已经重新投入大地的怀抱；他们的快乐和痛苦都已成为过去了。（培拉律斯、吉德律斯、阿维拉古斯同下）

伊摩琴　（醒）是的，先生，到密尔福德港是怎么走的？谢谢您啦。打那边的林子里过去吗？请问还有多少路？嗳哟！还有六里吗？我已经走了整整一夜了。真的，我要躺下来睡一会儿。（见克洛顿尸）可是且慢！我可不要跟人家睡在一起！天上的男女神明啊！这些花就像是人世的欢乐，这个流血的汉子是忧愁烦恼的象征。我希望我在做梦；因为我仿佛自己是一个看守山洞的人，替一些诚实的人们烹煮食物。可是不会有这样的事，这不过是脑袋里虚构出来的无中生有的幻象；我们的眼睛有时也像我们的判断一般靠不住。真的，我还在害怕得发抖。要是上天还残留着仅仅像麻雀眼睛一般大小的一点点儿的慈悲，敬畏的神明啊，求你们赐给我一部分吧！这梦仍然在这儿；虽然在我醒来的时候，它还围绕在我的周遭，盘踞在我的心头；并不是想象，却是有实感的。一个没有头的男子！波塞摩斯的衣服！我知道他的两腿的肥瘦，这是他的手，他的墨丘利一般敏捷的脚，他的玛斯一般威武的肌肉，赫刺克勒斯一般雄壮的筋骨，可是他的乔武一般神圣的脸呢？天上也有谋杀案了吗？怎么！他的头已被砍去了！毕萨尼奥，愿疯狂的赫卡柏向希腊人所发的一切咒诅，再加上我自己的咒诅，完全投射在你的身上！是你和那个目无法纪的恶魔克洛顿同谋设计，在这儿害了我丈夫的生命。从此以后，让读书和写字都被认为是不可恕的罪恶吧！万恶的毕萨尼奥已经用他假造的书信，从这一艘全世界最雄伟的船舶上击倒它主要的桅樯了！啊，波塞摩斯！唉！你的头呢？它到哪儿去了？嗳哟！它到哪儿去了？毕萨尼奥可以从你的心口把你刺死，让你保留着这颗头的。你怎么会下这样的毒手呢，毕萨尼奥？那是他和克洛顿，他们的恶念和贪心，造成了这样的惨剧。啊！这是很可能的，很可能的！他给我的药，他说是可以振奋我的精神，我不是一服下去就失了知觉吗？那完全证实了我的推测；这是毕萨尼奥和克洛顿两人干下的事。啊！让我用你的血涂在我惨白的颊上，使它添

加一些颜色，万一有什么人看见我们，我们可以显得格外可怕。啊！我的夫！我的夫！（仆于尸体之上）

路歇斯、一将领、其他军官及一预言者上。

将　领　驻在法兰西的军队已经遵照您的命令，渡海前来，到了密尔福德港，听候您的指挥；他们一切都已准备好了。

路歇斯　可是罗马有援兵到来没有？

将　领　元老院已经发动了意大利全国的绅士，他们都是勇敢的义士，一定可以建立赫赫的功勋；他们的首领是勇敢的阿埃基摩，西也那的兄弟。

路歇斯　你知道他们什么时候到来？

将　领　只要有顺风，他们随时可以到来。

路歇斯　这样敏捷的行动，加强了我们必胜的希望。传令各将领，把我们目前所有的队伍集合起来。现在，先生，告诉我你近来有没有什么关于这一次战事前途的梦兆？

预言者　我曾经斋戒祈祷，求神明垂告吉凶，昨晚果然蒙他们赐给我一个梦兆：我看见乔武的鸟儿，那只罗马的神鹰，从潮湿的南方飞向西方，消失在阳光之中；要是我的罪恶没有使我的推测成为错误，那么这分明预示着罗马大军的胜利。

路歇斯　梦兆是从来不会骗人的。且慢，呀！哪儿来的这一个没有头的身体？从这一堆残迹上看起来，它过去曾经是一座壮丽的屋宇。怎么！一个童儿！还是死了？还是睡在这尸体的上面？多半是死了，因为和死人同眠，毕竟是一件不近人情的事。让我们瞧瞧这孩子的面孔。

将　领　他还活着哩，主帅。

路歇斯　那么他必须向我们解释这尸体的来历。孩子，告诉我们你的身世，因为它好像在切望着人家的询问。被你枕卧在他的血泊之中的这一具尸体是什么人？造化塑下了那么一个美好的形象，他却把它毁坏得这般难看。你和这不幸的死者有什么关系？他怎么会在这儿？他究竟是什么人？你又是何等人？

伊摩琴　我是一个不足挂齿的人物；要是世上没有我这个人，那才更好。这是我的主人，一个非常勇敢而善良的英国人，被山贼们杀死在这儿。唉！再也不会有这样的主人了！我可以从东方漂泊到西方，高声叫喊，招寻一个愿意让我为他服役的人；我可以更换许多主人，也许他们全都是好的，我也会为他们尽忠做事；可是这样一个主人却再也找不到了。

路歇斯　唉，好孩子！你的哀诉打动了我的心，不下于你的流血的主人。告诉我他的名字，好朋友。

伊摩琴　理查·杜襄。（旁白）我捏造了一句无害的谎话，虽然为神明所听见，我希望他们会原谅我的。——您说什么，大帅？

路歇斯　你的名字呢？

伊摩琴　斐苔尔，大帅。

路歇斯　这是一个很好的名字。你已经证明你是一个忠心的孩子，愿意在我手下试一试你的运气吗？我不愿说你将要得到一个同样好的主人，可是我担保你一定可以享受同样的爱宠。即使罗马皇帝亲自写了保荐的信，叫一个执政送来给我，这样天大的面子，也不及你本身的价值更能引起我的注意。跟我去吧。

伊摩琴　我愿意跟随您，大帅。可是我还先要用这柄不中用的锄头，要是天神嘉许的话，替我的主人掘一个坑掩埋了，免得他受飞蝇的滋扰；当我把木叶和野草撒在他的坟上，反复默念了一二百遍祈祷以后，我要悲泣长叹，尽我这一点最后的主仆之情，然后我就死心塌地跟随您去，要是您愿意收容我的话。

路歇斯　嗯，好孩子，我将不仅是你的主人，而且还要做你的父亲。朋友们，这孩子已经指出了我们男子汉的责任；让我们找一块雏菊开得最可爱的土地,用我们的戈矛替他掘一个坟墓;来,我们还要替他披上戎装。孩子,他是因为你的缘故而得到我们的优礼的,我们将要按照军人的仪式把他安葬。高兴起来;揩干你的眼睛:说不定一跤会使你跌入青云。(同下)

第三场　辛白林宫中一室

辛白林、群臣、毕萨尼奥及侍从等上。

辛白林　再去替我问问她现在怎样了。(一侍从下)因为她的儿子的失踪,急成一病,疯疯癫癫的,恐怕性命不保。天哪!你在一时之间给了我多少难堪的痛楚!伊摩琴走了,我已经失去大部分的安慰;我的王后病在垂危,偏偏又碰在战祸临头的时候;她的儿子又是迟不迟早不早的,在这人家万分需要他的当口突然不知所踪;这一切打击着我,把我驱到了绝望的境地。可是你这家伙,你不会不知道她的出走,却装出这一副漠不关己的神气,我要用严刑逼着你招供出来。

毕萨尼奥　陛下,我的生命是属于您的,要杀要剐,都随陛下的便;可是说到公主,我实在不知道她在什么地方,为什么出走,也不知道她准备什么时候回来。求陛下明鉴,我是您忠实的奴仆。

臣　　甲　陛下,公主失踪的那一天,他是在这儿的;我敢保证他的忠实,相信他一定会尽心竭力,履行他的臣仆的责任。至于克洛顿,我们已经派人各处加紧搜寻去了,不久一定会找到的。

辛白林　这真是多事之秋。(向毕萨尼奥)我暂时放过你,可是我对你的怀疑还不能就此消失。

臣　　甲　启禀陛下,从法兰西抽调的罗马军队,还有一批由他们元老院派遣的绅士军作为后援,已经在我国海岸上登陆了。

辛白林　但愿我的儿子和王后在我跟前,我可以跟他们商量商量!这些事情简直让我不知所措。

臣　甲　陛下,您已经准备好的实力,对付这样数目的敌人是绰绰有余的;即使来得再多一些,我们也可以抵挡得了;只要一声令下,这些渴望着一显身手的军队立刻就可以行动起来。

辛白林　我谢谢你的良言。让我们退下去筹谋应付时局的方策。我所担心的,倒不是意大利将会给我们一些怎样的烦恼,而是这国内不知道会发生一些怎样的变故。去吧!(除毕萨尼奥外均下)

毕萨尼奥　自从我写信告诉我的主人伊摩琴已经被我杀死以后,至今没有得到他的来信,这真有点儿奇怪;我的女主人答应时常跟我通讯,可是我也没有听到过她的消息;克洛顿的下落如何,更是一点也不知道;一切对于我都是一个个疑团,上天的意旨永远是不可捉摸的。我的欺诈正是我的忠诚,为了尽忠的缘故,我才撒下弥天的大谎。当前的战争将会证明我爱我的国家,我要使王上明白我的赤心,否则我宁愿死在敌人的剑下。种种的疑惑到头来总会发现真相;失舵的船只有时也会安然抵港。(下)

第四场　威尔士。培拉律斯山洞前

培拉律斯、吉德律斯及阿维拉古斯同上。

吉德律斯　这些喧呼的声音就在我们的四周。

培拉律斯　让我们远远避开它。

阿维拉古斯　父亲,我们要是屏绝行动和进取的雄心,把生命这样幽锢起来,人生还有什么乐趣呢?

吉德律斯　对啊,我们让自己躲藏在山谷里,这一辈子还有什么希望？罗马人一定会从这条路上来的，他们倘不因为我们是英国人而杀死我们，就是把我们当作一群野蛮无耻的叛徒，暂时把我们收留下来，等到用不着我们的时候，再把我们杀死。

培拉律斯　孩子们，让我们到山上高一点儿的地方去，那里比较安全一些。国王的军队我们是不能参加的；克洛顿死得不久，他们看我们都是一些面貌生疏的人，又不曾编入队伍，也许会查问我们的住处，万一我们所干的事被他们追究出来，那我们免不了要在严刑拷打之下死于非命。

吉德律斯　父亲，在这样的时候担心起这种事来，您也太没有男子气了；听了您这样的话，我们是大不满意的。

阿维拉古斯　他们听见敌人军马的长嘶，望见敌人营舍的火光，他们的耳目都凝集在敌人的行动上；在这样军情万急的时候，他们还会浪费他们的时间注意我们，查问我们的来历吗？

培拉律斯　啊！军队里有好多人认识我；就说克洛顿吧，当初他还不过是个孩子，可是多年的暌隔，并没有使我忘记了他的面貌。而且这国王也不值得我的效力和你们的爱戴；因为我被他放逐了，你们才不能享受良好的教养，不得不到这儿来度着艰苦的生活，永远剥夺了你们孩提时代的幸福，夏天被太阳晒成黑娃娃，冬天冷得躲在角落里发抖。

吉德律斯　与其这样活着，还是死了的好。求求您，父亲，让我们到军队里去吧。谁也不认识我们兄弟两人；您自己早已被人忘了，您的模样也早已跟二十年前的您大不相同，人家绝不会来向您寻根究底的。

阿维拉古斯　凭着这一轮光明的太阳发誓，我一定要去。这还成什么话，不曾看见一个人在我的面前死去！除了胆小的野兔、性急的山羊和柔弱的麋鹿以外，简直不曾见过一滴血！也不曾装上靴距，正式地骑过一回马！望着神圣的太阳，我就觉得心中惭愧，徒然沐浴它温暖的光辉，却不能轰轰烈烈地干一番事业，总是在山野之间做一个碌碌无名之辈。

吉德律斯　苍天在上，我也要去！父亲，要是您允许我，愿意为我祝福的话，我一定自己格外小心；不然的话，就让我死在罗马人的手里吧。

阿维拉古斯　我也是这样说，阿门。

培拉律斯　既然你们把自己的生命看得这样轻，我也没有理由爱惜我这衰朽的身躯。我跟你们去吧，孩子们！万一你们为了祖国而战死疆场，那也就是我埋骨的地方。你们带路吧。（旁白）时间仿佛是这样悠长；他们的热血在心头奔涌，要向人显示他们是天生的王子。（同下）

第五幕

第一场　英国。罗马军营地

波塞摩斯持血帕上。

波塞摩斯　是的,血污的布片,我要把你保藏起来,因为是我让你染上这种颜色。已婚的男子们啊,要是你们每一个人都采取这样的手段,那么多少人将要杀害了远比他们自己无辜的妻子,只因为她们一时小小的失足!啊,毕萨尼奥!良好的仆人并不全然服从主人的命令;那命令如果是荒谬狂悖的,他就没有履行的义务。神啊!要是你们早一些谴罚我的罪恶,我绝不会活到现在,干下这样的勾当;尊贵的伊摩琴也可以不至于惨死,让她有忏悔的机会;只有我这恶人才应该受你们雷霆的怒击。可是,唉!有的人犯了小小的过失,你们就把他攫了去,这是你们的好意,使他以后不再堕落;有的人你们却放任他为非作恶,每一次的罪过比前一次更重,使他对自己的行为都怀着恐惧。可是伊摩琴是你们的,照你们的意旨执行,让我服从你们而得福吧。我跟着意大利的绅士们到这儿来,向我的妻子的国家作战:不列颠,我已经杀死你最好的女郎,再不愿伤害你了!仁慈的上天啊,垂听我的意见：我要脱下这些意大利的装束，穿上一身英国农民的衣服；我要掉转剑头，为我的祖国而战；伊摩琴啊！我要为你而死，虽然你已经使我的生命的每一次呼吸等于一次死亡；我要像这样隐藏我的真相，没有人怜悯，也没有人憎恨，拼着这一身去迎受一切的危险。我要使人们知道，在我这卑贱的服装之内，是藏着极大的勇敢的。神啊！求你们把里奥那托斯家先世的神威注入我的全身！为了羞辱世间的伪装，我要自创先例，让内心的真价胜过外表的寒伧。（下）

第二场　两军营地间的战场

路歇斯、阿埃基摩及罗马军队自一门上；英国军队自另一门上。波塞摩斯穿敝服扮穷兵随上。两军整队穿过舞台，各下。号角声。阿埃基摩及波塞摩斯二人重上，接战；波塞摩斯击败阿埃基摩，解除其武装；波塞摩斯下。

阿埃基摩　重压在我胸头的罪恶剥夺了我的勇气；我曾经冤诬一位女郎，这国里的公主，好像这儿的空气也在向我复仇一般，使我软弱无力，否则我这久经沙场的战士，怎么会失败在这村野伧奴的手里？像我这般骑士的头衔，官家的封典，不过是一些供人讥笑的虚名。不列颠啊，要是你那些绅士们胜过这一个村汉，正像他胜过我们的贵族一样，那么你们都是天神，我们简直不能算是人了。（下）

战争继续；英军败走；辛白林被捕；培拉律斯、吉德律斯及阿维拉古斯上，救辛白林。

培拉律斯　站住，站住！我们占着优势的地形。路口已经把守好了；除了我们自己怯懦的恐惧以外，谁也不能打败我们。

吉德律斯、阿维拉古斯　站住，站住，努力作战！

波塞摩斯重上,助英军作战,协同培拉律斯等将辛白林救出,同下。路歇斯、阿埃基摩及伊摩琴重上。

路歇斯　去,孩子,赶快离开军队,保全你自己的性命吧;战争是盲目的,在这样混乱的状态中,自己人也会自相残杀的。

阿埃基摩　这是他们新到的援军。

路歇斯　今天的战局会有这样的变化,真是意想不到。我们倘不赶快增援,只有先走为妙。(同下)

第三场　战场另一部分

波塞摩斯及一英国贵族上。

贵　族　你是从力行抵抗的那一边来的吗?

波塞摩斯　是的;您是从逃走的那一边来的吧?

贵　族　是的。

波塞摩斯　这也怪不得您,先生;倘不是上天帮助我们,一切就全完了。王上自己失去了两翼的卫护,军队四分五散,只看见不列颠人的背部,大家向一条羊肠小径里奔逃。勇气百倍的敌人忙不及地逢人便杀,只恨少生了两只手,杀不完这许多,累得他们气喘吁吁,把舌头都吐了出来;有的给他们当场砍死,有的略受微伤,有的吓得倒在地上爬不起来;弄得这一条狭窄的路上填满了背后受伤的死人和苟延蚁命的丢脸的懦夫。

贵　族　这条小路在什么地方?

波塞摩斯　就在战场的附近,两旁掘着壕沟,筑着泥墙;那时候有一个老军人,我敢担保他是一个忠勇的战士,就趁势堵住路口;从他斑白的须髯上,可以看出他身经百战,现在果然显出他老当益壮的身手,为他的国家立下这样的功绩;就是他和两个年轻小伙子——瞧这两个小伙子的样子似乎只会在乡间的平地上

莎士比亚传奇剧

奔跑，全然不像会干这种杀人的勾当，他们的脸是适宜于戴上面罩的，其实那些为了珍惜自己的美貌或是遮掩羞惭而蒙面的脸，还不及他们的姣好——就是他们三个人站在路口，向那些逃走的人高声呼喊："我们英国的鹿是因为逃遁而被人杀死的，我们英国的男子却不是这样。向后退的人，他们的灵魂向黑暗里投奔。站住！否则我们就是罗马人，你们像畜生一般奔逃，无非为了避免一死，可是你们不死在罗马人手里，我们也不会饶过你们；要是你们想活命，只有咬紧牙关，转过身去。站住！站住！"在军心涣散的时候，这三个人振臂一呼，简直抵得过三千壮士；他们喊着"站住！站住！"靠着地形的优势，尤其是他们那感发人心的忠勇，可以使一根纺线竿变成一柄长枪，那些死灰似的脸色立刻容光焕发起来；一半因为自觉羞愧，一半因为他们的精神已经重新振作，那些跟在人家后面跑而变成懦夫的人——对于初上战场的兵士，这是一种常有的情形——立刻转过脸去，像雄狮般向着猎人的枪刺狞笑。于是敌人开始停止他们的追逐，他们向后退却，溃奔败走，立刻造成混乱的局面；本来像猛鹰一般从天上飞下，现在却变成一群奔逃的小鸡，来的时候是跨着大步的胜利者，去的时候却是抱头鼠窜的奴才。现在我们的这些懦夫，像一群被狂风怒浪吹打得零落不全的船只，立刻成为生气勃勃的英雄；他们发现敌人的心口可以从它的后门进去，天啊！他们冲杀得多么凶猛！死的死，重伤的重伤，还有的已经被前面的人砍倒，又被后面的人戳了几下；本来是一个人追赶十个，现在这十个人每一个杀死二十个；那些宁愿不抵抗而死的人们，都变成了战场上的恶煞凶神。

贵　　族　真是意想不到的事情，一条狭路，一个老人，两个孩子。

波塞摩斯　不用惊奇；您自己一事不干，听见别人所干的事，就觉得奇怪。您愿意吟两行诗句，聊博一笑吗？我倒有了：

  两个孩子，一个老人，一条狭路，

   英国人的救星，罗马人的灾祸。

贵　　族　您别生气呀。

波塞摩斯　唉，何必生气？谁要是见了敌人溜走，我愿意和他交个朋友；因为他生来就是如此，会向敌人逃避，他也会逃避我的友谊。——您让我做起诗句来了。

贵　　族　再见；您在生气了。（下）

波塞摩斯　还想逃走吗？这是一个贵人！啊，高贵的卑怯！自己在战场上，却问我有什么消息！今天有多少人愿意放弃他们的尊荣，保全他们的皮囊！他们拔脚飞奔，结果还是不免一死！我这为悲哀缠绕的人，虽然听见死亡的呻吟，却找不到他的踪迹，虽然看见死亡的巨掌，却碰不到我的身上；死神，这丑恶的妖魔，偏爱躲藏在美酒红被、芳唇蜜语之中，我们这些在战场上为他拔刀弄剑的人，不过是他死不足惜的爪牙。好，我一定要找到他。现在我已经为英国尽过力，我要重新回复我初来时的面目，不再做一个英国人；我也不愿再上战场，无论哪一个下贱的小卒碰见了我，我就让他把我捉去。罗马军队在这儿杀死了不少的人，英国人一定要报复这次仇恨。只有死才可以赎回我的自由，只有死才是我唯一的追求；我要为伊摩琴终结我的残生，再不让它多挨一刻痛苦的时辰。

二英国将领及兵士等上。

将领甲　赞美伟大的朱庇特！路歇斯已经被捕了。大家都猜那老头儿和他的两个儿子是天神下凡。

将领乙　还有一个人，他的装束十分可笑，也跟他们一起将敌人击退。

将领甲　据说是这样；可是这几个人一个也找不到。站住！

那儿是谁？

波塞摩斯　一个罗马人，要是有人助我一臂之力，我也不会一个人陷在这儿了。

将领乙　抓住他；一条狗！不要让一个罗马的败卒回去告诉他们什么乌鸦在啄他们的朋友。他还自己夸口，好像他是个什么了不得的人物。带他见王上去。

辛白林率侍从上；培拉律斯、吉德律斯、阿维拉古斯、毕萨尼奥及罗马俘虏等同上。二将领献上波塞摩斯，辛白林命狱卒将波塞摩斯收禁；众下。

第四场　英国。牢狱

波塞摩斯及二狱卒上。

狱卒甲　现在可不会有人把你偷走，你的身体已经被锁起来啦。要是这儿有草，你尽管吃吧。

狱卒乙　嗯，那可还要看他有没有胃口。（二狱卒下）

波塞摩斯　欢迎，拘囚的生活！因为我想你是到自由去的路。可是我比一个害痛风病的人还好一些，因为他宁愿永远生活在痛苦呻吟之中，也不愿让死亡这一个手到病除的良药治愈他的疾病；只有死才是打开这些铁锁的钥匙。我的良心上负着比我的足胫和手腕上更重的镣铐；仁慈的神明啊，赐给我忏悔的利剑，让我劈开这黑暗的牢门，得到永久的自由吧！我已经衷心悔恨，这还不够吗？儿女们是这样使他们尘世的父亲回嗔作喜；天上的神明更是充满了慈悲的。我必须忏悔吗？还有什么比拖镣戴铐更好的方式，出于自愿而不是被迫的？为了被除我的罪孽，我愿意呈献我整个的生命。我知道你们比万恶的世人仁慈得多，他们从破产的负债人手里拿去三分之一，六分之一，或是十分之一的财产，让这些债户留着有余不尽的残资，供他们继续地剥削；那却不是我的愿望。把我的生命拿去，抵偿伊摩琴的宝贵的生命吧；虽然它们的价值并不相等，可是那总是一条生命，为你们所亲手铸下的。在人与人之间，他们并不戥量着每一枚货币，即使略有轻重，也瞧着上面的花纹而收受下来；你们应该把我收受，因为我是你们的。伟大的神明啊，要是你们愿意作这一次清算，就请拿去我的生命，勾销这些无情的债务。啊，伊摩琴！我要在沉默中向你抒陈我的心曲。（睡）

奏哀乐。西塞律斯·里奥那托斯，即波塞摩斯之父，鬼魂出现，为一战士装束之老翁；一手携一老妇，即其妻，亦即波塞摩斯之母的鬼魂；二鬼魂登场时有音乐前导。音乐再奏，里奥那托斯二子，即波塞摩斯之兄，亦相继出现，彼等各因战死而身有伤痕。波塞摩斯睡于狱床之上，众鬼魂绕其四周。

西塞律斯　你驱雷役电的天主，

　　　　　不要迁怒凡人；

　　　　　你该责怪玛斯、朱诺

　　　　　淫乱你的天庭。

　　　　　我那没见面的孩子

　　　　　干过什么坏事？

　　　　　当他尚在母腹待产，

　　　　　我已长辞人世；

　　　　　你是孤儿们的慈父，

　　　　　理应矜怜孤苦，

　　　　　茫茫人世遍地荆棘，

　　　　　你该尽力加护。

波塞摩斯之母　我临盆时未蒙神佑，

　　　　　　一阵剧痛丧身；

　　　　　　　　波塞摩斯呱呱堕地，
　　　　　　　　可怜举目无亲！

西塞律斯　造化铸下他的模型，
　　　　　　　　不失列祖英风，
　　　　　　　　他值得世人的赞美，
　　　　　　　　果然头角峥嵘。

波塞摩斯之长兄　当他长成一表男儿，
　　　　　　　　他的意气才情
　　　　　　　　在不列颠全国之中，
　　　　　　　　谁能和他竞争？
　　　　　　　　除了他有谁能赢取，
　　　　　　　　伊摩琴的芳心？

波塞摩斯之母　为什么他才缔结良姻，
　　　　　　　　就被君王放逐，
　　　　　　　　远离了祖宗的田园，
　　　　　　　　和情人的衣襟？

西塞律斯　为什么让阿埃基摩，
　　　　　　　　意大利的伧奴，
　　　　　　　　用无稽的猜疑嫉妒，
　　　　　　　　把他心胸玷污；
　　　　　　　　落得那万恶的奸人，
　　　　　　　　一旁讥笑揶揄？

波塞摩斯之次兄　因此我们离开坟墓，
　　　　　　　　我们父子四人，
　　　　　　　　为了捍卫我们祖国，
　　　　　　　　曾经赴汤蹈火，
　　　　　　　　牺牲了我们的生命，

保持荣名不堕。

波塞摩斯之长兄　波塞摩斯为了王家

也曾卓著勋劳：

朱庇特，你众神之王，

为何久抑贤豪，

不给他应得的褒赏，

让他郁郁无聊？

西塞律斯　打开你水晶的窗户，

请你俯瞰尘寰；

莫再用无情的毒害，

尽把壮士摧残。

波塞摩斯之母　可怜我们无辜佳儿，

赐他幸福平安。

西塞律斯　从你琼宫瑶殿之中，

伸出你的援手；

否则我们要向众神，

控诉你的悖谬。

波塞摩斯之次兄　不要有失众望，神啊！

伸出你的援手。

朱庇特在雷电中骑鹰下降，掷出霹雳一响；众鬼魂跪伏。

朱庇特　你们这一群下界的幽灵，

不要尽向我们天庭烦絮！

你们怎么胆敢怨怼天尊，

他雷霆的火箭谁能抵御？

去吧，乐园中憧憧的黑影，

在那不谢的花丛里安息；

人世的事无需你们顾问，

> 一切自有我们神明负责。
> 哪一个人蒙到我的恩宠，
> 我一定先使他备历艰辛。
> 你们的爱子他灾星将满，
> 无限幸运展开在他眼前。
> 我的星光照耀他的诞生，
> 他在我神殿上举行婚礼。
> 他将要做伊摩琴的良人；
> 不经困苦，怎得这番甘甜？
> 把这简牒安放他的胸头，
> 他一生的休咎都在其中。
> 去吧，别再这样喧扰不休，
> 免得激起我的怒火熊熊。
> 鹰儿，驾着我飞返琉璃宫。（上天）

西塞律斯　他在雷声中下降；他的神圣的呼吸里充满着硫磺的味道；那神鹰弯下头来，似乎要怒踢我们的样子。他升天时的气味比乐园里的花儿还要芬芳；他的尊贵的鹰儿缮理那永生的羽翼，用它的脚爪剔拭它的尖喙，正像它的神明喜悦的时候一样。

众鬼魂　感谢，朱庇特！

西塞律斯　那玉石的阶道已经被云儿遮住；他已经回到他光明的宫殿。去吧！让我们恭承天惠，恪遵他庄严的训诫。（众鬼魂隐灭）

波塞摩斯　（醒）睡眠，你已经做了一次老祖父，替我生下一个父亲；你又造下了一个母亲和两个兄长。可是啊，无情的讥刺！他们全去了，正像来的时候一样飘渺；我也就这样醒来。那些倚靠着贵人恩宠的可怜虫，也像我一样做着梦；一醒之后，万事皆空。可是唉！话又说回来。有的人并没有做求名求利的好梦，他们无所事事，却也照样受尽恩荣；我也是这样，不知怎么会莫名其妙地做起这种幸福的美梦来。什么神仙到过这里？一册书吗？啊，珍奇的宝册！愿你不要像我们爱好虚华的世人一般，用一件富丽的外服遮掩内衣的敝陋；愿你的内容也像你的外表一般美好，不像我们那些朝士们只有一副空空的皮囊。"雄狮之幼儿于当面不相识、无意寻求间得之，且为一片温柔之空气笼罩之时，自庄严之古柏上砍下之枝条，久死而复生，重返故株，发荣滋长之时，亦即波塞摩斯脱离厄难，不列颠国运昌隆，克享太平至治之日。"仍然是一个梦，否则一定是什么疯子随口吐出，不假思索地狂言；倘不是梦里的鬼话，就是无根的诳语；倘不是毫无意识的乱谈，它的意义也是不可究诘的。可是不管它是什么东西，我一生的行事却也没头没脑地和它相差不远，只为了同病相怜的缘故，我也要把它收藏起来。

二狱卒重上。

狱卒甲　来，先生，你准备好去死没有？

波塞摩斯　早就准备好了；假如是一块肉的话，烤也烤焦了。

狱卒甲　一句话，要请你去上吊，先生；要是你已经准备好了，那么你这块肉已经烹得很好了。

波塞摩斯　哦，要是我能够在观众眼睛里成为一道好菜，那么总算死得并不冤枉。

狱卒甲　这对于你是一回严重的清算，先生；可是这样也好，从此以后，你不用再还人家的债，也不用再怕酒店向你催讨欠账，人们在追寻欢乐的当儿，往往免不了这一种临别时的悲哀。你进来的时候饿得有气无力，出去的时候喝得醉步跄踉；你后悔不该付太大的代价，又恼恨人家给你太重的代价；你的钱囊和脑袋同样空洞，脑袋里因为装满空虚，反而显得沉重，钱囊里没有了货色，又嫌太轻了：这一种矛盾，你现在可以从此免去。啊！一根只值一文钱的绳子，却有救苦救难的无边法力：无论你欠下成千债款，它都可以在一刹那间替你结束；它才是你真正的债主和债户；过去、现在、未来的一切总账，都可以由它一手清还。你的颈子，先生，是笔，是账簿，也是算盘；不消片刻，你就可以收付两讫了。

波塞摩斯 我死了比你活着还要快乐得多。

狱卒甲 不错，先生，睡熟的人不觉得牙痛；可是一个人要是必须睡你那种觉，还要让一个刽子手照护他上床，我想他一定还是愿意和他的行刑者交换一下位置的；因为你瞧，先生，你自己也不知道你要到什么地方去哩。

波塞摩斯 我知道，朋友。

狱卒甲 那么你死了以后，眼睛还是睁得大大的；我可只听见人家说，身子一挺，两眼发黑。也许有什么自命为识路的人带领你；也许你自信不会走错，但是我断定你对于这条路是完全生疏的；也许你想冒一下险，探寻前途的究竟。可是，你旅行的结果如何，我想你是再也不能回来告诉人家的了。

波塞摩斯 我告诉你，朋友，除了那些长了眼睛却故意闭上的人们以外，走我这条路是不怕在暗中摸索的。

狱卒甲 可笑一个人长了眼睛，最大的用处却是去赶这条黑暗的路程！我相信绞刑是叫人闭眼的一个方法。

一使者上。

使　者 打开他的镣铐；把你的囚犯带去见王上。

波塞摩斯 你带来了好消息；他们要叫我去恢复我的自由了。

狱卒甲 真有那样的事，我就上吊给你看。

波塞摩斯 那你倒可以比当一个看牢门的人自由一些：只有

套活人的枷锁,没有关死鬼的牢门。(除狱卒甲外均下)

狱卒甲　除非一个人愿意娶一座绞架做妻子,生一些小绞架下来,我没有见过像他这样一个不怕死的怪东西。可是凭良心说,有些家伙是贪生怕死的,尽管他是个罗马人;他们这批人中间,也有好多虽然自己不愿意,因为没有法子,只好硬着头皮去死;要是我做了他们,我也一定会这样。我希望我们大家都存着一条好心肠;啊!那什么看牢门的人、什么绞架,都可以用不着啦。我说这样的话,固然有碍我自己眼前的利益,可是一个人只要存着善心,总不会没有好处的。(下)

第五场　辛白林营帐

辛白林、培拉律斯、吉德律斯、阿维拉古斯、毕萨尼奥、群臣、将校及侍从等上。

辛白林　站在我的旁边,你们这些天神差下来保全我的王位的英雄们。可惜我们找不到那个作战如此奋勇的穷苦的兵士,他的褴褛的衣衫使那些鲜明的盔甲蒙羞;他挺着裸露的胸膛,走上拥着坚盾的骑士的前面,去迎受敌人的剑锋。谁要是能够找到他,我一定不惜重赏。

培拉律斯　我从来没有见过这样卑微的人会表现出这样忠勇的义愤,这样一个叫花子似的家伙,会干出这种惊人的壮举。

辛白林　没有探听到他的消息吗?

毕萨尼奥　死人活人中间,都已经仔细寻找过,可是一点没有他的踪迹。

辛白林　我很懊恨不能报答他的大功,只好把额外的恩典,(向培拉律斯、吉德律斯、阿维拉古斯)加在你们身上了;你们是英国的心肝和头脑,她是靠着你们的力量而生存的。现在我应该询问你们的出身了，回复我吧。

培拉律斯　陛下，我们是堪勃利亚人，出身士族；除此以外，要是再说什么自夸的话就要不免虚伪和狂妄；除非我再加上一句，我们都是忠诚正直的。

辛白林　跪下来。起来，我的战场上的骑士们；我封你们为我的御前护卫，还要用符合你们地位的尊荣厚赏你们。

考尼律斯及宫女等上。

辛白林　这些人的脸上好像出了什么事情似的。为什么你们用这样惨淡的神情迎接我们的胜利？你们瞧上去像是罗马人，不像是英国宫廷里的。

考尼律斯　万福，伟大的君王！不怕扫了您的兴致，我必须向您报告王后已经死了。

辛白林　这样的消息是应该出自于一个医生的口中吗？可是我想医药虽然可以延长生命，毕竟医生也是不免一死的。她是怎样死的？

考尼律斯　她死的情形十分可怕，简直发疯一般，正像她生前的样子；她活着用残酷的手段对待世人，死去的时候，对她自己也十分残酷。要是陛下不嫌烦渎，我愿意报告她临终时自己供认的那些话；要是我说错了，她的这些侍女们可以纠正我，她们当她弥留的时候，都是满脸淌着眼泪站在一旁的。

辛白林　你说吧。

考尼律斯　第一，她供认她从没有爱过您，她爱的是您的富贵尊荣，不是您；她嫁给您的王冠，是您的王座的妻子，可是她厌恶您本人。

辛白林　这是只有她一个人知道的；倘不是她临死时所说的话，即使她说了我也不会相信。说下去。

考尼律斯　她在表面上装着十分疼爱您的女儿，其实她自己承认，公主是她眼睛里的一只蝎子；倘不是逃走得早，公主早已被她用毒药毒死。

辛白林　啊，最娇美的恶魔！谁能观察一个女人的心呢？还有别的话吗？

考尼律斯　有，陛下，还有更骇人的话哩。她供认她已经为您预备好一种致命的药石，服了下去，立刻就会侵蚀人的生命，慢慢地把血液一起吸干，叫人一寸一寸地死去；在那一段时间里，她要日夜陪伴您，侍候您，为您流泪，和您亲吻，做出种种千恩万爱的样子，叫您受她的感动；然后趁着适当的机会，当她已经使您中了她的圈套的时候，她就设法骗诱您答应让她的儿子继承您的王冠。可是因为他的离奇的失踪，她这目的不能达到，所以她就发起疯来，忘记了一切的羞耻；当着上天和众人的面，公开吐露了她的心事，懊恨她处心积虑的奸谋不能成为事实，之后就在这样绝望的心绪中死去了。

辛白林　宫女们，你们都是随身服侍她的，这些话你们都听见了吗？

宫女甲　回陛下的话，我们都听见了。

辛白林　我的眼睛并没有犯错，因为她是美貌的；我的耳朵也没有错，因为她的谄媚的话是婉转动听的；我更不责怪我的心，它以为她的灵魂和外表同样可爱，对她怀疑也是一种罪过。可是，啊，我的女儿！你也许会说，这是我的痴愚，并且用你的感觉证明你的判断是正确的。愿上天弥补这一切吧！

　　路歇斯、阿埃基摩、预言者及其他罗马俘虏各由卫士押解上；波塞摩斯及伊摩琴亦在众俘之后。

辛白林　卡厄斯，你现在不是来向我们要求纳贡了，那已经被不列颠人用武力抹消了，虽然他们因此丧失了不少的勇士。那些死者的亲属已经提出要求，为了安慰英灵，必须把你们这一批俘虏杀死;这我已经答应了他们。所以,想一想你们的处境吧。

路歇斯 陛下,胜败本来是兵家常事;你们的得胜不过是一个偶然的机遇。假如这次是我们得胜,当热血冷静下来以后,我们绝不会用刀剑威胁我们的俘虏。可是既然这是天神的意旨,我们除了一死以外,没有其他赎身的方法,那么就让我们死吧;一个罗马人是能够用一颗罗马人的心忍受一切的,这就够了;奥古斯特斯有生之日,将会记着这一件事情;对于我自己个人,已经言尽于此。只有这一件事,我要向您请求:我的童儿,一个生长在英国的孩子,让他赎回他的生命吧。从来不曾有哪一个主人得到过这样一个殷勤亲切、忠心勤恳的童儿;他是那样的遇事谨慎,那样的诚实、伶俐而善解人意。让他本身的好处,连同着我的请求,邀获陛下的矜怜吧;他不曾伤害过一个英国人,虽然他所侍候的是一个罗马人。赦免他,陛下,让其余的人一起身膏斧钺吧。

辛白林 我一定在什么地方见过他;他的面貌瞧上去怪眼熟的。孩子,我只瞧了你一眼,你就已经得到我的恩宠;你现在是我的人了。我不知道为什么我要说"活着吧,孩子。"不用感谢你的主人;活着吧。无论你向辛白林要求什么恩典,只要适合于我的慷慨和你的地位的,我都愿意答应你;即使你向我要求一个最尊贵的俘虏,我也决不吝惜。

伊摩琴 敬谢陛下。

路歇斯 我并不叫你要求饶恕我的生命,好孩子;可是我知道你会这样做的。

伊摩琴 不,不。唉!我还有别的事情要做哩。我看见一件东西,对于我就像死一般痛苦;您的生命,好主人,只好让它听其自然了。

路歇斯 这孩子侮蔑我,他离弃了我,还要把我讥笑;那些

辛白林

信任着少女们和孩子们的忠心的人,他们的快乐是会转瞬即逝的。为什么他这样呆呆地站着?

辛白林　你想要求些什么,孩子?我越瞧你,越觉得爱你;仔细想一想你应该提出些什么要求吧。你瞧着的那个人,你认识他吗?说,你要我赦免他吗?他是你的亲族,还是你的朋友?

伊摩琴　他是一个罗马人。他不是我的亲族,正像我不是陛下的亲族一样;可是因为我生下来就是陛下的臣仆,所以比较起来还是陛下跟我的关系亲密一些。

辛白林　那么你为什么这样瞧着他?

伊摩琴　陛下要是愿意听我说话,我希望不要让旁人听见。

辛白林　哦,很好,我一定留心听着。你叫什么名字?

伊摩琴　斐苔尔,陛下。

辛白林　你是我的好孩子,我的童儿;我要做你的主人。跟我来;放胆说吧。(辛白林、伊摩琴在一旁谈话)

培拉律斯　这孩子是死而复生了吗?

阿维拉古斯　两颗砂粒也不会这般相像。这正是那个可爱的美貌少年,死去了的斐苔尔。你觉得呢?

吉德律斯　正是他死而复生了。

培拉律斯　轻声!轻声!再瞧下去;他一眼也不看我们;不要莽撞;人们的面貌也许彼此相同;若果真是他的话,我想他一定会对我们说话的。

吉德律斯　可是我们明明见他死了。

培拉律斯　不要说话;让我们瞧下去。

毕萨尼奥　(旁白)那是我的女主人。既然她还在人世,不管事情变好变坏,我都可以放心了。(辛白林、伊摩琴上前)

辛白林　来,你站在我的旁边,高声提出你的要求。(向阿埃基摩)朋友,站出来,老老实实答复这孩子的问话;否则凭着我的地位和荣誉，我们将要用严刑逼你招供真情。来，对他说。

伊摩琴　我的要求是，请这位绅士告诉我，他这戒指是谁给他的。

波塞摩斯　（旁白）那跟他有什么关系？

辛白林　你手指上的那个钻石戒指是怎么得来的？

阿埃基摩　你还是不要逼我说出来的好，因为一说出来，会叫你十分难受的。

辛白林　怎么！我？

阿埃基摩　我很高兴今天有这样的机会，被迫吐露那因为隐藏在我的心头使我痛苦异常的秘密。这戒指是我用诡计骗来的，它本来是被你放逐的里奥那托斯的宝物；也许你会像我一样悔恨，因为在天壤之间，不曾有过一位比他更高贵的绅士。你愿意听下去吗，陛下？

辛白林　我要听一切和这有关的事情。

阿埃基摩　那位绝世的佳人，你的女儿——为了她，我的心头淋着血，我的奸恶的灵魂一想起就不禁战栗——恕我，我要晕倒了。

辛白林　我的女儿！她怎么样？提起你的精神来；我宁愿让你活到老死，也不愿在我没有听完以前让你死去。挣扎起来，汉子，说。

阿埃基摩　那一天——不幸的钟敲出了那个时辰！——在罗马——可咒诅的屋子潜伏着祸根！一个欢会的宴席上——啊，要是我们那时的食物，或者至少被我送进嘴里去的，都有毒投在里面，那可多好！——善良的波塞摩斯——我应当怎么说呢？像他这样的好人，是不该和恶人同群的；在最难得的好人里面，他也是最好的一个——郁郁寡欢地坐着，听我们赞美我们意大利的恋人：她们的美艳使最善于口辩者的夸大谀辞成为贫乏；她们的丰

辛白林

采使维纳斯的神座黯然失色，苗条的弥涅瓦①相形见绌；她们的性情是一切使男子们倾心的优点的总汇；此外还有那引人上钩的伎俩，迷人的娇姿丽色。

辛白林　我好像站在火上一般。不要尽说废话。

阿埃基摩　除非你愿意早一点伤心，否则你反而会嫌我说得太快。这位波塞摩斯，正像一位热恋着一个高贵女郎的贵人一样，也接着发表他的意见；并不诽毁我们所赞美的女子，在那一点上他保持着谦恭的沉默，他只是开始描述他的情人的容貌；他的整个的心灵都贯注在他的口舌之上，绘出了一幅绝美的肖像，显得刚才被我们夸美的，只是一些灶下的贱婢，换言之，他越讲越有神，竟使我们变成了一群钝口拙舌的笨人。

辛白林　算了，算了，快讲正文吧。

阿埃基摩　你的女儿的贞操是一切问题的发端。他称道她的贞洁，仿佛狄安娜也曾做过热情的梦，只有她才是冷若冰霜的。该死的我听他这样说，就向他的赞美表示怀疑；那时候他把这戒指戴在他的手指上，我就用金钱去和他的戒指打赌，说要是我能够把她骗诱失身，这戒指就归我所有。他，忠心的骑士，全然信任她的贞洁，正像我后来所发现的一样，很慷慨地把这戒指做了赌注；即使它是福玻斯车轮上的一颗红玉，甚或是他的整个车子上最尊贵的宝物，他也会毫不吝惜地把它掷下。抱着这样的目的，我立刻就向英国出发。你也许还记得我曾经到过你的宫廷，在那里多蒙你的守身如玉的令媛指教我多情和淫邪的重大区别。我的希望虽然破灭了，可是我爱慕的私心，却不曾因此而遏抑下去；我开始转动我的意大利的脑筋，在你们呆笨的不列颠国土上实施我的恶毒的阴谋，对于我那却是一个无比的妙计。简单一句

---

① 弥涅瓦（Minerva），希腊罗马神话中的女战神，也是司才艺的女神。

话，我的计策大获成功；我带了许多虚伪的证据回去，它们是足够使高贵的里奥那托斯发疯的；我用这样那样的礼物，使他对她的贞节失去信念；我用详细的叙述，说明她房间里有些什么张挂，什么图画；还有她的这一只手镯——啊，巧妙的手段！我好容易才把它偷到手里！——不但如此，我还探到了她身体上的一些秘密的特征，使他不能不相信她的贞操已经被我破坏。因此——我现在仿佛看见他——

波塞摩斯 （上前）嗯，你看得不错，意大利的恶魔！唉！我这最易轻信的愚人，罪该万死的凶手、窃贼，过去现在未来一切恶徒中的罪魁祸首！啊！给我一条绳、一把刀或是一包毒药，让它惩罚我的罪恶。国王啊，吩咐他们带上一些巧妙的刑具来吧；是我使世上一切可憎的事情变得平淡无奇，因为我是比它们更可憎的。我是波塞摩斯，我害死了你的女儿；——像一个恶人一般，我又说了谎；我差遣一个助恶的爪牙，一个亵渎神圣的窃贼，毁坏了她这座美德的殿堂；是的，她原是美德的化身。唾我的脸，用石子丢我，把污泥摔在我身上，嗾全街上的狗向我吠叫吧；让每一个恶人都用波塞摩斯·里奥那托斯做他的名字；愿从今以后再不会出现这样重大的恶事。啊，伊摩琴！我的女王，我的生命，我的妻子！啊，伊摩琴！伊摩琴！伊摩琴！

伊摩琴 安静一些，我的主！听我说，听我说！

波塞摩斯 这样的时候，你还要跟我开玩笑吗？你这轻薄的童儿，让我教训教训你。（击伊摩琴；伊摩琴倒地）

毕萨尼奥 啊，各位，救命！这是我的女主人，也就是您的妻子！啊！波塞摩斯，我的大爷，您并没有害死她，现在她却真的死在您的手里了。救命！救命！我的尊贵的公主！

辛白林 世界在旋转吗？

波塞摩斯 我怎么会这样站立不稳？

辛白林

毕萨尼奥 醒来，我的公主！

辛白林 要是真有这样的事，那么神明的意思，是要叫我在致命的快乐中死去。

毕萨尼奥 我的公主怎样啦？

伊摩琴 啊！不要让我看见你的脸！你给我毒药；危险的家伙，走开！不要插足在君王贵人们的中间。

辛白林 伊摩琴的声音！

毕萨尼奥 公主，要是我知道我给您的那个匣子里盛着的并不是灵效的妙药，愿我遭五雷轰顶；那是王后给我的。

辛白林 又有新的状况了吗？

伊摩琴 它使我中了毒。

考尼律斯 神啊！我忘了王后亲口供认的还有一句话，那却可以证明她的诚实；她说："我把配下的那服药剂给了毕萨尼奥，骗他说是提神妙药；要是他已经把它转送给他的女主人，那么她多半已经像一只耗子般的被我毒死了。"

辛白林 那是什么药，考尼律斯？

考尼律斯 陛下，王后屡次要求我替她调制毒药，她的借口总是说不过拿去毒杀一些猫狗之类下贱的畜生，从这种实验中得到知识上的满足。我因恐她另有其他歹毒的用意，所以就替她调下一种药剂，服下以后，可以暂时中止生命的机能，可是在短时间内，全身器官就又会恢复活动。您有没有服过它？

伊摩琴 大概我是服过的，因为我曾经死了过去。

培拉律斯 我的孩子们，我们原来弄错了。

吉德律斯 这果然是斐苔尔。

伊摩琴 为什么您要推开您的已婚的妻子？想象您现在是在一座悬崖之上，再把我推开吧。（拥抱波塞摩斯）

波塞摩斯 像果子一般挂在这儿，我的灵魂，直到这一棵树木死去!

辛白林 怎么,我的骨肉,我的孩子!嘿,你要我在这一幕戏剧里客串一个呆汉吗?你不愿意对我说话吗?

伊摩琴 (跪)您的祝福,父亲。

培拉律斯 (向吉德律斯、阿维拉古斯)虽然你们曾经爱过这个少年,我也不怪你们;你们爱他是有原因的。

辛白林 愿我流下的眼泪成为浇灌你的圣水!伊摩琴,你母亲死了。

伊摩琴 我也很惋惜,父王。

辛白林 啊,她算不得什么;都是因为她,我们才会有今天这一番奇怪的遇合。可是她的儿子不见了,我们既不知道他怎么出走,又不知道他到什么地方去了。

毕萨尼奥 陛下,现在我的恐惧已经消失,我可以说老实话了。公主出走以后,克洛顿殿下就来找我;他拔剑在手,嘴边冒着白沫,发誓说要是我不把她的去向说出来,就要把我当场杀死。那时我衣袋里刚巧有一封我的主人所写的假信,约公主到密尔福德附近的山间相会。他看了以后,强迫我把我主人的衣服拿来给他穿了,抱着淫邪的念头,发誓说要去破坏公主的贞操,就这样怒气冲冲地向那里动身出发。究竟后来他下落如何,我就不知道了。

吉德律斯 让我结束这一段故事:是我把他杀了。

辛白林 嗳哟,天神们不允许这样的事!你刚为国家立下大功,我不希望你从我的嘴里得到一句无情的判决。勇敢的少年,否认你刚才所说的话吧。

吉德律斯 我说也说了,做也做了。

辛白林 他是一个王子啊。

吉德律斯 一个粗野无礼的王子。他对我所加的侮辱,完全

辛白林

有失一个王子的身份；他用那样不堪入耳的言语激恼我，即使海潮向我这样咆哮，我也要把它踢回去。我砍下他的头；我很高兴今天他不在这儿抢夺我说话的机会。

辛白林 我很为你抱憾；你已经亲口承认你的罪行，必须受我们法律的制裁。你必须死。

伊摩琴 我还以为那个没有头的人是我的丈夫。

辛白林 把这罪犯缚起来，带他下去。

培拉律斯 且慢，陛下，这个人的身份是比被他杀死的那个人更高贵的，他有和你同样高贵的血统；几十个克洛顿身上的伤痕，也比不上他为你立下的功勋。（向卫士）放开他的手臂，那不是生来受缚的双臂。

阿维拉古斯 他说得太过分了。

辛白林 你胆敢当着我的面这样咆哮无礼，你也必须死。

培拉律斯 我们三个人愿意一同受死；可是我要证明我们中间有两个人是像我刚才所说那样高贵的。我的孩儿们，我必须说出一段对于我自己很危险的话，虽然也许对于你们会大有好处。

阿维拉古斯 您的危险也就是我们的危险。

吉德律斯 我们的好处也就是您的好处。

培拉律斯 那么恕我，我就老实说了。伟大的国王，你曾经有过一个名叫培拉律斯的臣子。

辛白林 为什么提起他？他是一个亡命的叛徒。

培拉律斯 他就是现在站在你面前的这个老头儿；诚然他是一个亡命之人，我却不知道他怎么会是一个叛徒。

辛白林 把他带下去；整个世界都不能使他免于一死。

培拉律斯 不要太性急了；你应该先偿还我你的儿子们的教养费，等我收受了以后，你再没收不迟。

辛白林 我的儿子们的教养费！

培拉律斯　我的话说得太莽撞无礼了。我现在双膝跪下；在我起立以前，我要把我的儿子们从微贱之中拔擢起来，然后让我这老父亲引颈就戮吧。尊严的陛下，这两位称我为父亲的高贵的少年，他们自以为是我的儿子，其实并不是我的；陛下，他们是您的亲生骨肉。

辛白林　怎么！我的亲生骨肉！

培拉律斯　正像您是您父王的儿子一般不容置疑。我，年老的摩根，就是从前被您放逐的培拉律斯。我的过失、我的放逐、我的一切叛逆的行为，都出于您一时的喜怒；我所干的唯一的坏事，就是我所忍受的种种困苦。这两位善良的王子——他们的确是金枝玉叶的王室后裔——是我在这二十年中教养长大的；我把自己所有的毕生学问和本领全都传授了他们。他们的乳母尤莉菲尔当我被放逐的时候，把这两个孩子偷了出来，我也因此而和她结为夫妇；是我唆使她干下这件盗案，因为痛心于尽忠而获谴，才激起我这种叛逆的行为。越是想到他们的失踪对于您将是一件怎样痛心的损失，越是诱发我偷盗他们的动机。可是，仁慈的陛下，现在您的儿子们又回来了；我必须失去世界上两个最可爱的伴侣。愿覆盖大地的穹苍的祝福像甘露一般洒在他们头上！因为他们是可以和众星并列而无愧的。

辛白林　你一边说话，一边在流泪。你们三个人所立下的功劳，比起你所讲的这一段故事来更难令人置信。我已经失去我的孩子；要是这两个果然就是他们，我不知道怎样可以再有一对比他们更好的儿子。

培拉律斯　请高兴起来吧。这一个少年，我称他为波里多的，就是您的最尊贵的王子吉德律斯；这一个我的凯德华尔，就是您的小王子阿维拉古斯，那时候，陛下，他是裹在一件他的母后亲手缝制的非常精致的斗篷里的，要是需要证据的话，我可以把它拿来恭呈御览。

辛白林　吉德律斯的颈上有一颗星形的红痣；那是一个不平凡的记号。

培拉律斯　这正是他，他的颈上依然保留着那天然的标识。聪明的造物者赋予他这一个特征，那用意就是要使它成为眼前的证据。

辛白林　啊！我竟是一个一胎生下三个儿女来的母亲吗？从来不曾有哪一个母亲在生产的时候感到这样的欢喜。愿你们有福！像脱离了轨道的星球一般，你们现在已经复归本位了。啊，伊摩琴！你却因此而失去一个王国。

伊摩琴　不，父王；我已经因此而得到两个世界。啊，我的好哥哥们！我们就这样骨肉重逢了！啊，从此以后，你们必须承认我的话是最正确的：你们叫我兄弟，其实我却是你们的妹妹；我叫你们哥哥，你们果然是我的哥哥。

辛白林　你们已经见过了吗？

阿维拉古斯　是的，陛下。

吉德律斯　我们一见面就彼此相爱，从无间歇，直到我们误认为她已经死了。

考尼律斯　因为她吞下了王后的药。

辛白林　啊，神奇的天性！什么时候我可以把这一切听完呢？你们现在所讲的这些粗条大干，应该还有许多详细的枝节，充满着可惊可愕的材料。在什么地方？你们是怎么生活的？从什么时候你服侍起我们这位罗马的俘虏来？怎么和你的哥哥们分别的？怎么和他们初次相遇？你为什么从宫廷里逃走，逃到什么地方去？这一切，还有你们三人投身作战的动机，以及我自己也想不起来的许许多多的问题，和一次次偶然的机遇中的一切附带的事件，我都要问你们一个明白，可是时间和地点都不允许我们作这样冗长的询问。瞧,波塞摩斯一眼不眨地望着伊摩琴;她的眼光却像温情的闪电一般,一会儿向着他,一会儿向着她的哥哥们,一会儿向着我,一会儿向着她的主人,到处投掷着她的快乐;每一个人都彼此交换着惊喜。让我们离开这地方,到神殿里去献祭吧。(向培拉律斯)你是我的兄弟;我们从此是一家人了。

伊摩琴　您也是我的父亲;幸亏您的救援,我才能够看见这幸福的一天。

辛白林　除了那些阶下的囚人以外,谁都是欢天喜地的;让他们也快乐快乐吧,因为他们必须分沾我们的喜悦。

伊摩琴　我的好主人,我还可以为您效力哩。

路歇斯　愿您幸福!

辛白林　那个奋勇作战的孤独的兵士要是也在这里,一定可以使我们格外生色;他是值得一个君王感谢的。

波塞摩斯　陛下,我就是和这三位在一起的那个衣服褴褛的兵士;为了达到我当时所抱的一种目的,我才穿着那样的装束。说吧,阿埃基摩,你可以证明我就是他;我曾经把你打倒在地上,差一点儿结果了你的性命。

阿埃基摩　(跪)我现在又被您打倒了;可是那时候是您的武力把我克服,现在是我自己负疚的良心使我屈膝。请您取去我这一条欠您已久的生命,可是先把您的戒指拿去,还有这一只手镯,它归一位最忠心的公主所有。

波塞摩斯　不要向我下跪。我在你身上所有的权力,就是赦免你;宽恕你是我对你唯一的报复。活着吧,愿你不要再用同样的手段对待别人。

辛白林　光明正大的判决!我要从我的子婿学得我的慷慨;让所有的囚犯一起得到赦免。

阿维拉古斯　妹夫,您帮助我们出了力,好像真的要做我们的兄弟一般；我们很高兴，您果然是我们的自家人。

波塞摩斯 我是你们的仆人，两位王子。我的罗马的主帅，请叫您那位预言者出来。当我睡着的时候，仿佛看见朱庇特大神骑鹰下降，还有我自己亲族的阴魂，都在我梦中出现；醒来以后，发现我的胸前有这么一张笺纸，上面写着的字句，奥秘难明，不知道是什么意思；让他来显一显他的本领，把它解释解释吧。

路歇斯 费拉蒙纳斯！

预言者 有，大帅。

路歇斯 念念这些字句，说明它的意义。

预言者 "雄狮之幼儿于当面不相识，无意寻求间得之，且为一片温柔之空气所笼罩之时，自庄严之古柏上砍下之枝条，久死而复生，重返故株，发荣滋长之时，亦即波塞摩斯脱离厄难，不列颠国运昌隆，克享太平至治之日。"你，里奥那托斯，就是雄狮的幼儿；因为你是名将的少子。（向辛白林）一片温柔的空气就是你的贤德的女儿，这位最忠贞的妻子，因为她是像微风一般温和而柔静的；她已经应着神明的诏示，（向波塞摩斯）在你当面不相识，无意寻求得之的时候，把你拥抱在她的温情柔意之中了。

辛白林 这倒有几分相像。

预言者 庄严的古柏代表着你，尊贵的辛白林，你砍下的枝条是指你的两个儿子；他们被培拉律斯偷走，许多年来，谁都以为他们早已死去，现在却又复活过来，和庄严的柏树重新接合，他们的后裔将要使不列颠享着和平与繁荣。

辛白林 好，我现在就要开始我的太平盛世。卡厄斯·路歇斯，我们虽然是胜利者，却愿意向凯撒和罗马帝国屈服；我们答应继续献纳我们的礼金，它的中止都是出于我们奸恶的王后的主意，上天憎恨她的罪恶，已经把最重的惩罚降在她们母子二人的身上了。

预言者　神明的意旨在冥冥中主持着这一次和平。当这次战血未干的兵祸尚未开始以前我向路歇斯预示的梦兆，现在已经完全证实了；罗马的神鹰振翼高翔，从南方飞向西方，盘旋下降，消失在阳光之中；这预兆着我们尊贵的神鹰，威严的凯撒，将要和照耀西方的辉煌的辛白林言归于好。

辛白林　让我们赞美神明；让献祭的香烟从我们神圣的祭坛上袅袅上升，使神明歆享我们的至诚。让我们向全国臣民宣布和平的消息。让我们列队前进，罗马和英国的国旗交叉招展，表示两国的友好。让我们这样游行全市，在伟大的朱庇特的神殿里签订我们的和约，用欢宴庆祝它的订立。向那里进发。难得这一次战争结束得这样美满，血污的手还没有洗清，就已奠定了这样光荣的和平。（同下）